गीतारथी

(वैज्ञानिक संदर्भ में भगवद्गीता की समसामयिक व्याख्या)

पद्माकर राम त्रिपाठी

प्रकाशक

प्रभात प्रकाशन प्रा. लि.

4/19 आसफ अली रोड, नई दिल्ली–110002

फोन : 011–23289777 • हेल्पलाइन नं. : 7827007777

इ–मेल : prabhatbooks@gmail.com ❖ वेब ठिकाना : www.prabhatbooks.com

संस्करण

प्रथम, 2024

पेपरबैक मूल्य

चार सौ रुपए

मुद्रक

आर–टेक ऑफसेट प्रिंटर्स, दिल्ली

———————— ★ ————————

GITARATHI

by Shri Padmakar Ram Tripathi

Published by **PRABHAT PRAKASHAN PVT. LTD.**

4/19 Asaf Ali Road, New Delhi-110002

ISBN 978-93-5562-853-4

₹ 400.00 (PB)

गुरुदेव बाबा विश्वनाथ को, जिन्होंने ज्ञानचक्षु खोला

बाँके बिहारीजी को, जिन्होंने प्रेरित किया

स्वामी जगन्नाथजी को, जिन्होंने संरक्षक होना स्वीकार किया।

माँ श्रद्धेय श्रीमती अमरावती त्रिपाठी को

पिताजी माननीय श्री गणेश राम त्रिपाठी को

ममैवांशो चिरंजीवी श्री पृथु राम त्रिपाठी को

और

सौभाग्यदायिनी पृशा 'प्रियदर्शिनी' त्रिपाठी को

समर्पित

卐 श्रीमद् राघवो विजयते 卐

श्री तुलसीपीठ सेवा न्यास

(पब्लिक चैरिटेबल ट्रस्ट रजि.)

संस्थापक एवं अध्यक्ष–धर्मचक्रवर्ती, महामहोपाध्याय, वाचस्पति

तुलसीपीठाधीश्वर जगद्गुरु रामानंदाचार्य **स्वामी रामभद्राचार्य महाराज**

(राष्ट्रपति द्वारा पद्मविभूषण से सम्मानित)

संचालित प्रतिष्ठान

श्री तुलसी प्रज्ञाचक्षु (नेत्रहीन)

उच्चतर माध्यमिक विद्यालय

संत सेवा

गौशाला

श्री तुलसी पीठसौरभ

मासिक पत्रिका प्रकाशन

✵

संपर्क सूत्र

श्रीतुलसी पीठ

आमोदवन, जानकीकुंड

मो. : 8085607376

पत्रांक दिनांक......................

प्राक्कथन (आशीर्वचन)

दिल्ली सरकार में संयुक्त सचिव आयुष्मान पद्माकर राम त्रिपाठी के द्वारा लिखित 'गीतारथी' पुस्तक का मैंने सिंहावलोकन किया। इनकी प्रस्तुति मुझे बहुत भायी। सिद्धांतों का जिस चतुरता से इन्होंने प्रतिपादन किया है, वह इनके अप्रतिम प्रतिभा प्रकर्ष का एवं इनकी मनस्पर्शिणी अधीति का उदाहरण है। मैं इनके अभ्युदय की तो कामना कर ही रहा हूँ, साथ-ही-साथ भगवान् से प्रार्थना भी कर रहा हूँ कि ऐसी अनेक पुस्तकें लिखकर भारतीय सर्जना को ये नवीन प्रेरणा देते रहें।

इति मंगलमाशास्ते

राघवीयो जगद्गुरु रामानंदाचार्य स्वामी रामभद्राचार्य:

अथ चित्रकूटम्

पुस्तक के आद्य-पाठक का विचार

'श्रीमद्भगवद्गीता' के अध्याय 11 के श्लोक संख्या 7 में श्रीकृष्ण विराट् रूप के संबंध में कहते हैं—

इहैकस्थं जगत्कृत्स्नं पश्याद्य सचराचरम्।
मम देहे गुडाकेश यच्चान्यद्द्रष्टुमिच्छसि॥

अर्थात् हे अर्जुन! तुम जो भी देखना चाहो, उसे तत्क्षण मेरे इस शरीर में देखो। तुम इस समय तथा भविष्य में, जो भी देखना चाहते हो, उसको यह विश्व रूप दिखाने वाला है। यहाँ एक ही स्थान पर चर-अचर सबकुछ है...'गीतारथी' भी आधुनिक युग में दिव्य-ज्ञान के विराट् रूप की तरह ही है, जो एक ही स्थान पर 360^0 पर दिव्य-ज्ञान के साथ-साथ दिव्य-दृष्टि प्रदान करती है। युवा पीढ़ी के लिए मैं इसे ईश्वरीय वरदान कहूँ तो यह कोई अतिशयोक्ति नहीं होगी। यह जीवनशास्त्र है, जो निश्चित रूप से जीवन की गुणवत्ता को बढ़ाकर परम लक्ष्य तक पहुँचाने में सहायक है। विशेष रूप से सिविल सेवा के परीक्षार्थियों के लिए तो यह सेतु की तरह से काम करने वाली है। यह पुस्तक यूपीएससी के वैकल्पिक विषय—दर्शनशास्त्र के साथ-साथ GS Paper 4th नैतिकशास्त्र, निबंध तथा साक्षात्कार आदि के लिए तो अति उपयोगी है ही, साथ-ही-साथ जीवन में आने वाली हर विषम परिस्थिति से दृढ़तापूर्वक सामना करने हेतु अर्जुन की तरह तैयार करती है। 'गीतारथी' कृष्ण की तरह गुरु भी है और मित्र भी, यह अर्जुन की तरह योद्धा और इतना विशेष शिष्य बनाती है कि स्वयं पूर्णब्रह्म परमात्मा योगेश्वर कृष्ण उसे गीता जैसा दिव्य-ज्ञान सांसारिक युद्धक्षेत्र में प्रदान करके उसे विजय दिलाते हैं...

यत्र योगेश्वरः कृष्णो यत्र पार्थो धनुर्धरः।
तत्र श्रीर्विजयो भूतिर्ध्रुवा नीतिर्मतिर्मम॥

अर्थात् जहाँ योग के स्वामी श्रीकृष्ण और श्रेष्ठ धनुर्धर अर्जुन हैं, वहाँ निश्चित रूप से अनंत ऐश्वर्य, विजय, समृद्धि और नीति होती है, ऐसा मेरा निश्चित मत है।

—नीलम कौशल
डायरेक्टर, गुरुकुल आईएएस, द क्रिएटर फाउंडेशन
पुणे, महाराष्ट्र

लेखकीय

कुंती ने श्रीकृष्ण से प्रार्थना की कि मैं चाहती हूँ कि ये सभी विपत्तियाँ बारंबार आएँ, जिससे हम आपका दर्शन पुनः-पुनः कर सकें—

विपदः सन्तु ताः शश्वत्तत्र तत्र जगद्गुरो।
भवतो दर्शनं यत्स्यादपुनर्भवदर्शनम्॥

—श्रीमद्भागवतमहापुराण, 1.8.25

'गीतारथी' पुस्तक के रूप में भगवान् श्रीकृष्ण का यह आशीर्वाद उनके द्वारा दिए गए मेरे जीवन में विपत्तियों के मार्ग से होता हुआ ही आया है। 'गीतारथी' पुस्तक-मात्र नहीं है, अपितु यह श्रीकृष्ण का 'पुस्तकीय अवतार' है, जिसमें मेरी भूमिका निमित्त-मात्र की है। 'गीतारथी' भगवान् श्रीकृष्ण का पुस्तकीय अवतरण है, जिसका समर्थन गीता (4.6) में है, जिसमें श्रीकृष्ण कहते हैं कि मैं समय-समय पर भिन्न-भिन्न रूपों में अवतरित होता रहता हूँ।

गोस्वामी तुलसीदासजी ने 'रामचरितमानस' में इसे भगवान् शिव की रचना बताया है (रचि महेस निज मानस राखा। 1.34.6) और स्वयं को केवल भाषाबद्ध करने वाला कहा है (भाषाबद्ध करबि मैं सोई। 1.30.1, भाषानिबन्धमतिमञ्जुलमातनोति॥ बालकांड, श्लोक 7, यत्पूर्वं प्रभुणा कृतं सुकविना श्रीशम्भुना दुर्गमं...भाषाबद्धमिदं चकार तुलसीदासस्तथा मानसम्॥ उत्तरकांड, समापन अंश, श्लोक-1)। रामचरितमानस का अध्ययन करते हुए पहले मुझे लगता था कि गोस्वामीजी ने ये बातें विनम्रता में लिखी हैं, किंतु 'गीतारथी' लिखने के मध्य मुझे विश्वास हो गया कि 'भगवत्-विषय' के चित्रण में हम केवल निमित्त ही होते हैं—रचयिता तो कोई और ही होता है।

वर्ष 2013 में गीता मेरे हाथ लगी, परंतु उस समय मैं इसका प्रयोजन समझ नहीं पाया। आगे वर्ष 2016 में गीता का एक-दो दिन के लिए मेरे पास पुनः आगमन हुआ, मैं नहीं जानता कि क्यों? वर्ष 2017 और 2018 में अंडमान व निकोबार में वृक्षों से घिरे हुए मेरे निवास-स्थान में गीता की दिव्य ध्वनि निरंतर गूँजने लगी, इस दौरान रात

में सोते समय कम-से-कम 500 बार गीता की दिव्य ध्वनि ने मेरे अवचेतन मस्तिष्क को तरंगित किया होगा।

15 जुलाई, 2019, वह दिन, जब गीता ने स्थायी रूप से मेरे जीवन में प्रवेश किया, जिसे एक स्टाफ ने मुझे दिया था। मैंने इसको पढ़ना शुरू किया, कई सारे शब्द बहुत कठिन थे; महीनों मैं उन शब्दों के उच्चारण का अभ्यास किया करता था। जिंदगी चल रही थी। वर्ष 2020 में दिल्ली में विधानसभा चुनाव हुए और उसके बाद दुनिया ने 'कोविड' की त्रासदी देखी, काल के भीषण रूप का साक्षात्कार किया। 29 अप्रैल, 2020 को निर्मम काल, लॉकडाउन की सीमाओं को तोड़ते हुए 'चिरंजीवी पृथु' को भी अपने साथ लेता गया, मेरे सामने ही और मैं कुछ न कर सका।

इसके बाद कई कारणों से मेरा और गीता का संवाद बढ़ गया। मैंने गीता का पाठ शुरू किया। आगे परमपूज्य गोपाल कृष्ण महाराज (इस्कॉन) की प्रेरणा से मैंने वृंदावन के बाँकेबिहारी मंदिर और राधारमण मंदिर में भी गीता का वाचन किया। गीता और मेरा संवाद बढ़ता और गहराता गया, इस क्रम में मैंने काशी-विश्वनाथ मंदिर, बनारस में गंगाजी के किनारे, अयोध्या में सरयूजी के किनारे, वृंदावन में यमुनाजी के मध्य में आदि, गीता के कई पाठ किए।

गीता के 72 पाठों के बाद कुछ अंशों का मौखिक वाचन मुझे श्रद्धास्वरूप शंकराचार्य स्वामी अविमुक्तेश्वरानंद महाराज के सम्मुख करने का भी अवसर प्राप्त हुआ। लगातार 200 पाठों के बाद भगवान् श्रीकृष्ण की कृपा से मुझे गीता कंठस्थ हो गई।

गीता पढ़ने के साथ-साथ मैं इस संबंध में लिखता भी रहा। ऐसे कई लेख मेरे फेसबुक पर दिख जाएँगे। किंतु कई बार सोचने के बावजूद भी पुस्तक लिखने की प्रेरणा नहीं मिल पा रही थी।

धीरे-धीरे मैंने गीता के कई संस्करण पढ़ डाले, जैसे गीता प्रेस के, इस्कॉन के, अन्य और कई। बाल गंगाधर तिलक के 'गीता रहस्य' पुस्तक के विषय में मैं सिविल सेवा की तैयारी के दिनों से ही जानता था, हालाँकि अब तक पढ़ नहीं पाया हूँ। इसी क्रम में मैंने भगवद्गीता का पहला अंग्रेजी अनुवाद पढ़ा, जो 1784-85 में चार्ल्स विल्किंस द्वारा किया गया था। तत्कालीन अंग्रेजी गवर्नर जनरल वॉरेन हेस्टिंग्स के कहने पर विल्किंस ने बनारस में रहकर यह अनुवाद किया था। आज से लगभग 240 वर्ष पूर्व अंग्रेजी सरकार की रुचि गीता में क्यों थी—यह सोचते हुए मैंने इसे अलग-अलग दृष्टिकोण से पुनः कई बार पढ़ा।

12 जनवरी, 2024 को मैंने 'गीतारथी' को पहली बार लिखना शुरू किया। सर्वप्रथम इसको मैंने अपने मित्र नीलम कौशल (डायरेक्टर, गुरुकुल IAS, द क्रिएटर फाउंडेशन, पुणे, महाराष्ट्र), जो स्वयं गीता की गूढ़ जानकार हैं, को साझा किया।

हमारा डिस्कशन होता रहा, उन्होंने कंटेंट तथा चित्रों को और रचनात्मकता दी, साथ ही गीता के अनुप्रयोगों (Applications) के संबंध में कई जगह महत्त्वपूर्ण सुझाव दिए, जिन्हें गहन डिस्कशन के बाद 'गीतारथी' में यथावत् शामिल किया गया। मैं इसके लिए उनका आभार व्यक्त करता हूँ। 10 फरवरी, 2024 को 'गीतारथी' लिखकर पूरी हुई ।

'गीतारथी' के कंटेंट की एडिटिंग और टाइपिंग में जी-तोड़ मेहनत करने वाली हमारी टीम (गौरव, अजय, विभूति, टिंकू) और मेरी दिनचर्या का ध्यान रखने वाले अखिलेश और रमेशजी का भी मैं आभारी हूँ। साथ ही मैं अपने सहकर्मी संदीप सब्बरवाल जी (AAO, दिल्ली सरकार), साथी डॉ. आतिश कुमार (ज्वाइंट कमिश्नर, दिल्ली सरकार) तथा मित्र मधुरेंद्र पर्वत (चित्रकूट, उ.प्र. सरकार) को भी धन्यवाद ज्ञापित करता हूँ।

परम श्रद्धेय प्रात: स्मरणीय स्वामी रामभद्राचार्यजी के आशीर्वचनों के लिए मैं सदैव उनका ऋणी रहूँगा।

अंत में नीतूजी का मैं आभार व्यक्त करता हूँ, जिन्होंने चिरंजीवी पृथु की अमरता के लिए मेरे हिस्से का भी समय सौभाग्यदायिनी पृशा 'प्रियदर्शनी' त्रिपाठी को दिया और कुरुक्षेत्र के युद्ध मैदान का माहौल निर्मित किए रखा।

मैंने यह भूमिका जगन्नाथजी का दर्शन करने के पश्चात् और उन्हें उलटी गीता सुनाने के बाद आज लिखी है। श्रीजगन्नाथ अपने भाई बलभद्र और बहन सुभद्रा के साथ यश और कीर्ति का वर्धन करें।

धन्यवाद!

17.06.2024 **—पद्माकर राम त्रिपाठी**

निर्जला एकादशी

दिल्ली

अनुक्रम

गीतारथी–1

धृतराष्ट्र...मामकाः पाण्डवाश्चैव.

'गीता' के अध्ययन में एक सामान्य प्रवृत्ति देखी जाती है और वह यह कि इसके प्रथम अध्याय को गीता की मुख्य धारा में नहीं माना जाता। इसका कारण यह हो सकता है कि प्रथम अध्याय में कहीं भी श्रीकृष्ण मुख्य वार्त्ताकार नहीं हैं, सरल शब्दों में कहें तो प्रथम अध्याय में कहीं भी 'श्रीभगवानुवाच' पद नहीं आया है, लेकिन गीता के विषय में यह समझ ठीक नहीं मानी जा सकती, क्योंकि आगे के अध्यायों में श्रीकृष्ण द्वारा की गई वार्त्ताओं का बीज प्रथम अध्याय में ही है, जिससे यह अध्याय अत्यंत महत्त्वपूर्ण हो उठता है। फिर अर्जुन के परिवार, समाज और राष्ट्र के संबंध में इसी अध्याय में बड़े ही गहरे विचार हैं, जो कि प्रत्येक युग के लिए प्रासंगिक हैं। इतना ही नहीं, पूरी गीता में एकमात्र यही अध्याय है, जिसमें धृतराष्ट्र ने एक श्लोक बोला है और यह तथ्य भी इस अध्याय को विशिष्ट बनाता है।

अतः प्रथम अध्याय को सही से समझना अत्यंत आवश्यक है। इसके लिए इस अध्याय को निम्न रेखाचित्र में दिए गए विषयों में बाँट सकते हैं—

रेखाचित्र–1

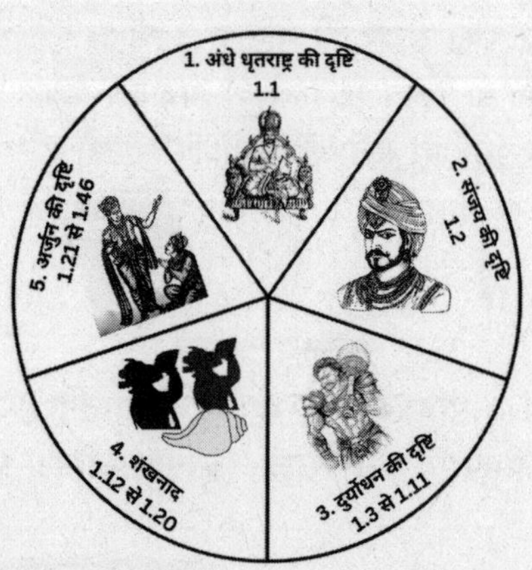

उपरोक्त विभाजन के अंतर्गत अब हम प्रथम अध्याय को समझने का प्रयास करते हैं—

1. अंधे धृतराष्ट्र की दृष्टि (श्लोक संख्या 1.1)

गीता के प्रथम अध्याय में हमें चार दृष्टियाँ दिखाई देती हैं, जिनमें प्रथम दृष्टि धृतराष्ट्र की है, जो गीता के प्रथम पात्र हैं, जन्मांध हैं और राजा हैं। वह अपने महल में अपने सचिव संजय के साथ बैठे हैं और राजा की ही भाँति स्थिति का जायजा लेना चाह रहे हैं।

गीता का प्रथम श्लोक धृतराष्ट्र के मुख से ही निकला और यह पूरी गीता में धृतराष्ट्र द्वारा बोला गया एकमात्र श्लोक है। यह श्लोक भगवद्गीता के आगे आने वाले 699 श्लोकों के लिए बीज की भाँति है, क्योंकि इसी पूछताछी श्लोक के कारण ही आगे के 699 श्लोक अस्तित्व में आ रहे हैं। पुनः यही तथ्य इस एकमात्र श्लोक की गंभीरता के साथ-साथ राजकीय गरिमा को भी परिलक्षित करता है। राजा अंधे हैं, किंतु वह अन्य पात्रों को व्यापक-दृष्टि देते हुए दिखाई देते हैं। जायजा लेते हुए धृतराष्ट्र ने संजय से पूछा कि मेरे और पांडु के पुत्रों ने कुरुक्षेत्र के युद्ध-मैदान में क्या किया (1.1) ?

धृतराष्ट्र उवाच

धर्मक्षेत्रे कुरुक्षेत्रे समवेता युयुत्सवः।
मामकाः पाण्डवाश्चैव किमकुर्वत सञ्जय॥ 1.1 ॥

2. संजय की दृष्टि (श्लोक संख्या 1.2)

संजय गीता के चार प्रमुख पात्रों (धृतराष्ट्र, संजय, अर्जुन और श्रीकृष्ण) में से एक हैं। दिव्य-दृष्टि से युक्त संजय की भूमिका उद्घोषक की है। रामचरितमानस के काकभुशुंडिजी की भाँति ही संजय भी राजा को यथारूप स्थिति को बिना तोड़े-मरोड़े समझाते हैं। धृतराष्ट्र के पूछने पर संजय ने बताया कि पांडवों की सेना की व्यूहरचना को देखने के बाद दुर्योधन गुरु द्रोणाचार्य के पास जाकर उन्हें विपक्षी सेना की स्थिति बताने लगा (1.2)—

सञ्जय उवाच

दृष्ट्वा तु पाण्डवानीकं व्यूढं दुर्योधनस्तदा।
आचार्यमुपसङ्गम्य राजा वचनमब्रवीत्॥ 1.2 ॥

3. दुर्योधन की दृष्टि (श्लोक संख्या 1.3 से 1.11)

दुर्योधन की दृष्टि सैन्य तथा कूटनीतिक है। पांडवों की सेना की व्यूहरचना देखकर वह तुरंत गुरु द्रोणाचार्य के पास जाकर पांडवों तथा अपने पक्ष के मुख्य योद्धाओं के विषय में बताता है। दुर्योधन ने पांडवों के पक्ष के प्रमुख योद्धाओं में भीम, अर्जुन, युयुधान, विराट, द्रुपद, धृष्टकेतु, चेकितान, काशिराज, पुरुजित्, कुंतिभोज, शैब्य, युधामन्यु, उत्तमौजा, सुभद्रा तथा द्रौपदी के पुत्रों को गिनाया (1.3 से 1.6)—

पश्यैतां पाण्डुपुत्राणामाचार्य महतीं चमूम्।
व्यूढां द्रुपदपुत्रेण तव शिष्येण धीमता॥ 1.3॥
अत्र शूरा महेष्वासा भीमार्जुनसमा युधि।
युयुधानो विराटश्च द्रुपदश्च महारथः॥ 1.4॥
धृष्टकेतुश्चेकितानः काशिराजश्च वीर्यवान्।
पुरुजित्कुन्तिभोजश्च शैब्यश्च नरपुङ्गवः॥ 1.5॥
युधामन्युश्च विक्रान्त उत्तमौजाश्च वीर्यवान्।
सौभद्रो द्रौपदेयाश्च सर्व एव महारथाः॥ 1.6॥

इसके पश्चात् दुर्योधन ने अपने पक्ष के योद्धाओं का वर्णन किया। उसने गुरु द्रोणाचार्य से कहा कि मेरी सेना में आप स्वयं हैं और भीष्म, कर्ण, कृपाचार्य, अश्वत्थामा, विकर्ण तथा सोमदत्त के पुत्र भूरिश्रवा जैसे अजेय योद्धा हैं। साथ ही बहुत से अन्य वीर भी हैं, जो मेरे लिए प्राण न्योछावर करने को तैयार हैं (1.7 से 1.9)—

अस्माकं तु विशिष्टा ये तान्निबोध द्विजोत्तम।
नायका मम सैन्यस्य सञ्ज्ञार्थं तान्ब्रवीमि ते॥ 1.7॥
भवान्भीष्मश्च कर्णश्च कृपश्च समितिंजयः।
अश्वत्थामा विकर्णश्च सौमदत्तिस्तथैव च॥ 1.8॥
अन्ये च बहवः शूरा मदर्थे त्यक्तजीविताः।
नानाशस्त्रप्रहरणाः सर्वे युद्धविशारदाः॥ 1.9॥

दुर्योधन द्वारा गुरु द्रोणाचार्य के समक्ष यह विवरण एक प्रकार से दोनों सेनाओं की शक्ति का तुलनात्मक अध्ययन है, जो युद्ध की रणनीति तैयार करने हेतु अत्यंत आवश्यक है। आम जीवन में भी यह बात महत्त्वपूर्ण है, क्योंकि यह बताती है कि हमें जीवन के हर पहलू में अपने सबल और निर्बल पक्षों पर ध्यान रखना चाहिए। दुर्योधन सिर्फ तुलना करके ही नहीं रुकता, अपितु वह गुरु द्रोणाचार्य के सम्मुख अपना निर्णय भी बताता है कि चूँकि हमारे सेनापति अत्यंत अनुभवी पितामह भीष्म

हैं और पांडवों के सेनापति अल्प अनुभव वाले भीम हैं, अतः हम अजेय रहेंगे (1.10)—

अपर्याप्तं तदस्माकं बलं भीष्माभिरक्षितम्।
पर्याप्तं त्विदमेतेषां बलं भीमाभिरक्षितम्॥ 1.10॥

जीवन में भी यह बात सीखने योग्य है कि केवल सूचनाओं का संग्रह (Data Collection) ही महत्त्वपूर्ण नहीं है, वरन् उसका तर्कयुक्त विश्लेषण (Data Analysis) कर उस पर एक निर्णयात्मक विचार (Decision Making) बनाना भी आवश्यक है। लेकिन हाँ, दुर्योधन की भाँति अति उत्साह भी नहीं होना चाहिए, अत्यंत सावधानीपूर्वक इससे बचना चाहिए।

दुर्योधन की दृष्टि में कुशल-कूटनीति भी साफ-साफ दिखाई देती है। श्लोक संख्या 1.10 में उसने कौरवों की स्थिति को पांडवों की तुलना में श्रेष्ठ बताया और इसका कारण कौरवों की सेना का नेतृत्व अत्यंत अनुभवी सेनापति भीष्म पितामह के हाथ में होने को माना। दुर्योधन जब ये बातें गुरु द्रोणाचार्य से कर रहा था तो उसे एहसास हुआ कि स्वयं उन्हें और अन्य श्रेष्ठ योद्धाओं को यह बात चुभ सकती है कि भीष्म के आगे उन्हें महत्त्व नहीं मिल रहा है। यहाँ पर कुशल कूटनीति का परिचय देते हुए उसने गुरु द्रोणाचार्य और अन्य योद्धाओं को भीष्म पितामह को लगातार सहायता देते रहने की बात कही और इस प्रकार उसने मानो कहा हो कि भीष्म पितामह के नेतृत्व में हम तभी श्रेष्ठ हैं, जब आप जैसे योद्धा उनका साथ दे रहे हैं। इस प्रकार सारे योद्धाओं की भूमिका को महत्त्वपूर्ण तरीके से दरशाकर दुर्योधन ने समन्वयकारी कूटनीतिक कुशलता का परिचय दिया। दुर्योधन ने गुरु द्रोणाचार्य से प्रार्थना की कि (1.11)—

अयनेषु च सर्वेषु यथाभागमवस्थिताः।
भीष्ममेवाभिरक्षन्तु भवन्तः सर्व एव हि॥ 1.11॥

दुर्योधन की इस चतुरता की प्रशंसा की जानी चाहिए। सामान्य जीवन में भी अकसर इस तरह की स्थिति उत्पन्न हो जाती है। समूह में कार्य करते हुए या संयुक्त परिवार (Joint Family) में भी अकसर देखने में आता है कि मुखिया की मंशा न भी हो तो भी कभी-कभी उसके साथ के लोग मुखिया के किसी व्यवहार के कारण उपेक्षित महसूस करते हैं। ऐसी स्थिति में समन्वयपूर्ण रास्ता अपनाना श्रेयस्कर है और दुर्योधन का उपरोक्त कदम ऐसी स्थिति में मुद्दे को अच्छी तरह से सँभाल लेने का श्रेष्ठ उदाहरण है।

4. दोनों पक्षों द्वारा शंखनाद (श्लोक संख्या 1.12 से 1.20)

पांडवों की सेना की सुदृढ़ व्यूहरचना देखकर दुर्योधन सशंकित होकर गुरु द्रोणाचार्य के पास गया था और दोनों ओर की सेनाओं का वर्णन करके आधे मन से अपने पक्ष की जीत की संभावना जताई थी। भीष्म पितामह दुर्योधन की इस मनोदशा को समझ रहे थे, अत: उन्होंने दुर्योधन का उत्साह बढ़ाने के लिए उच्च स्वर में शंखनाद किया (1.12)। इस शंखनाद को सुनकर कौरव पक्ष की ओर से युद्ध-संबंधी अन्य बाजे, यथा शंख, नगाड़े, बिगुल, तुरही, सींग आदि भी बजा दिए गए (1.13)—

तस्य सञ्जनयन्हर्षं कुरुवृद्धः पितामहः।
सिंहनादं विनद्योच्चैः शङ्खं दध्मौ प्रतापवान्॥ 1.12॥
ततः शङ्खाश्च भेर्यश्च पणवानकगोमुखाः।
सहसैवाभ्यहन्यन्त स शब्दस्तुमुलोऽभवत्॥ 1.13॥

कौरव-सेना के युद्ध-वाद्ययंत्रों के बजाए जाने के जबाव में पांडवों की ओर से सर्वप्रथम श्रीकृष्ण और अर्जुन ने अपने-अपने दिव्य शंखों को बजाया (1.14)। श्रीकृष्ण ने पाञ्चजन्य, अर्जुन ने देवदत्त और भीम ने पौण्ड्र नाम के शंख को बजाया (1.15)। युधिष्ठिर ने अनंतविजय, नकुल ने सुघोष और सहदेव ने मणिपुष्पक नामक शंख बजाए (1.16)। काशिराज, शिखंडी, धृष्टद्युम्न, विराट, सात्यकि, द्रुपद तथा द्रौपदी और सुभद्रा के पुत्रों ने भी अपने-अपने शंख बजा दिए (1.17, 1.18)—

ततः श्वेतैर्हयैर्युक्ते महति स्यन्दने स्थितौ।
माधवः पाण्डवश्चैव दिव्यौ शङ्खौ प्रदध्मतुः॥ 1.14॥
पाञ्चजन्यं हृषीकेशो देवदत्तं धनञ्जयः।
पौण्ड्रं दध्मौ महाशङ्खं भीमकर्मा वृकोदरः॥ 1.15॥
अनन्तविजयं राजा कुन्तीपुत्रो युधिष्ठिरः।
नकुलः सहदेवश्च सुघोषमणिपुष्पकौ॥ 1.16॥
काश्यश्च परमेष्वासः शिखण्डी च महारथः।
धृष्टद्युम्नो विराटश्च सात्यकिश्चापराजितः॥ 1.17॥
द्रुपदो द्रौपदेयाश्च सर्वशः पृथिवीपते।
सौभद्रश्च महाबाहुः शङ्खान्दध्मुः पृथक्पृथक्॥ 1.18॥

दोनों पक्षों के युद्धवाद्य-यंत्रों की ध्वनि से आकाश और पृथ्वी के बीच कोलाहल व्याप्त हो गया और इस भयानक ध्वनि ने कौरव-पक्ष को भयाक्रांत कर दिया (1.19)—

स घोषो धार्तराष्ट्राणां हृदयानि व्यदारयत्।
नभश्च पृथिवीं चैव तुमुलोऽभ्यनुनादयन्॥ 1.19॥

दुर्योधन ने आरंभ में ही सेना का निरीक्षण कर लिया था, अब अर्जुन ने सेना के निरीक्षण की इच्छा श्रीकृष्ण से व्यक्त की। श्लोक संख्या 1.20 में 'कपिध्वजः' शब्द महाभारत के युद्ध में हनुमानजी की उपस्थिति का द्योतक है, रामायण में श्रीराम के सेवक हनुमान भगवान् के साथ महाभारत में भी उपस्थित हैं (1.20)—

अथ व्यवस्थितान्दृष्ट्वा धार्तराष्ट्रान्कपिध्वजः।
प्रवृत्ते शस्त्रसम्पाते धनुरुद्यम्य पाण्डवः।
हृषीकेशं तदा वाक्यमिदमाह महीपते॥ 1.20॥

5. अर्जुन की दृष्टि (श्लोक संख्या 1.21 से 1.46)

अर्जुन ने दोनों सेनाओं के निरीक्षण की इच्छा व्यक्त करते हुए श्रीकृष्ण से रथ को दोनों सेनाओं के बीच ले जाकर खड़ा करने के लिए कहा, ताकि वह यह देख सके कि कौरवों की ओर से कौन-कौन से लोग युद्ध में हिस्सा ले रहे हैं (1.21, 1.22, 1.23)—

अर्जुन उवाच

सेनयोरुभयोर्मध्ये रथं स्थापय मेऽच्युत।
यावदेतान्निरीक्षेऽहं योद्धुकामानवस्थितान्॥ 1.21॥
कैर्मया सह योद्धव्यमस्मिन्रणसमुद्यमे॥ 1.22॥
योत्स्यमानानवेक्षेऽहं य एतेऽत्र समागताः।
धार्तराष्ट्रस्य दुर्बुद्धेर्युद्धे प्रियचिकीर्षवः॥ 1.23॥

संजय ने धृतराष्ट्र को बताया कि अर्जुन की प्रार्थना पर श्रीकृष्ण ने दोनों सेनाओं के बीचोबीच रथ को लाकर खड़ा कर दिया (1.24) और भीष्म, द्रोणाचार्य तथा संसार भर से आए हुए अन्य राजाओं के सामने अर्जुन से कहा कि यहाँ से सारे कौरव-पक्ष को देखो (1.25)। अर्जुन ने दोनों पक्षों में अपने चाचा-ताउओं, पितामहों, गुरुओं, भाइयों, पुत्रों, पौत्रों, मित्रों, ससुरों और सुहृदों को ही देखा (1.26)—

सञ्जय उवाच

एवमुक्तो हृषीकेशो गुडाकेशेन भारत।
सेनयोरुभयोर्मध्ये स्थापयित्वा रथोत्तमम्॥ 1.24॥
भीष्मद्रोणप्रमुखतः सर्वेषां च महीक्षिताम्।
उवाच पार्थ पश्यैतान्समवेतान्कुरूनिति॥ 1.25॥

तत्रापश्यत्स्थितान्पार्थः पितृनथ पितामहान्।
आचार्यान्मातुलान्भ्रातृन्पुत्रान्पौत्रान्सखींस्तथा।
श्वशुरान्सुहृदश्चैव सेनयोरुभयोरपि॥ 1.26॥

पाठकों के लिए यहाँ ध्यान देने वाली बात यह है कि दुर्योधन ने भी सेना का निरीक्षण किया था और उसे दोनों पक्षों में केवल योद्धा ही दिखाई दिए थे, किंतु अर्जुन ने जब दोनों पक्षों की सेनाओं का निरीक्षण किया तो वह योद्धाओं को न देखकर उनके रूप में अपने विभिन्न संबंधियों को देखने लगा। पुनः जैसा कि श्लोक संख्या 1.10 से स्पष्ट है कि दोनों पक्षों के योद्धाओं की समीक्षा करने के पश्चात् दुर्योधन अपने पक्ष की श्रेष्ठता के निष्कर्ष पर पहुँचा था, जबकि अर्जुन दोनों पक्षों के योद्धाओं के निरीक्षण और समीक्षा के पश्चात् अत्यंत दुःखी हो गया (1.27)—

तान्समीक्ष्य स कौन्तेयः सर्वान्बन्धूनवस्थितान्।
कृपया परयाविष्टो विषीदन्निदमब्रवीत्॥ 1.27॥

यह दुर्योधन और अर्जुन की दृष्टियों में अंतर का प्रमाण है, दोनों पक्षों की समीक्षा के पश्चात् दुर्योधन जहाँ युद्ध के लिए उद्यत हो गया था, वहीं अर्जुन ने श्रीकृष्ण से अपनी स्थिति और मानसिक-ऊहापोह के विषय में बात करनी आरंभ कर दी। बिना विलंब किए अर्जुन ने श्रीकृष्ण को यह बताया कि दोनों पक्षों में स्वजनों को देखकर न केवल वह दुःखी है, अपितु उसकी शारीरिक स्थिति पीड़ित और रुग्ण की भाँति हो रही है। अर्जुन ने श्रीकृष्ण से कहा कि मेरे शरीर के अंग काँप रहे हैं और मेरा मुँह सूख रहा है (1.28)। मेरे रोंगटे खड़े हो रहे हैं, गांडीव धनुष हाथ से सरक रहा है और त्वचा जल रही है (1.29)—

अर्जुन उवाच

दृष्ट्वेमं स्वजनं कृष्ण युयुत्सुं समुपस्थितम्।
सीदन्ति मम गात्राणि मुखं च परिशुष्यति॥ 1.28॥
वेपथुश्च शरीरे मे रोमहर्षश्च जायते।
गाण्डीवं स्त्रंसते हस्तात्त्वक्चैव परिदह्यते॥ 1.29॥

शारीरिक अस्वस्थता के विषय में बताने के बाद अर्जुन ने श्रीकृष्ण से अपनी मानसिक अस्वस्थता के बारे में भी बताया। अर्जुन ने कहा कि मैं खड़ा नहीं हो पा रहा हूँ और मेरा सिर चकरा रहा है, मुझे तो केवल अमंगल के कारण ही सब ओर दिख रहे हैं (1.30)—

न च शक्नोम्यवस्थातुं भ्रमतीव च मे मनः।
निमित्तानि च पश्यामि विपरीतानि केशव॥ 1.30॥

पाठकगण ध्यान दें!

श्लोक संख्या 1.28, 1.29 और 1.30 में अर्जुन ने जिस प्रकार से श्रीकृष्ण को अपनी शारीरिक और मानसिक स्थिति के विषय में बताया, वह अत्यंत विचारणीय है। क्योंकि अर्जुन एक अत्यंत ही श्रेष्ठ योद्धा था और ये दुर्बलताएँ उसे कायर की संज्ञा देने का महौल निर्मित करने में सहायक थीं, फिर भी अर्जुन ने सबकुछ श्रीकृष्ण से खुलकर बताया। आज के प्रतिस्पर्धात्मक माहौल, पूँजीवाद-जनित अर्थव्यवस्था, प्रतियोगी परीक्षाओं आदि के दौर में यह ध्यान देने योग्य बात है कि दुर्बलता को स्वीकार करना अयोग्यता/अनुपयुक्तता का परिचायक नहीं है, अपितु यह किसी महान् व्यक्ति की सबसे बड़ी गुप्त-शक्ति है। भविष्य में अपने को और अच्छे तरीके से तैयार करने हेतु, खुद को अवसर देने का वातावरण तैयार करने की रणनीति है।

श्लोक संख्या 1.28, 1.29 और 1.30 में अर्जुन की स्वीकार्यता हमें भी स्वीकार करनी होगी। मानसिक बीमारी, गलाकाट-प्रतियोगिता, भ्रष्टाचार, अनैतिक विकास आदि पर नियंत्रण बनाने में ऐसी स्वीकारोक्ति निर्णायक साबित होगी। हमें समझना होगा कि दुर्बलताओं/गलतियों को योद्धा स्वीकार करता है, न कि भगोड़ा।

आगे के श्लोकों में अर्जुन द्वारा कही गई बातों में व्यक्तिवाद, मानववाद, अस्तित्ववाद आदि के पक्ष दृष्टिगोचर होते हैं। अर्जुन सुख या विजय की जगह व्यक्ति/मनुष्य को केंद्र में लाने का प्रयास करते हुए कहता है कि जिस युद्ध में स्वजनों का वध हो, उसमें मुझे कोई अच्छाई नहीं दिखती और न ही ऐसे युद्ध से प्राप्त होने वाले विजय, राज्य या सुख की इच्छा ही मुझमें है (1.31)। इस प्रकार अर्जुन ने भौतिक सुखों पर रिश्तों को वरीयता देते हुए स्पष्ट किया कि विजय या भौतिक सुख अपने आप में आनंददायक नहीं है, क्योंकि इनसे प्राप्त होने वाले आनंद की स्वतंत्र सत्ता नहीं है। ऐसे विजय या सुख से तभी आनंद मिलता है, जब अपने प्रियजन साथ हों, लेकिन वही लोग इस युद्ध में हमारे सामने मरने-मारने के लिए खड़े हैं। अतः इस युद्ध में अगर हमें विजय मिल भी जाए तो वह आनंददायक नहीं हो सकती (1.32, 1.33, 1.34)—

न च श्रेयोऽनुपश्यामि हत्वा स्वजनमाहवे।
न काङ्क्षे विजयं कृष्ण न च राज्यं सुखानि च॥ 1.31॥
किं नो राज्येन गोविन्द किं भोगैर्जीवितेन वा।
येषामर्थे काङ्क्षितं नो राज्यं भोगाः सुखानि च॥ 1.32॥
त इमेऽवस्थिता युद्धे प्राणांस्त्यक्त्वा धनानि च।
आचार्याः पितरः पुत्रास्तथैव च पितामहाः॥ 1.33॥

मातुलाः श्वशुराः पौत्राः श्यालाः सम्बन्धिनस्तथा।
एतान्न हन्तुमिच्छामि घ्नतोऽपि मधुसूदन॥ 1.34॥

आज की सभ्यता को अर्जुन का यह नजरिया अपनाना चाहिए। आज के वैश्वीकरण के दौर में बाजारवाद ने जिस उपभोक्तावाद को बढ़ावा दिया है, उसी को सुख मानना सही नहीं है, क्योंकि वास्तविक सुख वस्तु में नहीं है, अपितु सुख के केंद्र में तो मानवीय संबंध ही हैं। दुर्भाग्य से वर्तमान दौर में नैतिकताविहीन उपभोक्तावादी प्रवृत्ति को बढ़ावा मिलने से व्यक्तिवाद पर शुष्क-सुखवाद हावी होता जा रहा है।

आज थोड़े से लाभ के लिए बड़ी-बड़ी कंपनियाँ, राजनीतिक दल, उद्योग समूह और यहाँ तक कि सामान्य जन भी—रिश्तों की, मूल्यों की या जीवन की बलि देने से नहीं चूकते, जबकि अर्जुन ने स्पष्ट रूप से घोषित किया कि धरती के राज्य की तो बात ही क्या है, यदि स्वजनों के जीवन के मूल्य पर मुझे तीनों लोकों का राज्य भी मिले, तो वह भी स्वीकार्य नहीं है (1.35)—

अपि त्रैलोक्यराज्यस्य हेतोः किं नु महीकृते।
निहत्य धार्तराष्ट्रान्नः का प्रीतिः स्याज्जनार्दन॥ 1.35॥

हम देखते हैं कि श्लोक संख्या 1.35 में अर्जुन ने मानवीय संबंधों के आगे भौतिक सुखों की पूर्ण उपेक्षा कर दी। आधुनिक संदर्भ में अगर हम अर्जुन के उपरोक्त विचार की समीक्षा करें तो मानो अर्जुन का संदेश है कि सकल राष्ट्रीय खुशहाली (GNH-Gross National Happiness) के बिना सकल घरेलू उत्पाद (GDP-Gross Domestic Product), सकल राष्ट्रीय उत्पाद (GNP-Gross National Product) जैसी अवधारणाएँ बेमानी हैं। वैश्विक सभ्यता को इस संदर्भ में भूटान जैसे देश से सीखने की आवश्यकता है, जिसने अपने नागरिकों की खुशी को राष्ट्र के विकास का सूचक मान रखा है। आज के युग में मानव विकास सूचकांक (HDI-Human Development Index), जो विभिन्न देशों के सामाजिक एवं आर्थिक विकास के स्तर को मापने के लिए संयुक्त राष्ट्र संघ (UNO) के द्वारा विकसित किया गया है, को ज्यादा समावेशी (Inclusive) और मानवीय बनाने के लिए अर्जुन के उपरोक्त नजरिए का उपयोग किया जा सकता है, ताकि ऐसी स्वस्थ अर्थव्यवस्था का सही चित्र उभरकर सामने आए, जो सतत विकास (Sustainable Development) का पर्याय बन सके। इतना ही नहीं, वैश्विक विकास के मार्ग में आने वाले नैतिकता के संकट (Ethical Crisis) के समाधान का मार्ग भी अर्जुन के इस नजरिए में दिखाई देता है।

अगले श्लोकों में अर्जुन ने श्रीकृष्ण का ध्यान मुख्यतः तीन प्रमुख बिंदुओं की ओर आकर्षित करते हुए कहा कि—

- आततायियों के वध पर भी पाप तो लगेगा ही ?
- इससे क्या लाभ होगा ?
- परिवार-जनों की हत्या से अशांति होगी, अतः हम फिर वास्तव में सुखी हो सकेंगे ? (1.36)।

अर्जुन ने कहा कि निश्चित ही हमारे विपक्षी लोगों के लिए भी उपरोक्त बिंदु विचारणीय हैं, परंतु लोभ के कारण वे इन पक्षों की उपेक्षा कर रहे हैं। लेकिन उनके द्वारा की जा रही इस उपेक्षा के कारण, हमें भी इन पक्षों की उपेक्षा का नैतिक आधार नहीं मिल जाता, क्योंकि परिवारजनों के नष्ट होने से उत्पन्न होने वाले दुष्प्रभावों को हम देख और समझ सकते हैं (1.37,1.38)—

पापमेवाश्रयेदस्मान्हत्वैतानाततायिनः।
तस्मान्नार्हा वयं हन्तुं धार्तराष्ट्रान्सबान्धवान्।
स्वजनं हि कथं हत्वा सुखिनः स्याम माधव॥ 1.36॥
यद्यप्येते न पश्यन्ति लोभोपहतचेतसः।
कुलक्षयकृतं दोषं मित्रद्रोहे च पातकम्॥ 1.37॥
कथं न ज्ञेयमस्माभिः पापादस्मान्निवर्तितुम्।
कुलक्षयकृत दोषं प्रपश्यद्भिर्जनार्दन॥ 1.38॥

यहाँ श्लोक संख्या 1.37 और 1.38 में अर्जुन द्वारा कही गई बातें बहुत गहरी हैं, क्योंकि किसी एक पक्ष द्वारा की गई गलती या अपराध, दूसरे पक्ष द्वारा वैसा ही मार्ग अपनाने का आधार नहीं हो सकता। राजनीतिक क्षेत्र में आरोप-प्रत्यारोप बहुतायत इसी प्रकृति के होते हैं—अकसर पहले पक्ष की किसी गलती को आधार बनाकर दूसरे पक्ष द्वारा अपनी गलती को न्यायोचित ठहराने का प्रयास दिखाई देता है। जीवन के अन्य कई पहलुओं में भी इसी प्रकार की प्रवृत्ति दिखाई देती है।

इस संबंध में गांधीजी ने भी कहा था कि आँख के बदले आँख एक दिन पूरी दुनिया को अंधा कर देगी, तो वे अंधेपन को ऐसे ही नैतिकताविहीन समाज का पर्याय बता रहे थे। वास्तव में किसी एक व्यक्ति द्वारा कानून का उल्लंघन दूसरे के द्वारा उल्लंघन करने का आधार नहीं माना जा सकता और न ही इस प्रकार की अनुमति दी जा सकती है। गांधीजी का यह विचार गीता में निहित उपरोक्त भावों के अत्यंत निकट दिखाई पड़ता है, जोकि वर्तमान समय में अत्यंत प्रासंगिक है।

अर्जुन ने इस युद्ध से होने वाले विनाश को व्यापक रूप से समझा। सामान्यतः यह देखा जाता है कि युद्ध के अध्ययन में हमारी प्रवृत्ति पहले युद्ध के कारणों का अध्ययन करने की होती है, फिर युद्ध की घटनाओं की और फिर अंत में युद्ध के

परिणामों की, किंतु अर्जुन ने यहाँ युद्ध के पूर्व ही उसके पड़ने वाले प्रभाव को गहराई से देखने का प्रयास किया। एक प्रकार से उसने युद्ध का सामाजिक लेखा-जोखा (Social Audit) श्रीकृष्ण के सामने प्रस्तुत किया। इस प्रस्तुतीकरण को हम इस प्रकार से देख सकते हैं—

(क) प्रत्यक्ष दुष्प्रभाव या तात्कालिक प्रभाव (1.39,1.40)

1. कुल का नाश, 2. कुल की परंपरा का नाश, 3. बचे हुए कुल के लोग अधर्म में प्रवृत्त, 4. अधर्म प्रमुख होने से स्त्रियाँ दूषित, 5. स्त्रियों के भ्रष्ट होने से वर्ण संकरता

इस स्थिति को हम निम्न रेखाचित्र द्वारा समझने का प्रयास करेंगे—

रेखाचित्र- 2

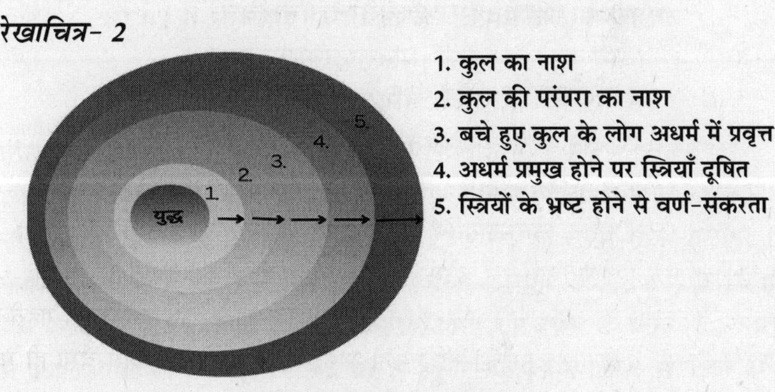

युद्ध का तात्कालिक क्रमिक दुष्परिणाम

(ख) अप्रत्यक्ष दुष्प्रभाव या दूरगामी प्रभाव (1.41)

1. चूँकि इस वर्णसंकरता का मुख्य कारण हमारे ही द्वारा परिवार का नाश है, अतः निश्चय ही हमें नरक मिलेगा।
2. पुनः वर्णसंकरता के कारण जल तथा पिंडदान की परंपरा के समाप्त होने से हमारे पूर्वज भी नीचे के लोकों (नरक आदि में) में आ गिरेंगे—

कुलक्षये प्रणश्यन्ति कुलधर्माः सनातनाः।
धर्मे नष्टे कुलं कृत्स्नमधर्मोऽभिभवत्युत॥ 1.39॥
अधर्माभिभवात्कृष्ण प्रदुष्यन्ति कुलस्त्रियः।
स्त्रीषु दुष्टासु वार्ष्णेय जायते वर्णसङ्करः॥ 1.40॥
सङ्करो नरकायैव कुलघ्नानां कुलस्य च।
पतन्ति पितरो ह्येषां लुप्तपिण्डोदकक्रियाः॥ 1.41॥

वस्तुतः पारिवारिक, लौकिक और पारलौकिक विक्षोभ के साथ ही वर्णसंकरता द्वारा सामाजिक विक्षोभ का भी प्रबल वातावरण उत्पन्न हो जाता है। वर्णसंकरता का सामुदायिक हित में विश्वास नहीं होता, क्योंकि वर्णसंकर और समुदाय दोनों एक-दूसरे को या एक-दूसरे के हितों को साझा नहीं करते। ऐसे में सामुदायिक हित में विश्वास कमजोर होने लगता है, जिससे सामुदायिक योजनाओं के क्रियान्वयन में अरुचि उत्पन्न हो जाती है, बाधा उत्पन्न होने लगती है। अंततः इसका प्रभाव राष्ट्र के विकास की योजनाओं पर परिलक्षित होने लगता है, जिससे राष्ट्र के लोगों में राष्ट्रीयता का भाव कमजोर पड़ने लगता है (1.42)—

दोषैरेतैः कुलघ्नानां वर्णसङ्करकारकैः।
उत्साद्यन्ते जातिधर्माः कुलधर्माश्च शाश्वताः॥ 1.42॥

वर्णसंकरता और राष्ट्रीयता की चुनौतियाँ

वर्णसंकरता संबंधी उपरोक्त विश्लेषण अत्यंत संवेदनशील पक्ष को उजागर करता है। न केवल भारत में, अपितु वैश्विक स्तर पर भी इसका प्रभाव महसूस किया जा सकता है। इसलिए भारत सहित विभिन्न राष्ट्रों में किसी विदेशी मूल के व्यक्ति को, संबंधित देश का नागरिक होने के बावजूद, सर्वोच्च पदों पर बैठने के निषेध की परंपरा या विधान विद्यमान है। आज के समय में वर्णसंकरता संबंधी अर्जुन की यह चिंता कई अन्य रूपों में भी राष्ट्रों पर अपना प्रभाव डालती हुई दिखाई देती है। विभिन्न वैश्विक घटनाओं के कारण उत्पन्न शरणार्थियों की समस्या (Refugee Problems) के समाधान के क्रम में जो देश इन्हें शरण देते हैं, आने वाले समय में यही शरणार्थी उस देश के जनांकिकीय स्थिति (Demographic Situation) को प्रभावित करने लगते हैं और कभी-कभी तो उस राष्ट्र की सुरक्षा तथा राष्ट्रीयता के लिए भी चुनौती उत्पन्न करने लगते हैं। हाल के वर्षों में म्याँमार में रोहिंग्या शरणार्थियों के मुद्दे को लेकर हुई हिंसक घटनाएँ इसका प्रमुख उदाहरण हैं।

भारत के संदर्भ में देखा जाए तो इतिहास बताता है कि कश्मीर में किसी समय शैव-धर्म प्रमुख था, किंतु आज वहाँ की स्थिति एकदम से बदल चुकी है, जो वर्णसंकरता के विस्तार का ही प्रभाव माना जा सकता है। 1400 ई.पू. के मध्य एशिया के 'बोगजकोई' नामक स्थान से प्राप्त प्राचीनतम अभिलेख में इंद्र, मित्र, वरुण और नासत्य (अश्विनी कुमार) जैसे वैदिक देवताओं का उल्लेख यह बताने के लिए पर्याप्त है कि किसी समय इन क्षेत्रों की जनांकिकीय स्थिति क्या रही होगी और कालांतर में वर्णसंकरता के दुष्प्रभाव के कारण आज कैसी हो गई है।

इतिहास में ऐसे अनेक उदाहरण देखे जा सकते हैं, जब शरणार्थियों के मुद्दे या किसी अन्य कारक से उत्पन्न वर्णसंकरता ने बहुत से देशों की मूल जनांकिकीय अवस्था को पूरी तरह निगलकर उन देशों की मूल पहचान को ही बदल दिया। इस प्रकार के हमले भारत पर भी होते रहे हैं, वर्तमान में भी हो रहे हैं। फिर भी विभिन्न अलग-अलग कारणों से भारत अपनी मूल पहचान को बनाए रखने में सफल रहा है। भारत की इसी मजबूत और अक्षुण्ण सांस्कृतिक परंपरा को रेखांकित करते हुए अल्लामा इकबाल ने 'सारे जहाँ से अच्छा हिन्दोस्ताँ हमारा' में लिखा है—

'यूनान ओ मिस्त्र ओ रूमा सब मिट गए जहाँ से
अब तक मगर है बाकी नाम-ओ-निशां हमारा
कुछ बात है कि हस्ती मिटती नहीं हमारी
सदियों रहा है दुश्मन दौर-ए-जमां हमारा'

वर्णसंकरता की इस समस्या पर प्रभावी अंकुश लगाना अत्यंत आवश्यक है, ताकि शरणार्थी के रूप में कोई भी समूह हमारी राष्ट्रीयता के लिए चुनौती न बन सके और भारत की मूल पहचान को कोई क्षति न हो। आज बांग्लादेशी शरणार्थी और रोहिंग्या शरणार्थी भारत के कई क्षेत्रों में गलत तरीके से घुस चुके हैं और उन क्षेत्रों की जनांकिकीय संरचना को प्रभावित करने लगे हैं। ऐसी स्थिति से प्रभावी रूप से निपटना आवश्यक है। सरकार द्वारा लाए जा रहे सी.ए.ए. कानून (The Citizenship Amendment Act 2019) की आवश्यकता को वर्णसंकरता की इसी समस्या के समाधान के रूप में देखा जाना चाहिए।

□

अगले श्लोक में अर्जुन ने कहा कि इतनी व्यापक अव्यवस्था का कारण बनने वाले को सदैव ही नरक में रहना पड़ता है और आगामी पीढ़ियाँ ऐसे लोगों को सदैव कोसती रहती हैं (1.43)—

उत्सन्नकुलधर्माणां मनुष्याणां जनार्दन।
नरके नियतं वासो भवतीत्यनुशुश्रुम॥ 1.43॥

इस तरह से उपरोक्त प्रकार से बातें करते-करते अर्जुन अचानक हतप्रभ सा हो गया। उसने श्रीकृष्ण से कहा कि वह विश्वास नहीं कर पा रहा है कि इतनी आत्मघाती योजना का अंग वह कैसे बन गया? वह एक ऐसे युद्ध का हिस्सा कैसे बन सकता है, जिस युद्ध के पश्चात् एक अत्यंत क्षतिग्रस्त सभ्यता शेष रह जाएगी? एक ऐसी अवशेष सभ्यता, जिसमें भौतिक सुख के लिए स्वजनों की भी हत्या को श्रेयस्कर समझा जाने

लगेगा और भौतिक सुख की प्राप्ति के लिए मानवीय मूल्यों, संबंधों की बलि देने में कोई हिचकिचाहट नहीं होगी। आश्चर्यचकित अर्जुन ने कहा (1.44)—

अहो बत महत्पापं कर्तुं व्यवसिता वयम्।
यद्राज्यसुखलोभेन हन्तुं स्वजनमुद्यताः ॥ 1.44 ॥

नैतिकता, मानवता, भौतिकता के इतने व्यापक विनाश के लिए अर्जुन तैयार नहीं था, इसलिए उसने श्रीकृष्ण से कहा कि मैं यह युद्ध नहीं लड़ूँगा, भले ही मेरे विरोधी मेरी हत्या ही क्यों न कर दें? (1.45)—

यदि मामप्रतीकारमशस्त्रं शस्त्रपाणयः।
धार्तराष्ट्रा रणे हन्युस्तन्मे क्षेमतरं भवेत्॥ 1.45 ॥

इसके पश्चात् संजय ने कुरुक्षेत्र की इस स्थिति के विषय में महाराज धृतराष्ट्र को अवगत कराते हुए कहा कि अर्जुन ने श्रीकृष्ण के सामने इस प्रकार की बातें कहते हुए युद्ध लड़ने से मना कर दिया और अपने हथियार नीचे रखकर रथ के एक कोने में जा बैठा (1.46)—

सञ्जय उवाच

एवमुक्त्वार्जुनः संख्ये रथोपस्थ उपाविशत्।
विसृज्य सशरं चापं शोकसंविग्नमानसः ॥ 1.46 ॥

पाठकगण ध्यान दें!

पाठकों के विचार के लिए यहाँ कुछ प्रमुख मुद्दों पर उनका ध्यानाकर्षण अपेक्षित है। युद्ध एक आपदा (Disaster) है और महाभारत का युद्ध इसका अपवाद नहीं हो सकता। अतः भगवद्गीता आपदा-प्रबंधन (Disaster Management) से अत्यंत गहरे रूप से जुड़ा है।

विचारणीय है कि अर्जुन का युद्ध से अलग होने का विचार क्या सिर्फ मोह या कायरता का परिचायक है? अथवा युद्ध के समीकरण को समझकर, उससे लाभ से ज्यादा हानि होने की संभावना देखकर विराम लेने का प्रयास? पुनः अर्जुन के ये प्रश्न/आशंकाएँ पूर्णतः निराधार थीं या महाभारत-युद्ध के बाद से आज तक की ऐतिहासिक यात्रा में हमने इन आशंकाओं को सच होते देखा है? अर्जुन की आशंका के अनुरूप क्या सनातन कुल-परंपरा चोटिल हुई? क्या समाज की कसावट में कमी आई? क्या शक्ति का केंद्र (Power Center) इस युद्ध के बाद से सरकते-सरकते पूर्व से पश्चिम की ओर (East to West) नहीं चला गया? क्या चक्रवर्ती सम्राट् की अवधारणा को लीग ऑफ नेशंस (League of Nations), संयुक्त राष्ट्र संघ (UNO), यूरोपीय यूनियन

(EU) आदि संगठनों द्वारा छद्म रूप से हड़पने का प्रयास नहीं किया गया? रैडिकल-फेमिनिज्म (Radical Feminism) के रूप में बहुत सारी स्थितियों में विकृत-स्त्रीवाद के सामने आने से समाज की चूलें नहीं हिली हैं? इस प्रकार के बहुत सारे पक्ष अर्जुन की इन उपरोक्त आशंकाओं में व्याप्त हैं। अत: पाठकगण प्रथम अध्याय के अध्ययन के समय स्वयं इन पर निर्णय अवश्य लें।

॥ गीतारथी प्रथम विश्राम ॐ तत् सत्॥

□

गीतारथी–2

श्रीकृष्ण...त्यक्त्वोत्तिष्ठ परन्तप.

आसन्न युद्ध के होने वाले विनाशकारी परिणामों का अनुमान लगाते हुए अर्जुन विक्षुब्ध हो उठा। वह इस विचार में डूब गया कि इस विनाश का हेतु उसे ही माना जाएगा, आगामी पीढ़ियाँ उसी को इस अविवेकपूर्ण युद्ध का कारण मानेंगी और उसकी कीर्ति हमेशा के लिए कलंकित हो जाएगी। इन विचारों में आमग्न अर्जुन की आँखों में आँसू भर आए। संजय ने धृतराष्ट्र को बताया कि अर्जुन की यह स्थिति देखकर श्रीकृष्ण ने अर्जुन के प्रति मर्मभेदी वचन बोले (2.1)—

सञ्जय उवाच

तं तथा कृपयाविष्टमश्रुपूर्णाकुलेक्षणम्।
विषीदन्तमिदं वाक्यमुवाच मधुसूदनः॥ 2.1॥

मानो श्रीकृष्ण ने अर्जुन द्वारा अब तक कही गई बातों पर जैसे ध्यान ही न दिया हो, मानो अर्जुन के मन–मंथन से निकले ज्वलंत प्रश्नों में कोई सार ही न हो। जैसे युद्ध शुरू होने में बिल्कुल भी समय न बचा हो और ऐसे में श्रीकृष्ण ने मात्र दो श्लोकों में ही अर्जुन को अपने विचारों से अवगत करा दिया। श्रीकृष्ण ने अर्जुन के अब तक के पांडित्यपूर्ण वचनों की मानो जानबूझकर अवहेलना करते हुए सीधे–सीधे कहा कि युद्ध आरंभ करो। किंतु यह इतना सीधा नहीं था, अपितु अर्जुन को संबोधित करते हुए श्रीकृष्ण ने अर्जुन द्वारा प्रथम अध्याय में उठाए गए मुद्दों की आड़ लेकर युद्ध से विरत होने के उसके प्रयास को अनार्य, कायरतापूर्ण और नपुंसकतायुक्त बताया। श्रीकृष्ण की ये बातें अर्जुन को अंदर तक साल गईं (2.2, 2.3)—

श्रीभगवानुवाच

कुतस्त्वा कश्मलमिदं विषमे समुपस्थितम्।
अनार्यजुष्टमस्वर्ग्यमकीर्तिकरमर्जुन॥ 2.2॥

क्लैब्यं मा स्म गमः पार्थ नैतत्त्वय्युपपद्यते।
क्षुद्रं हृदयदौर्बल्यं त्यक्त्वोत्तिष्ठ परन्तप॥ 2.3॥

प्रथम अध्याय में अर्जुन ने श्रीकृष्ण के सम्मुख केवल विचार व्यक्त किए थे, किंतु श्रीकृष्ण ने श्लोक संख्या 2.2 और 2.3 के माध्यम से अर्जुन को अत्यंत तीखे व्यंग्य-बाण मारे। इसकी चोट से अर्जुन पीड़ित हो उठा और श्लोक संख्या 2.4 में पहली बार उसने 'कथं' शब्द का प्रयोग करके श्रीकृष्ण के आदेश पर प्रश्नवाचक चिह्न लगा दिया। मानो उसका श्रीकृष्ण से कहना हो कि आप पूरी बात को बिना समझे ही ऐसा आदेश दे रहे हैं (2.4)—

अर्जुन उवाच

कथं भीष्ममहं संख्ये द्रोणं च मधुसूदन।
इषुभिः प्रतियोत्स्यामि पूजार्हावरिसूदन॥ 2.4॥

भीष्म पितामह और गुरु द्रोणाचार्य जैसे पूजनीयों पर मेरे द्वारा बाण नहीं चलाने को आप कायरता और नपुंसकता कह रहे हैं, जबकि वास्तव में ऐसा नहीं है। आर्य-सभ्यता में ऐसे सम्मानित लोगों का वध किसी भी दृष्टि से उचित नहीं है। इनको मारकर मिलने वाले सुख से अच्छा तो भीख माँगकर खाना होगा, क्योंकि इन महापुरुषों के हत्या की टीस हमेशा बनी रहेगी और ऐसे में सुख पहुँचाने वाली हर भोग्य वस्तु में इन जैसे महापुरुषों का खून लगा हुआ है, यह विचार हमारा पीछा करता रहेगा (2.5)—

गुरूनहत्वा हि महानुभावान् श्रेयो भोक्तुं भैक्ष्यमपीह लोके।
हत्वार्थकामांस्तु गुरूनिहैव भुञ्जीय भोगान्रुधिरप्रदिग्धान्॥ 2.5॥

ऐसा कहते हुए अर्जुन को संभवतः यह अहसास हुआ कि श्रीकृष्ण द्वारा की गई चोट की प्रतिक्रिया में उपरोक्त बातें उसके मुँह से निकल पड़ी हैं, क्योंकि पहले अध्याय में उसके द्वारा उठाए गए मुद्दों की भाँति ये सारगर्भित प्रतीत नहीं होतीं। पहले से ही विक्षुब्ध मानसिक स्थिति के कारण श्रीकृष्ण की समयानुकूल शिक्षा को अपने प्रति वैचारिक आक्रमण मानकर वह प्रतिक्रिया कर बैठा है। इस तथ्य की चेतना होने के साथ ही उसने अपने को किंकर्तव्यविमूढ़ता (To be or not to be) की स्थिति में पाया और श्रीकृष्ण से इस स्थिति का संकेत करते हुए कहा कि इस समय मेरे विचार स्थिर नहीं हैं, मैं निर्णय नहीं कर पा रहा हूँ कि क्या श्रेष्ठ है? क्या उन्हें जीतना श्रेष्ठ रहेगा? या उनके द्वारा जीता जाना श्रेयस्कर होगा? विपक्षियों के वध के बाद हमारे जीवित रहने का कोई औचित्य होगा? ऐसे अनेक विचारों पर मेरा मन लगातार यात्रा कर रहा है, कहीं टिक ही नहीं रहा है (इसी कारण आपके निर्णयों के प्रति भी मैं प्रशन कर रहा हूँ, ये सब मेरे वास्तविक विचार नहीं हैं। मन के प्रक्षेप-मात्र हैं, न कि निर्णय) (2.6)—

न चैतद्विद्मः कतरन्नो गरीयो यद्वा जयेम यदि वा नो जयेयुः।
यानेव हत्वा न जिजीविषामस्तेऽवस्थिताः प्रमुखे धार्तराष्ट्राः ॥ 2.6 ॥

इस प्रकार कहते हुए इसी दिशा में अर्जुन आगे बढ़ा और श्रीकृष्ण से बोला कि किंकर्तव्यविमूढ़ता के कारण मैं अपना मूल स्वभाव भूल बैठा हूँ, अतः आप मेरे लिए सही रास्ता बताइए। मैं आपको अपने गुरु के रूप में स्वीकार करता हूँ, मुझे श्रेयस्कर का चुनाव करना सिखाइए (2.7)—

कार्पण्यदोषोपहतस्वभावः पृच्छामि त्वां धर्मसम्मूढचेताः।
यच्छ्रेयः स्यान्निश्चितं ब्रूहि तन्मे शिष्यस्तेऽहं शाधि मां त्वां प्रपन्नम्॥ 2.7 ॥

मानसिक अस्थिरता के कारण उत्पन्न वैचारिक भटकाव को स्वीकार करके और श्रीकृष्ण की शरण ग्रहण करने के पश्चात् अर्जुन ने अपने मुख्य मद्दे पर पुनः श्रीकृष्ण का ध्यान खींचा और कहा कि शोक के कारण मेरी इंद्रियाँ सूख रही हैं और मैं अभी भी यही मान रहा हूँ कि स्वर्ग की समानता करने वाला धरती का यह राज्य यदि मुझे मिल भी जाए तो यह मेरे शोक को दूर नहीं कर पाएगा। याद रहे कि श्लोक संख्या 1.35 (अपित्रैलोक्यराज्यस्य) के विषय को ही दूसरे शब्दों में यहाँ समर्पित भाव से अर्जुन ने श्रीकृष्ण के सामने पुनः रखा है। अर्जुन ने कहा (2.8)—

न हि प्रपश्यामि ममापनुद्याद् यच्छोकमुच्छोषणमिन्द्रियाणाम्।
अवाप्य भूभावसपत्नमृद्धं राज्यं सुराणामपि चाधिपत्यम्॥ 2.8 ॥

प्रथम अध्याय में अर्जुन द्वारा व्यक्त की गई अपनी शारीरिक स्थिति और मानसिक उथल-पुथल को ही दूसरे शब्दों में संक्षिप्त रूप में अर्जुन ने पुनः श्रीकृष्ण के सामने रखा (Resubmitted) और दृढ़तापूर्वक बोला कि मैं युद्ध नहीं करूँगा। अर्जुन की यही स्थिति पहले अध्याय के अंत में भी उभरकर आई थी। अतः स्पष्ट है कि श्रीकृष्ण की बातों से अर्जुन के उस निर्णय में अब तक कोई परिवर्तन नहीं हुआ था, लेकिन श्रीकृष्ण की बातों से उसकी स्वयं की स्थिति अवश्य परिवर्तित हो चुकी थी, क्योंकि अब वह श्रीकृष्ण का शिष्य बन चुका था। अतः दूसरे अध्याय में अर्जुन का यह कहना कि 'मैं युद्ध नहीं करूँगा', निर्णय की भाँति लगता तो है, किंतु यह प्रथम अध्याय की भाँति कठोर नहीं है। वास्तव में यहाँ पर 'मैं युद्ध नहीं करूँगा', निर्णय न होकर अर्जुन के मानसिक ऊहापोह की स्थिति का सूचक है, जिस पर उसने श्रीकृष्ण से स्पष्टता देने की प्रार्थना की (2.9)—

सञ्जय उवाच

एवमुक्त्वा हृषीकेशं गुडाकेशः परन्तपः।
न योत्स्य इति गोविन्दमुक्त्वा तूष्णीं बभूव ह ॥ 2.9 ॥

और श्रीकृष्ण ने अर्जुन की प्रार्थना को मानकर उसका गुरु बनना स्वीकार करके हँसते हुए अत्यंत सहज भाव से अर्जुन से आगे बात करना आरंभ किया (2.10)—

तमुवाच हृषीकेशः प्रहसन्निव भारत।
सेनयोरुभयोर्मध्ये विषीदन्तमिदं वचः॥ 2.10॥

श्लोक संख्या 2.2 और 2.3 में अर्जुन को फटकारना और श्लोक संख्या 2.10 में संजय के अनुसार हँसते हुए श्रीकृष्ण द्वारा अर्जुन से बात आरंभ करना विचारणीय है। दोनों सेनाओं के बीच में श्रीकृष्ण-अर्जुन का रथ खड़ा है, युद्ध शुरू होने वाला है, अर्जुन जैसे प्रमुख योद्धा ने लड़ने से मना कर दिया है, स्थूल दृष्टि से देखने पर तो ऐसा लग रहा है कि अर्जुन मना नहीं कर रहा है, बल्कि उसकी अवस्था ही युद्ध करने की नहीं रह गई है।

ऐसे में अर्जुन ने मनोचिकित्सा (Psychotherapy) के लिए श्रीकृष्ण की ओर शिष्य बनकर रुख किया। इस प्रबल गंभीर स्थिति में श्रीकृष्ण का अर्जुन से 'प्रहसन्निव' अर्थात् 'हँसते हुए से' वार्त्ता का आरंभ करना, अर्जुन को त्वरित प्रभाव से दिलासा देने वाला साबित हो रहा था। रामचरितमानस में श्रीराम के चरित्र में भी यह हाव-भाव दृष्टिगोचर है। रावण की माया से जब वानर सेना मोहित, शंकित और किंकर्तव्यविमूढ़ हो गई थी तो श्रीराम ने भी हँसते हुए ही अपने धनुष पर बाण चढ़ाया और पल भर में ही सारी माया हर ली थी—

निज सेन चकित बिलोकि हँसि सर चाप सजि कोसलधनी।
माया हरी हरि निमिष महुँ हरषी सकल मर्कट अनी॥

—रामचरितमानस, लंकाकांड, (89वें दोहे से पूर्व का छंद)

श्रीकृष्ण ने भी शब्दरूपी धनुष पर ज्ञानरूपी बाण चढ़ाकर एक-एक कर मायाजनित मोह का संहार करते हुए अर्जुन को आश्वस्त करना शुरू कर दिया। रामचरितमानस में भी हम देखते हैं कि जब रावण द्वारा अपमानित होने पर विभीषण श्रीराम की शरण में आया तो रामादल में उसे शरण देने को लेकर सहमति नहीं थी। सुग्रीव का कहना था—विभीषण शत्रु का भाई है, अतः उसे बंदी बना लेना चाहिए। फिर श्रीराम से मुलाकात को लेकर विभीषण भी द्वंद्व में ही था, किंतु श्रीराम ने इस मोह का निवारण करते हुए कहा कि शरणागत का कल्याण करना मेरा प्रण है। अगर विभीषण हमारा भेद भी लेने आया है तो भी हमें हानि नहीं पहुँचा पाएगा। इस ऊहापोह की स्थिति में श्रीराम ने भी हँसते हुए ही विभीषण को लेकर आने की आज्ञा दी। वास्तव में भगवान् की मुसकराहट सामान्य न होकर शरणागतों को दिलासा देने वाली होती है, आश्वासन देने वाली होती है कि सबकुछ ठीक है, घबराने की कोई बात नहीं है—

उभय भाँति तेहि आनहु हँसि कह कृपानिकेत।
जय कृपाल कहि कपि चले अंगद हनू समेत॥

—रामचरितमानस, 5.44

अर्जुन के लिए भी श्रीकृष्ण की हँसी वैसी ही दिलासा लेकर आई थी। श्रीकृष्ण की मुसकान भी यहाँ सामान्य न होकर सारगर्भित और विशेष है।

अर्जुन मनोविकार का शिकार हो गया था। उसे प्राथमिक चिकित्सा (First Aid) के रूप में मनोचिकित्सा की आवश्यकता थी और चिकित्सा के क्षेत्र में किसी चिकित्सक का रोगी से मुसकराकर बात करना बहुत ही राहत देने वाला होता है। अर्जुन को भी श्रीकृष्ण की मुसकराहट से संबल मिला कि स्थिति नियंत्रण से बाहर नहीं हुई है, स्थिति निश्चित रूप से सँभल जाने योग्य है। अतः इस प्रसंग में श्रीकृष्ण की हँसी अर्जुन के भीतर नए भावों का संचार कर रही थी।

श्रीकृष्ण ने अर्जुन से कहा कि तुम बातें तो विद्वानों जैसी कर रहे हो, किंतु उसे आचरण में नहीं ला रहे हो। जो शोक के योग्य नहीं है, तुम उनके लिए शोक कर रहे हो, जबकि विद्वान् व्यक्ति जीवित और मृत दोनों के लिए ही शोक नहीं करते (2.11)—

श्रीभगवानुवाच

अशोच्यानन्वशोचस्त्वं प्रज्ञावादांश्च भाषसे।
गतासूनगतासूंश्च नानुशोचन्ति पण्डिताः॥ 2.11॥

इस प्रकार गीता का बल कथनी को करनी में उतारने पर है। रामचरितमानस में भी कथनी और करनी में समानता होने को ही श्रेष्ठ माना गया है। मेघनाद के वध के बाद रोती हुई रानियों को रावण ने विभिन्न कथा-उपदेशों के द्वारा जब ढाढस बँधाने का प्रयास किया तो रामचरितमानस में रावण पर कटाक्ष करते हुए बताया गया है कि दूसरों को उपदेश देने में बहुत से लोग कुशल होते है, किंतु उस उपदेश का स्वयं पालन करने वालों की संख्या अत्यंत कम है—

पर उपदेस कुसल बहुतेरे। जे आचरहिं ते नर न घनेरे॥

—रामचरितमानस, 6.77.1

यहाँ से सर्वप्रथम श्रीकृष्ण ने अर्जुन को समझाने के लिए सांख्य-योग पद्धति को अपनाया। यह एक प्रकार की विश्लेषणात्मक पद्धति है, जिसमें किसी विषय को छोटे-छोटे टुकड़ों में तोड़कर, टुकड़े-टुकड़े का समाधान करते हुए संपूर्ण विषय को समझा जाता है। पाश्चात्य दर्शन में गणितज्ञ-दार्शनिक डेकार्ट की भी यही पद्धति है।

श्रीकृष्ण ने इस क्रम में सर्वप्रथम अर्जुन से यह बताया कि भूत, वर्तमान और भविष्य, तीनों कालों में सबकी सत्ता सदैव विद्यमान रहती है(2.12)—

न त्वेवाहं जातु नासं न त्वं नेमे जनाधिपाः।
न चैव न भविष्यामः सर्वे वयमतः परम्॥ 2.12॥

जिसे तुम हत्या/मृत्यु/विनाश समझ रहे हो, वह तो देहांतरण-मात्र (Transmigration) है, जो बाल्यावस्था, तरुणावस्था और वृद्धावस्था की भाँति ही एक अवस्था है, जिसके पश्चात् जीव को पुनः बाल्यावस्था की प्राप्ति होती है (2.13)—

देहिनोऽस्मिन्यथा देहे कौमारं यौवनं जरा।
तथा देहान्तरप्राप्तिर्धीरस्तत्र न मुह्यति॥ 2.13॥

इसको हम निम्न रेखाचित्र से समझ सकते हैं—

रेखाचित्र-3

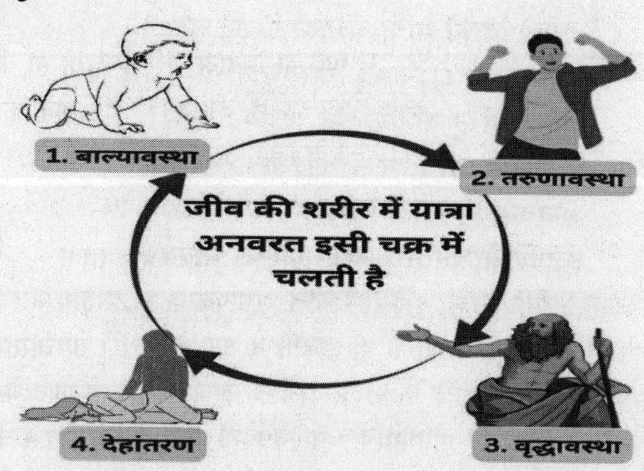

जिस प्रकार बाल्यावस्था से तरुणावस्था और फिर तरुणावस्था से वृद्धावस्था आने पर शोक नहीं किया जाता, उसी प्रकार बुद्धिमान लोग देहांतरण की अवस्था आने पर भी शोक नहीं करते हैं। रामचरितमानस में श्रीराम ने भी बाली की पत्नी तारा को समझाते हुए नित्य जीव के देहांतरण के लिए शोक को व्यर्थ बताया है—

प्रगट सो तनु तव आगें सोवा। जीव नित्य केहि लगि तुम्ह रोवा॥

—रामचरितमानस, 4.10.3

आगे के श्लोकों में श्रीकृष्ण ने अर्जुन को समझाया कि सुख और दुःख तो सर्दी और गरमी की ऋतुओं की भाँति आने और जाने वाले हैं, अतः मनुष्य को इनको सहन करने की आदत डालनी चाहिए। इनसे विचलित नहीं होना चाहिए (2.14)। सुख और दुःख में जो समान भाव रखता है, वही मुक्ति को प्राप्त होता है। यहाँ मुक्ति आशंका से, भय से, द्वंद्व से संदर्भित है (2.15)—

मात्रास्पर्शास्तु कौन्तेय शीतोष्णसुखदुःखदाः।
आगमापायिनोऽनित्यास्तांस्तितिक्षस्व भारत॥ 2.14॥
यं हि न व्यथयन्त्येते पुरुषं पुरुषर्षभ।
समदुःखसुखं धीरं सोऽमृतत्वाय कल्पते॥ 2.15॥

वार्त्ता को आगे बढ़ाते हुए श्रीकृष्ण ने कहा कि सत् का नाश और असत् की सुरक्षा करना संभव ही नहीं है (2.16)। जो आत्मा संपूर्ण शरीर में व्याप्त है, वही सत् है, उसका नाश किसी प्रकार से संभव नहीं है (2.17) और जिस शरीर में यह आत्मा व्याप्त है, वह असत् है, अतः उसे बनाए रखना किसी प्रकार भी संभव नहीं है (2.18)—

नासतो विद्यते भावो नाभावो विद्यते सतः।
उभयोरपि दृष्टोऽन्तस्त्वनयोस्तत्त्वदर्शिभिः॥ 2.16॥
अविनाशि तु तद्विद्धि येन सर्वमिदं ततम्।
विनाशमव्ययस्यास्य न कश्चित्कर्तुमर्हति॥ 2.17॥
अन्तवन्त इमे देहा नित्यस्योक्ताः शरीरिणः।
अनाशिनोऽप्रमेयस्य तस्माद्युध्यस्व भारत॥ 2.18॥

फिर आगे श्लोक संख्या 2.19 में श्रीकृष्ण स्पष्ट करते हैं कि पीछे के श्लोक संख्या 2.11 में उपरोक्त कारणों से ही उन्होंने अर्जुन के वचनों के विद्धत्तापूर्ण होने पर भी उसकी विद्धत्ता पर संदेह किया था, क्योंकि अर्जुन देहांतरण पर शोक कर रहा है, जो व्यर्थ है, क्योंकि यह अनिवार्य है, निश्चित है। पुनः आत्मा/जीव के लिए शोक भी व्यर्थ है, क्योंकि जो यह समझे कि उसने जीवात्मा को मार दिया, या जीवात्मा मर गया, वह अज्ञानी है। अब चूँकि जीव सत् है, अतः श्लोक संख्या 2.16 के अनुसार यह कभी नष्ट नहीं हो सकता, यह न तो किसी को मारता है और न मारा जाता है (2.19)—

य एनं वेत्ति हन्तारं यश्चैनं मन्यते हतम्।
उभौ तौ न विजानीतो नायं हन्ति न हन्यते॥ 2.19॥

श्रीकृष्ण ने अगले श्लोक में अर्जुन को समझाते हुए कहा कि परिजनों के वध संबंधी तुम्हारा शोक व्यर्थ है, क्योंकि आत्मा, जन्म और मृत्यु से परे है। शरीर के मरने पर भी वह नहीं मरता (2.20)। यह तथ्य जिसको मालूम है, वह भली-भाँति जानता है कि किसी को भी मारना या मरवाना संभव ही नहीं है (2.21)—

न जायते म्रियते वा कदाचिन्नायं भूत्वा भविता वा न भूयः।
अजो नित्यः शाश्वतोऽयं पुराणो न हन्यते हन्यमाने शरीरे॥ 2.20॥

वेदाविनाशिनं नित्यं य एनमजमव्ययम्।
कथं स पुरुषः पार्थ कं घातयति हन्ति कम्॥ 2.21॥

अर्जुन शरीर की सत्ता को वास्तविक मान रहा था, जो सही नहीं था। श्रीकृष्ण ने बताया कि वास्तविक सत्ता तो आत्मा की होती है। अर्जुन शरीर के विनाश को लेकर भ्रमित हो रहा था। श्रीकृष्ण ने स्पष्ट किया कि यह विनाश नहीं, अपितु एक अवस्था है, जिसे देहांतरण (Transmigration) कहते हैं, जो तय है। जैसे लोग पुराने वस्त्रों को त्यागकर नया वस्त्र धारण करते हैं, वैसे ही आत्मा भी देहांतरण की प्रक्रिया द्वारा पुराने शरीर को छोड़कर नया शरीर धारण करती है (2.22)—

वासांसि जीर्णानि यथा विहाय नवानि गृह्णाति नरोऽपराणि।
तथा शरीराणि विहाय जीर्णान्यन्यानि संयाति नवानि देही॥ 2.22॥

रामचरितमानस के उत्तरकांड में काकभुशुंडिजी ने गरुड़जी को भी देहांतरण की इस प्रक्रिया को ऐसे ही वस्त्र बदलने का उदाहरण देकर समझाया है—

जोइ तनु धरउँ तजउँ पुनि अनायास हरिजान।
जिमि नूतन पट पहिरइ नर परिहरइ पुरान॥

—रामचरितमानस, 7.109 (ग)

अपरिहार्य होने के कारण देहांतरण को लेकर शोक उचित नहीं है और जो तत्त्व देहांतरण की प्रक्रिया में एक शरीर से दूसरे शरीर में स्थानांतरित होता है, अर्थात् आत्मा, उसकी चिंता की आवश्यकता ही नहीं है, क्योंकि आत्मा को किसी भी हथियार से काटना संभव नहीं है। आग से जलाना, पानी में डुबोना या हवा से सुखाना भी असंभव है (2.23)। यह आत्मा वास्तव में शाश्वत, सर्वव्यापी, एकरस, अचिंतनीय, अपरिवर्तनीय है। आत्मा के विषय में ऐसा जान लेने पर तुम्हें बिल्कुल शोक नहीं करना चाहिए (2.24, 2.25)—

नैनं छिन्दन्ति शस्त्राणि नैनं दहति पावकः।
न चैनं क्लेदयन्त्यापो न शोषयति मारुतः॥ 2.23॥
अच्छेद्योऽयमदाह्योऽयमक्लेद्योऽशोष्य एव च।
नित्यः सर्वगतः स्थाणुरचलोऽयं सनातनः॥ 2.24॥
अव्यक्तोऽयमचिन्त्योऽयमविकार्योऽयमुच्यते।
तस्मादेवं विदित्वैनं नानुशोचितुमर्हसि॥ 2.25॥

श्रीकृष्ण की ये बातें अत्यंत गूढ़ हैं। आत्मा के स्वरूप का यह सिद्धांत वास्तव में 'आत्मा का विज्ञान' (Science of Soul) है। मानव-सभ्यता के लिए इसे समझना अत्यंत आवश्यक है। आज की मानव-सभ्यता अत्यंत उन्नत होने का दावा अवश्य

करती है, किंतु वास्तव में वह अर्जुन की भाँति शरीर-केंद्रित (Body Centric) चिंतन के इर्द-गिर्द ही घूमती है। आज का उन्नत चिकित्सा-विज्ञान (Advance Medical Science) भी शरीर-केंद्रित ही है। राजनीति (Politics) भी व्यक्ति-केंद्रित ही है, जिसमें किसी व्यक्ति के स्थूल-विचार केंद्र में होते हैं। अंतरराष्ट्रीय मुद्दे और संस्थाएँ (International Issues and Institutions) भी भौतिक कारकों (देशों की सीमाएँ, भू-भाग, समुद्री सीमाएँ, अंतरिक्ष आदि) के इर्द-गिर्द ही घूमती हैं। जबकि श्रीकृष्ण मानव की चेतना के केंद्र को बदलने की बात करते हैं, ऊपर ले जाने की बात करते हैं—आधुनिक मानव सभ्यता (Modern Civilization) को गीता के इस दृष्टिकोण को आत्मसात् करने की आवश्यकता है। श्रीकृष्ण ने अर्जुन से स्पष्ट किया कि शरीर को केंद्र में रखना त्रुटिपूर्ण है, क्योंकि केंद्र तो आत्मा है। इस विषय को हम निम्न रेखाचित्र के माध्यम से समझते हैं—

रेखाचित्र-4

अर्जुन और श्रीकृष्ण

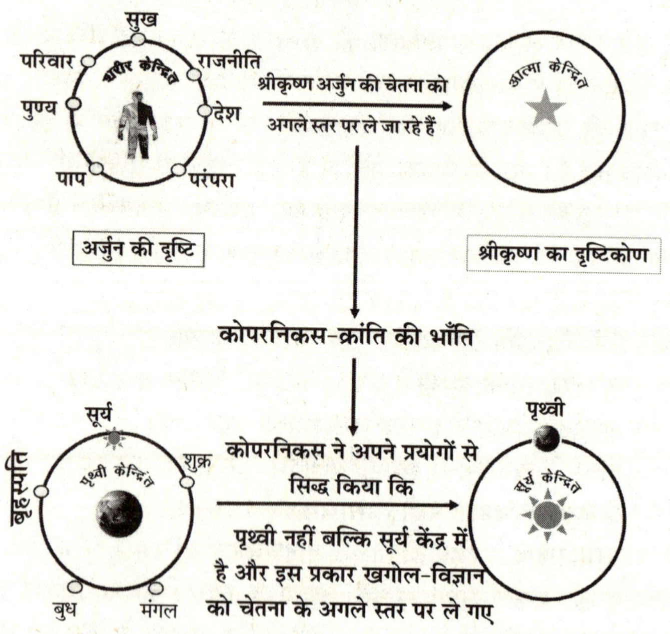

श्रीकृष्ण द्वारा अर्जुन का दृष्टिकोण परिवर्तन : कोपरनिकसीय क्रांति के रूप में

श्रीकृष्ण और अर्जुन की यह वार्त्ता मानव-सभ्यता के लिए हमेशा उत्प्रेरक, मार्गदर्शक और निर्देशक की भाँति है। उत्प्रेरक इसलिए है, क्योंकि यह हमें बताती है कि वास्तविक लक्ष्य को वास्तव में समझो, यह अवश्य समझो कि जिसे वास्तविक लक्ष्य मान रहे हो, क्या वह ठीक है? मार्गदर्शक इसलिए है, क्योंकि यह लक्ष्य तक जाने का मार्ग दिखाती है और समझाती है कि वास्तविक लक्ष्य (Real Goal) अगर सुरक्षित है तो मार्ग के अगल-बगल होने वाली टूट-फूट बेमानी है। लक्ष्य केंद्रित लोगों के लिए मार्ग में होने वाली सारहीन टूट-फूट के विशेष मायने नहीं होने चाहिए। श्री हरिवंश राय बच्चन की निम्नलिखित पंक्तियाँ इस भाव को भली प्रकार उकेरती हुई दिखाई देती हैं—

"जो बीत गई सो बात गई
जीवन में एक सितारा था
माना वह बेहद प्यारा था
वह डूब गया तो डूब गया
अंबर के आनन को देखो
कितने इसके तारे टूटे
कितने इसके प्यारे छूटे
जो छूट गए फिर कहाँ मिले
पर बोलो टूटे तारों पर
कब अंबर शोक मनाता है
जो बीत गई सो बात गई"

और निर्देशक इसलिए है, क्योंकि गीता यह निर्देश करती है कि जीवन के हर क्षेत्र में मानव-सभ्यता को 'कोपरनिकसीय क्रांति' के द्वारा सही केंद्र की पहचान करके उसके अनुरूप रणनीति का निर्माण करना चाहिए, ताकि प्रत्येक क्षेत्र में व्याप्त अमानवीय संघर्ष, विषाद, असंतोष आदि का शमन किया जा सके। श्रीकृष्ण-अर्जुन की यह वार्त्ता मानव-चेतना को अगले स्तर (Next Level) पर ले जाने की प्रबल प्रेरणा के रूप में भी है।

भारतीय सनातन-परंपरा प्रश्नोत्तरी पर आधारित है। यहाँ प्रश्न पूछने वाले पर उत्तर देने वाला अपने विचारों को थोपता नहीं है, वरन् विभिन्न प्रसंगों के माध्यम से उत्तर देकर उसकी शंका का समाधान करता है। गीता में हम देखते हैं कि अर्जुन के प्रश्नों की प्रकृति अलग है, जबकि श्रीकृष्ण उस प्रश्न की प्रकृति से पृथक् प्रकृति का उत्तर देते हुए प्रतीत होते हैं, जो एक प्रकार से उत्तर को थोपने जैसा लगता है, किंतु वास्तव में ऐसा नहीं है, श्रीकृष्ण ने अर्जुन पर उत्तरों को थोपा नहीं है, वरन् एक विशिष्ट शैली में विभिन्न

उदाहरणों और प्रसंगों को समाहित करते हुए विश्लेषणात्मक पद्धति (Analytical Method) के द्वारा ही अर्जुन के मूल प्रश्नों का ही उत्तर दिया।

श्रीकृष्ण ने आगे कहा कि यदि तुम्हारी ही बात को सही मान लिया जाए कि आत्मा ही जन्म लेती है और उसी की मृत्यु भी होती है तो भी तुम्हें शोक नहीं करना चाहिए (2.26)। क्योंकि जिसका जन्म होता है, उसकी मृत्यु निश्चित है और मृत्यु के पश्चात् उसका पुनर्जन्म (Rebirth) भी तय है। अतः क्षत्रिय होने के कारण युद्ध करना, जो तुम्हारा अपरिहार्य कर्म है, उससे पीछे हटना ठीक नहीं है (2.27)—

अथ चैनं नित्यजातं नित्यं वा मन्यसे मृतम्।
तथापि त्वं महाबाहो नैनं शोचितुमर्हसि॥ 2.26॥
जातस्य हि ध्रुवो मृत्युर्ध्रुवं जन्म मृतस्य च।
तस्मादपरिहार्येऽर्थे न त्वं शोचितुमर्हसि॥ 2.27॥

वास्तव में सभी जीवों की गति का एक चक्र है—आरंभ में अप्रकट रहना, बीच में प्रकट होना और अंत में पुनः अप्रकट हो जाना। इसमें शोक की कोई बात ही नहीं है (2.28)—

अव्यक्तादीनि भूतानि व्यक्तमध्यानि भारत।
अव्यक्तनिधनान्येव तत्र का परिदेवना॥ 2.28॥

जीव की गति के इस चक्र को हम निम्न रेखाचित्र द्वारा समझने का प्रयास करते हैं—

रेखाचित्र-5

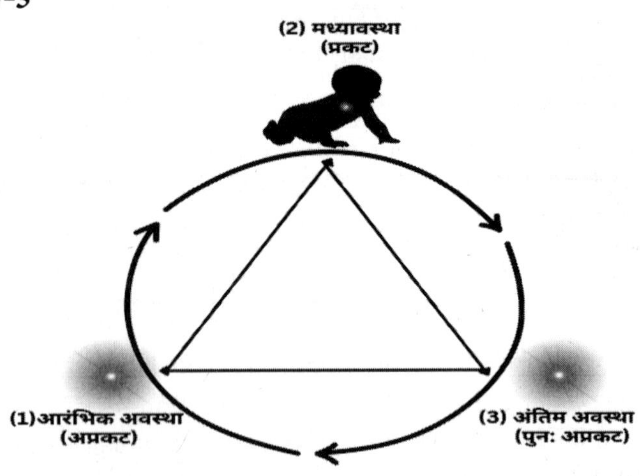

जीव का अप्रकट रहना, प्रकट होना तथा अंत में पुनः अप्रकट हो जाना

उपरोक्त रेखाचित्र को देखने से स्पष्ट होता है कि जीव पहली अवस्था में अदृश्य रहता है, मध्य में शरीर धारण करने के कारण दिखाई पड़ता है और अंतिम अवस्था में पुन: अदृश्य हो जाता है। अंतिम अवस्था में अदृश्य होने का भाव आते ही यह प्रारंभिक अवस्था का रूप ले लेती है और मध्य अवस्था में जाकर फिर शरीर धारण करके दिखाई देने लगती है तथा पुन: अंतिम अवस्था में अदृश्य हो जाती है। इस प्रकार सृष्टि के निर्माण और लय का यह चक्र मुक्ति प्राप्त होने तक अनवरत चलता रहता है, जिसे स्थूल रूप से हम उद्भव-पालन-प्रलय चक्र के रूप में जानते हैं।

पाश्चात्य-दार्शनिक हीगल ने भी अपने द्वंद्वात्मक पद्धति (Dialectical Method) में विचारों के निर्माण, प्रभाव और बदलाव के संबंध में वाद, प्रतिवाद और संवाद (Thesis, Antithesis, Synthesis) के रूप में उद्भव-पालन-प्रलय की उपरोक्त श्रृंखला को ही अपनाया है। हीगल के वाद, प्रतिवाद और संवाद संबंधी सिद्धांत और श्लोक संख्या 2.28 में बताई गई जीव की विभिन्न अवस्थाओं की समानता को हम निम्न रेखाचित्र द्वारा देख सकते हैं—

रेखाचित्र-6

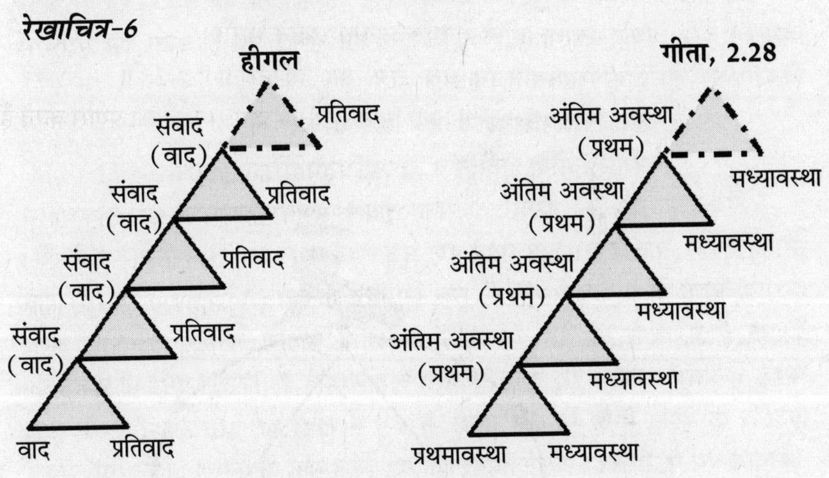

हीगल की द्वंद्वात्मक-पद्धति और गीता के श्लोक संख्या 2.28 में वर्णित जीव की विभिन्न अवस्थाओं की तुलना

संवाद ही समय के साथ वाद बनकर पुन: नई रचना करती है। कार्ल मार्क्स ने हीगल के इस सिद्धांत को बदलाव के साथ अपनाया, हीगल ने जहाँ इस विधि से विचारों के उत्पत्ति, स्थिति आदि की व्याख्या की थी, वहीं कार्ल मार्क्स इसे भौतिकता के स्तर पर ले गए। फिर भी हीगल की भाँति ही कार्ल मार्क्स के दर्शन में भी संघर्ष को ही मान्यता

प्राप्त है। हीगल का दर्शन वैचारिक संघर्ष का प्रतिनिधित्व करता है तो कार्ल मार्क्स का दर्शन भौतिक संघर्ष का। जबकि गीता का दर्शन अपनाने से ऐसे संघर्षों का पटाक्षेप हो जाता है, क्योंकि इसके मूल में समन्वय और सामंजस्य के तत्त्व विद्यमान हैं।

आत्मा के विषय में इतनी बातें पढ़ते हुए पाठकों के मन में निश्चित रूप से भिन्न-भिन्न विचार उत्पन्न हो रहे होंगे। कुछ पाठक इसमें आश्चर्य देख रहे होंगे, कुछ पाठक यह सब पढ़कर दूसरे लोगों से आत्मा के विषय में बात करते हुए इसे आश्चर्य की भाँति बताएँगे। कुछ लोग बताने पर इस विषय को आश्चर्य की तरह सुनेंगे तो वहीं यह भी निश्चित है कि बताने के बावजूद बहुत सारे लोग आत्मा के विषय में कुछ भी नहीं समझ पाएँगे। पाठकगण इन बातों को सामान्य रूप से ही लें, क्योंकि श्रीकृष्ण ने भी अर्जुन से यही कहा है (2.29)—

आश्चर्यवत्पश्यति कश्चिदेनमाश्चर्यवद्वदति तथैव चान्यः।
आश्चर्यवच्चैनमन्यः शृणोति श्रुत्वाप्येनं वेद न चैव कश्चित्॥ 2.29॥

अगले श्लोक में श्रीकृष्ण ने अर्जुन को स्पष्ट किया कि इस ऊहापोह से भ्रमित होने की या घबराने की बिल्कुल भी आवश्यकता नहीं है। निश्चित रूप से देह के भीतर विद्यमान देही, अर्थात् आत्मा का वध किसी प्रकार संभव नहीं है, अतः इस संबंध में किसी प्रकार का शोक निरर्थक है (2.30)—

देही नित्यमवध्योऽयं देहे सर्वस्य भारत।
तस्मात्सर्वाणि भूतानि न त्वं शोचितुमर्हसि॥ 2.30॥

जीवन के नाश का विचार, जिसको लेकर अर्जुन शोकाकुल था, श्रीकृष्ण ने उसका उच्छेद कर दिया। आगे बढ़ते हुए अर्जुन का ध्यान अब वे कर्तव्यों पर ले गए। हर एक प्राणी के प्रत्येक स्थिति में कुछ निर्धारित कर्तव्य (Assigned Duty) होते हैं। पुत्र, पिता, पत्नी, माँ, बेटी, व्यवसायी, परीक्षार्थी, ब्राह्मण, डॉक्टर, एडवोकेट आदि सबके तत्संबंधी स्वरूप हेतु कुछ निर्धारित कर्तव्य होते हैं, जिन्हें 'धर्म' भी कहते हैं। कुरुक्षेत्र के मैदान में अर्जुन एक योद्धा के रूप में खड़ा था, इस रूप में उसके कुछ अनिवार्य धर्म थे, जिनका पालन आवश्यक था, किंतु मोह के कारण अर्जुन धर्म-संकट में पड़ गया था।

चिकित्सक का धर्म चिकित्सकीय सहायता देना है, फिर चाहे वह दुश्मन ही क्यों न हो? रामायण के युद्ध में मेघनाद के शक्ति-बाण से घायल लक्ष्मणजी को रावण के पक्ष के चिकित्सक सुषेण ने चिकित्सकीय सहायता देकर अपने धर्म का ही पालन किया और इस प्रकार के धर्म-संकट में क्या करना चाहिए, इसका श्रेष्ठ उदाहरण प्रस्तुत किया। हालाँकि हनुमानजी एक प्रकार से उन्हें जबरदस्ती ही लाए थे, फिर भी विपक्ष का होने

के कारण या जबरदस्ती लाए जाने के कारण भावना के आहत होने का खयाल न करके उन्होंने अपने धर्म-पालन को ही वरीयता दी—

जामवंत कह बैद सुषेना। लंकाँ रहइ को पठई लेना॥
धरि लघुरूप गयउ हनुमंता। आनेउ भवन समेत तुरंता॥

—रामचरितमानस, 6.54.4

राम पदार बिंद सिर नायउ आइ सुषेन।
कहा नाम गिरि औषधी जाहु पवनसुत लेन॥

—रामचरितमानस, 6.55

यह स्वधर्म के ही पालन की महिमा है कि सुषेण वैद्य को राजद्रोह के लिए इतिहास में याद नहीं किया जाता। शायद रावण ने भी इसी कारण इसका कोई प्रतिकार नहीं किया।

पुनः वकालत के पेशे में भी कभी-कभी बड़े-बड़े धर्मसंकट देखे जाते हैं, जैसे आतंकवादियों के पक्ष में वकालत करें या न करें, घिनौने-अपराध (Heinous Crime) करने वालों का वकील बनें कि न बनें, नरसंहार (Genocide) के आरोपी को वकील के रूप में सहायता दें कि न दें आदि संदर्भों में कठिन स्थिति पैदा हो जाती है। ऐसे केसों में वकालत करने पर आलोचना भी होती है, किंतु याद रखें कि वकील का स्वधर्म तय है। अपराधी को देखे बगैर अपने स्वधर्म का पालन करते हुए कानूनी सहायता प्रदान करना, जिससे संपूर्ण न्याय की अवधारणा साकारित हो सके और संपूर्ण न्याय की यह अवधारणा भारतीय संविधान का वादा है। अतः वकील का कार्य हर स्थिति में संविधान के संपूर्ण न्याय के वादे को पूरा करने के लिए निमित्त बनना है, यही धर्म है।

हमारे जीवन में भी इस प्रकार के छोटे-बड़े धर्मसंकट उत्पन्न होते रहते हैं, श्रीकृष्ण की अर्जुन के प्रति दी गई यह शिक्षा ही उस समय हमारे लिए मार्गदर्शक होनी चाहिए। किसी भी स्थिति में निर्धारित कर्म (Assigned Duty) से विचलन ठीक नहीं है। व्यक्ति के ऊपर धर्म को हमेशा वरीयता मिलनी चाहिए।

अब प्रश्न उठता है कि अर्जुन के लिए वास्तविक धर्म क्या था?

श्रीकृष्ण ने कहा कि मत भूलो कि तुम एक क्षत्रिय हो और क्षत्रिय के लिए तो युद्ध करने से बढ़कर कोई धर्म है ही नहीं। अतः युद्ध करने में तो बिल्कुल ही संकोच मत करो (2.31)—

स्वधर्ममपि चावेक्ष्य न विकम्पितुमर्हसि।
धर्म्याद्धि युद्धाच्छ्रेयोऽन्यत्क्षत्रियस्य न विद्यते॥ 2.31॥

रामचरितमानस में श्रीरामजी ने भी ठीक ऐसा ही विचार परशुरामजी के सामने प्रस्तुत करते हुए कहा कि क्षत्रिय को काल से भी युद्ध करने में संकोच नहीं करना चाहिए—

छत्रिय तनु धरि समर सकाना। कुल कलंकु तेहिं पावँर आना॥
कहउँ सुभाउ न कुलहिं प्रसंसी। कालहु डरहिं न रन रघुबंसी॥

—रामचरितमानस, 1.283.2

रामचरितमानस के अरण्यकांड में खर-दूषण प्रसंग में भी क्षत्रिय के स्वभाव का वर्णन श्रीराम ने इसी भाव से किया है—

हम छत्री मृगया बन करहीं। तुम्ह से खल मृग खोजत फिरहीं॥
रिपु बलवंत देखि नहिं डरहीं। एक बार कालहु सन लरहीं॥

—रामचरितमानस, 3.18.5

श्रीकृष्ण अर्जुन को समझाते हुए बोले कि धर्म का पालन ही श्रेष्ठतम मार्ग है। जिन व्यक्तिगत कारणों से तुम युद्ध से हटना चाहते हो, बाद में दुनिया इसे कर्तव्य पालन से भागना मानेगी। लोग यही सोचेंगे कि कारण चाहे जो भी रहे हों, तुम क्षत्रिय-धर्म का पालन करने में असफल रहे। युद्ध तो क्षत्रिय के लिए अनायास ही स्वर्ग में प्रवेश का रास्ता खोल देता है। क्षत्रिय होकर भी युद्ध नहीं करने पर कर्तव्य-उपेक्षा के दोष से तुम्हारा बचना संभव नहीं रहेगा और तुम्हें महान् योद्धा होने का यश हमेशा के लिए खो देना पड़ेगा। 'युद्ध से भागा हुआ भगोड़ा' के कलंक को तुम्हें सदैव ढोना पड़ेगा और कलंक या अपयश तो सम्मानित व्यक्ति के लिए मृत्यु से भी बढ़कर है (2.32, 2.33, 2.34)—

यदृच्छया चोपपन्नं स्वर्गद्वारमपावृतम्।
सुखिनः क्षत्रियाः पार्थ लभन्ते युद्धमीदृशम्॥ 2.32॥
अथ चेत्त्वमिमं धर्म्यं सङ्ग्रामं न करिष्यसि।
ततः स्वधर्मं कीर्तिं च हित्वा पापमवाप्स्यसि॥ 2.33॥
अकीर्तिं चापि भूतानि कथयिष्यन्ति तेऽव्ययाम्।
सम्भावितस्य चाकीर्तिर्मरणादतिरिच्यते॥ 2.34॥

रामचरितमानस में श्रीरामजी ने भी सुमंत्रजी से कहा है कि किसी भी स्थिति में धर्म का पालन सुनिश्चित होना चाहिए—

धरमु धरेउ सहि संकट नाना॥

—रामचरितमानस, 2.94.2

धर्म पालन से च्युत होने पर व्यक्ति को अपयश का भागी बनना पड़ता है—

तजें तिहूँ पुर अपजसु छावा॥

—रामचरितमानस, 2.94.3

और यह अपयश तो प्रतिष्ठित पुरुष के लिए करोड़ों मृत्यु की भाँति संताप देने वाला है—

संभावित कहुँ अपजस लाहू। मरन कोटि सम दारुन दाहू॥

—*रामचरितमानस, 2.94.4*

अगले श्लोक में श्रीकृष्ण ने अर्जुन से कहा कि तुम्हारे इस कृत्य का विपक्षी, आने वाली पीढ़ियाँ, इतिहास—सभी केवल आलोचना करेंगे। इतिहास में तुम डरकर युद्ध-मैदान छोड़ने वाले के रूप में ही दर्ज किए जाओगे। लोग और आगामी पीढ़ियाँ तुम्हें तुच्छ योद्धा के रूप में याद करेंगी और इस प्रकार एक श्रेष्ठ योद्धा के रूप में अब तक तुम्हारे द्वारा अर्जित की गई उपलब्धियाँ धूमिल हो जाएँगी। क्या उस दुःख को तुम सह पाओगे? (2.35, 2.36)—

भयाद्रणादुपरतं मंस्यन्ते त्वां महारथाः।
येषां च त्वं बहुमतो भूत्वा यास्यसि लाघवम्॥ 2.35॥
अवाच्यवादांश्च बहून्वदिष्यन्ति तवाहिताः।
निन्दन्तस्तव सामर्थ्यं ततो दुःखतरं नु किम्॥ 2.36॥

तुम यह जान लो कि इस युद्ध से तुम्हें किसी प्रकार की हानि नहीं होने वाली है। तुम्हारे युद्ध लड़ने से एक ओर तो तुम्हारे द्वारा धर्म का पालन होगा, दूसरी ओर इस युद्ध में मरने पर स्वर्ग मिलेगा और जीतने पर धरती का राज्य उपभोग के लिए मिलेगा (2.37)। इसलिए जीवित बचने, मारे जाने, सुख-दुःख, हानि-लाभ, जय-पराजय आदि स्वधर्म पालन के मार्ग में जो प्राप्त हो, सब एक समान है, ऐसा मानकर स्वधर्म पालन-मात्र के लिए युद्ध करो। इससे तुम्हें किसी प्रकार का पाप नहीं लगेगा, क्योंकि स्वधर्म/निर्धारित कर्म का पालन पाप से ग्रसित नहीं होता (2.37, 2.38)—

हतो वा प्राप्स्यसि स्वर्गं जित्वा वा भोक्ष्यसे महीम्।
तस्मादुत्तिष्ठ कौन्तेय युद्धाय कृतनिश्चयः॥ 2.37॥
सुखदुःखे समे कृत्वा लाभालाभौ जयाजयौ।
ततो युद्धाय युज्यस्व नैवं पापमवाप्स्यसि॥ 2.38॥

स्पष्ट रूप से श्रीकृष्ण ने कहा कि केंद्र का निर्धारण उपयुक्त होना चाहिए, स्वधर्म पालन केंद्र है, जिसमें बंधन नहीं होता, जबकि इसके आस-पास के कारक बंधनकारी हैं। क्षत्रिय के लिए युद्ध लड़ना स्वधर्म है, वह कतई बंधनकारी नहीं है, किंतु युद्ध से संबंधित कारकों, जैसे जीत-हार, सुख-दुःख, लाभ-हानि को केंद्र में लाने पर बंधन उत्पन्न होगा और पाप का कारण बनेगा।

गीता का अगला श्लोक अर्थात् श्लोक संख्या 2.39 वास्तव में दूसरे अध्याय की विभाजन रेखा है। श्रीकृष्ण ने अर्जुन से इस श्लोक में बताया कि अभी तक मैंने तुम्हें सांख्य-योग के आधार पर समझाया है कि 'वास्तविकता क्या है'?, 'करणीय क्या है'?, 'क्या होना चाहिए'?...अब आगे मैं यह बताने जा रहा हूँ कि इसको करने की क्रिया-विधि (Modes Operandi) क्या है? कर्म को किस विधि से किया जाए कि वह बंधन में न डाले? (2.39) ऐसी विधि से कर्म करने पर किसी प्रकार की हानि नहीं होती, अपितु यह विधि महान् विपत्तिकारी स्थिति में व्यक्ति के लिए स्वतः मार्ग बना देती है (2.40)—

एषा तेऽभिहिता सांख्ये बुद्धिर्योगे त्विमां शृणु।
बुद्ध्या युक्तो यया पार्थ कर्मबन्धं प्रहास्यसि॥ 2.39॥
नेहाभिक्रमनाशोऽस्ति प्रत्यवायो न विद्यते।
स्वल्पमप्यस्य धर्मस्य त्रायते महतो भयात्॥ 2.40॥

निर्धारित-कर्म/स्वधर्म के पालन का ध्यान देने पर बुद्धि सदैव लक्ष्य-केंद्रित बनी रहती है, जबकि धर्म का मार्ग छोड़ने पर बुद्धि विभिन्न मार्ग सुझाकर मतभेद पैदा करती है। धर्म-पालन की इस विधा को जान लेने पर बुद्धि लक्ष्य-केंद्रित हो जाती है और भटकाव पैदा नहीं होता (2.41)—

व्यवसायात्मिका बुद्धिरेकेह कुरुनन्दन।
बहुशाखा ह्यनन्ताश्च बुद्धयोऽव्यवसायिनाम्॥ 2.41॥

व्यवसायात्मिक बुद्धि (लक्ष्य-केंद्रित बुद्धि) के अभाव में अल्पज्ञानी मनुष्य अपनी विभिन्न अभिलाषाओं की पूर्ति हेतु अनेकानेक प्रयास करते हैं। ऐसे लोग वेदों के मुख्य लक्ष्य को समझ न पाने के कारण स्वर्ग की प्राप्ति, अच्छे जन्म, शक्ति आदि के लिए वेदों के इन्हीं अंशों को महत्त्व देते हैं और इससे बढ़कर भी कुछ है, वे नहीं मानते (2.42, 2.43)—

यामिमां पुष्पितां वाचं प्रवदन्त्यविपश्चितः।
वेदवादरताः पार्थ नान्यदस्तीति वादिनः॥ 2.42॥
कामात्मानः स्वर्गपरा जन्मकर्मफलप्रदाम्।
क्रियाविशेषबहुलां भोगैश्वर्यगतिं प्रति॥ 2.43॥

इस प्रकार के अल्पज्ञानी लोग वास्तविक केंद्र के निर्धारण की चिंता न करके उसके आस-पास की परिधि पर बिखरी हुई वस्तुओं के पीछे ही भागते रहते हैं। इन सबके केंद्र भगवान् के प्रति इसी कारण से उनकी बुद्धि कभी भी दृढ़ नहीं हो पाती है। वे व्यवसायात्मिक बुद्धि (लक्ष्य-केंद्रित बुद्धि/एकाग्र बुद्धि) की स्थिति को प्राप्त नहीं कर पाते हैं (2.44)—

भोगैश्वर्यप्रसक्तानां तयापहृतचेतसाम्।
व्यवसायात्मिका बुद्धिः समाधौ न विधीयते॥ 2.44॥

अल्पज्ञानी व्यक्ति यह नहीं समझ पाता कि परिधि पर बिखरी हुई वस्तुएँ त्रिगुणात्मक हैं, जो प्रकृति या माया का प्रतिबिंब मात्र है और यह प्रकृति तो ईश्वर के ही सर्वथा अधीन है। इसलिए श्रीकृष्ण ने अर्जुन को स्पष्ट निर्देश देते हुए कहा कि परिधि पर बिखरे हुए पृथक्-पृथक् इच्छित भोगों के पीछे मत जाओ। मायाकृत इस त्रिगुण-स्थिति से ऊपर उठकर सीधे माया की शक्ति के स्रोत में ही शरण लो (2.45)—

त्रैगुण्यविषया वेदा निस्त्रैगुण्यो भवार्जुन।
निर्द्वन्द्वो नित्यसत्त्वस्थो निर्योगक्षेम आत्मवान्॥ 2.45॥

श्लोक संख्या 2.41 से 2.45 को समझने हेतु हम निम्न रेखाचित्र को देखते हैं—

रेखाचित्र-7

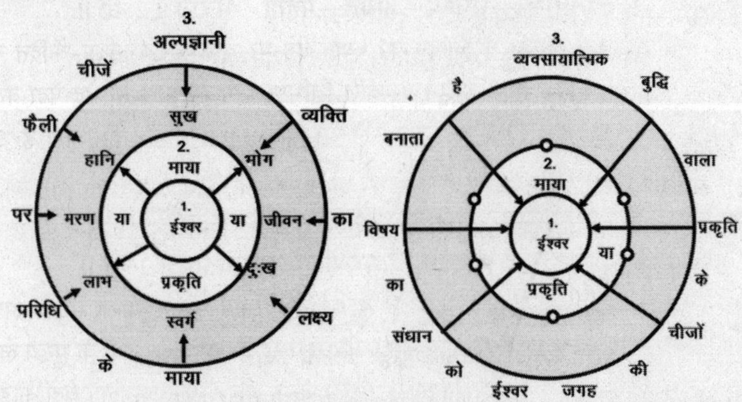

अल्पज्ञानी का लक्ष्य त्रिगुणात्मक वस्तुएँ और व्यवसायात्मिक का लक्ष्य त्रिगुणातीत ईश्वर

श्रीकृष्ण ने अर्जुन से कहा कि परिधि की वस्तुएँ, मनुष्य के कूप-रूपी इच्छा को पूरा करने के लिए एक-एक बाल्टी जल की भाँति हैं। जबकि त्रिगुणातीत होकर सीधे ईश्वर से ही शक्ति प्राप्त करने का प्रयास, जो प्रकृति को भी शक्ति देता है, इच्छा रूपी कूप की सारी आवश्यकताओं को एक ही बार में पूरा कर देता है, क्योंकि वह ईश्वर तो शक्ति का विशाल जलाशय है। अतः वेदों के आलंकारिक/आकर्षक हिस्से की जगह वेदों के आंतरिक प्रयोजन को लक्ष्य बनाने वालों के सभी प्रयोजन पूरे हो जाते हैं (2.46)—

यावानर्थ उदपाने सर्वतः सम्प्लुतोदके।
तावान्सर्वेषु वेदेषु ब्राह्मणस्य विजानतः॥ 2.46॥

कुल मिलाकर श्रीकृष्ण अर्जुन से शक्ति के वास्तविक स्रोत को ही लक्ष्य बनाने की

बात करते हैं। रामचरितमानस में गरुड़जी से काकभुशुंडिजी ने भी सभी की शक्तियों के स्रोत के संधान की ही अनुशंसा की है, जिससे शेष अन्य सभी दुर्लभतम चीजें स्वत: ही प्राप्त हो जाती हैं—

राम भजत सोइ मुकुति गोसाईं। अनइच्छित आवइ बरिआईं॥

—रामचरितमानस, 7.118.2

ईश्वर ही सबकी शक्तियों का मूल स्रोत है, अत: उसके बगैर किसी भी त्रिगुणात्मक वस्तु की सत्ता नहीं है, मोक्ष भी उसी ईश्वर पर ही आधारित है—

जिमि थल बिनु जल रहि न सकाई। कोटि भाँति कोउ करै उपाई॥
तथा मोच्छ सुख सुनु खगराई। रहि न सकइ हरि भगति बिहाई॥

—रामचरितमानस, 7.118.3

इसलिए चतुर लोग (व्यवसायात्मिक बुद्धि वाले) मूल शक्ति का ही संधान करते हैं, जिससे अन्य शेष चीजें स्वत: ही सुलभ हो जाती हैं—

अस बिचारि हरि भगत सयाने। मुक्ति निरादर भगति लुभाने॥
भगति करत बिनु जतन प्रयासा। संसृति मूल अबिद्या नासा॥

—रामचरितमानस, 7.118.4

सर्वसमर्थ उस शक्ति-स्रोत भगवान् की शरण लेने के लिए अर्जुन को श्रीकृष्ण ने आदेश दिया कि वह त्रिगुणात्मक मायिक भोगों से ऊपर उठे। काकभुशुंडिजी ने भी गरुड़ जी से ऐसा ही कहा है—

जो चेतन कहँ जड़ करइ जड़हि करइ चैतन्य।
अस समर्थ रघुनायकहि भजहिं जीव ते धन्य॥

—रामचरितमानस, 7.119

श्रीकृष्ण ने कर्म का केंद्र स्पष्ट किया, इसके पश्चात् वे कर्म और कर्ता में क्या संबंध होता है, को स्पष्ट करते हुए अर्जुन को बताते हैं कि—

- कर्म करने का अधिकार तुम्हें प्राप्त है, उसका फल (Result) कुछ भी हो, चाहे सफलता हो या असफलता, लाभ हो या हानि, सुख हो या दु:ख, उसका जिम्मेदार स्वयं को मत मानो, क्योंकि फल क्या होगा, यह तुम्हारे अधिकार क्षेत्र में है ही नहीं,
- अत: कर्मों के फल (Result) का स्वयं को कारण मत समझो,
- यह जानकर अकर्मण्य होने की प्रवृत्ति में भी मत फँसो (2.47)—

कर्मण्येवाधिकारस्ते मा फलेषु कदाचन।
मा कर्मफलहेतुर्भूर्मा ते सङ्गोऽस्त्वकर्मणि॥ 2.47॥

रामचरितमानस में गोस्वामी जी ने भी फल को श्रीराम की इच्छा के अधीन बताते हुए कहा है कि—

राम कीन्ह चाहहिं सोइ होई। करै अन्यथा अस नहिं कोई॥

—रामचरितमानस, 1.127.1

क्योंकि श्रीराम ही परम कारण (Cause of All Causes) और परमकर्ता हैं। यहाँ हम श्लोक संख्या 2.47 को समझने का प्रयास करते हैं। श्रीकृष्ण ने गीता में कारणता सिद्धांत (Causation Theory) का प्रतिपादन 18वें अध्याय के 13वें से 16वें श्लोक तक में करते हुए बताया है कि किसी भी कार्य की पूर्ति के लिए पाँच कारणों की आवश्यकता होती है—

1. कर्म का स्थान (शरीर)	- अधिष्ठान	} गौण कारण
2. कर्ता (आत्मा)		
3. विभिन्न इंद्रियाँ	- करण	
4. अनेक चेष्टाएँ	- पृथग्विधम्	
5. परमात्मा	- दैव ⟶	मुख्य कारण

उपरोक्त में प्रथम चार गौण कारण दिखाई देते हुए भी अपने अस्तित्व के लिए अंततः परमात्मा पर ही निर्भर हैं (वासुदेवः सर्वम्, 7.19 गीता)। अतः मनसा, वाचा और कर्मणा, जो भी उचित या अनुचित कर्म होता है, वह इन पाँच कारणों से ही होता है।

इसलिए जो इन पाँच कारणों को न देखकर एकमात्र स्वयं को ही कर्ता मानता है, वह बहुत बुद्धिमान नहीं है, क्योंकि वह वास्तव में वस्तुओं को सही रूप में नहीं देखता है—

पञ्चैतानि महाबाहो कारणानि निबोध मे।
सांख्ये कृतान्ते प्रोक्तानि सिद्धये सर्वकर्मणाम्॥ 18.13॥
अधिष्ठानं तथा कर्ता करणं च पृथग्विधम्।
विविधाश्च पृथक्चेष्टा दैवं चैवात्र पञ्चमम्॥ 18.14॥
शरीरवाङ्मनोभिर्यत्कर्म प्रारभते नरः।
न्याय्यं वा विपरीतं वा पञ्चैते तस्य हेतवः॥ 18.15॥
तत्रैवं सति कर्तारमात्मानं केवलं तु यः।
पश्यत्यकृतबुद्धित्वान्न स पश्यति दुर्मतिः॥ 18.16॥

पुनः श्रीकृष्ण ने कहा है कि 'मा ते सङ्गोऽस्त्वकर्मणि' (2.47, गीता) अर्थात् अकर्मण्य नहीं बनना है। वास्तव में यह नैतिक शिक्षा मात्र न होकर कर्म के क्रिया-विधि

की तकनीकी शिक्षा भी है। श्रीकृष्ण ने अर्जुन को बताया कि वास्तव में अकर्मण्यता संभव ही नहीं है। आगे तीसरे अध्याय के 5वें श्लोक और 18वें अध्याय के 11वें श्लोक में इसे श्रीकृष्ण ने अर्जुन को समझाते हुए कहा है कि किस प्रकार किसी भी शरीरधारी के लिए अक्रिय बने रहना संभव ही नहीं है—

न हि कश्चित्क्षणमपि जातु तिष्ठत्यकर्मकृत्।
कार्यते ह्यवशः कर्म सर्वः प्रकृतिजैर्गुणैः॥ 3.5॥
न हि देहभृता शक्यं त्यक्तुं कर्माण्यशेषतः।
यस्तु कर्मफलत्यागी स त्यागीत्यभिधीयते॥ 18.11॥

प्राकृतिक गुणों के अधीन प्रत्येक शरीरधारी निरंतर कार्य करने को विवश है।

कर्म और कर्ता के संबंध को बताते हुए अगले श्लोक में श्रीकृष्ण वर्णन करते हैं कि फिर 'कर्म किस प्रकार किया जाए'? श्रीकृष्ण ने कहा कि 'प्रकृतिस्थ-कर्मों' के स्थान पर 'योगस्थ-कर्म' करना चाहिए। प्रकृति द्वारा संचालित मशीनीकृत कर्म करने के स्थान पर परमात्मा द्वारा नियोजित कर्ता के रूप में कर्म किया जाना चाहिए। हमें यह समझना होगा कि हम प्रकृति के आदेश के अधीन नहीं हैं, अपितु प्रकृति जिनके अधीन है, उन्हीं के अधीनस्थ होकर हम भी कार्य कर रहे हैं, यही योगयुक्त कर्म की स्थिति है (2.48)—

योगस्थः कुरु कर्माणि सङ्गं त्यक्त्वा धनञ्जय।
सिद्ध्यसिद्ध्योः समो भूत्वा समत्वं योग उच्यते॥ 2.48॥

इसे हम निम्न रेखाचित्र द्वारा समझते हैं—

रेखाचित्र-8

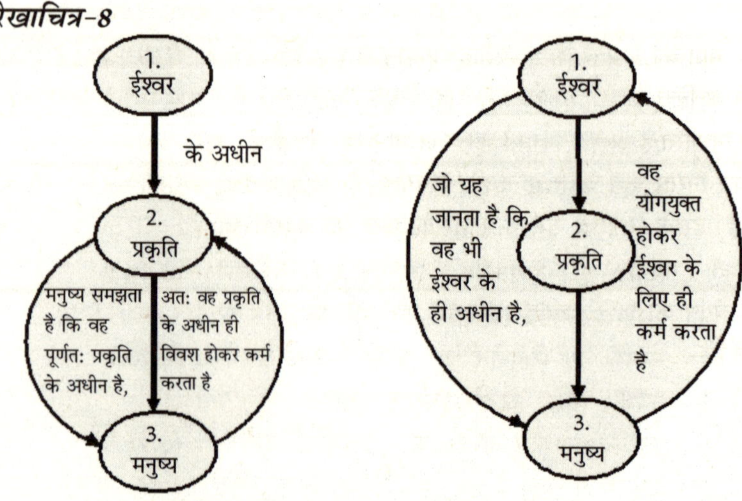

प्रकृति के विवश होकर कर्म और योगयुक्त कर्म की तुलना

योगयुक्त होना क्या है?

इसे समझने के लिए हम पहले निम्न रेखाचित्र को देखते हैं—

रेखाचित्र-9

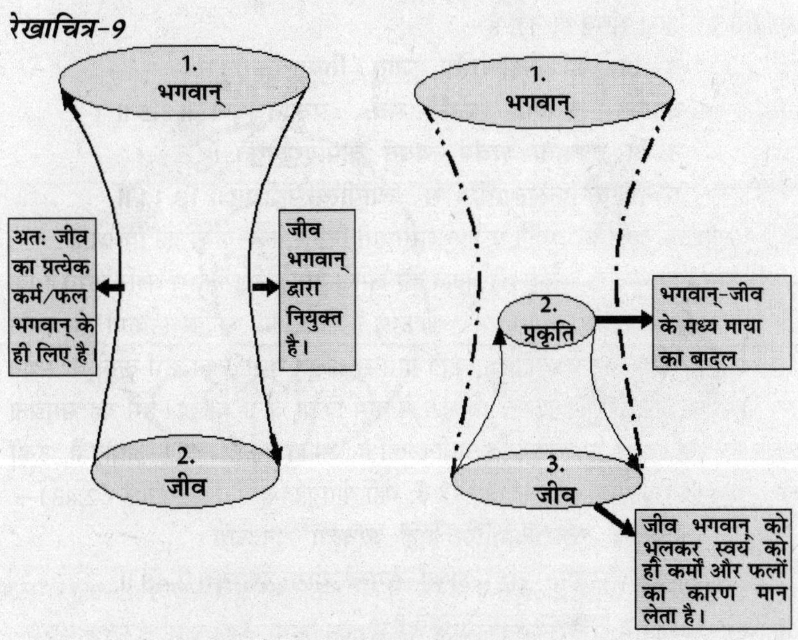

योगयुक्त कर्म और बंधनकारी कर्म का तुलनात्मक अध्ययन

योग का अर्थ है जोड़, अर्थात् भगवान् से जुड़े रहना। जीव निर्धारित कर्म संपादित करने के लिए ईश्वर द्वारा भेजा गया है, नियुक्त किया गया है। हमारा प्रत्येक कर्म ईश्वर द्वारा निर्धारित है और उन कर्मों का फल भी ईश्वर का ही है। बुद्धि में यह भाव विद्यमान रखकर निरंतर कर्म करते रहना ही 'कर्मयोग' है, गीता में इसी कर्मयोग की संस्तुति की गई है। इसके विपरीत कर्म और उसके फल का कारण स्वयं को मानना वास्तव में नियोक्ता (भगवान्) के प्रति विद्रोह करने जैसा है, जिससे जीव दंड का भागी बनता है और बंधन को प्राप्त होता है। इसे हम एक और रेखाचित्र के द्वारा समझने का प्रयास करते हैं—

रेखाचित्र-10

योगयुक्त व्यक्ति और बंधनयुक्त व्यक्ति की स्थिति

आगे श्लोक संख्या 2.50 में कहा गया है कि 'योग: कर्मसु कौशलम्', अर्थात् समस्त निपुणता इस बात में है कि योगयुक्त कर्म का संपादन किया जाए। बुद्धि में सदैव यह बात स्थापित रहे कि हम कर्मों और उसके फलों के कारण नहीं हैं, दोनों के कारण भगवान् ही हैं। इससे कर्मों की आपूर्ति-शृंखला में व्यवधान उत्पन्न नहीं होता और न ही नियोक्ता के प्रति कोई द्रोह होता है। अच्छे और बुरे कर्मों की चिंता हमें नहीं सताती या उसका प्रभाव हमारे ऊपर नहीं पड़ता। हम बंधन में नहीं फँसते और मुक्त होकर भगवान् से युक्त हो जाते हैं। एक ऐसी स्थिति में पहुँच जाते हैं, जो समस्त दु:खों से परे है (2.49, 2.50, 2.51)—

दूरेण ह्यवरं कर्म बुद्धियोगाद्धनञ्जय।
बुद्धौ शरणमन्विच्छ कृपणाः फलहेतवः ॥ 2.49 ॥
बुद्धियुक्तो जहातीह उभे सुकृतदुष्कृते।
तस्माद्योगाय युज्यस्व योगः कर्मसु कौशलम् ॥ 2.50 ॥
कर्मजं बुद्धियुक्ता हि फलं त्यक्त्वा मनीषिणः।
जन्मबन्धविनिर्मुक्ताः पदं गच्छन्त्यनामयम् ॥ 2.51 ॥

वास्तव में कर्म के संबंध में केवल दो ही सत्ताओं की स्वीकृति, अर्थात् नियोक्ता और नियुक्त तथा किसी प्रकार की अन्य दूसरी सत्ता/विचार/मध्यस्थ की अस्वीकृति ही

योगावस्था है और इस प्रकार से संपादित कर्म ही योगयुक्त कर्म है, जिसकी संस्तुति गीता में की गई है। इसे हम निम्न रेखाचित्र में देख सकते हैं—

रेखाचित्र-11

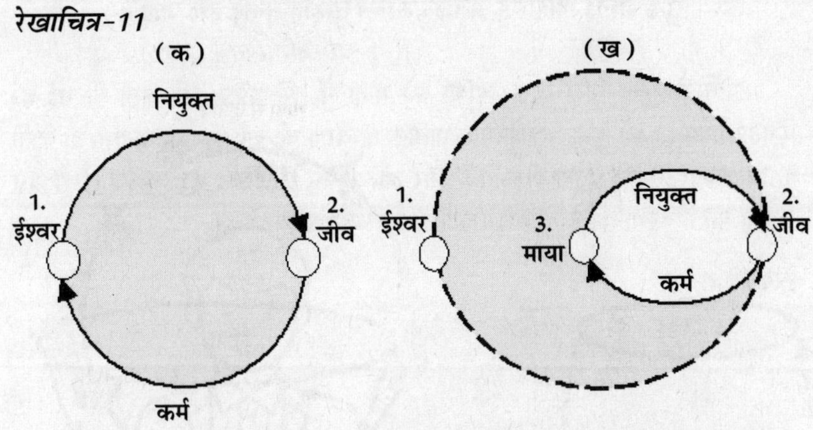

(क) कर्म की निर्बाध आपूर्ति-शृंखला अर्थात् योगयुक्त/मुक्तिदायक कर्म (तेरा तुझको अर्पण)
(ख) बिचौलिए (माया) के कारण कर्म की निर्बाध आपूर्ति-शृंखला खंडित अर्थात् बंधनकारी/ दंडात्मक कर्म

श्रीकृष्ण अर्जुन को बताते हैं कि त्रिगुणमयी माया द्वारा उत्पन्न किए गए मोहरूपी बादल को बुद्धि जब पार करके त्रिगुणातीत होकर ईश्वर से जुड़ जाती है तो हम चेतना के अंतिम प्रामाणिक स्तर में प्रवेश कर जाते हैं। ईश्वर की चेतना से जुड़ने की इसी अवस्था को 'योग' कहते हैं। ऐसी स्थिति में पहुँचने पर हमारी जो पूर्व मान्यताएँ/सिद्धांत होते हैं, चूँकि वे प्रकृतिजन्य थे, अत: अब वे निरर्थक हो जाते हैं। हमारी रुचि, विचार एकदम से बदल जाते हैं। पहले जो गीत हमें अत्यंत पसंद थे, अब नीरस लगने लगते हैं, उनका स्थान कुछ अन्य श्रेष्ठ श्रोतव्य चीजें ले लेती हैं। पुस्तकों की पसंद बदल जाती है, आचार-विचार, खान-पान परिवर्तित हो जाते हैं (2.52)—

यदा ते मोहकलिलं बुद्धिर्व्यतितरिष्यति।
तदा गन्तासि निर्वेदं श्रोतव्यस्य श्रुतस्य च॥ 2.52॥

यह वास्तव में दिव्य चेतना की स्थिति है। इस अवस्था में जीव द्वारा अपने वास्तविक स्वामी की पहचान के साथ ही उसके आचरण में ईश्वरत्व का समावेश होने लगता है (2.53)—

श्रुतिविप्रतिपन्ना ते यदा स्थास्यति निश्चला।
समाधावचला बुद्धिस्तदा योगमवाप्स्यसि॥ 2.53॥

रामचरितमानस में वाल्मीकिजी ने श्रीराम के सम्मुख इसी बात को स्वीकार करते हुए कहा है कि आपको जानने वाला आपकी भाँति ही हो जाता है—

सोइ जानइ जेहि देहु जनाई। जानत तुम्हहि तुम्हइ होइ जाई॥

—रामचरितमानस, 2.126.2

योग से युक्त बुद्धि वाले व्यक्ति को गीता में 'स्थितप्रज्ञ' की संज्ञा दी गई है। स्थितप्रज्ञ व्यक्ति की बुद्धि त्रिगुणात्मक मायिक आवरण को लाँघकर भगवानमय हो जाती है; इस प्रकार उसकी चेतना वास्तविक और अंतिम स्तर में प्रविष्ट कर जाती है। स्थितप्रज्ञ व्यक्ति की अवस्था को हम निम्न रेखाचित्र द्वारा समझ सकते हैं—

रेखाचित्र-12

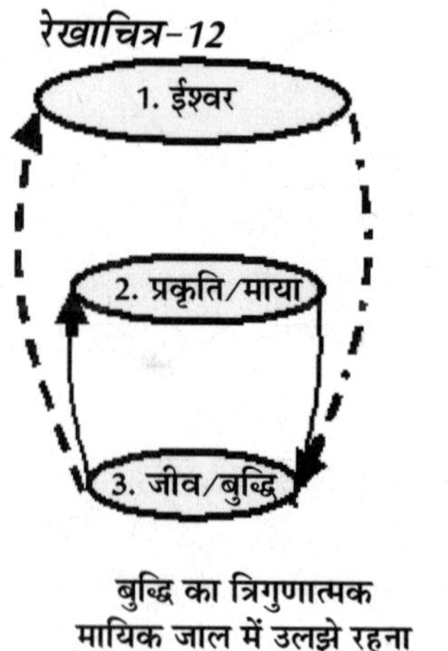

बुद्धि का त्रिगुणात्मक मायिक जाल में उलझे रहना

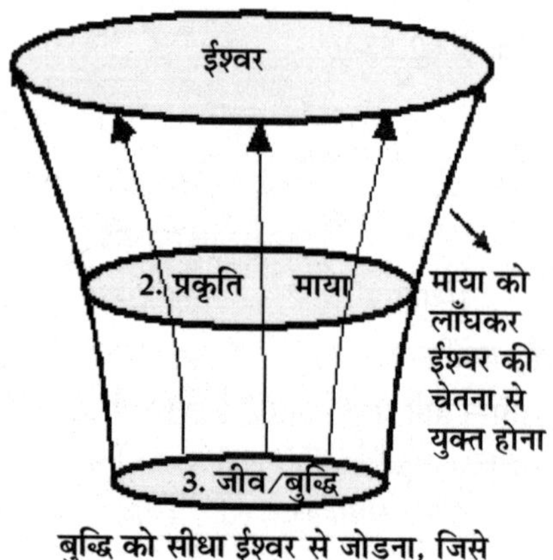

बुद्धि को सीधा ईश्वर से जोड़ना, जिसे स्थितप्रज्ञ अवस्था कहते हैं

कुंठित-बुद्धि (मायिक बुद्धि) और बैकुंठ-बुद्धि (स्थितप्रज्ञ बुद्धि)

अगले श्लोक में अर्जुन ने श्रीकृष्ण से स्थितप्रज्ञ व्यक्ति के विषय में विस्तारपूर्वक समझने की जिज्ञासा प्रकट की। इससे पहले श्रीकृष्ण ने सांख्ययोग और बुद्धियोग/कर्मयोग द्वारा उसकी व्याख्या की थी, किंतु उनकी बातें गूढ़ दार्शनिकता से परिपूर्ण थीं, अर्जुन को पूरी तृप्ति नहीं मिल पाई थी, अतः उसने सरल शब्दों तथा सहज भावों में स्थितप्रज्ञ को समझने के लिए श्रीकृष्ण से कुछ मूलभूत प्रश्न किए—

- स्थितप्रज्ञ के लक्षण क्या हैं?
- स्थितप्रज्ञ बोलता कैसे है?
- स्थितप्रज्ञ की भाषा क्या है?
- स्थितप्रज्ञ बैठता और चलता कैसे है?

उपरोक्त प्रश्नों के माध्यम से अर्जुन वास्तव में स्थितप्रज्ञ के विषय में ठीक-ठीक जानकारी चाहता था। अर्जुन ने पूछा (2.54)—

अर्जुन उवाच

स्थितप्रज्ञस्य का भाषा समाधिस्थस्य केशव।
स्थितधीः किं प्रभाषेत किमासीत व्रजेत किम्॥ 2.54॥

अर्जुन के उपरोक्त प्रश्न के जवाब में श्रीकृष्ण ने स्थितप्रज्ञ को विस्तार से समझाते हुए कहा—

स्थितप्रज्ञ वह है, जो अपने इंद्रियतृप्ति के लिए कार्य नहीं करता, क्योंकि वह जानता है कि वह नियोजित है, अतः उसके कार्यों का उद्‌देश्य नियोक्ता की संतुष्टि होता है (2.55)—

श्रीभगवानुवाच

प्रजहाति यदा कामान्सर्वान्पार्थ मनोगतान्।
आत्मन्येवात्मना तुष्टः स्थितप्रज्ञस्तदोच्यते॥ 2.55॥

स्थितप्रज्ञ वह है, जो न तो दुःख से विचलित होता है और न ही सुख से प्रसन्न होता है, क्योंकि वह स्वयं के निमित्त-मात्र होने की स्थिति को जान चुका होता है। कर्मों से उत्पन्न होने वाले सुख या दुःख रूपी फल का भोक्ता व्यक्ति स्वयं नहीं है, यह जान लेने पर स्थितप्रज्ञ व्यक्ति आसक्ति, भय, क्रोध से मुक्त हो जाता है (2.56)—

दुःखेष्वनुद्विग्नमनाः सुखेषु विगतस्पृहः।
वीतरागभयक्रोधः स्थिधीर्मुनिरुच्यते॥ 2.56॥

स्थितप्रज्ञ वह है, जिसे शुभ की प्राप्ति से न तो हर्ष होता है और अशुभ की प्राप्ति से न तो घृणा होती है (2.57)—

यः सर्वत्रानभिस्नेहस्तत्तत्प्राप्य शुभाशुभम्।
नाभिनन्दति न द्वेष्टि तस्य प्रज्ञा प्रतिष्ठिता॥ 2.57॥

(स्थितप्रज्ञ की कार्यप्रणाली/स्थिति की स्पष्टता के लिए श्रीकृष्ण ने अर्जुन को कछुए का उदाहरण देते हुए बताया कि) जैसे कछुआ अपने अंगों को अपने खोल के भीतर खींच लेता है, वैसे ही स्थितप्रज्ञ अपनी इंद्रियों को इंद्रियविषयों से खींच लेता है (2.58)—

यदा संहरते चायं कूर्मोऽङ्गानीव सर्वशः।
इन्द्रियाणीन्द्रियार्थेभ्यस्तस्य प्रज्ञा प्रतिष्ठिता॥ 2.58॥

वास्तव में सरल शब्दों में कहें तो स्थितप्रज्ञ, समभाव-दृष्टि की दूसरी परिमार्जित संज्ञा है। जब हमारी चेतना ईश्वर की चेतना से युक्त हो जाती है तो हमें अपने नियोजित-

मात्र/निमित्त-मात्र होने का एहसास हो जाता है। स्वयं की इंद्रियतृप्ति की प्रवृत्ति ही हमें भ्रष्ट (Corrupt) करती है, गलाकाट-प्रतियोगिता (Cut Throat Competition) का कारण बनती है, शत्रुता और मित्रता के मोह में उलझाती है, हानि तथा लाभ के चक्कर में फँसाती है। एक बार ईश्वर से चेतना के जुड़ जाने पर हमें मालूम पड़ जाता है कि यहाँ सबकुछ नियोक्ता का, नियोक्ता द्वारा और नियोक्ता के लिए ही है, ऐसे में हम द्वंद्व से परे हो जाते हैं और समभाव की स्थिति उत्पन्न हो जाती है। द्वैतबुद्धि मायाजनित है, जिसके कारण हमें भगवद्धाम से बाहर जाने का और भव-चक्र में पड़े रहने का दंड मिला हुआ है, यह द्वैत वस्तुत: नियोक्ता के विरुद्ध नियोजित का माया-प्रायोजित षड्यंत्र है।

रामचरितमानस में वर्णन आता है कि श्रीराम से संयुक्त हो जाने पर सुग्रीव की स्थिति स्थितप्रज्ञ की भाँति हो गई। जिन इच्छाओं के कारण सुग्रीव की बाली से शत्रुता हो गई थी, वे इच्छाएँ तुरंत अप्रासंगिक हो गईं और सुग्रीव का मन स्थिर (अलोला) हो गया। उसने श्रीराम से कहा—

उपजा ग्यान बचन तब बोला। नाथ कृपाँ मन भयउ अलोला॥

—रामचरितमानस, 4.6.8

क्योंकि सुग्रीव को अनुभव हुआ कि जिस इंद्रियतृप्ति की वस्तुओं के लिए वह व्याकुल है, वे तो मायाजनित हैं, वह माया जो ईश्वर और जीव के बीच फूट पड़ने का कारण है—

सुख संपति परिवार बड़ाई। सब परिहरि करिहउँ सेवकाई॥
ए सब राम भगति के बाधक। कहहिं संत तव पद अवराधक॥
सत्रु मित्र सुख दुख जग माहीं। मायाकृत परमारथ नाहीं॥

—रामचरितमानस, 4.6.8-9

स्थितप्रज्ञ की वास्तविक स्थिति सुग्रीव को प्राप्त हो गई थी, अत: अब वह बाली को अपना परम हितैषी मानने लगा, जिसके कारण सुग्रीव का श्रीराम से मिलना हो पाया—

बालि परम हित जासु प्रसादा। मिलेहु राम तुम्ह समन बिषादा॥

—रामचरितमानस, 4.6.10

कभी-कभी कुछ लोग स्थितप्रज्ञता को केवल इंद्रियों की विषयों से विरक्ति-मात्र समझ लेते हैं, जो ठीक नहीं है। इंद्रियाँ सदैव क्रियाशील हैं, यह हमें स्वीकारना ही होगा। इंद्रियों को विषयों से हटा लेने पर भी इंद्रियों में तो विषय-भोग की इच्छा बनी ही रहती है। उदाहरण के लिए, किसी व्यक्ति ने उपवास कर रखा है कि आज के दिन वह नमक से युक्त वस्तु का सेवन नहीं करेगा, करता भी नहीं है, फिर भी

इंद्रियों में तो नमक के सेवन की इच्छा शेष बनी ही रहती है और उपवास की समाप्ति पर नमक के सेवन पर ही शांत होती है। ऐसे ही इंद्रियों को विषयों में नहीं लगाना, हमारी पूर्ण विजय नहीं है, क्योंकि यह तो नियोक्ता द्वारा दिए गए संसाधनों या अंगों के खराब हो जाने के डर से उन्हें प्रयोग न करने के समान हुआ, इसके स्थान पर हमारा लक्ष्य इंद्रियों को तुच्छ इंद्रियविषयों से हटाकर श्रेष्ठतम विषय अर्थात् ईश्वर की सेवा में नियोजित कर भगवत्-स्वाद लेना होना चाहिए। इंद्रियों को श्रेष्ठतम का स्वाद मिल जाने पर उनके तुच्छ इंद्रियविषय की ओर पुनः जाने का प्रश्न ही नहीं उठेगा (2.59)—

विषया विनिवर्तन्ते निराहारस्य देहिनः।
रसवर्जं रसोऽप्यस्य परं दृष्ट्वा निवर्तते॥ 2.59॥

इंद्रियों को नियोजित रखना अत्यंत आवश्यक है, क्योंकि इंद्रियाँ अत्यंत बलवान और वेगवान हैं। ये इंद्रियाँ श्रेष्ठ विवेकी पुरुष के मन को भी बलपूर्वक भ्रष्ट कर देती हैं... ऐसे लोग, जो स्वयं को इंद्रियजित् माने हुए रहते हैं। अतः इंद्रियों को विषयों से हटा लेना ही पूरा काम नहीं है, अपितु उससे श्रेष्ठ विषय में तुरंत ही इंद्रियों को लगा देना जरूरी है। खाली रहने पर इंद्रियाँ अनियंत्रित होकर निम्न विषयों में लग सकती हैं और उत्पात मचा सकती हैं (2.60)—

यततो ह्यपि कौन्तेय पुरुषस्य विपश्चितः।
इन्द्रियाणि प्रमाथीनि हरन्ति प्रसभं मनः॥ 2.60॥

अतः श्रीकृष्ण कहते हैं कि इंद्रियों को वश में करते हुए मन की सहायता से उसे ईश्वर की सेवा में लगा देने वाला व्यक्ति ही स्थितप्रज्ञ है (2.61)—

तानि सर्वाणि संयम्य युक्त आसीत मत्परः।
वशे हि यस्येन्द्रियाणि तस्य प्रज्ञा प्रतिष्ठिता॥ 2.61॥

ईश्वर ही परम आश्रय है, इंद्रियों को विषयों से हटाकर अगर उसे तुरंत ही ईश्वर की सेवा में मन की सहायता से नियोजित न किया जाए तो मन इसे 'इंद्रियों पर मेरे द्वारा किया गया नियंत्रण' मानने लगता है, अर्थात् श्लोक संख्या 2.47 के विपरीत व्यक्ति इंद्रियों पर इस नियंत्रण का कारण स्वयं को मानने लगता है, जिससे पुनः नियोक्ता (भगवान्) के प्रति मानसिक विद्रोह की स्थिति बन जाती है और व्यक्ति के पतन के रास्ते खुल जाते हैं। यही कारण है कि स्थितप्रज्ञ की स्थिति प्राप्त होने पर सुग्रीव ने इसे श्रीराम की ही कृपा माना और इस स्थिति को बनाए रखने के लिए उन्हीं से प्रार्थना भी की—

अब प्रभु कृपा करहु एहि भाँती। सब तजि भजनु करौं दिन राती॥

—रामचरितमानस, 4.6.11

जबकि नारदजी जैसे विवेकी मुनि को इस विषय में भ्रम हो गया था और कामदेव को पराजित करने को वे 'स्व-कृत' मान बैठे—

जिता काम अहमिति मन माहीं॥

—रामचरितमानस, 1.126.3

इंद्रियों को वश में करने की सही विधि को जानना स्थितप्रज्ञ होने के लिए आवश्यक है। इसलिए श्रीकृष्ण इस वार्त्ता को आगे बढ़ाते हुए अर्जुन को इस संदर्भ में सावधान करते हुए कहते हैं कि इंद्रियों को उनके विषयों से हटा लेने मात्र से कार्य पूरा नहीं होता, अगर इनका भगवान् की सेवा में नियोजन नहीं हुआ तो स्थिति बहुत बिगड़ जाती है। अत: मन की सहायता से इन्हें भगवत्-विषय में लगाना जरूरी है, नहीं तो मन के द्वारा इंद्रियविषयों का चिंतन करने मात्र से उसमें हमारी आसक्ति पैदा हो जाती है। इस आसक्ति से काम का जन्म होता है और काम से क्रोध प्रकट होता है। क्रोध आगे मोह को उत्पन्न करके स्मरणशक्ति को भ्रमित कर देता है, जिससे बुद्धि का नाश हो जाता है। बुद्धि का नाश होने पर मनुष्य का पुनः पतन हो जाता है और सारा किया गया प्रयास व्यर्थ हो जाता है (2.62, 2.63)—

ध्यायतो विषयान्पुंसः सङ्गस्तेषूपजायते।
सङ्गात्सञ्जायते कामः कामात्क्रोधोऽभिजायते॥ 2.62॥
क्रोधाद्भवति सम्मोहः सम्मोहात्स्मृतिविभ्रमः।
स्मृतिभ्रंशाद्बुद्धिनाशो बुद्धिनाशात्प्रणश्यति॥ 2.63॥

उपरोक्त मानसिकताओं के क्रमिक विकास को हम निम्न रेखाचित्र से देख सकते हैं—

रेखाचित्र-13

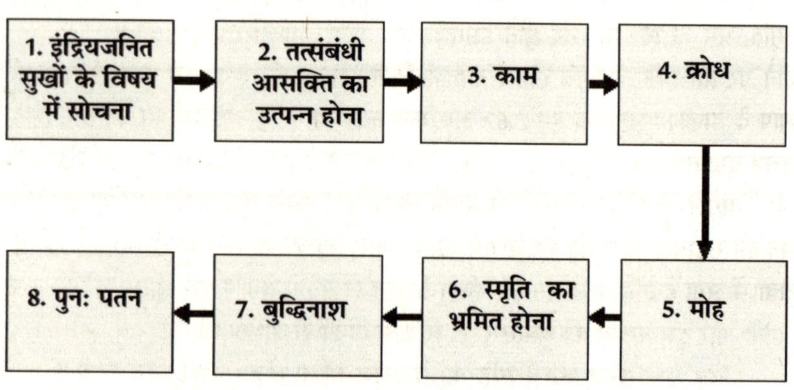

भटकाव की स्थिति

और यह स्थिति अत्यंत विवेकी पुरुष के साथ भी घटित हो सकती है। रामचरितमानस का 'नारद-मोह प्रसंग' इसका श्रेष्ठ उदाहरण है। नारद मुनि को दक्ष प्रजापति ने शाप दे दिया था कि वह एक जगह रुक नहीं सकते। मुनि इससे पीड़ित थे और हमेशा चलने को बाध्य थे। एक बार हिमालय से गुजरते हुए एक आश्रम को देखकर मुनि को बड़ा अच्छा लगा और उस समय भगवान् का स्मरण गहन हो गया। भगवान् का स्मरण गहन होते ही दक्ष प्रजापति के शाप का प्रभाव समाप्त हो गया और नारद मुनि वहीं तपस्या में लीन हो गए। मुनि की तपस्या से देवराज इंद्र भयभीत हो गए और कामदेव को इस तपस्या को भंग करने के लिए भेजा।

कामदेव के तमाम प्रयास विफल हो गए और कामदेव ने डरकर नारद मुनि से क्षमा माँग ली, मुनि ने क्षमा भी कर दिया; किंतु कामदेव पर विजय की प्राप्ति, दूसरे शब्दों में इंद्रियों को इंद्रियविषयों से हटा लेने का अभिमान नारद मुनि को व्याप्त हो गया। इस प्रकार उन्होंने इसे नियोक्ता (भगवान्) की कृपा की जगह स्वयं का ही प्रभाव मान लिया, अर्थात् इसका कारण वे स्वयं को ही मान बैठे—

नारद कहेउ सहित अभिमाना। कृपा तुम्हारि सकल भगवाना॥

—रामचरितमानस, 1.128.2

ऐसे में नारद मुनि को ऐसा मोह उत्पन्न हुआ, इंद्रियविषयों ने बलपूर्वक उन्हें यूँ जकड़ लिया कि वह शीलनिधि राजा की कन्या विश्वमोहिनी के रूप पर आसक्त हो गए—

देखि रूप मुनि बिरति बिसारी। बड़ी बार लगि रहे निहारी॥

—रामचरितमानस, 1.130.1

नारद मुनि ने वैराग्य भूलकर विवाह करने की ठान ली और इसके लिए भगवान् विष्णु से उन्हीं का सुंदर रूप माँगा। उन्हें भगवान् ने बंदर का रूप देकर भेजा, किंतु स्मृति-भ्रम के कारण नारद मुनि इस बात को जान न पाए। राजकुमारी द्वारा तिरस्कार होने पर क्रोध के वशीभूत होकर नारद मुनि ने भगवान् विष्णु, रुद्र-गण आदि सबको शाप दे डाला। श्लोक संख्या 2.62 और श्लोक संख्या 2.63 को समझने का यह प्रसंग उत्तम दृष्टांत है।

अगले श्लोक में श्रीकृष्ण ने अर्जुन को बताया कि राग-द्वेष से मुक्त होकर और मन की सहायता से इंद्रियों को वश में करके जो इंद्रियों को परम नियोक्ता (भगवान्) की सेवा में लगा देता है, उसे भगवान् की पूर्ण कृपा प्राप्त हो जाती है (2.64)—

रागद्वेषविमुक्तैस्तु विषयनिन्द्रियैश्चरन्।
आत्मवश्यैर्विधेयात्मा प्रसादमधिगच्छति॥ 2.64॥

अत: व्यक्ति को इस माया से सावधान रहना ही होगा, जो सदैव हमें ईश्वर-द्रोह के

लिए प्रेरित करती रहती है। भगवान् को अपना नियोक्ता जान लेने पर मायाजनित छलावे में हम नहीं पड़ते। अंततः नारद मुनि के साथ भी यही हुआ—

जब हरि माया दूरि निवारी। नहिं तहँ रमा न राजकुमारी॥
तब मुनि अति सभीत हरि चरना। गहे पाहि प्रनतारति हरना॥

—रामचरितमानस, 1.137.1

श्रीकृष्ण ने अर्जुन से कहा कि भगवान् के शरणागत हो जाने से त्रिविध-ताप (दैहिक, दैविक, भौतिक) नष्ट हो जाते हैं और अत्यंत शीघ्र ही स्थितप्रज्ञ की अवस्था की प्राप्ति हो जाती है (2.65)—

प्रसादे सर्वदुःखानां हानिरस्योपजायते।
प्रसन्नचेतसो ह्याशु बुद्धिः पर्यवतिष्ठते॥ 2.65॥

यहाँ पर श्रीकृष्ण स्थितप्रज्ञ की अवस्था को प्राप्त करने की श्रेष्ठतम विधि बताते हैं। उनका संकेत है कि इंद्रिय-शोधन अत्यंत कठिन है, पतन का भय सदैव बना रहता है। इंद्रियाँ प्रबल हैं और जिस मन की सहायता से हम उसे नियंत्रित किए हुए हैं, वह वास्तव में इंद्रियों का ही सेनापति है, जो अवसर पाते ही साधक को भ्रष्ट कर देता है। अतः सरलतम और श्रेष्ठतम विधि भगवान् की शरणागति है, उनकी निरंतर सेवा में मन लगाना है। रामचरितमानस में काकभुशुंडिजी ने भी गरुड़जी को यही निश्चित मार्ग बताया है—

साधक सिद्ध बिमुक्त उदासी। कबि कोबिद कृतग्य संन्यासी॥
जोगी सूर सुतापस ग्यानी। धर्म निरत पंडित बिग्यानी॥
तरहिं न बिनु सेए मम स्वामी। राम नमामि नमामि नमामी॥

—रामचरितमानस, 7.123.3-4

नियोजित-नियोक्ता के इसी संबंध को गीता में कर्मयोग या भक्तियोग कहा गया है और इस अवस्था को प्राप्त करने वाले को स्थितप्रज्ञ के रूप में जाना जाता है। श्रीकृष्ण कहते हैं कि जिसकी बुद्धि योगयुक्त नहीं है, वह स्थिरता को प्राप्त नहीं कर पाता है, जिससे अशांति बनी रहती है और ऐसी स्थिति में व्यक्ति कभी सुखी नहीं रह सकता (2.66)—

नास्ति बुद्धिरयुक्तस्य न चायुक्तस्य भावना।
न चाभावयतः शान्तिरशान्तस्य कुतः सुखम्॥ 2.66॥

इस बात का आमजन के लिए अत्यंत महत्त्व है। हम दैनिक जीवन में देखते है कि सुखी दिखने वाला व्यक्ति वास्तव में सुखी है ही नहीं। वह छोभयुक्त है। मन के छोभ के कारण वह तमाम मानसिक और शारीरिक रोगों से घिर गया है। सुख का वास्तविक भोग वह नहीं कर पा रहा है, क्योंकि उसकी स्थिति कुछ ऐसी है—

योगशून्य बुद्धि + अशांत मन = खिन्नतायुक्त सुखाभास

वास्तव में गीता इस समस्या का समाधान कुछ इस प्रकार देती है—

योगयुक्त बुद्धि + स्थिर मन = असीम सुखानुभूति

योग वास्तव में नियोक्ता तथा नियोजित के संबंध का अनुभव करना है, जिससे व्यक्ति समत्व/समभाव को प्राप्त हो जाता है और इसी समत्व या समभाव को गीता में योग कहा गया है (समत्वं योग उच्यते, 2.48)।

श्रीकृष्ण अर्जुन को बार-बार सावधान करते हैं कि इंद्रियों की क्रियाविधि को हलके में नहीं लेना चाहिए, क्योंकि अनेक इंद्रियों में से कोई एक भी यदि सही ढंग से नियोजित होने से बची रह गई तो वह अकेले ही मन को वैसे ही भटका सकती है, जैसे प्रचंड वायु पानी में तैरती हुई नाव को लक्ष्य से भटका के दूर लेती जाती है (2.67)—

इन्द्रियाणां हि चरतां यन्मनोऽनुविधीयते।
तदस्य हरति प्रज्ञां वायुर्नावमिवाम्भसि॥ 2.67॥

अतः श्रीकृष्ण घोषित करते हैं कि जिस पुरुष ने अपनी सभी इंद्रियों को उनके विषयों से हटाकर, मन की सहायता से ईश्वर की सेवा में नियोजित कर दिया है, वही वास्तव में स्थितप्रज्ञ है (2.68)—

तस्माद्यस्य महाबाहो निगृहीतानि सर्वशः।
इन्द्रियाणीन्द्रियार्थेभ्यस्तस्य प्रज्ञा प्रतिष्ठिता॥ 2.68॥

नियोक्ता और नियोजित के इस संबंध को जब तक जीव ठीक ढंग से नहीं समझ लेता और ईश्वर की जगह प्रकृति/माया को ही नियोक्ता मानता रहता है, ऐसी स्थिति की तुलना श्रीकृष्ण ने व्यक्ति के अज्ञान की रात्रि में सोने से की है। नियोक्ता और नियोजित संबंध की ठीक-ठीक समझ हो जाने पर, अर्थात् व्यक्ति के योगयुक्त हो जाने पर यह समझना चाहिए कि जीव अज्ञान की रात्रि से निकलकर ज्ञान के दिन में प्रवेश कर गया है, स्थितप्रज्ञ हो गया है (2.69)—

या निशा सर्वभूतानां तस्यां जागर्ति संयमी।
यस्यां जाग्रति भूतानि सा निशा पश्यतो मुनेः॥ 2.69॥

रामचरितमानस में लक्ष्मणजी ने निषादराज गुह से ठीक इसी प्रकार का विचार व्यक्त किया है—

मोह निसाँ सबु सोवनिहारा। देखिअ सपन अनेक प्रकारा॥
एहिं जग जामिनि जागहिं जोगी। परमारथी प्रपंच बियोगी॥

—रामचरितमानस, 2.92.1-2

स्थितप्रज्ञ की यह अवस्था प्राप्त होने के बाद व्यक्ति इच्छाओं से विचलित नहीं

होता है। इच्छाओं के आने पर वह उसी प्रकार स्थिर बना रहता है, जैसे निरंतर नदियों के प्रवेश करने पर भी समुद्र स्थिर ही बना रहता है (2.70)—

आपूर्यमाणमचलप्रतिष्ठं समुद्रमापः प्रविशन्ति यद्वत्।
तद्वत्कामा यं प्रविशन्ति सर्वे स शान्तिमाप्नोति न कामकामी॥ 2.70॥

लक्ष्मणजी ने भी निषादराज को स्थितप्रज्ञ का यही लक्षण बताया है—

जानिअ तबहिं जीव जग जागा। जब सब बिषय बिलास बिरागा॥

—रामचरितमानस, 2.92.2

इस अवस्था को प्राप्त व्यक्ति, अर्थात् वह व्यक्ति जिसने इंद्रियतृप्ति की कामना त्याग दी है और इच्छारहित, ममतारहित तथा अहंकारशून्य हो गया है, को वास्तविक शांति की प्राप्ति होती है (2.71)—

विहाय कामान्यः सर्वान्पुमांश्चरति निःस्पृहः।
निर्ममो निरहंकारः स शान्तिमधिगच्छति॥ 2.71॥

दूसरे अध्याय के अंत में श्रीकृष्ण ने स्थितप्रज्ञ के संबंध में एक अत्यंत महत्त्वपूर्ण बात कही है। उन्होंने कहा है कि ऐसा नहीं है कि यह स्थिति सदैव ही बनी रहे, तभी कल्याण है, अपितु वे कहते हैं कि मरते समय भी यदि किसी ने नियोक्ता और नियोजित के इस शाश्वत संबंध को समझकर मन को ईश्वर में लगा दिया तो वह मुक्त हो जाता है (2.72)—

एषा ब्राह्मी स्थितिः पार्थ नैनां प्राप्य विमुह्यति।
स्थित्वास्यामन्तकालेऽपि ब्रह्मनिर्वाणमृच्छति॥ 2.72॥

रामचरितमानस में भी वर्णन आता है कि युद्ध में राक्षस-सेना के जो राक्षस मरते जा रहे थे, श्रीराम उनके पूर्व में किए गए कर्मों पर ध्यान दिए बिना उन सबको मुक्ति देते जा रहे थे, क्योंकि मृत्यु के ठीक पूर्व वे सभी श्रीराम को याद कर रहे थे—

खल मनुजाद द्विजामिष भोगी। पावहिं गति जो जाचत जोगी॥
उमा राम मृदुचित करुनाकर। बयर भाव सुमिरत मोहि निसिचर॥

—रामचरितमानस, 6.44.2

अतः मुक्ति लंबे समय की साधना और पूर्व स्थिति के अधीन नहीं है। पूर्व में कैसा भी चरित्र रहा हो, मृत्यु के ठीक पूर्व व्यक्ति यदि योगयुक्त है तो उसे मुक्ति मिलेगी, यह नियम है। हालाँकि अंतिम समय में अचानक से योगयुक्त हो जाना इतना आसान नहीं है, यह पूर्वाभ्यास का ही परिणाम होता है।

॥ गीतारथी द्वितीय विश्राम ॐ तत् सत्॥

□

गीतारथी–3

श्रीकृष्ण...यज्ञार्थात्कर्मणोऽन्यत्र.

पाठकगण ध्यान दें!

आपने अब तक गीता के अध्याय–1 और अध्याय–2 को पढ़ा और समझने का प्रयास किया। कुछ समझ में आया होगा, कुछ नहीं आया होगा और कहीं-कहीं उलझाव सा महसूस हो रहा होगा। अगर ये चीजें आपके साथ हो रही हैं तो आप निश्चिंत रहें, आप बिल्कुल सही दिशा में हैं, क्योंकि यहाँ तक पहुँचने पर अर्जुन की भी मनोस्थिति यही थी। पाठकों को यह जानना चाहिए कि दूसरा अध्याय ही वास्तव में पूरी गीता है, आगे के अध्यायों में इस दूसरे अध्याय की ही कमोबेश व्याख्या है। अतः आप लोग पन्ने–दर–पन्ने बस इस यात्रा का आनंद उठाइए। अंततः आप जितना चाहेंगे, उतना आपके पास अवश्य होगा। अब तक अर्जुन ने क्या समझा और अध्याय–3 में श्रीकृष्ण अर्जुन को जो समझाएँगे, उसे हम निम्न रेखाचित्र से समझने का प्रयास करते हैं, जो वास्तव में संपूर्ण गीता का संदेश है—

रेखाचित्र–14

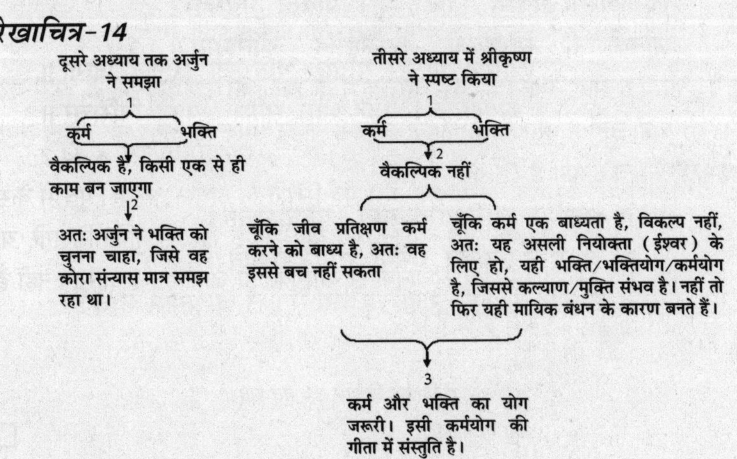

अर्जुन ने श्रीकृष्ण से पूछा कि ज्ञान और कर्म में जब ज्ञान ही श्रेष्ठ है तो फिर आप मुझसे युद्ध क्यों करवाना चाहते हैं? (3.1)—

अर्जुन उवाच

ज्यायसी चेत्कर्मणस्ते मता बुद्धिर्जनार्दन।
तत्किं कर्मणि घोरे मां नियोजयसि केशव॥ 3.1॥

वास्तव में श्रीकृष्ण द्वारा दूसरे अध्याय में बताए गए बुद्धियोग को अर्जुन केवल बुद्धि या ज्ञान समझ बैठा था, कर्मयोग को वह कोरा-कर्म समझ रहा था। वह किसी निर्णय पर नहीं पहुँच पा रहा था, अतः अपनी इस अपूर्ण समझ को वह श्रीकृष्ण के सामने स्वीकार करते हुए बोला कि दूसरे अध्याय में आपने जो ज्ञान दिया है, वह सहज नहीं है। अनेकार्थक वाक्यों में मेरी बुद्धि उलझ गई है, अतः मुझे सरलतापूर्वक एक ही मार्ग के विषय में बताइए, जो मेरे लिए श्रेयस्कर हो (3.2)—

व्यामिश्रेणेव वाक्येन बुद्धिं मोहयसीव मे।
तदेकं वद निश्चित्य येन श्रेयोऽहमाप्नुयाम्॥ 3.2॥

श्रीकृष्ण ने अर्जुन को उसके प्रश्न के उत्तर में बताया कि मैंने पहले भी एक ही मार्ग बताया है। उस एक ही मार्ग को बस दो तरीकों से समझाया है, एक सांख्ययोग (ज्ञानयोग) के तरीके से और दूसरा भक्तियोग (कर्मयोग/बुद्धियोग) के तरीके से (3.3)—

श्रीभगवानुवाच

लोकेऽस्मिन्द्विविधा निष्ठा पुरा प्रोक्ता मयानघ।
ज्ञानयोगेन सांख्यानां कर्मयोगेन योगिनाम्॥ 3.3॥

मैंने जो एक मार्ग बताया है, वह वास्तव में दो मार्गों का सम्यक् योग है, कर्म को त्यागना संभव ही नहीं है और न तो भक्ति के बिना मुक्ति संभव है, अतः भक्तियुक्त कर्म ही एकमात्र श्रेयस्कर मार्ग है (3.4)—

न कर्मणामनारम्भान्नैष्कर्म्यं पुरुषोऽश्नुते।
न च सन्न्यसनादेव सिद्धिं समधिगच्छति॥ 3.4॥

हम उपरोक्त कर्मयोग को निम्न रेखाचित्र द्वारा समझने का प्रयास करते हैं—

रेखाचित्र-15

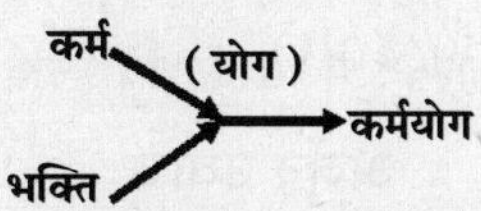

- कर्मयोग एकमात्र मार्ग, जिसकी गीता में संस्तुति है। हम सदैव अपने नियोक्ता (ईश्वर) द्वारा हमारे लिए निर्धारित कर्म कर रहे हैं, उसमें हम निमित्तमात्र हैं, यह समझ ही हमें 'कर्मयोगी' बनाती है। इसलिए श्रीकृष्ण ने कहा है कि 'तस्मात्सर्वेषु कालेषु मामनुस्मर युध्य च' (8.7) अर्थात् सदैव मेरा स्मरण रखते हुए युद्ध करते रहो। पुनः 'तस्मात्सर्वेषु कालेषु योगयुक्तो भवार्जुन' (8.27) अर्थात् हर समय मुझसे जुड़े रहो।

श्रीकृष्ण कहते हैं कि जीव की संरचना ही इस प्रकार की गई है कि वह एक क्षण भी बिना कर्म किए नहीं रह सकता, प्रकृति/माया के तीन गुणों के अधीन वह निरंतर कर्म करने को बाध्य है। (3.5)—

न हि कश्चित्क्षणमपि जातु तिष्ठत्यकर्मकृत्।
कार्यते ह्यवशः कर्म सर्वः प्रकृतिजैर्गुणैः ॥ 3.5 ॥

भारतीय संविधान के अनुच्छेद 111 में निहित पॉकेट वीटो (Pocket Veto) तथा गीता (3.5) और अस्तित्ववाद

श्लोक संख्या 3.5 के विचार अनायास ही हमें समकालीन पाश्चात्य दर्शन के अस्तित्ववाद (Existentialism) के दर्शन (Philosophy) का स्मरण कराते हैं, जिसका प्रसिद्ध सिद्धांत है कि मनुष्य प्रत्येक समय में निर्णय लेने को अभिशप्त है। अत: जो लोग किसी भी स्थिति में ऐसा सोचते हैं कि मैं यहाँ कोई निर्णय नहीं लूँगा, चुप रहूँगा, भाग नहीं लूँगा आदि तो उस समय ऐसे लोग इन विकल्पों के चुनाव का ही निर्णय ले रहे होते हैं, क्योंकि मनुष्य के लिए किसी भी स्थिति में अनिर्णायक/निष्क्रिय रहना संभव ही नहीं है। गीता के उपरोक्त श्लोक (3.5) में यही विचार व्यक्त किया गया है। भारतीय संविधान के अनुच्छेद 111 में राष्ट्रपति द्वारा विधेयकों पर अनुमति देने या अनुमति को रोक लेने का प्रावधान है। एक दृष्टि से इस अनुच्छेद द्वारा राष्ट्रपति में निहित पॉकेट वीटो की शक्ति जिसमें राष्ट्रपति किसी बिल पर बिना निर्णय दिए उसे अनिश्चित-काल तक अपने पास रख लेता है, गीता के श्लोक संख्या 3.5 और अस्तित्ववाद के उपरोक्त सिद्धांत का जीवंत उदाहरण है, क्योंकि अस्तित्ववाद के अनुसार निर्णय नहीं लेना भी एक

निर्णय लेना ही तो है। इंडियन पोस्ट ऑफिस (संशोधन) विधेयक पर पॉकेट वीटो का प्रयोग करते हुए राष्ट्रपति ने वास्तव में यह निर्णय लिया कि मैं इस पर कोई भी निर्णय नहीं लूँगा।

□

श्रीकृष्ण आगे बताते हैं कि नियोक्ता और नियोजित के इस शाश्वत संबंध में मुख्य एजेंट 'मन' ही है। जो व्यक्ति बाह्य रूप से नियोक्ता के प्रति कार्य करता हुआ दिखाई दे, किंतु मन में विषयों के भोग की कामना रखे, वह मिथ्याचारी है (3.6), जबकि शुद्ध मन से नियोक्ता और नियोजित के संबंधों को पालन करने का प्रयास करने वाला भी अत्यंत उत्कृष्ट है (3.7)—

कर्मेन्द्रियाणि संयम्य य आस्ते मनसा स्मरन्।
इन्द्रियार्थान्विमूढात्मा मिथ्याचारः स उच्यते॥ 3.6 ॥
यस्त्विन्द्रियाणि मनसा नियम्यारभतेऽर्जुन।
कर्मेन्द्रियैः कर्मयोगमसक्तः स विशिष्यते॥ 3.7 ॥

गीता का श्लोक संख्या 3.6 और 3.7 तथा भारत देश और भारतीय संविधान

आज के दौर में श्लोक संख्या 3.6 और 3.7 के भावों की प्रासंगिकता प्रबलता के साथ उभरकर सामने आती है। यह स्वामिभक्ति, राष्ट्रभक्ति, राष्ट्रगौरव आदि मुद्दों से सीधे-सीधे जुड़ती है। जिस राष्ट्र में हम रहते हैं, खाते हैं, पीते हैं, काम करते हैं, उस राष्ट्र पर हम कोई एहसान नहीं करते। उलटा हमें सदैव उस राष्ट्र के प्रति कृतज्ञ और एहसानमंद होना चाहिए। हाल के वर्षों में राष्ट्रगान, राष्ट्रगीत, राष्ट्रीय ध्वज आदि के संबंध में कई प्रकार के विवाद देखने में आए हैं। गीता के नजरिए से यह उचित नहीं है, सीधे-सीधे विरोध करना तो बहुत बड़ी बात है, यदि ऊपर से कोई समर्थन करता हुआ दिखाई दे और मन-ही-मन में उपेक्षा कर रहा हो तो वह भी मिथ्याचारी है। ऐसी परिस्थितियों के संबंध में गीता का श्लोक संख्या 3.6 और 3.7 पूर्णतः असहिष्णु होने की नीति (Zero Tolerance Policy) का समर्थन करती है।

भारत के संविधान में राष्ट्रभक्ति, राष्ट्रगौरव, सांस्कृतिक श्रेष्ठता की परंपरा में विश्वास सन्निहित है। मूल अधिकार (Fundamental Rights) के लिए दावा करना, नीति-निर्देशक तत्त्वों (Directive Principals of the States) को लागू करने की माँग करना ठीक है, किंतु वहीं अनुच्छेद 51-क में आविष्टित मूल-कर्तव्यों (Fundamental Duties) के प्रति उपेक्षा निश्चित रूप से मिथ्याचारी भाव है। राष्ट्र

की पहचान सुनिश्चित करने वाले सभी मानदंडों का सम्मान अनिवार्य है, यह आंशिक रूप से स्वीकृत और आंशिक रूप से अस्वीकृत नहीं किया जा सकता है।

□

अगले श्लोकों में श्रीकृष्ण ने बताया कि चूँकि कर्म करना वैकल्पिक नहीं है, अत: नियत कर्म का संपादन अवश्य ही किया जाना चाहिए (3.8)। इस प्रकार के कर्म संपादन में यह ध्यान रखना चाहिए कि नियोक्ता और नियोजित के संबंध का पालन सुनिश्चित रहे, क्योंकि नियोक्ता/शरणदाता के अतिरिक्त किसी अन्य के लिए किया जाने वाला प्रत्येक कार्य बंधनकारी/दंडात्मक होता है (3.9)—

नियतं कुरु कर्म त्वं कर्म ज्यायो ह्यकर्मणः।
शरीरयात्रापि च ते न प्रसिद्ध्येदकर्मणः॥ 3.8॥
यज्ञार्थात्कर्मणोऽन्यत्र लोकोऽयं कर्मबन्धनः।
तदर्थं कर्म कौन्तेय मुक्तसङ्गः समाचर॥ 3.9॥

श्लोक संख्या 3.9 में आए हुए पद 'यज्ञार्थात्कर्मणोऽन्यत्र' का अर्थ बहुत व्यापक है। यज्ञ की संकल्पना प्राकृतिक संसाधनों के न्यायपूर्ण वितरण को सुनिश्चित करने तथा प्रकृति में आपूर्ति–शृंखला को निर्बाध रूप से बनाए रखने हेतु जरूरी है। अत: हमें नियोक्ता और नियोजित के संबंध को यज्ञ की दृष्टि से समझना होगा। श्रीकृष्ण कहते हैं कि सृष्टि का निर्माण करते समय ब्रह्मा जी ने तीन चीजों को एक ही साथ बनाया (3.10)—

1. यज्ञ, 2. मनुष्य, 3. देवता।

यज्ञ को ब्रह्माजी ने देवताओं और मनुष्यों के मध्य आदान–प्रदान का साधन बताते हुए कहा कि यज्ञ के माध्यम से मनुष्य देवताओं को प्रसन्न करेगा और देवता प्रसन्न होकर मनुष्य को अपेक्षित साधन देते रहेंगे। ये देवता चूँकि अंततः भगवान् द्वारा नियुक्त अधिकारी हैं, अत: नियोक्ता और नियोजित की शृंखला इस प्रकार कायम रह सकेगी (3.11)—

सहयज्ञाः प्रजाः सृष्ट्वा पुरोवाच प्रजापतिः।
अनेन प्रसविष्यध्वमेष वोऽस्त्विष्टकामधुक्॥ 3.10॥
देवान्भावयतातेन ते देवा भावयन्तु वः।
परस्परं भावयन्तः श्रेयः परमवाप्स्यथ॥ 3.11॥

यज्ञ के माध्यम से देवताओं को अर्पित किए बिना जो लोग अपने संसाधनों/कर्मफलों को भोगना चाहते हैं, उसके कारण यह आपूर्ति–शृंखला बाधित हो जाती है। ऐसी बाधा उत्पन्न करने वालों को श्रीकृष्ण ने 'चोर' कहा है (3.12)—

इष्टान्भोगान्हि वो देवा दास्यन्ते यज्ञभाविताः।
तैर्दत्तानप्रदायैभ्यो यो भुङ्क्ते स्तेन एव सः॥ 3.12॥

आदान-प्रदान की इस श्रृंखला का पालन करते हुए अर्पित संसाधनों में से स्वयं के लिए निर्धारित भाग का उपभोग ही उत्तम माना गया है। अन्य लोगों का ध्यान दिए बिना केवल अपने लिए ही उपभोग करना 'पाप खाने की भाँति' है (3.13)—

यज्ञशिष्टाशिनः सन्तो मुच्यन्ते सर्वकिल्बिषैः।
भुञ्जते ते त्वघं पापा ये पचन्त्यात्मकारणात्॥ 3.13॥

उपरोक्त आपूर्ति-श्रृंखला को समझाते हुए श्रीकृष्ण कहते हैं कि सारे प्राणी अन्न पर निर्भर हैं और यह अन्न वर्षा पर निर्भर है। इस वर्षा का आधार यज्ञ है और यज्ञ नियत कर्मों पर आधारित हैं (3.14)—

अन्नाद्भवन्ति भूतानि पर्जन्यादन्नसम्भवः।
यज्ञाद्भवति पर्जन्यो यज्ञः कर्मसमुद्भवः॥ 3.14॥

इस आपूर्ति-श्रृंखला को हम निम्न रेखाचित्र से समझते हैं—

रेखाचित्र-16

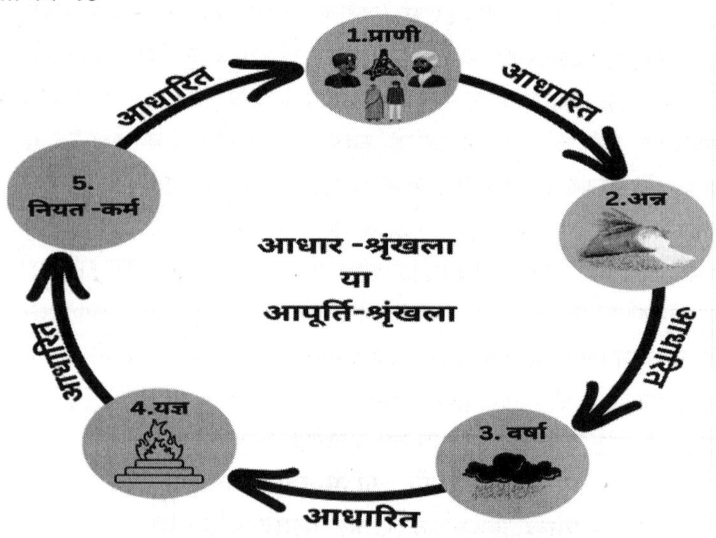

यज्ञ की इस आपूर्ति-श्रृंखला के पालन से नियोजित का नियोक्ता के प्रति समर्पण बना रहता है, क्योंकि यज्ञ ब्रह्म का ही स्वरूप है। अतः निर्धारित/नियतकर्मों की केंद्रीय स्थिति उभरकर सामने आती है, क्योंकि ये कर्म ही यज्ञ का आधार हैं (3.15)—

कर्म ब्रह्मोद्भवं विद्धि ब्रह्माक्षरसमुद्भवम्।
तस्मात्सर्वगतं ब्रह्म नित्यं यज्ञे प्रतिष्ठितम्॥ 3.15॥

वेदों में स्थापित इस यज्ञ-चक्र का व्यक्ति द्वारा पालन नहीं करना पाप है, क्योंकि

इससे उपरोक्त आपूर्ति-शृंखला बाधित होती है। अत: यज्ञ के इस चक्र का पालन नहीं करने वाले व्यक्तियों का जीवन व्यर्थ है (3.16)—

एवं प्रवर्तितं चक्रं नानुवर्तयतीह यः।
अघायुरिन्द्रियारामो मोघं पार्थ स जीवति॥ 3.16॥

'यज्ञवाद' संसाधनों के न्यायपूर्ण वितरण का वास्तविक वाद

श्लोक संख्या 3.9 से श्लोक संख्या 3.16 को समझने के लिए हम सरकार की करारोपण-प्रणाली (Taxation System) का उदाहरण ले सकते हैं। इस प्रणाली के सुचारू रूप से बने रहने पर सरकार को कल्याणकारी योजनाओं (Welfare Schemes) को लागू करने में और विकास कार्यों को करने में सहूलियत रहती है। करवंचक (Tax Evadors) इस प्रणाली में बाधा डालते हैं, इसलिए दंड के पात्र होते हैं, क्योंकि ऐसे लोगों के कारण सरकार की आपूर्ति-शृंखला बाधित होती है। इसी प्रकार यज्ञ के चक्र का पालन नहीं होने पर सृष्टि की आपूर्ति-शृंखला में बाधा आती है। इसी कारण ऐसे लोगों की, जो यज्ञ-चक्र का पालन नहीं करते, श्रीकृष्ण ने निंदा की है।

संसाधनों के वितरण को न्यायपूर्ण बनाने के लिए कई प्रकार के वाद मौजूद हैं, जैसे समाजवाद, पूँजीवाद, लोकतंत्र आदि। किंतु यह समझना होगा कि ये सारे वाद मानव-निर्मित और मानव-केंद्रित हैं तथा सीमित पहुँच वाले हैं। वास्तव में संसाधन तो सर्वव्यापी नियोक्ता अर्थात् ईश्वर द्वारा निर्मित है, अत: वह ईश्वर ही न्यायपूर्ण वितरण कर सकता है, जिसका माध्यम उसने वेदों में वर्णित यज्ञ को बनाया है। स्वामी दयानंद सरस्वती के 'वेदों की ओर लौटो' (Back to Vedas) को इस दृष्टि से समझना होगा। रामचरितमानस में भी इस न्यायपूर्ण विधि का संकेत किया गया है। श्रीराम ने भरतजी को राजधर्म की शिक्षा देते हुए बताया है कि मुखिया को मुख के समान होना चाहिए, जो खाते-पीते हुए तो अकेला ही दिखता है, परंतु विवेकपूर्ण तरीके से सारे अंगों का पालन करता है—

मुखिआ मुखु सो चाहिऐ खान पान कहुँ एक।
पालइ पोषइ सकल अँग तुलसी सहित बिबेक॥

—रामचरितमानस, 2.315

अत: न्यायपूर्ण वितरण को सुनिश्चित करने के लिए 'वेदों की ओर लौटो' अर्थात् यज्ञ की प्रणाली को अपनाने की व्यापक व्याख्या को समझना होगा। यज्ञ वास्तव में न्यायपूर्ण वितरण प्रणाली का वास्तविक वाद है, इसे समझना होगा। श्लोक संख्या 3.9 से 3.16 तक यज्ञ की रूपरेखा को हम एक रेखाचित्र के माध्यम से समझने का प्रयास करते हैं—

रेखाचित्र-17

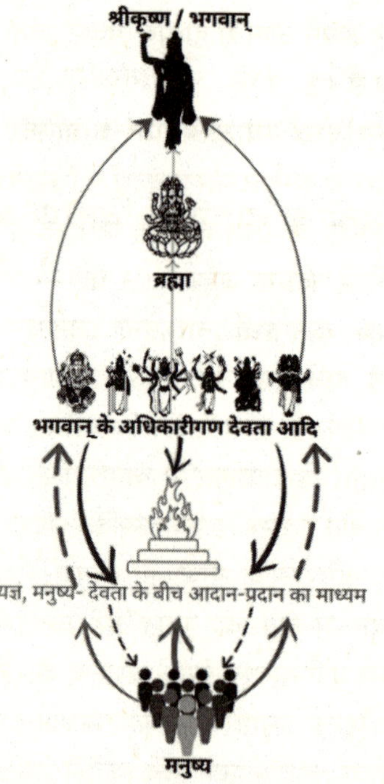

संसाधनों की आपूर्ति शृंखला निर्बाध रूप से गतिमान होनी चाहिए

उपरोक्त रेखाचित्र को निम्न रेखाचित्र द्वारा सरल रूप में देखा जा सकता है—

रेखाचित्र-18

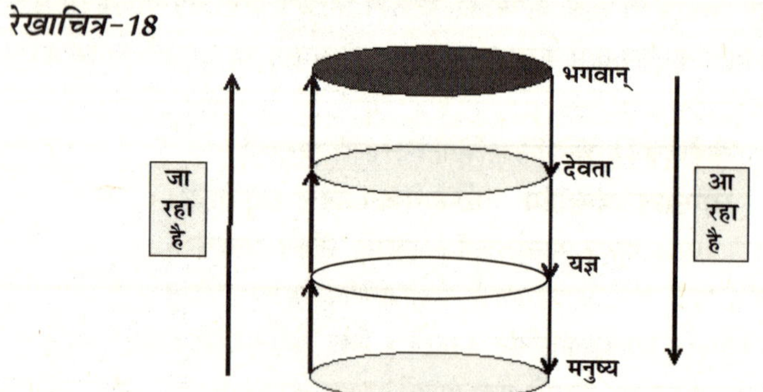

यज्ञवाद : गीता श्लोक संख्या 3.9 से 3.16

आगे श्लोक संख्या 3.17 और श्लोक संख्या 3.18 में श्रीकृष्ण ने उपरोक्त शृंखला में नहीं आने वाले एक अन्य वर्ग के बारे में भी बताया है, जिन्हें 'स्वरूपसिद्ध' कहा जाता

है। स्वरूपसिद्ध व्यक्ति वास्तव में अपने भीतर ही इस संपूर्ण श्रृंखला का विकास कर चुका होता है, जिससे वह अपने आप में ही पूर्ण संतुष्ट रहता है, अतः उसके लिए कुछ भी कर्तव्य शेष नहीं रहता है (3.17)—

यस्त्वात्मरतिरेव स्यादात्मतृप्तश्च मानवः।
आत्मन्येव च सन्तुष्टस्तस्य कार्यं न विद्यते॥ 3.17॥

ऐसे स्वरूपसिद्ध व्यक्ति के लिए कोई भी निर्धारित कर्म नहीं होता, क्योंकि ऐसा व्यक्ति किसी अन्य पर निर्भर नहीं रह जाता है (3.18)—

नैव तस्य कृतेनार्थो नाकृतेनेह कश्चन।
न चास्य सर्वभूतेषु कश्चिदर्थव्यपाश्रयः॥ 3.18॥

श्लोक संख्या 3.17 और 3.18 में वर्णित स्वरूपसिद्ध व्यक्ति अत्यंत उच्च अवस्था वाले लोगों का बोधक है और यह प्रचलित गृहस्थों से पृथक् लोगों की कोटि है। गीता का मुख्य बल कर्मयोग है, अर्थात् गृहस्थ-धर्म की सम्यक् और वैज्ञानिक व्याख्या करना है। अतः श्लोक संख्या 3.17 और श्लोक संख्या 3.18 यहाँ अपवाद के रूप में है।

श्रीकृष्ण ने पूरी गीता में तीन-चार मुख्य सिद्धांतों को ही भिन्न-भिन्न तरीके से बार-बार अर्जुन को समझाया है। स्वरूपसिद्ध व्यक्तियों के लिए यद्यपि कुछ भी करणीय नहीं होता, फिर भी श्रीकृष्ण के अनुसार ऐसे लोगों को फल की चाह के बिना निरासक्त भाव से कर्म करते हुए ईश्वर, अर्थात् परम नियोक्ता की प्राप्ति करनी चाहिए (3.19)—

तस्मादसक्तः सततं कार्यं कर्म समाचर।
असक्तो ह्याचरन्कर्म परमाप्नोति पूरुषः॥ 3.19॥

इस संदर्भ में श्रीकृष्ण राजा जनक का उदाहरण देते हुए बताते हैं कि स्वरूपसिद्ध होते हुए भी उन्होंने निष्काम कर्म करना जारी रखा, जिससे सामान्य लोगों को कर्म करने की प्रेरणा मिलती रहे (3.20)—

कर्मणैव हि संसिद्धिमास्थिता जनकादयः।
लोकसङ्ग्रहमेवापि सम्पश्यन्कर्तुमर्हसि॥ 3.20॥

'लोकसङ्ग्रहम्' अर्थात् सामान्य लोगों के व्यापक हित के लिए (Larger Public Interest) कर्म करते रहना आवश्यक है, क्योंकि श्रीकृष्ण के अनुसार सामान्य जनता श्रेष्ठ पुरुष के आचरण का ही अनुगमन करती है। अतः 'अगुवा' (Leader) को ऐसा आदर्श प्रस्तुत करना चाहिए, जिससे एक आदर्श समाज की स्थापना हो सके, क्योंकि शेष लोग अगुवा का ही अनुसरण करते हैं (3.21)—

यद्यदाचरति श्रेष्ठस्तत्तदेवेतरो जनः।
स यत्प्रमाणं कुरुते लोकस्तदनुवर्तते॥ 3.21॥

गीता का श्लोक संख्या 3.20 और 3.21 तथा विकास की टपकन थियरी (Down Filtration Theory)

श्लोक संख्या 3.21 को विकास की 'टपकन थियरी' के उदाहरण द्वारा समझा जा सकता है। इस सिद्धांत के अनुसार विकासमूलक नीतियों का आरंभिक केंद्र एक उच्च-वर्ग होता है, जिससे रिसते हुए कालांतर में यह विकास निचले वर्ग में सामान्य लोगों तक पहुँच जाता है। इस थियरी को हम निम्न रेखाचित्र द्वारा समझ सकते हैं—

रेखाचित्र-19

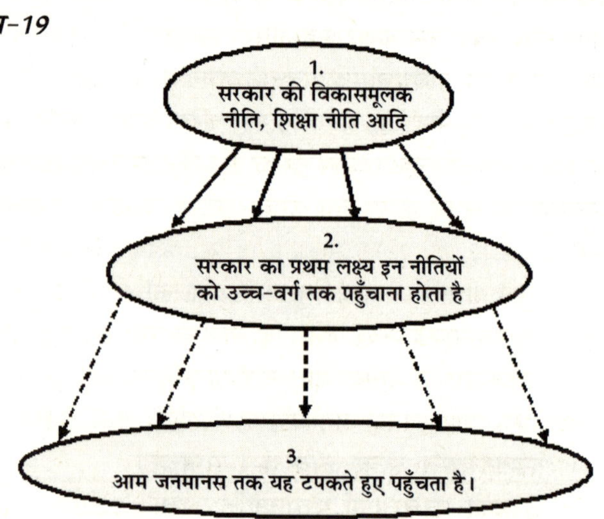

Down Filtration Theory

आज के युग में बाजार-प्रबंधन (Market Management), विज्ञापन (Advertisement), वितरण (Distribution) आदि के लिए गीता का श्लोक संख्या 3.20 और 3.21 अत्यंत प्रसंगिक है। बहुराष्ट्रीय कंपनियों (MNCs) के लिए तो गीता का यह ज्ञान वरदान से कम नहीं है। श्लोक संख्या 3.21 की दूसरी पंक्ति में आए पद 'स यत्प्रमाणं' और 'लोकस्तदनुवर्तते' अत्यंत महत्त्वपूर्ण हैं। श्रीकृष्ण बताते हैं कि बड़े लोगों के आचरण/वक्तव्य को सामान्य लोग प्रमाण के रूप में स्वीकार करके उसी के अनुसार स्वयं भी करने का प्रयास करते हैं, अर्थात् ऐसे लोगों/संस्थाओं की बातें लोगों को व्यापक रूप से प्रभावित करती हैं। यही कारण है कि कंपनियाँ अपने उत्पादों के प्रचार और प्रसार के लिए बड़े-बड़े सेलेब्रिटीज को चुनती हैं, जिनमें क्रिकेटर और अभिनेता प्रमुख हैं और यही तथ्य विज्ञापन करते समय नैतिकता (Ethics) अपनाने की प्रेरणा देने के साथ-साथ कंपनियों को अपनी

नीतियों में पारदर्शिता सुनिश्चित करने का संकेत भी करता है, क्योंकि बड़े-बड़े सेलेब्रिटीज की बातों के प्रभाव में आकर जनता गलत चीजों का भी चुनाव कर सकती है। राजनीतिक क्षेत्र में अगुआ के इस प्रभाव का विशेष ध्यान रखा जाना चाहिए।

□

श्लोक संख्या 3.21 की महत्ता को और स्पष्ट करते हुए श्रीकृष्ण आगे कहते हैं कि मुझे ही देख लो, मुझे तो कोई भी कार्य करने की बिल्कुल भी आवश्यकता नहीं है, फिर भी मैंने अपने लिए नियत-कर्म बना रखे हैं और मैं उनका पालन भी करता हूँ (3.22)। क्योंकि यदि मैं ऐसा नहीं करूँगा तो मुझे सर्वश्रेष्ठ जानते हुए अन्य लोग भी उसी मार्ग का अनुसरण करते हुए 'अकर्मण्य' हो जाएँगे (3.23) और व्यापक आपूर्ति-शृंखला बाधित हो जाएगी, जिससे सबकुछ नष्ट हो जाएगा। हर क्षेत्र में वर्णसंकरता, अर्थात् अराजकता और अव्यवस्था उत्पन्न हो जाएगी तथा इसका कारण मेरा ही आचरण माना जाएगा (3.24)—

न मे पार्थास्ति कर्तव्यं त्रिषु लोकेषु किञ्चन।
नानवाप्तमवाप्तव्यं वर्त एव च कर्मणि॥ 3.22॥
यदि ह्यहं न वर्तेयं जातु कर्मण्यतन्द्रितः।
मम वर्त्मानुवर्तन्ते मनुष्याः पार्थ सर्वशः॥ 3.23॥
उत्सीदेयुरिमे लोका न कुर्यां कर्म चेदहम्।
सङ्करस्य च कर्ता स्यामुपहन्यामिमाः प्रजाः॥ 3.24॥

श्रीकृष्ण के अनुसार कर्म करते रहना ही पर्याप्त नहीं है, अपितु कर्म-संपादन में समर्पण एवं तत्परता भी होनी चाहिए, फिर चाहे वह निरासक्त होकर किया जाए या राजा जनक जैसे स्वरूपसिद्ध-व्यक्ति की भाँति। इस संबंध में श्रीकृष्ण ने अर्जुन को बताया कि निरासक्त कर्म करने में वैसा ही समर्पण-भाव होना चाहिए, जैसे फल के लिए आसक्त व्यक्ति का सकाम-कर्म करने के प्रति होता है (3.25)—

सक्ताः कर्मण्यविद्वांसो यथा कुर्वन्ति भारत।
कुर्याद्विद्वांस्तथासक्तश्चिकीर्षुर्लोकसङ्ग्रहम्॥ 3.25॥

यानी कि निरासक्त होकर भी कर्म के संपादन की भावना अत्यंत प्रबल बनी रहनी चाहिए। श्लोक संख्या 3.25 में श्रीकृष्ण ने दो विरोधाभासी स्थितियों के माध्यम से कर्म के संपादन हेतु आवश्यक समर्पण-भाव को जिस गहराई से समझाया है, उसे हम निम्न रेखाचित्र द्वारा समझने का प्रयास करते हैं—

रेखाचित्र-20

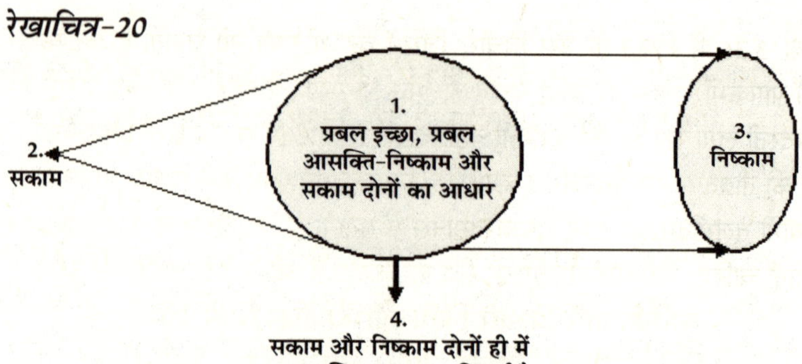

अज्ञानी व्यक्ति, जो सकाम कर्म में लिप्त होता है, वह फल आदि को लेकर अपने कर्म में पूर्ण आसक्त हो जाता है। चूँकि प्रकृति/माया का बल भी विषयों के दिशा में ही होता है, अत: सकाम कर्मी की आसक्ति/तत्परता प्रबल हो जाती है। निरासक्त भाव से कर्म करने या ईश्वर के प्रति समर्पित होने में भी इसी गुणवत्ता के आसक्ति की संस्तुति यहाँ की गई है, जो थोड़ा कठिन होता है, क्योंकि यहाँ प्रकृति/माया इसके विपरीत बल लगाए रहती है। इस स्थिति को हम निम्न रेखाचित्र द्वारा समझते हैं—

रेखाचित्र-21

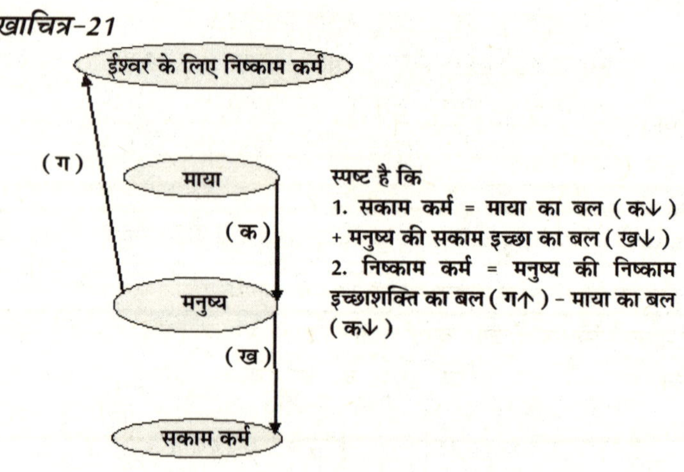

सकाम कर्म और निष्काम कर्म के लिए प्राप्त होने वाले बल की स्थिति

उपरोक्त रेखाचित्र को ध्यान से देखने से यह समझ में आ जाता है कि हमारा मन सांसारिक कामों में ज्यादा क्यों लगता है। इसका कारण यह है कि यह संसार प्रकृति का ही रूप है, जिससे प्रकृति की शक्ति भी संसार की ओर ही होती है। आगे श्लोक

संख्या-3.36 में अर्जुन के उस विचार, जिसमें वह श्रीकृष्ण को बताता है कि कभी-कभी पापकर्मों से हम दूर जाना चाहते हैं, फिर भी ऐसा लगता है, जैसे कोई उसमें हमें जबरदस्ती लगा रहा हो, की व्याख्या यहाँ दिखती है। इष्टतम सफलता के लिए सकाम-कर्म की तीव्रतम और प्रबलतम इच्छाशक्ति, निरासक्त/निष्काम कर्म में भी आवश्यक है। गोस्वामी तुलसीदासजी ने भी रामचरितमानस में बताया है कि श्रीराम के प्रति चाह वैसी ही होनी चाहिए, जैसे एक कामीपुरुष स्त्री को चाहता है और लोभी व्यक्ति धन को—

कामिहि नारि पिआरि जिमि लोभिहि प्रिय जिमि दाम।
तिमि रघुनाथ निरंतर प्रिय लागहु मोहि राम॥

—रामचरितमानस, 7.130 (ख)

इसी संदर्भ का और विस्तार करते हुए श्रीकृष्ण कहते हैं कि यदि कोई विद्वान्/स्वरूपसिद्ध व्यक्ति या श्लोक संख्या 3.25 की स्थिति को प्राप्त व्यक्ति किसी ऐसे अज्ञानी पुरुष को देखता है, जो सकाम कर्म में लिप्त है, तो उसे उसके प्रति निंदा या आलोचना का भाव नहीं अपनाना चाहिए। और न ही उसकी बुद्धि को बहुत तीव्रता से बदलने का प्रयास ही करना चाहिए, अपितु धीरे-धीरे उसे सही दिशा में लाने का प्रयास करना चाहिए (3.26)—

न बुद्धिभेदं जनयेदज्ञानां कर्मसङ्गिनाम्।
जोषयेत्सर्वकर्माणि विद्वान्युक्तः समाचरन्॥ 3.26॥

श्लोक संख्या 3.25 और 3.26 का भाव विभिन्न संस्थाओं द्वारा अपने कर्मियों को दिए जाने वाले प्रशिक्षण (Training) के लिए अत्यंत महत्त्वपूर्ण है, साथ ही यह भाव किसी भी संगठन को बनाने, बढ़ाने और बचाए रखने के लिए भी बहुत जरूरी है। श्लोक संख्या 3.26 के भावों का प्रयोग हम प्रायः विज्ञापन और विपणन में देखते हैं। ब्रांड को विश्वसनीय बनाने में श्लोक संख्या 3.26 के भावों का ही प्रयोग होता है, जिसमें धीरे-धीरे मानव मस्तिष्क में जगह बनाई जाती है। इसके साथ ही विभिन्न क्षेत्रों में सरकार और अनेक संस्थाओं द्वारा अनेक प्रकार के जागरूकता अभियान (Awareness Campaign) चलाए जाते हैं। यह वास्तव में लोगों के मस्तिष्क को धीरे-धीरे प्रशिक्षित करते हुए उचित का चुनाव करने हेतु सक्षम बनाने के लिए होता है। इन कार्यक्रमों को गीता की शिक्षा के द्वारा और ज्यादा परिमार्जित तथा प्रभावी बनाया जा सकता है।

श्रीकृष्ण की समझाने की विधा आदर्श है। पूरी गीता में श्रीकृष्ण ने तीन-चार मुख्य मुद्दों को ही अलग-अलग तरीके से बार-बार समझाया है। श्रीकृष्ण ने श्लोक संख्या 2.47 में अर्जुन को समझाया है कि स्वयं को कर्म और उसके फलों का कारण मत मानो (मा ते सङ्गोऽस्त्वकर्मणि), अगले श्लोक में भी इसी बात को पुनः उन्होंने अलग तरीके

से समझाते हुए कहा कि समस्त कर्मों को करने वाली शक्ति तो त्रिगुणात्मक प्रकृति/माया ही है, अज्ञानता के कारण व्यक्ति स्वयं को कर्ता मान बैठता है (3.27)—

प्रकृतेः क्रियमाणानि गुणैः कर्माणि सर्वशः।
अहङ्कारविमूढात्मा कर्ताहमिति मन्यते॥ 3.27॥

रामचरितमानस में भी इसी प्रकार की बात दिखाई देती है, जब तुलसीदासजी बताते हैं कि जैसी भवितव्यता (होनी) होती है, वैसी ही सहायक स्थितियाँ भी मिल जाती हैं। या तो वे सहायक स्थितियाँ आप ही के पास आ जाती हैं या आपको ही वहाँ ले जाती हैं—

तुलसी जसि भवतब्यता तैसी मिलइ सहाइ।
आपुनु आवइ ताहि पहिं ताहि तहाँ लै जाइ॥

—रामचरितमानस, 1.159 (ख)

श्रीमद्‌भागवतमहापुराण में नारदजी ने व्यासजी के सम्मुख भी ऐसे ही विचार प्रकट करते हुए कहा है कि सुख और दुःख मनुष्य के वश में नहीं हैं। जैसे न चाहते हुए भी समय आने पर हमें दुःख मिलता है, वैसे ही सुख भी कालक्रम में स्वयं ही आ जाता है—

तस्यैव हेतोः प्रयतेत कोविदो न लभ्यते यद्‌भ्रमतामुपर्यधः।
तल्लभ्यते दुःखवदन्यतः सुखं कालेन सर्वत्र गभीररंहसा॥

—श्रीमद्‌भागवतमहापुराण, 1.5.18

श्रीकृष्ण ने कहा कि कर्म और कर्ता के इस समीकरण को जानने वाले लोग इसी वजह से कर्ता का भाव नहीं पालते हैं और श्लोक संख्या 2.47 के भाव में रहते हुए वे कर्मयोग का पालन करते रहते हैं (3.28)—

तत्त्ववित्तु महाबाहो गुणकर्मविभागयोः।
गुणा गुणेषु वर्तन्त इति मत्वा न सज्जते॥ 3.28॥

श्रीकृष्ण श्लोक संख्या 3.26 में पहले ही कह दी गई बातों को श्लोक संख्या 3.29 में पुनः दोहराते हुए कहते हैं कि माया की कार्यप्रणाली से अनभिज्ञ लोग फलासक्त कर्म से बँधे रहते हैं। यद्यपि ऐसे लोग अज्ञानी हैं, फिर भी ज्ञानी लोगों को उनकी निंदा/आलोचना से बचना चाहिए और उन्हें विचलित नहीं करना चाहिए (3.29)—

प्रकृतेर्गुणसम्मूढाः सज्जन्ते गुणकर्मसु।
तानकृत्स्नविदो मन्दान्कृत्स्नविन्न विचालयेत्॥ 3.29॥

इतना सबकुछ कह लेने के बाद श्रीकृष्ण पुनः मूल बात पर ही आ जाते हैं और अर्जुन से कहते हैं कि सरल शब्दों में अब तक की पूरी बात यही है कि सारे कर्मों को मेरे लिए किया हुआ मानकर ही करो, अर्थात् योगयुक्त कर्म करो, अर्थात् नियोक्ता और नियोजित के भाव को समझते हुए ही कर्म करो। ऐसा कर्म, जिसमें स्वयं के लिए न तो

लाभ की कामना हो और न ही स्वयं को कारण समझने की भूल और न ही किसी प्रकार का आलस्य (3.30)—

मयि सर्वाणि कर्माणि सन्न्यस्याध्यात्मचेतसा।
निराशीर्निर्ममो भूत्वा युध्यस्व विगतज्वरः॥ 3.30॥

ऊपर अब तक बताए हुए ज्ञान को मानने या नहीं मानने के लाभ और हानि के विषय में आगे श्रीकृष्ण अर्जुन को समझाते हुए कहते हैं कि उपरोक्त संस्तुत-विधि के अनुसार योगयुक्त कर्म करने से मनुष्य को बंधन से मुक्ति मिल जाती है (3.31)...' किंतु इसका पालन नहीं करने वालों को निर्बाध आपूर्ति-शृंखला को बाधित करने के कारण दंडित होना पड़ता है, उनका पतन हो जाता है (3.32)—

ये मे मतमिदं नित्यमनुतिष्ठन्ति मानवाः।
श्रद्धावन्तोऽनसूयन्तो मुच्यन्ते तेऽपि कर्मभिः॥ 3.31॥
ये त्वेतदभ्यसूयन्तो नानुतिष्ठन्ति मे मतम्।
सर्वज्ञानविमूढांस्तान्विद्धि नष्टानचेतस॥ 3.32॥

कर्म करने के लिए मनुष्य बाध्य है, प्रकृति या माया उससे बलपूर्वक निर्धारित कर्म करवा ही लेती है। साधारण मनुष्य की तो बात ही क्या है, बड़े-बड़े ज्ञानी पुरुष भी इससे बाहर नहीं हैं। इसलिए इससे बचने के लिए इंद्रियों/इच्छाओं का दमन करना उचित मार्ग नहीं है (3.33)। दमन के स्थान पर श्रीकृष्ण निर्धारित नियमों द्वारा इंद्रियों/इच्छाओं को मन की सहायता से नियंत्रित कर भगवान् में नियोजित करने की बात करते हैं (3.34)—

सदृशं चेष्टते स्वस्याः प्रकृतेर्ज्ञानवानपि।
प्रकृतिं यान्ति भूतानि निग्रहः किं करिष्यति॥ 3.33॥
इन्द्रियस्येन्द्रियस्यार्थे रागद्वेषौ व्यवस्थितौ।
तयोर्न वशमागच्छेत्तौ ह्यस्य परिपन्थिनौ॥ 3.34॥

रामचरितमानस में भी प्रकृति या माया द्वारा बड़े-बड़े ज्ञानियों को भी मोह लेने की बात बताई गई है। शिवजी और ब्रह्माजी भी इसके बाहर नहीं हैं तो साधारण मनुष्य की बात ही क्या? इस माया ने भगवान् विष्णु के अत्यंत प्रिय गरुड़जी को भी नहीं छोड़ा। माया या प्रकृति से बचने का मार्ग यहाँ भी भगवान् की शरण ही बताया गया है—

प्रभु माया बलवंत भवानी। जाहि न मोह कवन अस ग्यानी॥

—7.61.5

ग्यानी भगत सिरोमनि त्रिभुवनपति कर जान।
ताहि मोह माया नर पावँर करहिं गुमान॥

—7.62 क

सिव बिरंचि कहुँ मोहइ को है बपुरा आन।
अस जियँ जानि भजहिं मुनि माया पति भगवान॥

—(7.62 ख), रामचरितमानस

पाठकगण यहाँ ध्यान दें !

गीता की शैली ही ऐसी है कि अकसर पाठकों को महसूस होता होगा कि जगह-जगह उनकी समझ टूट रही है, अर्जुन के साथ भी ऐसा ही था। लेकिन पाठक यह ध्यान रखें कि श्रीकृष्ण ने पूरी गीता में तीन-चार मुख्य बातों को ही अलग-अलग प्रकार से बार-बार समझाया है। पुन: श्रीकृष्ण ने गीता का ज्ञान थोपा नहीं है, अपितु अत्यंत उदारता अपनाते हुए इस मार्ग पर चलने वाले व्यक्ति की स्थिति, योग्यता और सामर्थ्य का ध्यान रखा है। कोई व्यक्ति अपनी स्थिति, योग्यता और सामर्थ्य के अनुरूप गीता के उपदेशों को जितना कुछ भी अपने जीवन में उतार लेता है, श्रीकृष्ण ने उतने में ही उसे पूरा फल देने की बात की है। इसलिए श्लोक संख्या 3.7 में श्रीकृष्ण ने मन लगाकर ईमानदारी से प्रयास करने वाले को 'विशिष्ट' कहा है, जबकि दिखावा करने वाले लोगों को श्लोक संख्या 3.6 में 'मिथ्याचारी' बताया है।

अर्जुन को शंका हो रही थी कि श्रीकृष्ण द्वारा अब तक बताई गई विधि का पूर्ण-शुद्धता से पालन कैसे और कितना हो पाएगा? श्रीकृष्ण ने अर्जुन की इस शंका का अत्यंत उदारतापूर्वक समाधान करते हुए कहा कि एक व्यक्ति को स्वयं के लिए निर्धारित कर्म या स्वधर्म का पालन करना ही चाहिए। हो सकता है कि इस पालन में उसे अपना कर्म दोषपूर्ण/निम्न-प्रकृति का दिखाई दे या यह भी हो सकता है कि उसके पालन करने का ढंग त्रुटिपूर्ण हो, फिर भी उसका पालन ही कल्याणकारी है। अन्यों के धर्म या दूसरे के कर्म को स्वयं के लिए श्रेष्ठ मानना भयावह है, नियोक्ता और नियोजित के संबंध में बाधा पहुँचाने वाला है। अत: स्वर्धम का पालन करना ही श्रेष्ठ है और इसके लिए मृत्यु का वरण भी श्रेय देने वाला है (3.35)—

श्रेयान्स्वधर्मो विगुण: परधर्मात्स्वनुष्ठितात्।
स्वधर्मे निधनं श्रेय: परधर्मो भयावह:॥ 3.35॥

सिखों के नौवें गुरु तेगबहादुरजी का बलिदान 'स्वधर्मे निधनं श्रेय:' (3.35) का उत्कृष्ट उदाहरण है। 11 नवंबर, 1675 ई. को दिल्ली के चाँदनी चौक में काजी के फतवा पढ़ने के साथ ही जल्लाद जलालदीन ने तलवार से गुरु साहिब का शीश धड़ से अलग कर दिया। फिर भी गुरु तेगबहादुरजी ने स्वधर्म का पालन करते हुए मुँह से सीं तक नहीं कहा। गुरु साहिब के इस महान् बलिदान के बारे में 'बिचित्र नाटक' में गुरु गोविंद सिंहजी ने लिखा है—

तिलक जंञू राखा प्रभ ताका॥
कीनो बडो कलू महि साका॥
साधन हेति इती जिनि करी॥
सीसु दीया परु सी न उचरी॥
धरम हेत साका जिनि कीआ॥
सीसु दीआ परु सिररु न दीआ॥

—दशम ग्रंथ (स्रोत : विकीपीडिया)

श्रीराम के आचरण में भी स्वधर्म पालन की महत्ता दृष्टिगोचर होती है। वाल्मीकि रामायण के अनुसार श्रीराम अपने क्षत्रिय धर्म को अधिक महत्त्व देते थे और उसका पालन भी करते थे—

क्षात्रं स्वधर्मं बहु मन्यते।

—वा.रामायण, 2.1.16

गीता का श्लोक संख्या 3.35 और वर्ष 1976 का 42वाँ संविधान संशोधन तथा पंथनिरपेक्षता

गीता के श्लोक संख्या 3.35 का व्यापक और गूढ़ महत्त्व है। भारतीय संविधान निर्माताओं ने भी स्वधर्म के पालन की महत्ता और अनिवार्यता को महसूस करते हुए 26 नवंबर, 1949 को अंगीकृत, अधिनियमित और आत्मार्पित भारतीय संविधान के भाग-3 में मूल अधिकार (Fundamental Right) के अंतर्गत अनुच्छेद 25 से अनुच्छेद 28 तक 'धर्म की स्वतंत्रता का अधिकार' दिया। इन प्रावधानों पर दृष्टिपात आवश्यक है—

अनुच्छेद 25—अंतःकरण की और धर्म के अबाध रूप से मानने, आचरण और प्रचार करने की स्वतंत्रता

अनुच्छेद 26-धार्मिक कार्यों के प्रबंध की स्वतंत्रता

अनुच्छेद 27—किसी विशिष्ट धर्म की अभिवृद्धि के लिए करों के संदाय के बारे में स्वतंत्रता

अनुच्छेद 28—कुछ शिक्षा संस्थाओं में धार्मिक शिक्षा या धार्मिक उपासना में उपस्थित होने के बारे में स्वतंत्रता

यहाँ बारीकी से ध्यान देने की आवश्यकता है कि अनुच्छेद 25 से 28 तक सिर्फ 'हिंदू' शब्द ही आता है और वह भी एक बार। यहाँ अन्य धर्मों का स्पष्ट उल्लेख नहीं किया गया है। अनुच्छेद 25 (ख) प्रावधान करता है कि हिंदुओं की धार्मिक संस्थाओं को हिंदुओं के सभी वर्गों के लिए खोल दिया जाए, जो लोकतांत्रिक देश में न्यायपूर्ण

भी है, किंतु यह देखना भी जरूरी है कि अन्य धर्मों के लिए ऐसा ही प्रावधान क्यों नहीं किया गया?

एक बात और विचारणीय है कि वर्ष 1976 के 42वें संविधान संशोधन द्वारा उद्देशिका में भारत को पंथनिरपेक्ष (Secular) घोषित कर दिया गया, किंतु अनुच्छेद 25 से अनुच्छेद 28 में 'हिंदू' शब्द को बना रहने दिया गया, यहाँ कोई परिवर्तन नहीं किया गया। यह घोषणा अनुच्छेद 25 (ख) के साथ कितनी संगत है इसे तो भविष्य में माननीय सर्वोच्च न्यायालय ही बताएगा, किंतु इस बात का इतना प्रभाव तो अवश्य ही है कि पंथनिरपेक्षता को कायम रखने की जिम्मेदारी सैद्धांतिक रूप से एक तरह से हिंदू वर्ग पर ही पूरी तरह से निर्भर हो गई है।

अत: यह आवश्यक है कि गीता के श्लोक संख्या 3.35 और श्लोक संख्या 18.47 के आलोक में अनुच्छेद 25 (ख) तथा पंथनिरपेक्षता से इसकी संगति के अध्ययन के लिए संविधान समीक्षा आयोग (Constitutional Review Commission) का गठन किया जाना चाहिए।

□

आगे अध्ययन के दौरान पाठकगण श्लोक संख्या 3.36 से पूर्व के अर्जुन के प्रश्न और श्लोक संख्या 3.36 में पूछे गए प्रश्नों की प्रकृति में अंतर को अवश्य महसूस करेंगे। क्योंकि इससे पूर्व अर्जुन के प्रश्न उसके स्वयं की मानसिकता की उपज प्रतीत होते हैं, शास्त्रीय नहीं लगते हैं, किंतु श्लोक संख्या 3.36 में अर्जुन ने श्रीकृष्ण द्वारा अब तक दिए गए ज्ञान को कुछ-कुछ समझते हुए प्रतिक्रिया की। अर्जुन ने श्रीकृष्ण से पूछा कि अकसर हमारे अनुभव में आता है कि हम गलती करना न चाहते हुए भी गलती कर बैठते हैं। ऐसा लगता है, जैसे कोई बलपूर्वक हमें गलती करने को विवश कर रहा हो। इसका कारण क्या है? (3.36)—

अर्जुन उवाच

अथ केन प्रयुक्तोऽयं पापं चरति पूरुषः।
अनिच्छन्नपि वार्ष्णेय बलादिव नियोजितः॥ 3.36॥

अर्जुन के इस प्रश्न का उत्तर देते हुए श्रीकृष्ण ने बताया कि इसका कारण 'काम' है, जो समय के साथ 'क्रोध' में बदल जाता है (3.37)—

श्रीभगवानुवाच

काम एष क्रोध एष रजोगुणसमुद्भवः।
महाशनो महापाप्मा विद्ध्येनमिह वैरिणम्॥ 3.37॥

पीछे दूसरे अध्याय के 62वें श्लोक में भी ऐसी ही बात श्रीकृष्ण ने अर्जुन को बताई है, उसी बात को यहाँ अगले श्लोक में दूसरे शब्दों में श्रीकृष्ण ने पुनः दुहराया है। यहाँ श्रीकृष्ण ने कहा कि यह काम मनुष्य का शाश्वत शत्रु है। जिस प्रकार अग्नि धुएँ से, दर्पण धूल से और भ्रूण गर्भाशय से आवृत रहता है, उसी प्रकार जीवात्मा को काम की कम या अधिक मात्रा घेरे रहती है (3.38)। काम की कम या अधिक मात्रा में यह उपस्थिति ही जीवात्मा को उसके मूल लक्ष्य से भटकाती रहती है (3.39)। चूँकि यह काम इंद्रियों, मन और बुद्धि जैसे अत्यंत महत्त्वपूर्ण जगहों में रहता है, अतः यह आसानी से जीव को भ्रमित कर पाता है (3.40)—

धूमेनाव्रियते वह्निर्यथादर्शो मलेन च।
यथोल्बेनावृतो गर्भस्तथा तेनेदमावृत्तम्॥ 3.38॥
आवृतं ज्ञानमेतेन ज्ञानिनो नित्यवैरिणा।
कामरूपेण कौन्तेय दुष्पूरेणानलेन च॥ 3.39॥
इन्द्रियाणि मनो बुद्धिरस्याधिष्ठानमुच्यते।
एतैर्विमोहयत्येष ज्ञानमावृत्य देहिनम्॥ 3.40॥

श्रीकृष्ण ने अर्जुन को इससे सावधान रहने के लिए कहा। श्रीकृष्ण ने बोला कि इससे पूर्व कि आगे (युद्ध में) यह तुम्हें और भ्रमित करे, अभी आरंभिक बिंदु पर ही इसका दमन कर दो...इस भ्रमजनक काम का वध कर दो (3.41)—

तस्मात्त्वमिन्द्रियाण्यादौ नियम्य भरतर्षभ।
पाप्मानं प्रजहि ह्येनं ज्ञानविज्ञाननाशनम्॥ 3.41॥

रामचरितमानस में भगवान् शिव माता पार्वती से बताते हैं कि गरुड़जी भी श्रीराम को नागपाश में बँधा देखकर भ्रमित हो गए थे। आगे उनका यह भ्रम बढ़ता ही गया और एक स्थिति में जाकर वे किंकर्तव्यविमूढ़ हो गए—

नाना भाँति मनहि समुझावा। प्रगट न ग्यान हृदयँ भ्रम छावा॥
खेद खिन्न मन तर्क बढ़ाई। भयउ मोह बस तुम्हरिहिं नाई॥

—रामचरितमानस, 7.58.1

इसी प्रकार की मोहजनक स्थितियों से बचे रहने के लिए ही श्रीकृष्ण ने अर्जुन को सावधान किया है।

श्रीकृष्ण ने अर्जुन से कहा कि स्वयं को आत्मा के रूप में पहचानो। आत्मा की संतुष्टि ही लक्ष्य है, उसकी मुक्ति ही परम ध्येय है। याद रखो कि इंद्रियाँ जड़ पदार्थों से श्रेष्ठ हैं, इंद्रियों से मन और मन से बुद्धि श्रेष्ठ है, लेकिन इन सबसे श्रेष्ठ आत्मा है (3.42)—

इन्द्रियाणि पराण्याहुरिन्द्रियेभ्यः परं मनः।
मनसस्तु परा बुद्धिर्यो बुद्धेः परतस्तु सः॥ 3.42॥

अर्थात्—

पदार्थ < इंद्रिय < मन < बुद्धि < आत्मा

अतः श्रीकृष्ण का अर्जुन को स्पष्ट आदेश हुआ कि अपने को वास्तव में पहचानो। तुम इस इंद्रिय, बुद्धि, मन से परे हो। तुम तो आत्मा हो, ईश्वर का अंश हो, ईश्वर द्वारा ही नियोजित हो, इस प्रकार की समझ बनाकर बुद्धियोग द्वारा इस कामरूपी शत्रु का वध कर डालो (3.43)—

एवं बुद्धेः परं बुद्ध्वा संस्तभ्यात्मानमात्मना।
जहि शत्रुं महाबाहो कामरूपं दुरासदम्॥ 3.43॥

॥ गीतारथी तृतीय विश्राम ॐ तत् सत्॥

□

गीतारथी–4

श्रीकृष्ण...गहना कर्मणो गतिः.

अर्जुन को धीरे-धीरे श्रीकृष्ण द्वारा बताया जा रहा ज्ञान समझ में आने लगा था, फिर भी मन में शंका ने घर बना रखा था, क्योंकि ज्ञान में विश्वास के लिए दो बातें अत्यंत ही महत्त्वपूर्ण हैं—

1. ज्ञान जो हम समझ रहे हैं, उसको क्यों मानें? उसकी प्रामाणिकता क्या है?
2. ज्ञान जो हमें दे रहा है, उसकी प्रामाणिकता क्या है?

अतः अर्जुन ने भी यह जानना चाहा कि श्रीकृष्ण का ज्ञान क्यों माना जाए? दूसरे क्या श्रीकृष्ण प्रामाणिक हैं?

श्रीकृष्ण ने अर्जुन की दोनों ही शंकाओं का समाधान किया। उन्होंने अर्जुन से कहा कि ऐसा मत समझो कि यह ज्ञान अभी-अभी तुरंत ही उत्पन्न हुआ है। जिस बुद्धियोग के विषय में मैं तुम्हें बता रहा हूँ, उसकी जड़ें बहुत गहरी हैं, जो सृष्टि के आरंभिक बिंदु तक जाती हैं, क्योंकि सृष्टि के आरंभ में सर्वप्रथम यही ज्ञान मैंने सूर्यदेव को दिया था। सूर्यदेव ने इस ज्ञान को मनु को बताया और आगे मनु ने इसे इक्ष्वाकु को बताया (4.1)। अर्जुन की दूसरी शंका के समाधान के विषय में श्रीकृष्ण ने कहा कि आरंभ में मेरे द्वारा दिया गया यह ज्ञान आगे गुरु-शिष्य परंपरा द्वारा बढ़ता रहा किंतु व्यापक आपूर्ति-शृंखला में स्वार्थी लोगों के द्वारा बाधा आने के कारण यह परंपरा बीच में ही टूट गई (4.2)। उसी प्राचीन ज्ञान को आज पुनः तुम्हें बताते हुए मैं लुप्त हो गई उसी परंपरा को पुनर्स्थापित कर रहा हूँ (4.3)—

श्रीभगवानुवाच

इमं विवस्वते योगं प्रोक्तवानहमव्ययम्।
विवस्वान्मनवे प्राह मनुरिक्ष्वाकवेऽब्रवीत्॥ 4.1॥
एवं परम्पराप्राप्तमिमं राजर्षयो विदुः।
स कालेनेह महता योगो नष्टः परन्तप॥ 4.2॥

स एवायं मया तेऽद्य योगः प्रोक्तः पुरातनः।
भक्तोऽसि मे सखा चेति रहस्यं ह्येतदुत्तमम्॥ 4.3॥

अर्जुन और श्रीकृष्ण समकालीन ही थे, अतः और अधिक स्पष्टता के लिए अर्जुन ने श्रीकृष्ण से आँकड़ा-आधारित प्रश्न किया। उसने पूछा कि सूर्यदेव तो उम्र में आपसे बहुत बड़े हैं, तो फिर मैं कैसे मानूँ कि आपने उन्हें पहले ही शिक्षा दे रखी है (4.4)—

अर्जुन उवाच

अपरं भवतो जन्म परं जन्म विवस्वतः।
कथमेतद्विजानीयां त्वमादौ प्रोक्तवानिति॥ 4.4॥

पाठकगण ध्यान दें!

श्लोक संख्या 4.4 में अर्जुन के प्रश्न का स्तर इसके पूर्व उसके द्वारा पूछे गए प्रश्नों की भाँति न होकर आँकड़ा-आधारित होने के कारण थोड़ा निम्न प्रकृति का है, लेकिन इसके मायने बहुत गहरे हैं। एक तो यह हमें शिक्षा देता है कि किसी व्यक्ति के कद और पद को देखते हुए हमें उसकी बात के दबाव में नहीं आना चाहिए, उसकी बातों का अपने स्तर से परीक्षण करना चाहिए। लोकतंत्र के इस दौर में यह और ज्यादा महत्त्वपूर्ण बात है, क्योंकि इससे अगुवा को यह सीख मिलती है कि बड़े मुद्दों की भीड़ और चकाचौंध में छोटे मुद्दे, जनहित के मुद्दे, जमीनी मुद्दे भी महत्त्वपूर्ण बने रहने चाहिए। संसद के 'शून्य काल' में उठाए जाने वाले मुद्दों के जितने ही महत्त्वपूर्ण ये भी मुद्दे होते हैं। शैक्षणिक क्षेत्र में विद्यार्थियों को अर्जुन का यह प्रश्न यह सीख देता है कि अपने स्तर के हिसाब से प्रश्न करने में कोई झिझक नहीं होनी चाहिए, यह नहीं सोचा जाना चाहिए कि साथी या शिक्षक को ये प्रश्न बहुत हलके स्तर के लगेंगे। शिक्षक और प्रशासक को अर्जुन का यह प्रश्न हर एक मुद्दे पर ध्यान देने की प्रेरणा देता है।

श्रीकृष्ण ने अर्जुन के इस जाँचपरक प्रश्न का पूर्ण सम्मान करते हुए कहा कि मैं और तुम इतने नए नहीं हैं, जितना तुम समझ रहे हो। वास्तव में हमारे और तुम्हारे अनेकानेक जन्म हो चुके हैं, वे सब मुझे याद हैं, लेकिन तुम्हें याद नहीं हैं। पीछे दूसरे अध्याय के 12वें श्लोक में भी श्रीकृष्ण ने इसी बात को दूसरे शब्दों में बता रखा है (4.5)—

श्रीभगवानुवाच

बहूनि मे व्यतीतानि जन्मानि तव चार्जुन।
तान्यहं वेद सर्वाणि न त्वं वेत्थ परन्तप॥ 4.5॥

अगले श्लोक में श्रीकृष्ण ने कहा कि यह ठीक है कि मेरी स्थिति विशिष्ट है, वास्तव में मैं अजन्मा, अविनाशी तथा सबका स्वामी हूँ। फिर भी प्रत्येक युग में मैं अपनी इच्छा से प्रकट होता हूँ (4.6)—

अजोऽपि सन्नव्ययात्मा भूतानामीश्वरोऽपि सन्।
प्रकृतिं स्वामधिष्ठाय सम्भवाम्यात्ममायया॥ 4.6॥

मैं तभी प्रकट होता हूँ, जब विशेष परिस्थितियाँ उत्पन्न होती हैं और वे विशेष परिस्थितियाँ हैं नियोक्ता और नियोजित के संबंध में टूटन होने से अधर्म का प्रमुख हो जाना (4.7)। ऐसी परिस्थिति में नियोक्ता और नियोजित संबंध की स्थापना कर आपूर्ति-शृंखला को पुनः निर्बाध रूप से स्थापित करने के लिए मैं अवतार लेता हूँ। इस प्रकार आपूर्ति-शृंखला में बाधा उत्पन्न करने के लिए जिम्मेदार लोगों का विनाश करने के लिए और धर्म की पुनर्स्थापना के लिए मैं प्रत्येक युग में आता रहता हूँ (4.8)—

यदा यदा हि धर्मस्य ग्लानिर्भवति भारत।
अभ्युत्थानमधर्मस्य तदात्मानं सृजाम्यहम्॥ 4.7॥
परित्राणाय साधूनां विनाशाय च दुष्कृताम्।
धर्मसंस्थापनार्थाय सम्भवामि युगे युगे॥ 4.8॥

यहाँ धर्मयुद्ध के अंतिम योद्धा के रूप में भगवान् ने स्वयं को ही बता रखा है। श्लोक संख्या 4.6, 4.7 और 4.8 के विषयों को रामचरितमानस में भी देखा जा सकता है। भगवान् के अवतार लेने और उस अवतार के उद्देश्य को श्लोक संख्या 4.7 और 4.8 में जैसा बताया गया है, रामचरितमानस में भगवान् शिव ने माता पार्वती को भी वैसा ही बताया है—

जब जब होइ धरम कै हानी। बाढ़हिं असुर अधम अभिमानी॥
करहिं अनीति जाइ नहिं बरनी। सीदहिं बिप्र धेनु सुर धरनी॥
तब तब प्रभु धरि बिबिध सरीरा। हरहिं कृपानिधि सज्जन पीरा॥

—रामचरितमानस, 1.120.3-4

श्लोक संख्या 4.6 के विषय में रामचरितमानस में गोस्वामी तुलसीदासजी ने लिखा है कि भगवान् जब अवतार लेते हैं तो उनका शरीर स्वयं उनकी इच्छा से ही बना होता है, न कि किसी कर्म-बंधन के परवश होकर त्रिगुणात्मक पदार्थ से—

बिप्र धेनु सुर संत हित लीन्ह मनुज अवतार।
निज इच्छा निर्मित तनु माया गुन गो पार॥

—रामचरितमानस, 1.192

श्रीकृष्ण ने अर्जुन से कहा कि मेरे अवतार लेने की इस दिव्य रहस्यमयी बात का

जिसको ज्ञान हो जाता है, वह जन्म-मृत्यु बंधन से छूट जाता है और उसे पुनः इस संसार में नहीं आना पड़ता है (4.9)—

जन्म कर्म च मे दिव्यमेवं यो वेत्ति तत्त्वतः।
त्यक्त्वा देहं पुनर्जन्म नैति मामेति सोऽर्जुन॥ 4.9॥

क्योंकि इसकी समझ होने पर वह बुद्धियोग से युक्त हो जाता है तथा नियोक्ता और नियोजित शृंखला का हिस्सा बन जाता है, जो मुक्ति का कारण है। श्रीमद्भागवतमहापुराण में भी भगवान् के अवतारों की दिव्यता को जानने का ऐसा ही लाभ बताया गया है, यह ज्ञान दुःखों से छुड़ाने वाला होता है—

जन्म गुह्यं भगवतो य एतत्प्रयतो नरः।
सायं प्रातर्गृणन् भक्त्या दुःखग्रामाद्विमुच्यते॥

—श्रीमद्भागवतमहापुराण, 1.3.29

अपने विषय में बताने के पश्चात् श्रीकृष्ण ने अर्जुन को यह भी स्पष्ट किया कि मेरे द्वारा दिए जा रहे इस ज्ञान के तुम प्रथम लाभार्थी नहीं हो, अपितु पूर्व में भी बहुत से लोग मेरी शरण में आकर मुक्ति-लाभ ले चुके हैं (4.10)—

वीतरागभयक्रोधा मन्मया मामुपाश्रिताः।
बहवो ज्ञानतपसा पूता मद्भावमागताः॥ 4.10॥

विभिन्न क्षेत्रों में जाँच और संतुलन की नीति (Check and Balance Policy) और गीता (4.1 से 4.10)

श्रीकृष्ण अर्जुन को नियोक्ता के इतिहास के साथ ही नियोजित का इतिहास भी बताकर अपने द्वारा दिए जा रहे ज्ञान के प्रति अर्जुन का विश्वास और पुष्ट करते हैं। राजनीति में नेता को जनता के बीच विश्वसनीयता बनाने के लिए श्रीकृष्ण का यह तरीका अपनाने से सहूलियत मिल सकती है। नई कंपनियों द्वारा बाजार का विस्तार करने की दृष्टि भी यहाँ विद्यमान है। सामाजिक रिश्तों (शादी-ब्याह आदि) को बनाते समय भी यह तरीका मार्गदर्शक हो सकता है, क्योंकि किसी को जानने और स्वयं के बारे में बताने का यह सही तरीका है। शेयर बाजार में निवेशकर्ता इतिहास-आधारित अध्ययन के आधार पर ही निवेश करते हैं। वर्तमान समय में अत्यंत लोकप्रिय निवेश की विधा एस.आई.पी. (SIP-Systematic Investment Plan) को भी श्रीकृष्ण की यह शिक्षा दिशा देती है। म्युचुअल फंड (Mutual Fund) का जोखिम श्रीकृष्ण के द्वारा बताई गई इस विधि से कम किया जा सकता है। हाँ, इसमें कंपनियों को भी धड़ल्ले से शेयरों में अंधाधुंध निवेश को प्रोत्साहित न करके निवेशकर्ता के इतिहास को पहले टटोलना चाहिए, ताकि

हाल के दिनों में सहारा इंडिया के साथ जैसी घटना घटी, वैसी घटनाओं से बचा जा सके और हर्षद मेहता जैसे स्कैम को रोका जा सके। आजकल बैंकों द्वारा अपनाई जाने वाली के.वाई.सी. (KYC Policy–Know Your Customer) के पीछे गीता में श्रीकृष्ण द्वारा बताई गई विधा की झलक दिखती है। धार्मिक क्षेत्र में श्रीकृष्ण की यह शिक्षा कड़ाई से अपनानी होगी। गुरु-शिष्य परंपरा में गुरु चुनने और शिष्य बनाने के लिए भी हमें श्रीकृष्ण और अर्जुन की इस विधा को अपनाना चाहिए, ताकि गुरु-शिष्य परंपरा को फॉलोवर-संस्कृति (Followers) से बचाया जा सके।

□

श्रीकृष्ण ने अर्जुन को इस विषय में और स्पष्टता देते हुए बताया कि मैं मुक्ति तो देता ही हूँ, किंतु इसका अर्थ यह नहीं है कि मैं केवल मुक्ति ही देता हूँ, बल्कि मैं भक्त की इच्छा के अनुसार उसे छोटी से छोटी और बड़ी-से-बड़ी अन्य चीजें भी देता हूँ। जो जिस प्रकार की इच्छा मेरे सामने रखता है, मैं उसे वही दे देता हूँ, यही मेरा कानून है (4.11)—

ये यथा मां प्रपद्यन्ते तांस्तथैव भजाम्यहम्।
मम वर्त्मानुवर्तन्ते मनुष्याः पार्थ सर्वशः॥ 4.11॥

भगवान् का यह नियम है कि भगवान् के प्रति जिस मात्रा में भक्त का भाव होता है, उसी मात्रा में वह भी भक्त के प्रति भाव रखते हैं। रामचरितमानस में जब हनुमानजी सीताजी का पता लगाकर आए तो उसके बदले में, उसके बराबर ही श्रीराम हनुमानजी को क्या दें? नियमों के पालक श्रीराम के लिए ऐसे में धर्मसंकट उत्पन्न हो गया, क्योंकि हनुमानजी ने श्रीराम के लिए गृहस्थ-संबंधी कार्य किया था, किंतु वह स्वयं गृहस्थ नहीं थे। नियम के अनुसार हनुमानजी को वैसा ही पुरस्कार भगवान् को भी देना होता, किंतु विरक्त हनुमानजी के लिए ऐसा पुरस्कार उचित नहीं होता। इसलिए श्रीराम ने हनुमानजी से कहा कि नियमानुसार उचित प्रति-उपकार मुझे सूझ नहीं रहा है, ऐसे में अब मैं सदैव ही तुम्हारा ऋणी बना रहूँगा—

प्रति उपकार करौं का तोरा। सनमुख होइ न सकत मन मोरा॥
सुनु सुत तोहि उरिन मैं नाहीं। देखेउँ करि बिचार मन माहीं॥

—रामचरितमानस, 5.31.3-4

श्लोक संख्या 4.11 में वर्णित भगवान् के नियम और स्वभाव को जो लोग भली-भाँति नहीं जानते और बहुत जल्दी कर्मों का फल चाहते हैं, वे ही देवताओं की शरण में जाते हैं। इस प्रकार ऐसे लोगों को फल तो शीघ्र प्राप्त हो जाता है, किंतु वह थोड़े समय के लिए ही होता है (4.12)—

काङ्क्षन्तः कर्मणां सिद्धिं यजन्त इह देवताः।
क्षिप्रं हि मानुषे लोके सिद्धिर्भवति कर्मजा॥ 4.12॥

श्रीकृष्ण कहते हैं कि स्थायी रूप से फल की प्राप्ति केवल मेरी भक्ति से ही संभव है। इसी भक्ति का प्रतिपादन मैंने चातुर्वर्ण्य-व्यवस्था को बनाकर किया है। जीव को पूर्व जन्म के गुणों और कर्मों के आधार पर आपूर्ति-श्रृंखला में जो जगह मिलती है, वही वर्ण है। वर्णाश्रम-धर्म का अर्थ है कि आपूर्ति-श्रृंखला को बनाए रखने के लिए जीव द्वारा अपने लिए निर्धारित कर्म को निमित्त-भाव से भगवान् (परम नियोक्ता) के लिए करते रहना। अर्थात् वर्णाश्रम-धर्म कर्मयोग का ही दूसरा रूप है। श्रीकृष्ण बताते हैं कि इस व्यवस्था के शीर्ष पर होकर भी मैं स्वयं इसी भाव से कार्य करता हूँ (4.13)—

चातुर्वर्ण्यं मया सृष्टं गुणकर्मविभागशः।
तस्य कर्तारमपि मां विद्ध्यकर्तारमव्ययम्॥ 4.13॥

यहाँ निम्न बिंदुओं के अंतर्गत हम चातुर्वर्ण्य व्यवस्था को समझने का प्रयास करते हैं—

- चातुर्वर्ण्य व्यवस्था जन्म-आधारित है या कर्म-आधारित?
- चातुर्वण्य व्यवस्था सामाजिक व्यवस्था है या आर्थिक?

अब हम सर्वप्रथम पहले बिंदु का परीक्षण करते हैं—

- **चातुर्वर्ण्य-व्यवस्था जन्म-आधारित है या कर्म-आधारित विवाद**

वास्तव में देखा जाए तो यहाँ इस संदर्भ में जन्म और कर्म अलग-अलग बिंदु नहीं हैं। श्रीकृष्ण ने बताया है कि 'चातुर्वर्ण्यं मया सृष्टं गुणकर्मविभागशः', अर्थात् गुण और कर्म के आधार पर चारों वर्णों की सृष्टि मैंने की है। कर्म और जन्म दो अलग-अलग बिंदु न होकर एक ही श्रृंखला की दो कड़ियाँ हैं, जिसमें एक आधार है तो दूसरा आधारित। गुण और कर्म आधारित इस वर्ण-व्यवस्था को हम निम्न रेखाचित्र द्वारा समझ सकते हैं—

रेखचित्र-22

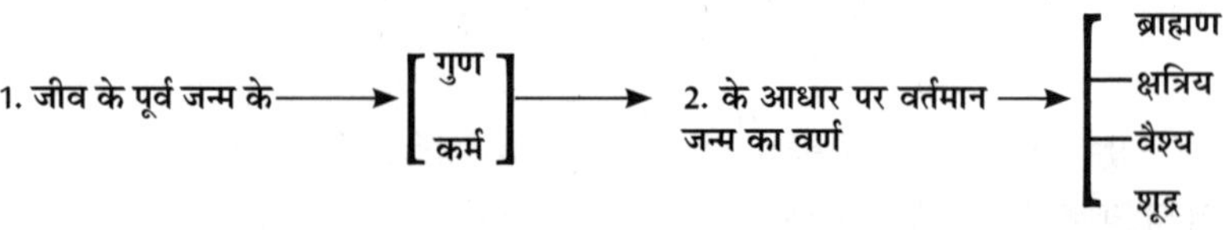

चातुर्वर्ण्य व्यवस्था की उपरोक्त समझ यह बताती है कि जीव का किसी योनि या वर्ण में जन्म पहले के कर्मों के आधार पर होता है। वास्तव में वर्ण-व्यवस्था जन्म-

आधारित मानी जा सकती है, हालाँकि व्यापक रूप से यह कर्म पर आधारित होता है। इसको हम एक अन्य रेखाचित्र द्वारा पुनः समझने का प्रयास करते हैं—

रेखाचित्र-23

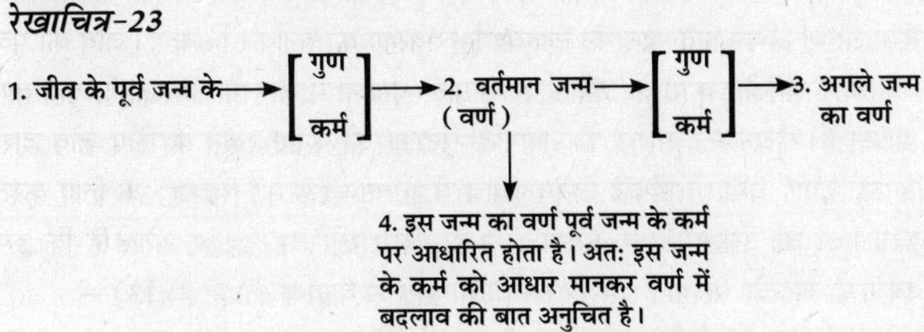

अब हम चातुर्वर्ण्य व्यवस्था के दूसरे बिंदु पर दृष्टिपात करते हैं—

- **चातुर्वर्ण्य व्यवस्था एक सामाजिक व्यवस्था है या इसका स्वरूप आर्थिक है?**

इस बात पर गहराई से विचार आवश्यक है, क्योंकि चातुर्वर्ण्य व्यवस्था का स्वरूप मूलतः आर्थिक प्रतीत होता है, जिसे कुछ लोगों द्वारा जानबूझकर केवल सामाजिक व्यवस्था मानकर और इसे सामाजिक अन्याय का पर्याय बताते हुए गलत व्याख्या की जाती है। यह आर्यावर्त्त/भारत के विकास की गति को अवरुद्ध करने का षड्यंत्र है और साथ ही व्यापक आपूर्ति-शृंखला को छिन्न-भिन्न करने का प्रयास भी है। इस व्याख्या के पीछे साम्राज्यवादी दृष्टिकोण हो सकता है। पाठकों के लिए यह मुद्दा अत्यंत विचारणीय रहेगा।

जैसा कि पूर्व में भी बताया जा चुका है कि पूरी गीता में तीन-चार मुख्य मुददों को ही बार-बार अलग-अलग प्रकार से श्रीकृष्ण ने समझाया है। पूर्व में कही जा चुकी बात को अगले श्लोक में दूसरे शब्दों में बताते हुए श्रीकृष्ण कहते हैं कि मैं भी कर्म करता हूँ, किंतु बिना किसी फल की इच्छा के। अतः मुझपर किसी कर्म का प्रभाव नहीं पड़ता और न ही वह कर्म मेरे लिए बंधन का कारण बनता है। कर्म-संबंधी इस विज्ञान को जानने पर श्रीकृष्ण बल देते हुए कहते हैं (4.14)—

न मां कर्माणि लिम्पन्ति न मे कर्मफले स्पृहा।
इति मां योऽभिजानाति कर्मभिर्न स बध्यते॥ 4.14॥

पूर्व में मुक्त हुए जिन लोगों ने कर्म-संबंधी इस विज्ञान को समझकर उसी के अनुरूप कार्य किया, श्रीकृष्ण ने अर्जुन को उन्हीं के पदचिह्नों का अनुसरण करने के लिए कहा (4.15)—

एवं ज्ञात्वा कृतं कर्म पूर्वैरपि मुमुक्षुभिः।
कुरु कर्मैव तस्मात्त्वं पूर्वैः पूर्वतरं कृतम्॥ 4.15॥

श्लोक संख्या 4.15 में श्रीकृष्ण की बात पर ध्यान देने से हमें यह सीख मिलती है कि प्राचीन इतिहास, प्राचीन शास्त्र और प्राचीन संस्कृति मानव-मात्र के लिए सदैव ही अनुकरणीय होने चाहिए। प्रामाणिकता की दृष्टि से परीक्षण कर, उनके प्रति हमारा सम्मान राष्ट्र और मानव-मात्र के विकास हेतु आवश्यक है।

कर्म-संबंधी इस विज्ञान को श्रीकृष्ण अलग-अलग प्रकार से बार-बार अर्जुन को समझाते हैं। गीता के अध्ययन के दौरान पाठकों को जिस अस्थिरता का सामना करना पड़ रहा होगा, वैसी ही स्थिति अर्जुन की भी थी। नए छात्रों को शिक्षक आरंभ में जब किसी मुद्दे को अलग-अलग प्रकार से बार-बार समझाने का प्रयास करता है तो वह छात्र उस मुद्दे के मूलभाव पर स्थिर नहीं हो पाता, यह सामान्य बात है। फिर गीता की शैली भी ऐसी प्रतीत होती है, जैसे किसी एक मुद्दे पर वार्त्ता करते हुए श्रीकृष्ण बीच में ही कोई दूसरा मुद्दा ला देते हैं और आगे तुरंत किसी अन्य चौथे मुद्दे पर बात करने लगते हैं। पुनः पहले मुद्दे पर आकर फिर कोई अलग तीसरा मुद्दा उठा देते हैं और गीता में श्रीकृष्ण यह बार-बार करते हैं। वास्तव में यह शैली किसी भी शिक्षक के योग्यता का सूचक है तथा अत्यंत विशिष्ट है। हाँ, लेकिन किसी शिक्षक की यह विशिष्ट शैली नए छात्रों के लिए अस्थिरता पैदा करने वाली हो सकती है। गीता के पाठकों के साथ भी कमोबेश यह स्थिति उत्पन्न होती है, ऐसे में श्रीकृष्ण को मालूम था कि अर्जुन की स्थिति भी इससे बहुत भिन्न नहीं है। आप भी घबराएँ नहीं, गीता का अध्ययन श्रीकृष्ण की सेवा है, कर्मयोग है...आपकी स्थिति से श्रीकृष्ण वाकिफ हैं और इस कारण आगे आपको सबकुछ समझ में आता जाएगा, आपका निश्चित ही कल्याण होगा।

श्रीकृष्ण ने आगे अर्जुन को बताया कि कर्म-संबंधी इस विज्ञान के अंतर्गत कार्य करने के लिए कर्म और अकर्म के विषय में जानना आवश्यक है। वास्तव में कर्म क्या है? और अकर्म क्या है? यह जानना अत्यंत ही सूक्ष्म ज्ञान है, इस कर्म और अकर्म का निर्णय करने में बड़े-बड़े विद्वान् भी उलझ जाते हैं। इसलिए श्रीकृष्ण ने अर्जुन से कहा कि वह स्वयं ही इसके विषय में बताएँगे (4.16)—

किं कर्म किमकर्मेति कवयोऽप्यत्र मोहिताः।
तत्ते कर्म प्रवक्ष्यामि यज्ज्ञात्वा मोक्ष्यसेऽशुभात्॥ 4.16॥

कर्म और अकर्म में अंतर को जानना आवश्यक है, क्योंकि देखने में आता है कि कभी-कभी सही कर्म करने से हमें गलत परिणाम और गलत दिखने वाले कर्म करने से शुभ परिणाम प्राप्त होते हैं। वास्तव में इसका कारण कर्मों की संरचना का बहुत सूक्ष्म होना है, जो हमारी स्थूल दृष्टि में नहीं आ पाती। श्रीकृष्ण ने बताया कि कर्मों की संरचना अत्यंत जटिल होती है, जिसके कारण इसे समझना अत्यंत कठिन है (गहना कर्मणो

गतिः, 4.17)। सिर्फ कर्म को ही समझने से काम नहीं चलेगा, अपितु विकर्म और अकर्म को भी समझना होगा। इसके साथ ही यह भी समझना होगा कि कर्म का अकर्म और विकर्म से क्या संबंध है? (4.17)—

कर्मणो ह्यपि बोद्धव्यं बोद्धव्यं च विकर्मणः।
अकर्मणश्च बोद्धव्यं गहना कर्मणो गतिः॥ 4.17॥

उपरोक्त संदर्भ को समझने के लिए हम कुछ सामान्य उदाहरणों को निम्न रेखाचित्रों की सहायता से देखने का प्रयास करते हैं—

रेखाचित्र-24

(i) कर्मों का सीधा प्रभाव

1. पढ़ाई में परिश्रम किया ——→ 2. परीक्षा उत्तीर्ण की

(ii) कर्मों पर अन्य कारकों का प्रभाव

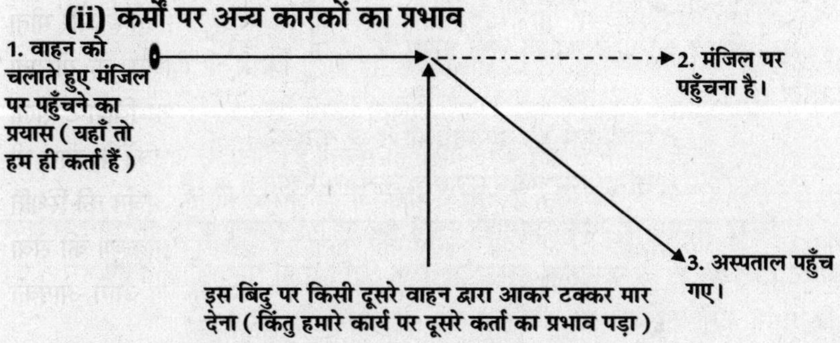

(iii) कर्मों की जटिलता

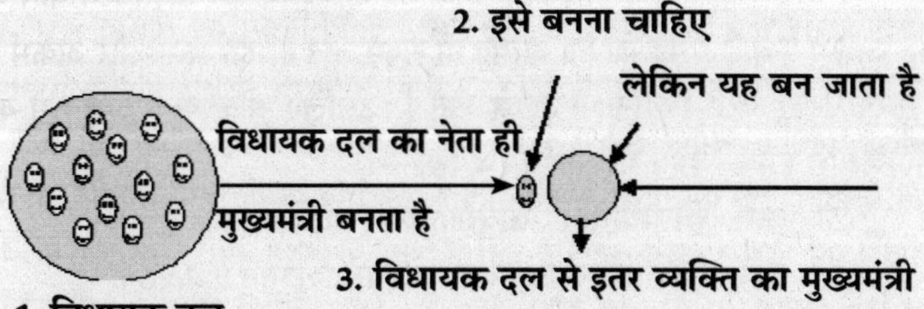

इस प्रकार गहना कर्मणो गतिः, 4.17 के संबंध में अन्य उदाहरण भी देखे जा सकते हैं। महान् वैज्ञानिक न्यूटन का गति संबंधी नियम (Law of Motion) भी वास्तव में कर्मों की गति को ही दरशाता है। सामान्य परिस्थितियों में न्यूटन ने कर्मों की गति के संबंध में तीन नियम बताए हैं—

1. जड़त्व का नियम

2. बल संबंधी नियम

3. क्रिया-प्रतिक्रिया का नियम

कर्मों के स्वरूप की जटिलता, न्यूटन के इन तीन नियमों के अध्ययन से ही समझ में आने लगती है और ये नियम हमेशा केवल तीन ही रहेंगे, ऐसा भी निश्चित रूप से नहीं कहा जा सकता। भविष्य में इस संबंध में और अन्य नियम भी आ सकते हैं, स्वयं न्यूटन के नियम भविष्य के किसी शोध से परिवर्तित भी हो सकते हैं। कर्मों के गति की इसी जटिलता की ओर संकेत करते हुए श्रीकृष्ण ने कहा है कि किस कर्म का वास्तव में क्या परिणाम होगा, इसका निश्चित निर्णय बड़े-बड़े विद्वान् भी नहीं दे सकते (कवयोऽप्यत्र मोहिताः, 4.16)।

अपनी बात को अत्यंत संक्षिप्त और सारगरर्भित करते हुए श्रीकृष्ण कहते हैं कि कुल मिलाकर कर्म में अकर्म को देखना है, अर्थात् किसी कार्य या उसके फल का मैं कर्ता नहीं हूँ और अकर्म में कर्म को देखना है, अर्थात् किसी भी स्थिति में मैं निमित्त-मात्र हूँ। ऐसी स्थिति को प्राप्त व्यक्ति सभी प्रकार के कार्यों को करते हुए भी बंधन में नहीं पड़ता (4.18)—

कर्मण्यकर्म यः पश्येदकर्मणि च कर्म यः।
स बुद्धिमान्मनुष्येषु स युक्तः कृत्स्नकर्मकृत्॥ 4.18॥

किसी कामना में बिना आसक्ति रखते हुए श्लोक संख्या 4.18 के भाव से कर्म करने वाले व्यक्ति के कर्मफल उसके ज्ञानरूपी अग्नि में ही भस्म हो जाते हैं। उसे अपने किए गए कर्मों का फल या प्रतिक्रिया नहीं भोगनी पड़ती (4.19)—

यस्य सर्वे समारम्भाः कामसंकल्पवर्जिताः।
ज्ञानाग्निदग्धकर्माणं तमाहुः पण्डितं बुधाः॥ 4.19॥

श्लोक संख्या 4.19, न्यूटन के गति संबंधी तृतीय नियम को सीमित करता हुआ दिखाई देता है। न्यूटन का कहना है कि प्रत्येक क्रिया के बराबर प्रतिक्रिया अवश्य ही होती है, जबकि श्लोक संख्या 4.19 कम से कम वैचारिक रूप से ही सही, यह स्थापित करता है कि एक ऐसी स्थिति होती है, जहाँ क्रिया के विपरीत कोई प्रतिक्रिया नहीं होती। यह केवल कोरी कल्पना नहीं है, क्योंकि बहुत सारी स्थितियों में विज्ञान के प्रचलित नियमों में परिवर्तन देखा जाता है, जैसे अंतरिक्ष यात्रा में। फिर विज्ञान स्वयं अपने निष्कर्षों के पूर्ण सत्य होने का दावा नहीं करता, अपितु उसका दावा मात्र अधिकतम सत्यता का होता है।

श्लोक संख्या 4.18 और श्लोक संख्या 4.19 के भाव को ही श्रीकृष्ण ने आगे भी अलग-अलग शब्दों में समझाया है। श्रीकृष्ण ने बताया कि कर्मफल से संबंधित आसक्ति

के त्याग के बाद सभी प्रकार के कर्मों को करते हुए भी व्यक्ति सकाम-कर्मी नहीं माना जाता (4.20, 4.21)—

त्यक्त्वा कर्मफलासङ्गं नित्यतृप्तो निराश्रयः।
कर्मण्यभिप्रवृत्तोऽपि नैव किञ्चित्करोति सः॥ 4.20॥
निराशीर्यतचित्तात्मा त्यक्तसर्वपरिग्रहः।
शारीरं केवलं कर्म कुर्वन्नाप्नोति किल्बिषम्॥ 4.21॥

निरासक्त भाव से कर्म करते हुए ऐसा नहीं है कि फल नहीं मिलता, फल तो मिलता ही है, किंतु यह फल स्वतः उत्पन्न होने वाले लाभ के रूप में होता है, जो संतुष्टि प्रदान करने वाला होता है। इसमें द्वंद्व, ईर्ष्या, सफलता-असफलता आदि के भय का आवेग नहीं होता (4.22)—

यदृच्छालाभसन्तुष्टो द्वन्द्वातीतो विमत्सरः।
समः सिद्धावसिद्धौ च कृत्वापि न निबध्यते॥ 4.22॥

न्यूटन ने अपने तीसरे नियम में बताया है कि प्रत्येक क्रिया के बराबर प्रतिक्रिया होती है, किंतु उपरोक्त कर्म-संबंधी विज्ञान के अंतर्गत कार्य करने पर हमें प्रतिक्रिया का फल नहीं भोगना पड़ता। यह विज्ञान यज्ञ-रूप में आपूर्ति-श्रृंखला को बनाए रखने के लिए कार्य करना है। इस विधि में प्रतिक्रिया इसलिए नहीं होती है, क्योंकि किए गए कर्म ब्रह्म में लीन हो जाते हैं, प्रतिक्रिया करने का सामर्थ्य ही शेष नहीं रह जाता (4.23)—

गतसङ्गस्य मुक्तस्य ज्ञानावस्थितचेतसः।
यज्ञायाचरतः कर्म समग्रं प्रविलीयते॥ 4.23॥

उपरोक्त संदर्भ को हम निम्न रेखाचित्र द्वारा समझ सकते हैं—

रेखाचित्र-25

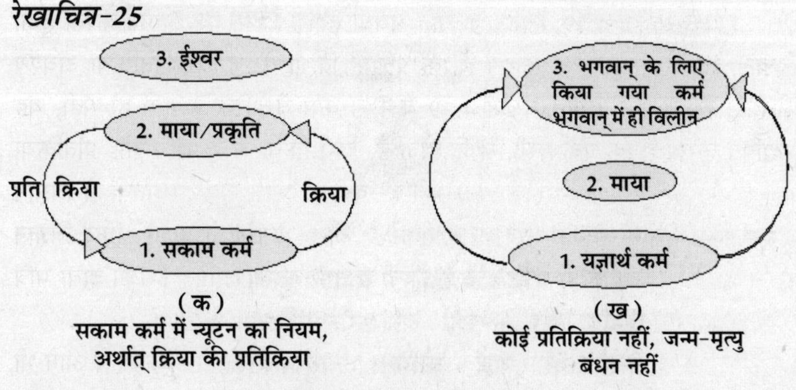

न्यूटन का नियम और यज्ञवाद

कर्म का यह विज्ञान, यज्ञ-रूप है, जिसका सामान्य अर्थ है कि जिसने दिया है, उसी को वापस कर देना। अगले छह श्लोकों में विभिन्न कर्मों को किस प्रकार यज्ञ-रूप विज्ञान के अंतर्गत संपादित किया जाता है, श्रीकृष्ण विभिन्न उदाहरणों से इसे समझाते हैं। आगे के छह श्लोकों में कही गई बातों को पहले हम एक रेखाचित्र के माध्यम से समझने का प्रयास करते हैं—

रेखाचित्र-26

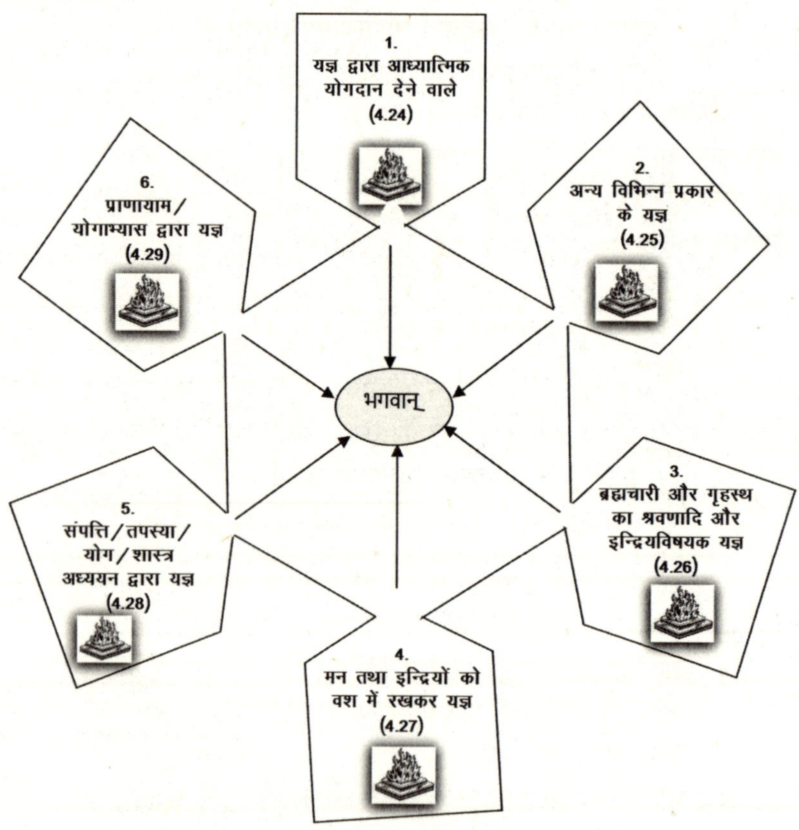

सभी प्रकार के कर्मों को यज्ञरूप मानकर भगवान/परम नियोक्ता के लिए ही करना (4.24 से 4.29)

ब्रह्मार्पणं ब्रह्म हविर्ब्रह्माग्नौ ब्रह्मणा हुतम्।
ब्रह्मैव तेन गन्तव्यं ब्रह्मकर्मसमाधिना॥ 4.24॥
दैवमेवापरे यज्ञं योगिनः पर्युपासते।
ब्रह्माग्नावपरे यज्ञं यज्ञेनैवोपजुह्वति॥ 4.25॥

श्रोत्रादीनीन्द्रियाण्यन्ये संयमाग्निषु जुह्वति।
शब्दादीन्विषयानन्य इन्द्रियाग्निषु जुह्वति॥ 4.26॥
सर्वाणीन्द्रियकर्माणि प्राणकर्माणि चापरे।
आत्मसंयमयोगाग्नौ जुह्वति ज्ञानदीपिते॥ 4.27॥
द्रव्ययज्ञास्तपोयज्ञा योगयज्ञास्तथापरे।
स्वाध्यायज्ञानयज्ञाश्च यतयः संशितव्रताः॥ 4.28॥
अपाने जुह्वति प्राणं प्राणेऽपानं तथापरे।
प्राणापानगती रुद्ध्वा प्राणायामपरायणाः।
अपरे नियताहाराः प्राणान्प्राणेषु जुह्वति॥ 4.29॥

श्रीकृष्ण ने श्लोक संख्या 4.24 से 4.29 तक जीवन के विभिन्न पक्षों में किए जाने वाले कार्यों का उदाहरण देते हुए समझाया है कि किस प्रकार प्रत्येक क्षेत्र में कार्य करते हुए मुक्ति सुनिश्चित की जा सकती है। बस उस कार्य को बुद्धियोग द्वारा यज्ञ-रूप में नियोक्ता के लिए करने की आवश्यकता है, ताकि आपूर्ति-शृंखला सुनिश्चित रहे—

- बुद्धियोगी का यज्ञ स्वयं के लिए नहीं होता है। वह सार्वजनिक हित के लिए यज्ञ करके आध्यात्मिक योगदान से आपूर्ति-शृंखला को बनाए रखने में सहयोग देता है (4.24)।
- यह यज्ञ कभी-कभी भगवान् द्वारा नियुक्त अधिकारी अर्थात् देवताओं के लिए किया जाता है, जो व्यापक आपूर्ति-शृंखला को बनाए रखने में ही सहायक होता है (4.25)।
- ब्रह्मचारी तथा गृहस्थ दोनों के कार्य भी यज्ञरूप में ही होते हैं। ब्रह्मचारी जहाँ विषयों और इंद्रियों को मन की अग्नि में आहुति देता है, वहीं गृहस्थ इंद्रियविषयों को इंद्रियों की अग्नि में स्वाहा कर रहा होता है (4.26)।
- आत्म-साक्षात्कार के प्रयास में लगे हुए लोग भी यज्ञ ही कर रहे होते हैं, क्योंकि वे इंद्रियों तथा प्राणवायु (श्वासों) को मन की अग्नि में स्वाहा करते हैं (4.27)।
- संपत्ति का त्याग करने वाले, कठिन तपस्या करने वाले, अष्टांग-योग पद्धति का पालन करने वाले तथा वैदिक शास्त्रों का अध्ययन करने वाले भी वास्तव में यज्ञ ही करते हैं (4.28)।
- प्राणायाम का अभ्यास करने वाले भी अपान में प्राण और प्राण में अपान को रोकने का अभ्यास करते हुए प्राण की प्राण में ही आहुति देते हुए यज्ञ ही करते हैं (4.29)।

उपरोक्त बातें बताने के बाद श्रीकृष्ण अर्जुन से कहते हैं कि इस प्रकार यज्ञ का वास्तविक अर्थ है—कर्मों, संसाधनों आदि का समुचित-विनिमय और न्यायपूर्ण-वितरण। यज्ञ के इस सिद्धांत के अनुसार कर्म करने पर कर्ता को कोई पाप नहीं लगता है और वह मुक्ति को प्राप्त कर लेता है (4.30)—

सर्वेऽप्येते यज्ञविदो यज्ञक्षपितकल्मषाः।
यज्ञशिष्टामृतभुजो यान्ति ब्रह्म सनातनम्॥ 4.30॥

किसी भी राष्ट्र की नीतियों का प्रतिरूप एक प्रकार से यज्ञ के सिद्धांत पर ही आधारित होता है, जिसमें प्रजा और राष्ट्र...जीवन के हर पहलू में विनिमय की एक श्रृंखला से बँधे होते हैं। विनिमय की यह श्रृंखला टूटने पर सरकारों और उनके नेताओं का पतन होते देखा गया है। इस श्रृंखला में बाधा उत्पन्न करने पर व्यक्ति भी दंड का भागी बन जाता है। इसलिए श्रीकृष्ण कहते हैं कि यज्ञ के सिद्धांत के अनुसार कर्म न करने पर तो इस लौकिक जगत् में भी कल्याण संभव नहीं है, फिर पारलौकिक जीवन या अगले जन्म में कैसे सुखी हुआ जा सकता है ? (4.31)—

नायं लोकोऽस्त्ययज्ञस्य कुतोऽन्यः कुरुसत्तम॥ 4.31॥

आगे के श्लोक में श्रीकृष्ण ने बताया कि श्लोक संख्या 4.24 से 4.29 तक जिन भी यज्ञों का वर्णन हुआ है, वे सभी वेदसम्मत हैं और उनके पीछे का उद्देश्य कर्म को करने की क्रियाविधि को समझाना ही है। विभिन्न प्रकार के कर्म ही प्रधान हैं, क्योंकि इन्हीं कर्मों से यज्ञ का जन्म होता है। ऐसा जानने वाला अपने लिए निर्धारित कर्म को यज्ञरूप समझकर करते हुए मुक्ति को प्राप्त हो जाता है (4.32)—

एवं बहुविधा यज्ञा वितता ब्रह्मणो मुखे।
कर्मजान्विद्धि तान्सर्वानेवं ज्ञात्वा विमोक्ष्यसे॥ 4.32॥

अंततोगत्वा सूक्ष्म विश्लेषण करने पर यही पता चलता है कि सभी यज्ञों की मूल अवधारणा कर्म ही है। कर्म और कर्मफलों का सुचारु विनिमय और न्यायपूर्ण-वितरण ही यज्ञ की प्रक्रिया में निहित है। यह अत्यंत श्रेष्ठ ज्ञान है (4.33)—

श्रेयान्द्रव्यमयाद्यज्ञाज्ज्ञानयज्ञः परन्तप।
सर्वं कर्माखिलं पार्थ ज्ञाने परिसमाप्यते॥ 4.33॥

सारे कर्मों को यज्ञरूप से करने के लिए बताने के पश्चात् श्रीकृष्ण ने कहा कि इस प्रकार के ज्ञान को समझने के लिए स्वरूपसिद्ध व्यक्ति की शरण में जाना होता है। कर्मों की जटिलता के इस रहस्य को वही समझा सकता है। अतः अत्यंत आदरपूर्वक अपनी जिज्ञासा को ऐसे गुरु से समझने का प्रयत्न करना चाहिए। वास्तव में गीता का रहस्य एक सक्षम गुरु के ही अधीन है। जीवन के प्रत्येक क्षेत्र में एक गुरु आवश्यक है, जो

दृष्टि को स्थूल से सूक्ष्म बनाता है। आधुनिक भाषा में ऐसे लोगों को गॉडफादर या मेंटर (Godfather or Mentor) भी कहा जा सकता है (4.34)—

तद्विद्धि प्रणिपातेन परिप्रश्नेन सेवया।
उपदेक्ष्यन्ति ते ज्ञानं ज्ञानिनस्तत्त्वदर्शिनः॥ 4.34॥

गीता का श्लोक संख्या 4.34 सामाजिक दृष्टि से अत्यंत उपयोगी है। घर के बड़े-बूढ़े, माता-पिता भी जीवन की बहुत सी समस्याओं के समाधान का माध्यम होते हैं। नई पीढ़ी जिस परिस्थिति का साक्षात्कार करने वाली होती है, या कर रही होती है, ये श्रेष्ठ लोग उनसे गुजर चुके होते हैं। अतः नई पीढ़ी को पुरानी पीढ़ी से विनम्र-संवाद बनाए रखना चाहिए। दांपत्य जीवन में बढ़ती टूटन को हम इस प्रक्रिया से कम कर सकते हैं। 'ओल्ड एज होम' की तादाद बढ़ने का कारण कहीं-न-कहीं इस विनम्र संवाद का टूट जाना ही तो है। सिर्फ कानूनों के माध्यम से इस तरह की समस्याओं का पूरा समाधान नहीं हो सकता, जब तक श्लोक संख्या 4.34 का विनीत आचरण न अपनाया जाए, श्रेष्ठ लोगों के पास उनके ज्ञान को महत्त्वपूर्ण समझकर न बैठा जाए, तब तक पूर्णता में इसका समाधान केवल मृग-मरीचिका है। अतः इस नैतिक शिक्षा (Ethics) की आज के समाज को अत्यंत आवश्यकता है।

श्रीकृष्ण ने अर्जुन से कहा कि ऐसे स्वरूपसिद्ध लोगों से ज्ञान प्राप्त कर लेने पर तुम्हारा मोह नष्ट हो जाएगा। तुम न केवल सबकी महत्ता को जान पाओगे, अपितु यह भी जान सकोगे कि सभी लोग परमात्मा के ही अंश हैं, अर्थात् सब महत्त्वपूर्ण हैं और सब ही मेरे अपने हैं (4.35)—

यज्ज्ञात्वा न पुनर्मोहमेवं यास्यसि पाण्डव।
येन भूतान्यशेषाणि द्रक्ष्यस्यात्मन्यथो मयि॥ 4.35॥

श्रीकृष्ण का कहना है कि कर्मों को यज्ञरूप कैसे दिया जाए, यह ज्ञान ही इतना सामर्थ्यशाली है कि वह पापियों में भी सबसे बड़े पापी का कल्याण कर देता है। मानव जीवन में बहुतायत में देखा जाता है कि किसी काम को करने से पूर्व, करते हुए, करने के बाद या किसी जटिल विपरीत परिस्थिति में फँस जाने पर मनुष्य दिल पर बहुत बोझ महसूस करता है। वह इस प्रकार सोचते हुए अनेकानेक बीमारियों, जैसे शुगर, ब्लडप्रेशर, डिप्रेशन आदि का शिकार होने लगता है। श्रीकृष्ण का इस संदर्भ में कहना है कि ये सब कष्ट उसके द्वारा यज्ञरूप कर्मों को न समझने के कारण हैं। एक बार इस दिव्य ज्ञानरूपी नाव पर यदि सवार हो जाए तो वह समस्त दुःख के सागरों को पार कर जाएगा (4.36)—

अपि चेदसि पापेभ्यः सर्वेभ्यः पापकृत्तमः।
सर्वं ज्ञानप्लवेनैव वृजिनं सन्तरिष्यसि॥ 4.36॥

आर्किमिडीज का सिद्धांत और गीता 4.36

(i) आर्किमिडीज का सिद्धांत : इस सिद्धांत को हम सर्वप्रथम निम्न रेखाचित्र द्वारा समझते हैं—

रेखाचित्र-27

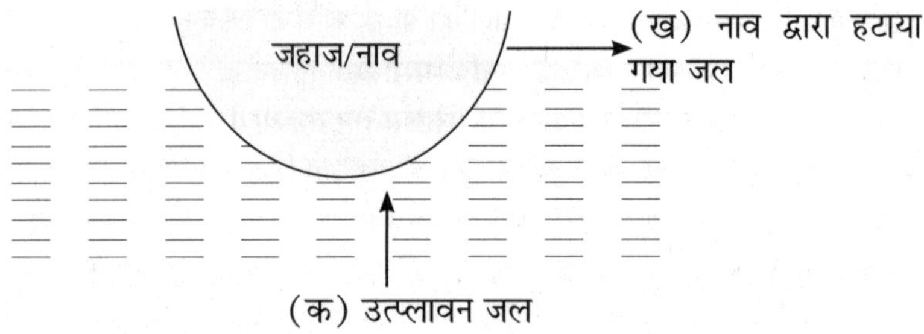

सरल शब्दों में (क) अर्थात् नाव को पानी के ऊपर उठाने वाला बल (उत्प्लावन बल) और (ख) अर्थात् नाव द्वारा हटाए जाने वाले जल का भार सदैव बराबर होता है। अत: अगर (ख) का भार नाव/जहाज के भार से अधिक है तो नाव/जहाज तैरती रहेगी, डूबेगी नहीं।

(ii) गीता का श्लोक संख्या 4.36

ज्ञातव्य है कि पापियों (पाप के भारवाहक) की तीन श्रेणियाँ होती हैं—(1) पापकृत् (2) पापकृत्तर (3) पापकृत्तम्। इस श्लोक में श्रीकृष्ण पापकृत्तम् (पाप का सबसे बड़ा भारवाहक) की बात करते हैं। उसके पाप के भार पर और जोर देते हुए 'सर्वेभ्य:' भी कहते हैं, अर्थात् सारे पापियों में भी सबसे बड़ा पापी। उसको भी यह यज्ञरूपी कर्म का दिव्यज्ञान दु:खरूपी सागर के पार कर देता है।

(iii) इस प्रकार श्लोक संख्या 4.36 आर्किमिडीज के प्लवन/तैरने के सिद्धांत की सार्वभौमिकता को नकार देता है।

(iv) श्रीकृष्ण श्लोक संख्या 4.36 के माध्यम से मानो यह कह रहे हों कि कभी भी सबकुछ नहीं बिगड़ा है, सबकुछ सुधरने का समय कभी भी आ सकता है। तुम गीता के मार्ग पर आओ, सबकुछ ठीक हो जाएगा।

उपरोक्त का उद्देश्य यहाँ आर्किमिडीज को गलत ठहराना नहीं है, अपितु उनके सम्मान को और बढ़ाना है। आर्किमिडीज का अध्ययन करते हुए उनकी सोच से आगे जाना है। श्रीकृष्ण ने बताया कि ज्ञानरूपी नाव तकनीकी रूप से बहुत आगे है, अत: आर्किमिडीज

के भार की शर्त को वह पार कर जाती है। भार एक स्थूल दृष्टि है—श्रीकृष्ण इस भार को नकारते नहीं हैं, अपितु इसके संशोधन की बात करते हैं। उन्होंने बताया कि जैसे अग्नि ईंधन को जलाकर भस्म कर देती है, वैसे ही ज्ञानरूपी अग्नि भौतिक कर्मों के समस्त फलों को जला डालती है। अब जब ज्ञानाग्नि ने पाप को जला दिया तो भार संबंधी शर्त अप्रासंगिक हो जाती है और इसी कारण सबसे बड़े पापी का भी कल्याण हो जाता है (4.37)—

यथैधांसि समिद्धोऽग्नर्भिस्मसात्कुरुतेऽर्जुन।
ज्ञानाग्निः सर्वकर्माणि भस्मसात्कुरुते तथा॥ 4.37॥

अतः संसार में इस दिव्यज्ञान के समान पवित्र करने वाला कोई दूसरा तत्त्व नहीं है। इस दिव्य ज्ञान अर्थात् यज्ञरूप कर्म को समझने के लिए श्रद्धा का होना आवश्यक है (4.38, 4.39)—

न हि ज्ञानेन सदृशं पवित्रमिह विद्यते।
तत्स्वयं योगसंसिद्धः कालेनात्मनि विन्दति॥ 4.38॥
श्रद्धावाँल्लभते ज्ञानं तत्परः संयतेन्द्रियः।
ज्ञानं लब्ध्वा परां शान्तिमचिरेणाधिगच्छति॥ 4.39॥

श्रीकृष्ण का कहना है कि जो लोग श्रद्धाहीन हैं और शास्त्रों को संदेह की दृष्टि से देखते हैं, वे इस दिव्य ज्ञान/रहस्य से कभी अवगत नहीं हो पाते और निरंतर नीचे ही गिरते जाते हैं। शंकालु व्यक्ति को वास्तविक सुख और सफलता कभी भी प्राप्त नहीं होती, कहीं भी प्राप्त नहीं होती है, न तो यहाँ, अर्थात् इस लोक में और न ही यहाँ से परे, अर्थात् परलोक में (4.40)—

अज्ञश्चाश्रद्दधानश्च संशयात्मा विनश्यति।
नायं लोकोऽस्ति न परो न सुखं संशयात्मनः॥ 4.40॥

जो व्यक्ति कर्म करने के तरीके को शास्त्रीय ढंग से यज्ञरूप में समझ लेता है, उसके सारे संदेह नष्ट हो जाते हैं और वह बुद्धियोग से युक्त होकर कर्मफल की लालसा के बिना निष्काम-भाव से कर्म में लग जाता है। ऐसा कर्म मुक्ति दिलाने वाला होता है (4.41)—

योगसन्न्यस्तकर्माणं ज्ञानसञ्छिन्नसंशयम्।
आत्मवन्तं न कर्माणि निबध्नन्ति धनञ्जय॥ 4.41॥

इतनी बातें समझाने के बाद श्रीकृष्ण ने अर्जुन को आदेश दिया कि तुम ज्ञानरूपी शस्त्र से अपने मन में उठने वाले संशयों की बेड़ी को काटकर अज्ञान से बाहर आ जाओ और अब तक बताई गई कर्म करने की विधि से समन्वय बनाकर युद्ध करो (4.42)—

तस्मादज्ञानसम्भूतं हृत्स्थं ज्ञानासिनात्मनः।
छित्त्वैनं संशयं योगमातिष्ठोत्तिष्ठ भारत॥ 4.42॥

॥ गीतारथी चतुर्थ विश्राम ॐ तत् सत्॥

□

गीतारथी–5

श्रीकृष्ण...पण्डिताः समदर्शिनः.

जैसा कि पहले भी बताया जा चुका है कि गीता में तीन–चार मूलभूत विषयों को ही श्रीकृष्ण ने बार–बार, भिन्न–भिन्न तरीके से अर्जुन को समझाया है। इस कारण से किसी एक श्लोक को पढ़ने के बाद जो कुछ समझ में आता है, अगले किसी श्लोक में वह समझ उलझ सी जाती है। एक अध्याय के बाद जो विचार बनते हैं, अगले अध्याय में वही विचार उलटे होने लगते हैं। यही कारण है कि गीता को बार–बार पढ़ना श्रेयस्कर है। अलग–अलग प्रकार से श्रीकृष्ण द्वारा समझाने की यह विधा पाठकों के मस्तिष्क में तनाव अवश्य देती है, किंतु बाद में यही दिमागी–अभ्यास गीता के पाठक को गीता का कुशल वक्ता बना देता है।

यहाँ तक आते–आते अर्जुन काफी कुछ समझने लगा था। कर्म की विधा के विषय में उसने अंतिम बार श्रीकृष्ण से और स्पष्टीकरण चाहा। उसने पूछा कि एक ओर आप मुझे कर्म–त्याग के लिए कह रहे हैं, वहीं दूसरी ओर योगयुक्त–कर्म करने को भी कह रहे हैं...कृपया यह गुत्थी सुलझाइए और दोनों विधाओं में से सबसे लाभकारी विधा को समझाइए (5.1)—

अर्जुन उवाच

सन्न्यासं कर्मणां कृष्ण पुनर्योगं च शंससि।
यच्छ्रेय एतयोरेकं तन्मे ब्रूहि सुनिश्चितम्॥ 5.1॥

श्रीकृष्ण ने कहा कि उत्तम तो दोनों ही विधाएँ हैं, किंतु कर्म के त्याग से योगयुक्त कर्म करते रहना दोनों में श्रेष्ठ है (5.2)—

श्रीभगवानुवाच

सन्न्यासः कर्मयोगश्च निःश्रेयसकरावुभौ।
तयोस्तु कर्मसन्न्यासात्कर्मयोगो विशिष्यते॥ 5.2॥

वास्तव में अर्जुन संन्यासी होने और कर्मयोगी होने को लेकर भ्रमित था। वह दोनों को पूर्णतया दो भिन्न मार्गों पर चलने जैसा समझ रहा था। श्रीकृष्ण ने कहा कि बात एकदम से ऐसी नहीं है। वास्तव में संन्यासी भी कर्मयोगी ही है, संन्यासी वह है, जिसने कर्मफलों को त्याग दिया है, न कि कर्मों को। कर्मफलों को त्यागने का अर्थ है कि उसके प्रति घृणा या इच्छा दोनों का ही नहीं होना। ऐसी स्थिति में मनुष्य मुक्ति के योग्य हो जाता है (5.3)—

ज्ञेयः स नित्यसन्न्यासी यो न द्वेष्टि न काङ्क्षति।
निर्द्वन्द्वो हि महाबाहो सुखं बन्धात्प्रमुच्यते॥ 5.3॥

श्रीकृष्ण स्पष्ट कहते हैं कि सांख्ययोगी (जिसे अर्जुन संन्यासी समझ रहा था, जो जगत् का विश्लेषणात्मक अध्ययन करते हैं) और कर्मयोगी (भक्तियोगी) को अज्ञानी ही एकदम अलग-अलग मानता है। वास्तव में किसी एक मार्ग पर चलने से दोनों मार्गों का ही फल प्राप्त हो जाता है (5.4, 5.5)—

सांख्ययोगौ पृथग्बालाः प्रवदन्ति न पण्डिताः।
एकमप्यास्थितः सम्यगुभयोर्विन्दते फलम्॥ 5.4॥
यत्सांख्यैः प्राप्यते स्थानं तद्योगैरपि गम्यते।
एकं सांख्यं च योगं च यः पश्यति स पश्यति॥ 5.5॥

श्लोक संख्या 5.5 में श्रीकृष्ण ने श्लोक संख्या 5.1 में अर्जुन द्वारा उठाए गए अलग-अलग रास्तों के प्रश्न का पटाक्षेप करते हुए कहा कि सूक्ष्म दृष्टि से देखने पर दोनों रास्तों में कोई वास्तविक भिन्नता है ही नहीं। ऐसा जानने वाले को ही श्रीकृष्ण वास्तविक द्रष्टा मानते हैं (यः पश्यति स पश्यति, 5.5)।

श्रीकृष्ण के अनुसार कर्मों का त्याग, अर्थात् स्थूल संन्यास अधूरा है, यह लक्ष्य की प्राप्ति नहीं करा सकता, क्योंकि वास्तव में जीव सदैव कर्म करने को बाध्य है, वह इसका त्याग कर ही नहीं सकता। वास्तव में कर्मफलों का त्याग करना संन्यास है... फलासक्ति रहित होकर बुद्धियोग की विधि से कर्म करना ही ईश्वर को प्राप्त करने का मार्ग है (5.6)—

सन्न्यासस्तु महाबाहो दुःखमाप्तुमयोगतः।
योगयुक्तो मुनिर्ब्रह्म न चिरेणाधिगच्छति॥ 5.6॥

श्रीकृष्ण जोर देकर कहते हैं कि संन्यास वास्तव में कर्मफलों का त्याग है, न कि कर्मों का। बुद्धियोग से युक्त होकर कर्म करते रहना ही संन्यास है। बुद्धियोग से युक्त होने पर मन तथा इंद्रियाँ वश में होने से व्यक्ति समस्त प्राणियों को स्वयं समेत एक ही ईश्वर का परिकर मानता है, सबको ईश्वर द्वारा निर्धारित कर्मों को करने के लिए निमित्त रूप

से देखने के कारण वह भेद-रहित हो जाता है। निमित्त-भाव से कर्म करते हुए वह कभी कर्म-बंधनों में नहीं फँसता (5.7)—

योगयुक्तो विशुद्धात्मा विजितात्मा जितेन्द्रियः।
सर्वभूतात्मभूतात्मा कुर्वन्नपि न लिप्यते॥ 5.7॥

निर्धारित कर्मों के पालन पर श्रीकृष्ण कोई रोक नहीं लगाते। वे अर्जुन से कहते हैं कि सांख्ययोगी और भक्तियोगी, दोनों ही विभिन्न प्रकार के कर्म करते हैं, ऐसा कर्म वे केवल निमित्त के भाव से करते हैं, न कि कर्ता या कर्मफल-भोक्ता के भाव से। देखते, सुनते, स्पर्श करते, सूँघते, खाते, चलते-फिरते, सोते, साँस लेते, बोलते, त्यागते, ग्रहण करते, आँखें खोलते बंद करते अर्थात् सारी क्रियाएँ संपन्न करते हुए भी वे जानते हैं कि यहाँ उनकी भूमिका केवल निमित्त-मात्र की है, क्योंकि वास्तव में करने-कराने वाला तो कोई और ही है। इंद्रियाँ अपने-अपने विषयों में अवश्य लगी हैं, किंतु वह स्वयं इसमें आसक्त नहीं है, वह मात्र साक्षी भाव से यह सबकुछ देख रहा है (5.8, 5.9)—

नैव किञ्चित्करोमीति युक्तो मन्येत तत्त्ववित्।
पश्यञ्शृण्वन्स्पृशञ्जिघ्रन्नश्नन्गच्छन्स्वपञ्श्वसन्॥ 5.8॥
प्रलपन्विसृजन्गृह्णन्नुन्मिषन्निमिषन्नपि।
इन्द्रियाणीन्द्रियार्थेषु वर्तन्त इति धारयन्॥ 5.9॥

पाठक भ्रमित बिल्कुल न हों, यहाँ श्रीकृष्ण पूर्व में ही कही बातों को भिन्न प्रकार से कह रहे हैं। उनका कहना यही है कि कर्मयोगी बनो, निमित्त भाव रखो, नियोक्ता-नियोजित शृंखला को समझो। फल की आसक्ति रखे बिना तन्मयता से कर्म करते रहो और कर्मफलों को परम-नियोक्ता (ईश्वर) को समर्पित करो। बुद्धियोग की इस विधा से कर्म करने पर ही मुक्ति संभव है। कर्म से छूट किसी को प्राप्त नहीं है...न संन्यासी को, न ही गृहस्थ को। अपने-अपने लिए निर्धारित कर्मों को सही ढंग से करना ही संन्यासयुक्त-कर्म या बुद्धियोगयुक्त कर्म है। ऐसे कर्म से मनुष्य को कोई पाप नहीं लगता, वह पाप से वैसे ही अप्रभावित बना रहता है, जैसे कमल का पत्ता जल में रहते हुए भी उससे अप्रभावित ही बना रहता है (5.10)—

ब्रह्मण्याधाय कर्माणि सङ्गं त्यक्त्वा करोति यः।
लिप्यते न स पापेन पद्मपत्रमिवाम्भसा॥ 5.10॥

अर्जुन को लगता था कि संन्यास, कर्मों का पूर्ण त्याग है, परंतु भगवान् ने कहा कि संन्यासी भी कर्म करते हैं, किंतु वे फल की आसक्ति नहीं रखते (5.11)—

कायेन मनसा बुद्ध्या केवलैरिन्द्रियैरपि।
योगिनः कर्म कुर्वन्ति सङ्गं त्यक्त्वात्मशुद्धये॥ 5.11॥

श्रीकृष्ण ने कहा कि कर्मों से बंधन नहीं होता, बंधन तो आसक्ति के कारण उत्पन्न होता है। आसक्ति रहित कर्म ही मुक्ति का कारक है (5.12) —

युक्तः कर्मफलं त्यक्त्वा शान्तिमाप्नोति नैष्ठिकीम्।
अयुक्तः कामकारेण फले सक्तो निबध्यते॥ 5.12॥

बुद्धियुक्त होकर मन से फल के प्रति आसक्ति को जो त्याग देता है, वह जीवात्मा मुक्त हो जाता है और नौ द्वारों (दो आँखें, दो कान, दो नासिका छिद्र, मुख, गुदा और मूत्र द्वार) के शरीर में वह आनंदपूर्वक विचरण करता है (5.13)—

सर्वकर्माणि मनसा सन्न्यस्यास्ते सुखं वशी।
नवद्वारे पुरे देही नैव कुर्वन्न कारयन्॥ 5.13॥

अथर्ववेद में श्रीराम की जन्म-नगरी अयोध्या में नौ द्वार के उपस्थित होने की बात बताई गई है—

अष्टाचक्रा नवद्वारा देवानां पूरध्योया।

—अथर्ववेद, 10.2.31

और वाल्मीकि-रामायण में नौ द्वारों वाली इस अयोध्या के विषय में लिखा गया है कि यहाँ पहुँचकर किसी भी शत्रु के लिए युद्ध करना असंभव था, इसलिए वह पुरी अयोध्या इस सत्य एवं सार्थक नाम से प्रकाशित होती थी—

सत्यनामा प्रकाशते।

—वा. रामायण, 1.6.26

फलासक्ति को त्यागकर स्वयं के निमित्त-मात्र होने का ठीक-ठीक ज्ञान हो जाने पर नौ द्वारों वाला यह अधम शरीर, नौ द्वारों वाली रामजन्मभूमि अयोध्या की भाँति हो जाता है, जहाँ राग, द्वेष, क्रोध, घृणा, पछतावा आदि शत्रुओं का प्रवेश ही संभव नहीं हो पाता और जीव शरीर के भीतर ही मुक्ति का आत्म-साक्षात्कार करने लगता है।

पाँचवें अध्याय में अब तक की बातों से स्पष्ट है कि मनुष्य को जीवन की किसी भी घटना को लेकर दिल में बोझ नहीं पालना चाहिए। योगयुक्त दृष्टि से देखने पर ज्ञात होता है कि जीवन के हर पल, हर घटना में हमारी स्थिति, उपस्थिति-मात्र की है। हमें यह मानना होगा कि हम या कोई अन्य, उस समय उसी कार्य के लिए उपस्थित किए गए हैं। श्रीकृष्ण ने यही बताया कि योगविद्या के ज्ञान से जीव इसी जीवन में वास्तव में सुखी हो जाता है। उसका यही शरीर रामजन्मभूमि हो जाता है और उसके कर्म स्वतः ही पवित्र हो जाते हैं। जल्लाद के दिल पर फाँसी देने का बोझ नहीं होता, तमाम कानूनों की पड़ताल कर लेने पर भी कहीं न्याय अधूरा न रह गया हो, न्यायाधीश पर इसका बोझ नहीं होता। श्लोक संख्या 5.13 के भाव को प्राप्त व्यक्ति सही-गलत, हार-जीत, नैतिक-अनैतिक,

सफलता-असफलता के द्वैत से परे पहुँच जाता है। इनके बीच अपने निमित्तमात्र होने का साक्षी बनकर आनंदित रहने लगता है।

जीवात्मा ऐसी स्थिति में यह पूरी तरह से समझ पाती है कि—

(i) न तो वह कर्मों का सृजन करती है,

(ii) न तो वह लोगों को कर्म के लिए प्रेरित करती है,

(iii) न ही वह कर्मफल की रचना करती है।

ये सभी कार्य तो वास्तव में प्रकृति/माया के ही हैं। तीसरे अध्याय के 27वें श्लोक में पहले भी यही बात श्रीकृष्ण ने बताई हुई है (5.14)—

न कर्तृत्वं न कर्माणि लोकस्य सृजति प्रभुः।
न कर्मफलसंयोगं स्वभावस्तु प्रवर्तते॥ 5.14॥

वास्तव में सृष्टि-निर्माण के समय ही ईश्वर ने एक व्यवस्था बना दी है और प्रकृति/माया को ही ये सभी (i, ii, iii) सौंप दिए हैं। ईश्वर किसी के पाप या पुण्य पर ध्यान नहीं देता...यह तो सामग्री है, जिससे माया मनुष्य को दंड और पुरस्कार के जाल में उलझाए रहती है (5.15)—

नादत्ते कस्यचित्पापं न चैव सुकृतं विभुः।
अज्ञानेनावृतं ज्ञानं तेन मुह्यन्ति जन्तवः॥ 5.15॥

जो लोग श्लोक संख्या 5.14 और 5.15 को समझते हैं, वे यह निष्कर्ष निकालते हैं कि ईश्वर की बनाई यह सृष्टि 'कर्मप्रधान' ही है, अर्थात् जैसा करोगे, वैसा पाओगे। किंतु वास्तव में कर्म की क्रियाविधि को समझने की यह एक सीढ़ी है, इसे ही संपूर्ण ज्ञान मानना भ्रम है। रामचरितमानस में भी गुरु बृहस्पति ने देवराज इंद्र को ऐसी ही बात बताई है, वे कहते हैं कि भगवान् यद्यपि सम हैं, राग-दोष रहित हैं, किसी के पाप-पुण्य, गुण-दोष नहीं देखते। उन्होंने विश्व में कर्म को ही प्रधान कर रखा है, जो जैसा करता है, वैसा ही फल भोगता है—

जद्यपि सम नहिं राग न रोषू। गहहिं न पाप पूनु गुन दोषू॥
करम प्रधान बिस्व करि राखा। जो जस करइ सो तस फलु चाखा॥

—रामचरितमानस, 2.218.2

आगे उन्होंने बताया कि यह सामान्य नियम है, किंतु जिसके कर्म का केंद्र भगवान् होते हैं, जो स्वयं को निमित्त मानता है, ऐसे बुद्धियोगी/भक्तियोगी के लिए ईश्वर का नियम अलग है। गुरु बृहस्पति ने देवराज इंद्र से कहा कि ऐसे लोगों के लिए भगवान् के इस नियम में परिवर्तन देखा जाता है—

तदपि करहिं सम बिषम बिहारा। भगत अभगत हृदय अनुसारा॥

—रामचरितमानस, 2.218.3

श्रीकृष्ण भी आगे ऐसा ही बताते हैं, पूर्व में भी उन्होंने ऐसा ही बताया है। श्लोक संख्या 5.14 और 5.15 में श्रीकृष्ण ने जो विचार व्यक्त किए हैं, वह देववाद या तटस्थेश्वरवाद (Deism) में भी देखी जाती है, जिसके अनुसार यह माना जाता है कि ईश्वर ने सृष्टि को बनाकर उसे एक निश्चित व्यवस्था के अधीन कर दिया, सृष्टि के दिन-प्रति-दिन के संचालन में ईश्वर हिस्सा नहीं लेता, वह एक निश्चित व्यवस्था के अंतर्गत संचालित होती रहती है। इस वाद में घड़ीसाज और घड़ी का उदाहरण प्रसिद्ध है कि जैसे घड़ीसाज एक बार घड़ी को बना देता है और फिर यह उस निश्चित व्यवस्था से स्वतः चालित होती रहती है।

पाठकगण ध्यान दें!

गीता के अध्ययन के दौरान तीन प्रकार के अनुभव प्रमुखता से होते हैं—

(i) सीधी सड़क पर यात्रा की भाँति

जैसे सीधी सड़क पर यात्रा करते हुए एक के बाद दूसरे पड़ाव पर हम पहुँचते रहते हैं, वैसे ही गीता के कई अंशों में एक श्लोक से दूसरे श्लोक तक की बातों में सीधा संबंध दिखाई देता है, जैसे अध्याय प्रथम के अधिकांश श्लोकों में। फिर दूसरे उदाहरण के रूप में हम श्लोक संख्या 4.7 और 4.8 को लेते हैं, श्लोक संख्या 4.7 में भगवान् कहते हैं कि धर्म को जब नुकसान पहुँचता है तो मैं अवतार लेता हूँ तो अगले श्लोक संख्या 4.8 में अपने अवतार लेने का उद्देश्य बताते हैं। यहाँ क्षैतिज-अध्ययन से पाठकों को समझ आ जाता है। इस बात को हम निम्न रेखाचित्र से समझते हैं—

रेखाचित्र-28

क्षैतिज अध्ययन : गीता के कुछ अंशों में श्लोकों के बीच सीधा संबंध

(ii) पहाड़ की यात्रा की भाँति

पहाड़ की यात्रा में हम कभी ऊपर चढ़ते हैं, कभी नीचे आते हैं और कभी एक ही बिंदु के चक्कर लगाते हैं। कभी-कभी हमें शिखर नजदीक दिखने लगता है, अगले ही पड़ाव पर वह दूर हो जाता है। गीता की शैली, ज्यादातर पहाड़ के यात्रा की भाँति ही है, चूँकि श्रीकृष्ण ने पूरी गीता में तीन-चार मुद्दों को ही अलग-अलग तरीके से बार-बार

अर्जुन को समझाया है, अतः गीता को समझना, पहाड़ पर चढ़ने के रीति को समझने की भाँति ही ज्यादा है। इसकी समझ के लिए हमें निम्न रेखाचित्र पर ध्यान देना होगा—

रेखाचित्र-29

गीता का अध्ययन : पहाड़ की यात्रा की भाँति

(iii) दही को मथने की भाँति

यह अनुभव भी है और पाठकों की जिम्मेदारी भी कि वे धैर्यपूर्वक गीता के इस मंथन के निमित्त बने रहें। कभी-कभी यह अनुभव में आता है कि घूम-फिरकर हम वास्तव में निश्चित जगह नहीं पहुँच पा रहे हैं, किंतु धैर्य बनाए रखना जरूरी है कि गीता से ज्ञान रूपी मक्खन इससे ही उत्पन्न होगा। इसको समझने के लिए हम निम्न रेखाचित्र को देखते हैं—

रेखाचित्र-30

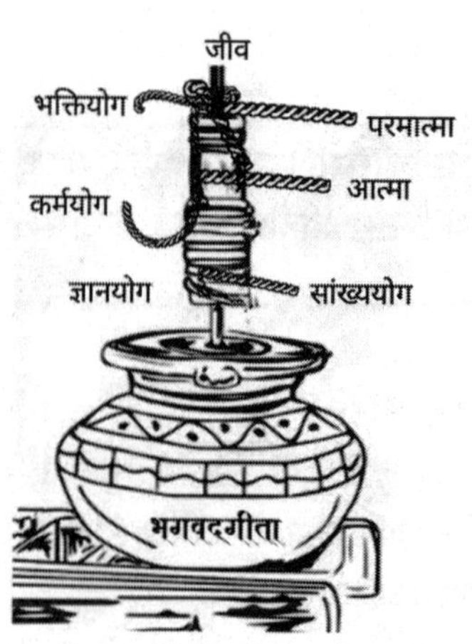

गीता का अध्ययन : दही मथने की भाँति

अतः ऐतरेय ब्राह्मण के सूत्र 'चरैवेति चरैवेति'...अर्थात् चलते रहो, चलते रहो, क्योंकि चलता हुआ मनुष्य ही मधु पाता है, चलता हुआ ही स्वादिष्ट फल चखता है, सूर्य के परिश्रम को देखो...को पाठकों को अपनाते हुए धैर्य से अध्ययन जारी रखना होगा, विश्वास रखें कि गीता स्वयं आपको ज्ञान देगी।

कर्म की चाल, उसकी संरचना, उसको करने की विधा, अर्थात् नियोक्ता-नियोजित संबंध को भली प्रकार समझ लेने पर सारे भ्रमों का नाश हो जाता है। इस ज्ञान से सबकुछ समझ में आ जाता है, सबकुछ वैसे ही दिखने लग जाता है जैसे कि सूर्य के उग आने पर सारी वस्तुएँ प्रकाशित होकर दिखाई देने लगती हैं (5.16)। कुल मिलाकर कर आपूर्ति-शृंखला में अपनी निमित्त-मात्र की स्थिति का ज्ञान होने पर व्यक्ति द्वारा स्वयं की बुद्धि, मन, श्रद्धा, शरण...सभी कुछ को भगवान् से जोड़ना, उसे समर्पित करना ही सारा ज्ञान है। इस ज्ञान से सारे कल्मष धुल जाते हैं और व्यक्ति मुक्ति के मार्ग पर अग्रसर हो जाता है (5.17)—

ज्ञानेन तु तदज्ञानं येषां नाशितमात्मनः।
तेषामादित्यवज्ज्ञानं प्रकाशयति तत्परम्॥ 5.16॥
तद्बुद्धयस्तदात्मानस्तन्निष्ठास्तत्परायणाः।
गच्छन्त्यपुनरावृत्तिं ज्ञाननिर्धूतकल्मषाः॥ 5.17॥

श्लोक संख्या 5.16 और 5.17 की स्थिति को प्राप्त व्यक्ति वास्तविक ज्ञान के कारण ब्राह्मण और चांडाल को समान दृष्टि से देखता है...गाय, हाथी और कुत्ते में वह दृष्टि-भेद नहीं करता है (5.18)—

विद्याविनयसम्पन्ने ब्राह्मणे गवि हस्तिनि।
शुनि चैव श्वपाके च पण्डिताः समदर्शिनः॥ 5.18॥

गोस्वामी तुलसीदासजी भी रामचरितमानस में समतामूलक दृष्टि का यही भाव व्यक्त करते हुए कहते हैं कि 84 लाख योनियों में कोई भेद नहीं है। सब प्राणी उसी ईश्वर के परिकर हैं—

आकर चारि लाख चौरासी। जाति जीव जल थल नभ बासी॥
सीय राममय सब जग जानी। करउँ प्रनाम जोरि जुग पानी॥

—रामचरितमानस, 1.7.1

गीता के श्लोक संख्या 5.18 और भारतीय संविधान में प्रतिष्ठा और अवसर की समता तथा कार्बन क्रेडिट (Carbon Credit) की व्यवस्था

भारतीय संविधान की उद्देशिका में संविधान के उद्देश्यों को बताया गया है, जिसमें भारत के समस्त नागरिकों को 'प्रतिष्ठा और अवसर की समता' प्राप्त हो, यह

एक प्रमुख उद्देश्य है। इस उद्देश्य की महत्ता इसी बात से स्पष्ट हो जाती है कि समता का अधिकार संविधान के भाग-3 के अंतर्गत मूल अधिकार है और अनुच्छेद 14 से अनुच्छेद 18 तक इसके निम्न विषय हैं—

अनुच्छेद 14 विधि के समक्ष समता

अनुच्छेद 15 धर्म, मूलवंश, जाति, लिंग या जन्मस्थान के आधार पर विभेद का प्रतिषेध

अनुच्छेद 16 लोक नियोजन के विषय में अवसर की समता

अनुच्छेद 17 अस्पृश्यता का अंत

अनुच्छेद 18 उपाधियों का अंत

स्वतंत्रता के बाद भारतीय संविधान ने अपने उद्देश्यों में खूब सफलता भी पाई है और एक समतामूलक समाज की ओर हम निरंतर अग्रसर भी हो रहे हैं।

समता को लेकर गीता की दृष्टि अत्यंत व्यापक है। भारतीय संविधान में समता का उद्देश्य नागरिकों को केंद्र में रखकर बनाया गया है, जबकि गीता श्लोक संख्या 5.18 में नागरिकों के साथ-साथ अन्य योनियों (84 लाख) के लिए भी समानता की बात करती है। संविधान इस उद्देश्य की प्राप्ति हेतु 'कानून' को साधन बनाता है, जबकि गीता में इसके लिए ज्ञान से उत्पन्न 'अंतर्दृष्टि' साधन है। पेटा (PETA-People for the Ethical Treatment of Animals), जो बेजुबान पशुओं के अधिकारों के लिए विश्व-स्तर पर कार्यरत है, जैसी संस्थाओं की कार्यप्रणाली पर गीता के श्लोक संख्या 5.18 का प्रभाव परिलक्षित होता है।

भारतीय संविधान में सन्निविष्ट समता की वास्तविक प्राप्ति के लिए गीता के विचारों को कानून में जगह देने की आवश्यकता है, ताकि हमारा 'नीला-ग्रह' सभी प्राणियों के अधिकार क्षेत्र में संवैधानिक रूप से आ सके। संसाधनों का अंधाधुंध दोहन प्रकृति को क्षत-विक्षत न कर सके। 'ओजोन परत' के प्रति संवेदनशीलता आए और विकास को बनाए रखने के लिए कृत्रिम रूप से 'कार्बन-क्रेडिट' की व्यवस्था का दुरुपयोग न हो, अर्थात् ऐसे देशों, जो सारे जीवों के हितों को देखते हुए वनों को बचाए हुए हैं, को कुछ पैसे देकर उसके बदले प्रकृति को और क्षतिग्रस्त करते रहने की वैधता प्राप्त न की जाए। गीता के विचार इस क्षेत्र में व्यापक सुधार ला सकते हैं।

□

श्रीकृष्ण कहते हैं कि ऐसे ज्ञान के प्राप्त हो जाने पर व्यक्ति एक विशेष स्थिति में पहुँच जाता है, जिसमें वह जन्म-मृत्यु के बंधन से परे होकर ब्रह्म के समान हो जाता है (5.19)—

इहैव तैर्जितः सर्गो येषां साम्ये स्थितं मनः।
निर्दोषं हि समं ब्रह्म तस्माद्ब्रह्मणि ते स्थिताः॥ 5.19॥

रामचरितमानस में वाल्मीकिजी ने श्रीराम के सम्मुख ऐसे ही विचार व्यक्त करते हुए कहा है कि भगवान् को जानने वाला उन्हीं के जैसा हो जाता है—

सोइ जानइ जेहि देहु जनाई। जानत तुम्हहि तुम्हइ होइ जाई॥

—रामचरितमानस, 2.126.2

इस स्थिति में पहुँच चुका व्यक्ति प्रिय वस्तु को पाकर न तो खुश होता है और न ही अप्रिय वस्तु की प्राप्ति पर दु:खी होता है, अपितु 'स्थिरबुद्धि' होकर वह भगवान् से तदाकार हो जाता है (5.20)। इंद्रियों का मुख बाहर की ओर है, अत: इसे सुख के लिए बाहरी वस्तुएँ चाहिए, जबकि स्थिरबुद्धि प्राप्त व्यक्ति को अपनी आत्मा के भीतर ही सारा आनंद प्राप्त होने लगता है, असीम आनंद (5.21)—

न प्रहृष्येत्प्रियं प्राप्य नोद्विजेत्प्राप्य चाप्रियम्।
स्थिरबुद्धिरसम्मूढो ब्रह्मविद्ब्रह्मणि स्थितः॥ 5.20॥
बाह्यस्पर्शेष्वसक्तात्मा विन्दत्यात्मनि यत्सुखम्।
स ब्रह्मयोगयुक्तात्मा सुखमक्षयमश्नुते॥ 5.21॥

रामचरितमानस में इस सुख को 'ब्रह्मसुख' बताते हुए गोस्वामी तुलसीदासजी ने इसे अनुपम, अनिवर्चनीय और अनामय कहा है—

ब्रह्मसुखहि अनुभवहिं अनूपा। अकथ अनामय नाम न रूपा॥

—रामचरितमानस, 1.21.1

श्रीकृष्ण ने श्लोक संख्या 2.16 में पहले ही बताया हुआ है कि 'नासतो विद्यते भावो नाभावो विद्यते सत:', अर्थात् परिवर्तनशील चीजों का वास्तविक अस्तित्व है ही नहीं और वास्तविक चीजों में किसी काल में कोई परिवर्तन होता ही नहीं है। चूँकि भौतिक सुखों की प्रकृति परिवर्तनशील है, उनका आदि और अंत होता है, अत: वे वास्तविक सुख नहीं हैं। ऐसा जानने वाला व्यक्ति इंद्रिय सुखों में आनंद नहीं लेता है (5.22)—

ये हि संस्पर्शजा भोगा दुःखयोनय एव ते।
आद्यन्तवन्तः कौन्तेय न तेषु रमते बुधः॥ 5.22॥

रामचरितमानस में रावण-वध के पश्चात् श्रीराम के सम्मुख ब्रह्माजी द्वारा की गई प्रार्थना में भी यही तथ्य इंगित होता है। ब्रह्माजी ने श्रीराम से याचना की कि मुझे वह ज्ञान दीजिए, जिससे विभेदकारी बुद्धि का नाश हो जाए। इसी विभेदकारी बुद्धि के कारण मैं विपरीत कार्य में लिप्त रहता हूँ, जो दु:ख है, उसे ही सुख मानकर आनंद मनाता हूँ—

अब दीनदयाल दया करिऐ। मति मोरि बिभेदकरी हरिऐ॥
जेहि ते बिपरीत क्रिया करिऐ। दुख सो सुख मानि सुखी चरिऐ॥

—रामचरितमानस, लंकाकांड, छंद (111वें दोहे से पूर्व)

उपरोक्त ज्ञान को भली-भाँति समझकर जो व्यक्ति इंद्रियसुखों के पीछे नहीं भागता और अपने भीतर ही इंद्रियों/इच्छा/क्रोध के वेग को सहन करने की सामर्थ्य पैदा कर लेता है, उसके लिए इसी संसार में सुख है (5.23)—

शक्नोतीहैव यः सोढुं प्राक्शरीरविमोक्षणात्।
कामक्रोधोद्भवं वेगं स युक्तः स सुखी नरः॥ 5.23॥

श्रीकृष्ण बताते हैं कि इस स्थिति को प्राप्त व्यक्ति को ब्रह्म की प्राप्ति हो जाती है और वह मुक्त हो जाता है (5.24, 5.25, 5.26)—

योऽन्तःसुखोऽन्तरारामस्तथान्तर्ज्योतिरेव यः।
स योगी ब्रह्मनिर्वाणं ब्रह्मभूतोऽधिगच्छति॥ 5.24॥
लभन्ते ब्रह्मनिर्वाणमृषयः क्षीणकल्मषाः।
छिन्नद्वैधा यतात्मानः सर्वभूतहिते रताः॥ 5.25॥
कामक्रोधविमुक्तानां यतीनां यतचेतसाम्।
अभितो ब्रह्मनिर्वाणं वर्तते विदितात्मनाम्॥ 5.26॥

श्रीकृष्ण यहीं पर अष्टांगयोग-पद्धति का संकेत करते हैं, जिसका उन्होंने आगे छठे अध्याय में विस्तार किया है। समस्त इंद्रियविषयों से इंद्रियों को हटाकर, दोनों भौंहों के बीच दृष्टि को केंद्रित कर, प्राण और अपान वायु को नथुनों के भीतर रोककर और इस प्रकार से मन, इंद्रिय और बुद्धि को वश में करते हुए जो व्यक्ति मुक्ति को लक्ष्य बनाता है तथा निरंतर इसी अवस्था में रहता है, वह अवश्य ही मुक्त होता है (5.27, 5.28)—

स्पर्शान्कृत्वा बहिर्बाह्यांश्चक्षुश्चैवान्तरे भ्रुवोः।
प्राणापानौ समौ कृत्वा नासाभ्यन्तरचारिणौ॥ 5.27॥
यतेन्द्रियमनोबुद्धिर्मुनिर्मोक्षपरायणः।
विगतेच्छाभयक्रोधो यः सदा मुक्त एव सः॥ 5.28॥

रामचरितमानस में भगवान् शिव की समाधि में ये सारे लक्षण परिलक्षित हैं—

संकर सहज सरूपु सम्हारा। लागि समाधि अखंड अपारा॥

—रामचरितमानस, 1.57.4

बीतें संबत सहस सतासी। तजी समाधि संभु अबिनासी॥

—रामचरितमानस, 1.59.1

श्लोक संख्या 5.27 और 5.28 व्यक्ति के जीवन में लक्ष्य की प्राप्ति के लिए उस

लक्ष्य के प्रति समर्पण (Dedication) पर बल देता है। लक्ष्य की प्राप्ति के लिए अपनी ऊर्जा को पूरी तरह लक्ष्य-केंद्रित (Focus) करने का प्रयास करना चाहिए। भटकाने वाले तंत्रों (उदाहरण के लिए आज के युग में Facebook, Instagram, Youtube etc.) से इंद्रियों को दूर रखना चाहिए। छात्रों के लिए ये दोनों श्लोक मार्गदर्शक की भाँति हैं। श्लोक संख्या 5.27 और 5.28 से उनको यह सीखना चाहिए कि सफलता के लिए लक्ष्य के प्रति संपूर्ण समर्पण लाना होगा। संपूर्ण समर्पण से लक्ष्य को साधने पर असंभव जैसी लगने वाली चीज भी संभव हो जाती है। रामचरितमानस का विचार है कि शीतल रहने वाले चंदन में भी एक ही जगह बार-बार घर्षण किया जाए तो आग उत्पन्न हो जाती है—

अति संघरषन जौं कर कोई। अनल प्रगट चंदन ते होई॥

—रामचरितमानस, 7.110.8

अत: लक्ष्य-प्राप्ति के लिए उसके प्रति एकाग्रता/फोकस/डेडीकेशन/कांशसनेस को निरंतर बढ़ाते रहना चाहिए। इसको समझने के लिए हम निम्न रेखाचित्र पर दृष्टिपात करेंगे—

रेखाचित्र-31

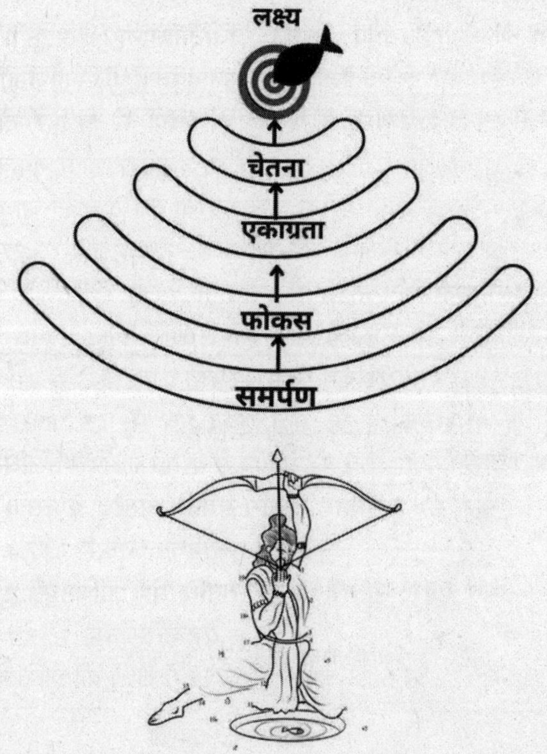

पाँचवें अध्याय के अंतिम श्लोक (5.29) में श्रीकृष्ण ने पहली बार अपना परिचय 'यज्ञरूप' में दिया है। जीवन की, मौसम की, ब्रह्मांड की हर गतिविधि में एक श्रृंखला व्याप्त है, आदान-प्रदान पर आधारित इस श्रृंखला को व्यापक रूप से यज्ञ-श्रृंखला कहा जाता है। श्रीकृष्ण ने अर्जुन से कहा कि इस व्यापक यज्ञ-श्रृंखला की हर कड़ी मैं ही हूँ, कारण का, कार्य का, सुख का, दुःख का...सबका वास्तविक भोक्ता मैं हूँ, तुम सिर्फ निमित्त हो (5.29)—

भोक्तारं यज्ञतपसां सर्वलोकमहेश्वरम्।
सुहृदं सर्वभूतानां ज्ञात्वा मां शान्तिमृच्छति॥ 5.29॥

'श्रीविष्णुसहस्रनाम' में भगवान् विष्णु का 239वाँ नाम 'विश्वभुक' के रूप में उद्धृत है, अर्थात् विश्व की सारी गतिविधियों के एकमात्र भोक्ता। यह सारे जीवों के निमित्तमात्र होने का परिचायक भी है। आपूर्ति-श्रृंखला के इस संरचना में ईश्वर की शीर्ष पर उपस्थिति को एक दृष्टि से हम अरस्तू के दर्शन में भी देख सकते हैं। अरस्तू ने मैटर और फॉर्म की अपनी अवधारणा में बताया है कि प्रत्येक फार्म, अगली श्रेणी में मैटर है। दूसरे शब्दों में खुद को कर्ता (फॉर्म) व्यक्ति तभी तक मानता है, जब तक वह अगली श्रेणी को नहीं देखता है। मैटर, फॉर्म की यह श्रृंखला अंतिम में 'प्योर फॉर्म' तक ही जाती है, जो सबका कारण है, वही ईश्वर है, अंतिम कर्ता, अंतिम कारण, एकमात्र भोक्ता। एकमात्र फॉर्म जो किसी के लिए मैटर नहीं है। गीता के श्लोक संख्या 5.29 और अरस्तू के मैटर और फॉर्म को तुलनात्मक रूप से हम निम्न रेखाचित्र के माध्यम से समझने का प्रयास करते हैं—

रेखाचित्र-32

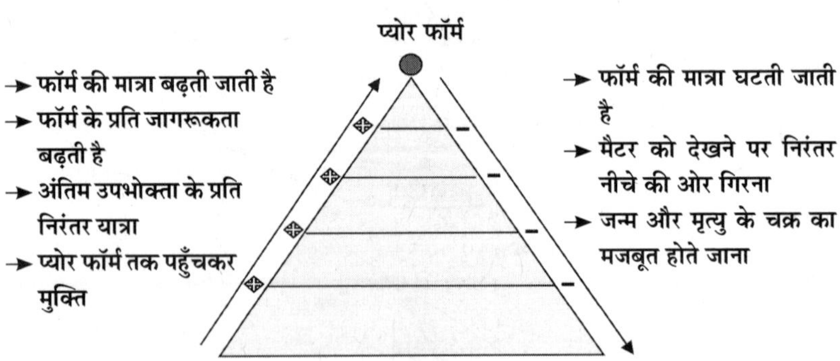

गीता के श्लोक संख्या 5.29 की यज्ञ-श्रृंखला तथा अरस्तू का मैटर और फॉर्म

॥ गीतारथी पञ्चम विश्राम ॐ तत् सत्॥

□

गीतारथी–6

श्रीकृष्ण...तस्याहं न प्रणश्यामि॰

छठे अध्याय का केंद्रीय विषय 'मन' है। पूरे अध्याय में मन की ही भूमिका, इसकी उपयोगिता, इस पर नियंत्रण का तरीका, इसको नियंत्रित करने में आने वाली चुनौतियाँ तथा इसके नियंत्रण से लाभ आदि पर ही भिन्न-भिन्न प्रकार से श्रीकृष्ण की चर्चा और अर्जुन के प्रश्न हैं। पाठकों की सहूलियत के लिए पूरे अध्याय की रूपरेखा स्थूल रूप से नीचे प्रस्तुत की जा रही है, यह छठे अध्याय को 360^0 पर देखने की दृष्टि है—

रेखाचित्र-33

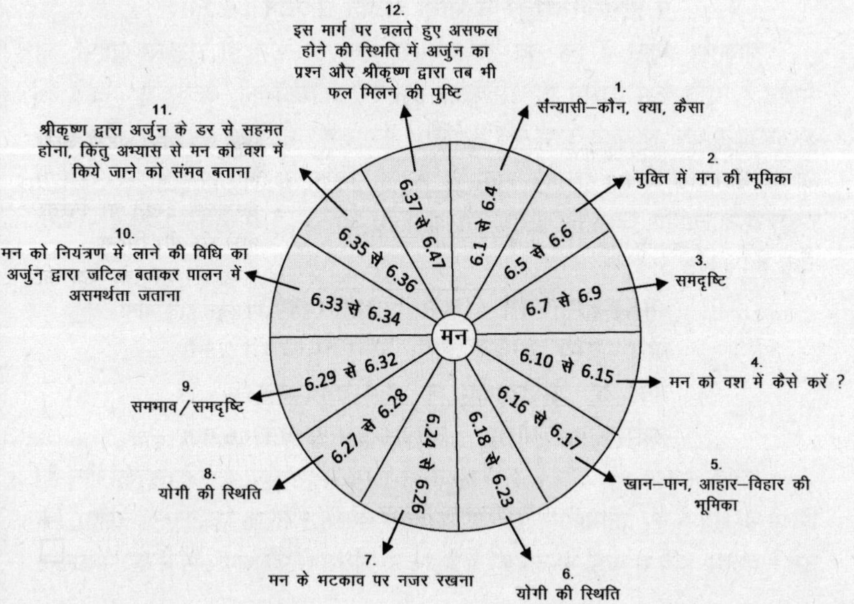

पाठकगण ध्यान दें!

यहाँ पाठकों की सुविधा के लिए छठे अध्याय के विषयों को रेखाचित्र के रूप में संक्षिप्त रूप से प्रस्तुत किया गया है। कमोबेश एक श्लोक से दूसरे की व्याख्या करते समय इसमें विचलन का अनुभव हो सकता है। फिर भी यह रेखाचित्र पूरे छठे अध्याय को समझने में निर्णायक होगा, अत: इस रेखाचित्र को पूरी तरह से मस्तिष्क में बिठाने का प्रयास अवश्य करें। अब हम उपरोक्त रेखाचित्र के आधार पर ही पूरे अध्याय के विश्लेषण का प्रयास करेंगे—

1. संन्यासी : कौन, क्या, कैसा? (श्लोक संख्या 6.1 से 6.4)

श्रीकृष्ण ने कहा कि असली संन्यासी वही है, जो कर्मफल की आसक्ति के बिना कार्य करता रहता है (6.1)—

श्रीभगवानुवाच

अनाश्रित: कर्मफलं कार्यं कर्म करोति य:।
स संन्यासी च योगी च न निरग्निर्न चाक्रिय:॥ 6.1॥

हर कर्म परम-नियोक्ता (भगवान्) के लिए करना ही संन्यास है, अपनी इंद्रियतृप्ति को त्यागना इसमें शामिल है (6.2)—

यं सन्न्यासमिति प्राहुर्योगं तं विद्धि पाण्डव।
न ह्यसंन्यस्तसङ्कल्पो योगी भवति कश्चन॥ 6.2॥

श्रीकृष्ण कहते हैं कि नव-साधकों के लिए तो कर्म ही संन्यास प्राप्ति का साधन है, ऐसा कर्म जिसमें फलासक्ति न हो। ऐसे साधकों को 'आरुरूक्ष' कहते हैं। आरुरूक्ष साधक से बहुत ऊपर की अवस्था 'योगारूढ़' की होती है, उसके लिए कुछ भी करणीय नहीं होता (हालाँकि सामान्य जन की शिक्षा के लिए फिर भी उसे कर्म में प्रवृत्त रहना चाहिए, जैसा कि श्लोक संख्या 3.20 और 3.21 में श्रीकृष्ण पहले भी बता चुके हैं) (6.3 6.4)—

आरुरूक्षोर्मुनेर्योगं कर्म कारणमुच्यते।
योगारूढस्य तस्यैव शम: कारणमुच्यते॥ 6.3॥
यदा हि नेन्द्रियार्थेषु न कर्मस्वनुषज्जते।
सर्वसंकल्पसंन्यासी योगोरूढस्तदोच्यते॥ 6.4॥

श्लोक संख्या 6.3 और 6.4 में बहुत ही गहरा संदेश छुपा है, जो अनुकरणीय है। किसी भी क्षेत्र में नए प्रतिभागियों के लिए श्लोक संख्या 6.3 से यह शिक्षा लेनी चाहिए, कि उसे निष्काम-भाव से कड़ी मेहनत करनी है, किसी वरिष्ठ से प्रशिक्षण लेने में यह भाव होना

चाहिए कि हमें प्राप्त हो रहे निर्देशों का पूर्ण पालन करना है। 'इंटर्नशिप' (Internship) के लिए यह अत्यंत आवश्यक भाव है। 'आंत्रप्रेन्योर' (Entrepreneur) के लिए भी श्लोक संख्या 6.3 के तत्त्वों को आत्मसात करना आवश्यक है।

2. मुक्ति में मन की भूमिका (श्लोक संख्या 6.5 से 6.6)

श्रीकृष्ण कहते हैं कि सफलता के लिए मन की भूमिका निर्णायक है, अतः विभिन्न साधनों को अपनाकर मन को अपना सहायक बनाना होगा। अगर इसे सहायक नहीं बनाया गया तो यह शत्रु बना रहता है (6.5)—

उद्धरेदात्मनात्मानं नात्मानमवसादयेत्।
आत्मैव ह्यात्मनो बन्धुरात्मैव रिपुरात्मनः॥ 6.5॥

मन की सहायता प्राप्त करने के लिए उसे जीतना पड़ता है, जीता जा चुका मन सर्वश्रेष्ठ मित्र बन जाता है, किंतु जो मन को जीत नहीं पाता, उसके लिए यही सबसे बड़ा शत्रु बना रहता है (6.6)—

बन्धुरात्मात्मनस्तस्य येनात्मैवात्मना जितः।
अनात्मनस्तु शत्रुत्वे वर्तेतात्मैव शत्रुवत्॥ 6.6॥

3. समदृष्टि (श्लोक संख्या 6.7 से 6.9)

मन को जीतने पर परम शांति की प्राप्ति हो जाती है। ऐसा व्यक्ति—

(i) सुख-दुःख ,सर्दी-गरमी, मान-अपमान में समभाव रहता है (6.7)।

(ii) कंकड़, पत्थर, सोना को एक समान समझता है (6.8)।

(iii) हितैषी, मित्र, तटस्थ ,मध्यस्थ, ईर्ष्यालु, शत्रु, मित्र, पुण्यात्मा, पापी सबके लिए ही एक समान विचार रखता है (6.9)—

जितात्मनः प्रशान्तस्य परमात्मा समाहितः।
शीतोष्णसुखदुःखेषु तथा मानापमानयोः॥ 6.7॥
ज्ञानविज्ञानतृप्तात्मा कूटस्थो विजितेन्द्रियः।
युक्त इत्युच्यते योगी समलोष्ट्राश्मकाञ्चनः॥ 6.8॥
सुहृन्मित्रार्युदासीनमध्यस्थद्वेष्यबन्धुषु।
साधुष्वपि च पापेषु समबुद्धिर्विशिष्यते॥ 6.9॥

4. मन को वश में कैसे करें? (श्लोक संख्या 6.10 से 6.15)

अर्जुन का झुकाव संन्यास की ओर था, जिसे वह विरक्ति मान रहा था, जिसमें कर्म नहीं करना पड़ता। श्रीकृष्ण ने बताया कि संन्यास में भी कर्म करना होता है और वह कर्म

है मन को साधना, जो बड़ा कठिन है। इस मन को साधने की विधि का वर्णन करते हुए श्रीकृष्ण ने कहा कि—

(i) व्यक्ति को एकांत में निवास करते हुए शरीर, मन, आत्मा...सबकुछ परमेश्वर में लगाते हुए इच्छाओं और संग्रह का भाव त्याग देना चाहिए (6.10)।

(ii) भूमि पर कुश, उसके ऊपर मृगछाला और सबसे ऊपर मुलायम वस्त्र का आसन बनाकर उस पर दृढ़तापूर्वक बैठकर योगाभ्यास करना चाहिए। यह आसन न तो बहुत ऊँचा हो और न ही बहुत नीचा, फिर इसे पवित्र स्थान में होना भी आवश्यक है। इस स्थिति में मन, इंद्रिय, कर्म को वश में करते हुए मन को स्थिर करने का अभ्यास करना चाहिए (6.11 और 6.12)।

(iii) अभ्यास करते समय शरीर, गरदन, सिर को सीधी दिशा में रखते हुए नाक के अगले सिरे पर दृष्टि जमानी होती है। मन को नियंत्रण में लाते हुए उसे पूरी तरह भगवान् में लगाने का प्रयत्न करना चाहिए (6.13 और 6.14)।

(iv) इस प्रकार शरीर, मन, और कर्म से संयम का अभ्यास करते हुए अंतत: व्यक्ति को भगवान/भगवद्धाम की प्राप्ति होती है...मुक्ति मिलती है (6.15)—

योगी युञ्जीत सततमात्मानं रहसि स्थितः।
एकाकी यतचित्तात्मा निराशिरपरिग्रहः॥ 6.10॥
शुचौ देशे प्रतिष्ठाप्य स्थिरमासनमात्मनः।
नात्युच्छ्रितं नातिनीचं चौलाजिनकुशोत्तरम्॥ 6.11॥
तत्रैकाग्रं मनः कृत्वा यतचित्तेन्द्रियक्रिय।
उपविश्यासने युञ्ज्याद्योगमात्मविशुद्धये॥ 6.12॥
समं कायशिरोग्रीवं धारयन्नचलं स्थिरः।
सम्प्रेक्ष्य नासिकाग्रं स्वं दिशश्चानवलोकयन्॥ 6.13॥
प्रशान्तात्मा विगतभीर्ब्रह्मचारिव्रते स्थितः।
मनः संयम्य मच्चित्तो युक्त आसीत मत्परः॥ 6.14॥
युञ्जन्नेवं सदात्मानं योगी नियतमानसः।
शान्तिं निर्वाणपरमां मत्संस्थामधिगच्छति॥ 6.15॥

5. खान-पान, आहार-विहार की भूमिका (श्लोक संख्या 6.16 और 6.17)

श्रीकृष्ण ने कहा कि इस विधि में इतना ही नहीं है, इसमें खाने और सोने पर भी अनुशासन लाना पड़ता है। जो अधिक खाता है या अत्यंत कम खाता है, बहुत अधिक

सोता है या पर्याप्त नहीं सोता, उसके योगी बनने की बिल्कुल ही संभावना नहीं है (6.16)। खाने, सोने, आमोद-प्रमोद तथा काम करने की आदतों में अनुशासन लाकर ही योग्याभ्यास द्वारा भौतिक क्लेशों को नष्ट किया जा सकता है (6.17)—

नात्यश्नतस्तु योगोऽस्ति न चौकान्तमनश्नतः।
न चातिस्वप्नशीलस्य जाग्रतो नैव चार्जुन॥ 6.16॥
युक्ताहारविहारस्य युक्तचेष्टस्य कर्मसु।
युक्तस्वप्नावबोधस्य योगो भवति दुःखहा॥ 6.17॥

श्लोक संख्या 6.16 और 6.17 का सभी लोगों के लिए अत्यंत महत्त्व है, विषेशकर छात्रों के लिए। छात्रों को पढ़ने, घूमने, मनोरंजन, निद्रा आदि सभी में अनुशासन लाते हुए ही लक्ष्य को साधना चाहिए।

6. योगी की स्थिति (श्लोक संख्या 6.18 से 6.23)

आगे के श्लोकों में श्रीकृष्ण बताते हैं कि जिसका मन वश में हो जाता है, ऐसे योगी के क्या लक्षण हैं, उसकी स्थिति क्या होती है—

(i) भौतिक इच्छाओं से रहित होकर आध्यात्मिक चेतना में सुस्थिर हो जाता है। उसका मन उसको भटका नहीं पाता (6.18)।

(ii) हवा से रहित स्थान में जैसे दीपक की लौ हिलती-डुलती नहीं है, बल्कि एकदम स्थिर रहती है, वैसे ही मन के वश में होने पर योगी आत्मतत्त्व के ध्यान से विचलित नहीं होता (6.19)।

(iii) इस स्थिति में आनंद प्राप्ति के लिए वह बाह्य इंद्रियों पर निर्भर नहीं रहता। वह दिव्य-इंद्रियों द्वारा अपने भीतर ही असीम आनंद भोगता है। अविचलित भाव से यह सुख भोगते हुए वह जान जाता है कि इससे बड़ा कोई दूसरा लाभ नहीं है। एक बार इस अवस्था में पहुँचने पर बड़ी-से-बड़ी विपत्तियाँ भी उसे डिगा नहीं पाती हैं। वास्तव में यही दुःखों से वास्तविक मुक्ति की अवस्था है (6.20 से 6.23)—

यदा विनियतं चित्तमात्मन्येवावतिष्ठते।
निस्पृहः सर्वकामेभ्यो युक्त इत्युच्यते तदा॥ 6.18॥
यथा दीपो निवातस्थो नेङ्गते सोपमा स्मृता।
योगिनो यतचित्तस्य युञ्जतो योगमात्मनः॥ 6.19॥
यत्रोपरमते चित्तं निरुद्धं योगसेवया।
यत्र चैवात्मनात्मानं पश्यन्नात्मनि तुष्यति॥ 6.20॥

सुखमात्यन्तिकं यत्तद्बुद्धिग्राह्यमतीन्द्रियम्।
वेत्ति यत्र न चैवायं स्थितश्चलति तत्त्वतः ॥ 6.21 ॥
यं लब्ध्वा चापरं लाभं मन्यते नाधिकं ततः।
यस्मिन्स्थितो न दुःखेन गुरुणापि विचाल्यते ॥ 6.22 ॥
तं विद्याद्दुःखसंयोगवियोगं योगसंज्ञितम् ॥ 6.23 ॥

7. मन के भटकाव पर नजर रखना (श्लोक संख्या 6.24 से 6.26)

श्रीकृष्ण कहते हैं कि संकल्प का आश्रय लेकर व्यक्ति को ऐसे योगाभ्यास में लगना चाहिए। मन से इच्छाओं को त्याग देना चाहिए और ऐसे अभ्यास से विचलित नहीं होना चाहिए। मन के द्वारा सभी इंद्रियों को वश में करना चाहिए (6.24)—

स निश्चयेन योक्तव्यो योगोऽनिर्विण्णचेतसा।
सङ्कल्पप्रभवान्कामांस्त्यक्त्वा सर्वानशेषतः।
मनसैवेन्द्रियग्रामं विनियम्य समन्ततः ॥ 6.24 ॥

इस प्रकिया में ध्यान रखना चाहिए कि जल्दबाजी न हो। धीरे-धीरे संकल्प के सहारे मन को आत्मकेंद्रित करते हुए अन्य कुछ भी नहीं सोचना चाहिए (6.25)—

शनैः शनैरुपरमेद्बुद्ध्या धृतिगृहीतया।
आत्मसंस्थं मनः कृत्वा न किञ्चिदपि चिन्तयेत् ॥ 6.25 ॥

श्रीकृष्ण बताते हैं कि इस प्रकार के अभ्यास में मन अपनी चंचलता और अस्थिरता के कारण बार-बार लक्ष्य से भटकता है। ऐसे में चिंता न करें, बल्कि उस विषय से मन को खींचकर वापस लाएँ और फिर से अभ्यास में लगाएँ (6.26)—

यतो यतो निश्चलति मनश्चञ्चलमस्थिरम्।
ततस्ततो नियम्यैतदात्मन्येव वशं नयेत् ॥ 6.26 ॥

पाठकगण ध्यान दें!

श्लोक संख्या 6.24, 6.25 और 6.26 की किसी भी क्षेत्र में सफलता की प्राप्ति में अत्यंत उपयोगिता है। किसी भी कार्य में मन लगाना अत्यंत आवश्यक है। मन का गुण चंचलता है, किंतु श्रीकृष्ण कहते हैं कि चिंता करने की बात नहीं है, भटके हुए मन को पुनः लक्ष्य में लगाओ, मन को इसकी आदत डालो।

माता-पिता को बच्चों की परवरिश में इसका ध्यान रखना चाहिए और उसका पढ़ाई में मन लगाने का अभ्यास करवाना चाहिए। किसी कक्षा में कम अंक आने पर बच्चों को कोसना या अन्य किसी से तुलना की जगह पढ़ाई में मन लगाने की प्रेरणा का रास्ता चुनना चाहिए। किसी अन्य क्षेत्र में कार्यरत लोगों के लिए भी ये तीनों श्लोक समान संदेश

ही देते हैं। असफलता से डरिए मत, अपितु मन को निरंतर अभ्यास दीजिए कि उसे सफल होना है, वह निश्चित ही सफल हो जाएगा।

8. योगी की स्थिति (श्लोक संख्या 6.27 से 6.28)

श्रीकृष्ण कहते हैं कि योगाभ्यास द्वारा जो योगी अपने मन को भगवान् में लगा लेता है, वह रजोगुणी स्वभाव को पार कर भगवान् के साथ अपनी गुणात्मक समता को समझ जाता है और इसके साथ ही वह पूर्व के पाप कर्मों से मुक्त हो जाता है (6.27)—

प्रशान्तमनसं ह्येनं योगिनं सुखमुत्तमम्।
उपैति शान्तरजसं ब्रह्मभूतमकल्मषम्॥ 6.27॥

इस प्रकार योगयुक्त होकर वह परमसुख का आनंद लेता है (6.28)—

युञ्जन्नेवं सदात्मानं योगी विगतकल्मषः।
सुखेन ब्रह्मसंस्पर्शमत्यन्तं सुखमश्नुते॥ 6.28॥

9. समभाव/समदृष्टि (श्लोक संख्या 6.29 से 6.32)

श्रीकृष्ण ने आगे कहा कि जिस योगी ने मन को पूरी तरह से भगवान् में लगा दिया है, उसे सभी जीवों में भगवान् के और भगवान् में सब जीवों के दर्शन होने लगते हैं। वास्तव में वह सब जगह ही भगवान् को देखने लगता है (6.29)। जिसने यह स्थिति प्राप्त कर ली है, वह न तो कभी भगवान् के लिए अदृश्य होता है और न ही उसके लिए कभी भगवान् अदृश्य होते हैं (6.30)—

सर्वभूतस्थमात्मानं सर्वभूतानि चात्मनि।
ईक्षते योगयुक्तात्मा सर्वत्र समदर्शनः॥ 6.29॥
यो मां पश्यति सर्वत्र सर्वं च मयि पश्यति।
तस्याहं न प्रणश्यामि स च मे न प्रणश्यति॥ 6.30॥

इसी बात को रामचरितमानस के उस प्रसंग में भी प्रस्तुत किया गया है, जब भगवान् से अवतार लेने की प्रार्थना करने के लिए सारे देवता विचार करने लगे कि वे इस समय कहाँ होंगे, जहाँ हों, वहीं चलकर प्रार्थना की जाए। देवताओं को समझाते हुए शंकरजी ने बताया कि भगवान् तो हर जगह, हर काल, हर दिशा में सदैव समान रूप से उपस्थित रहते हैं—

हरि ब्यापक सर्बत्र समाना। प्रेम तें प्रगट होहिं मैं जाना॥
देस काल दिसि बिदिसिहु माहीं। कहहु सो कहाँ जहाँ प्रभु नाहीं॥

—रामचरितमानस, 1.184.3

श्रीकृष्ण यहाँ चेतना के एक अलग स्तर की बात बता रहे हैं। यहाँ इस बात का संदेश छिपा है कि लक्ष्य क्या है और यह कब तथा कैसे प्राप्त होता है? लक्ष्य वास्तव में वह है, जिसमें हमारी चेतना ने स्थायी डेरा डाल दिया है और जब हर समय उस लक्ष्य के बारे में ही सोच बनी रहे, उसकी याद आती रहे, किसी भी काम को करते समय घूम-फिरकर लक्ष्य या उससे जुड़ी बातों का दर्शन/अनुभव होने लगे तो समझना चाहिए कि सफलता बहुत करीब है। सफलता वास्तव में लक्ष्य और मानव-चेतना में भिन्नता समाप्त हो जाने पर ही मिलती है। श्लोक संख्या 6.29 और 6.30 की चेतना महात्त्वाकांक्षी लोगों के लिए 'गाइड' की भाँति है और कसौटी की भाँति भी। सफल होने की चेतना ही सफलता दिलाती है।

जो प्रत्येक प्राणी में भगवान् को देखने लगता है, वह मानो सदैव भगवान् में ही निवास करने लगता है (6.31) और वह पूर्णयोगी है, क्योंकि वह सबके सुखों-दुःखों को, अपने सुख-दुःख की भाँति अनुभव करने लगता है (6.32)—

सर्वभूतस्थितं यो मां भजत्येकत्वमास्थितः।
सर्वथा वर्तमानोऽपि स योगी मयि वर्तते॥ 6.31॥
आत्मौपम्येन सर्वत्र समं पश्यति योऽर्जुन।
सुखं वा यदि वा दुःखं स योगी परमो मतः॥ 6.32॥

10. मन को नियंत्रण में लाने की विधि को अर्जुन द्वारा जटिल बताकर पालन में असमर्थता जताना (श्लोक संख्या 6.33 और 6.34)

अर्जुन युद्ध से हटना चाह रहा था। वह शुष्क-संन्यास के मार्ग पर जाना चाहता था। श्रीकृष्ण ने पहले तो उसे संन्यास का सही अर्थ समझाया। अर्जुन संन्यास को कर्म-त्याग समझने की भूल कर रहा था, श्रीकृष्ण ने बताया कि संन्यास में भी कर्म करना पड़ता है। पुनः फल त्याग की इच्छा से किया गया कोई भी कर्म संन्यास है।

जिस प्रकार के संन्यास पर अर्जुन ने श्लोक संख्या 3.1 और श्लोक संख्या 5.1 में बल दिया था, उसमें की जाने वाली साधना को ही श्रीकृष्ण ने अब तक छठे अध्याय में बताया है। इसकी विधियाँ सुनकर अर्जुन को घबराहट हो गई। उसने श्रीकृष्ण से कहा कि आपने जिस योगपद्धति के बारे में बताया है, वह पालन करना तो मेरे लिए अव्यावहारिक है, क्योंकि मन चंचल है (6.33)। आप बार-बार मन को वश में करने की बात कर रहे हैं, किंतु यह तो प्रचंड वायु को वश में करने से ज्यादा कठिन है, क्योंकि मन चंचल होने के साथ ही उच्छृंखल, हठीला और अत्यंत बलवान है (6.34)—

अर्जुन उवाच

योऽयं योगस्त्वया प्रोक्तः साम्येन मधुसूदन।
एतस्याहं न पश्यामि चञ्चलत्वात्स्थितिं स्थिराम्॥ 6.33॥
चञ्चलं हि मनः कृष्ण प्रमाथि बलवद्दृढम्।
तस्याहं निग्रहं मन्ये वायोरिव सुदुष्करम्॥ 6.34॥

11. श्रीकृष्ण द्वारा अर्जुन के डर से सहमत होना, किंतु अभ्यास से इस मन को वश में किए जाने को संभव बताना (श्लोक संख्या 6.35 और 6.36)

श्रीकृष्ण ने अर्जुन की आशंकाओं के समाधान के क्रम में कहा कि यह बिल्कुल ठीक बात है कि चंचल मन को वश में करना अत्यंत कठिन है, किंतु असंभव नहीं है। अभ्यास और विरक्ति द्वारा इसे वश में किया जा सकता है (6.35)—

श्रीभगवानुवाच

असंशयं महाबाहो मनो दुर्निग्रहं चलम्।
अभ्यासेन तु कौन्तेय वैराग्येण च गृह्यते॥ 6.35॥

मन के वश में नहीं होने पर सफलता की प्राप्ति कठिन है। जो संयमित मन से समुचित उपाय करता है, वही सफलता पाता है। ऐसा श्रीकृष्ण का मत है (6.36)—

असंयतात्मना योगो दुष्प्राप इति मे मतिः।
वश्यात्मना तु यतता शक्योऽवाप्तुमुपायतः॥ 6.36॥

पाठकगण ध्यान दें!

श्लोक संख्या 6.35 और 6.36 पर गहराई से विचार की जरूरत है। किसी भी सफलता को प्राप्त करने के लिए मन को वश में करना अनिवार्य है, वैकल्पिक नहीं। सामान्यत: यही देखने में आता है कि हमें उतनी ही मात्रा में सफलता मिलती है, जितनी मात्रा में उस लक्ष्य के अनुरूप हम मन को वश में किए रहते हैं। इसी संदर्भ में कहा जाता है कि 'मन के मालिक बनिए'।

12. इस मार्ग पर चलते हुए असफल होने की स्थिति में अर्जुन का प्रश्न और श्रीकृष्ण द्वारा तब भी फल मिलने की पुष्टि (श्लोक संख्या 6.37 से 6.47 तक)

अर्जुन को यहाँ तक काफी कुछ समझ आ चुका था। उसने और स्पष्टता चाही। वह इस मार्ग पर न्यूनतम प्रयास का फल जानना चाहता था, क्योंकि मन की स्थिति को देखते हुए पूर्णता प्राप्त कर लेने में उसे संशय था। उसने पूछा कि अगर कोई योगी इस

मार्ग पर चलने का प्रयास करे, लेकिन वह पूरी सफलता न पा सके या अभ्यास के बीच में ही उसकी तपस्या भ्रष्ट हो जाए तो क्या होगा? क्या अपूर्ण तपस्या का कोई फल होता है? (6.37, 6.38, 6.39)—

अर्जुन उवाच

अयतिः श्रद्धयोपेतो योगाच्चलितमानसः।
अप्राप्य योगसंसिद्धिं कां गतिं कृष्ण गच्छति॥ 6.37॥
कच्चिन्नोभयविभ्रष्टश्छिन्नाभ्रमिव नश्यति।
अप्रतिष्ठो महाबाहो विमूढो ब्रह्मणः पथि॥ 6.38॥
एतन्मे संशयं कृष्ण छेत्तुमर्हस्यशेषतः।
त्वदन्यः संशयस्यास्य छेत्ता न ह्युपपद्यते॥ 6.39॥

श्रीकृष्ण ने कहा कि तप/साधना के अपूर्ण रहने पर भी उसके फल का नाश नहीं होता (6.40)—

श्रीभगवानुवाच

पार्थ नैवेह नामुत्र विनाशस्तस्य विद्यते।
न हि कल्याणकृत्कश्चिद्दुर्गतिं तात गच्छति॥ 6.40॥

ऐसा असफल योगी पहले उच्चतर लोकों को जाता है। बहुत वर्षों तक वहाँ भोग का आनंद उठाकर पुनः जब धरती पर जन्म लेता है तो सदाचारी धनवान पुरुषों के यहाँ आता है (6.41)—

प्राप्य पुण्यकृतां लोकानुषित्वा शाश्वतीः समाः।
शुचीनां श्रीमतां गेहे योगभ्रष्टोऽभिजायते॥ 6.41॥

प्रसंगवश श्लोक संख्या 6.41 में उस दार्शनिक समस्या का समाधान भी दिखता है कि एक ही समय पर दो बच्चे, एक फुटपाथ पर और एक अमीरी में, क्यों पैदा होते हैं? विज्ञान अभी तक इस प्रश्न का जवाब देने में स्वयं को सहज नहीं पाता है।

श्रीकृष्ण आगे के श्लोक में भी ऐसे असफल योगी की गति बताते हुए कहते हैं कि ऐसे ही लोगों का जन्म किसी बड़े योगी कुल में भी हो जाता है (6.42)—

अथवा योगिनामेव कुले भवति धीमताम्।
एतद्धि दुर्लभतरं लोके जन्म यदीदृशम्॥ 6.42॥

सिर्फ जन्म लेना ही काफी नहीं है। ऐसा जन्म पाकर वह पूर्व जन्म के अपूर्ण तपस्या की चेतना को पुनः प्राप्त कर लेता है और अपूर्ण बिंदु से आगे उन्नति का प्रयास करता है (6.43)—

तत्र तं बुद्धिसंयोगं लभते पौर्वदेहिकम्।
यतते च ततो भूयः संसिद्धौ कुरुनन्दन॥ 6.43॥

गीता (6.43) और प्लेटो

श्लोक संख्या 6.43 की यह धारणा प्लेटो के ज्ञान के अनुस्मरण-सिद्धांत (Recollection Theory of Knowledge) में भी देखी जा सकती है। इस सिद्धांत में प्लेटो कहते हैं कि ज्ञान अलग से उत्पन्न नहीं होता, अपितु हम समय-समय पर विभिन्न परिस्थितियों और अनुभवों के कारण पूर्व से हमारे भीतर उपस्थित ज्ञान की चेतना से बस जुड़ते रहते हैं।

रामचरितमानस में भी इस प्रकार का दृष्टांत उपस्थित है। काकभुशुंडिजी ने गरुड़जी से अपने पूर्व जन्म का वृत्तांत सुनाते हुए बताया कि एक जन्म में भगवान् शिव ने उन्हें हजार जन्मों तक सर्प होने का शाप दे दिया था। पुनः प्रार्थना से प्रसन्न होने पर शिव ने उन्हें यह वरदान भी दिया कि किसी भी जन्म में तुम्हारा ज्ञान अक्षुण्ण रहेगा—

कवनेउँ जन्म मिटिहि नहिं ग्याना।

—रामचरितमानस, 7.108.4

श्रीमद्भागवतमहापुराण में भी 'जड़भरत की कथा' में पूर्व जन्म की स्मृति के अक्षुण्ण रहने की बात आई है। महाराज भरत तपस्वी थे, किंतु एक मृग के बच्चे में उनको ऐसा मोह हुआ कि मृत्यु के समय उन्हें उसी मृग के बच्चे की याद आई और ऐसे में उनका अगला जन्म मृग का ही हुआ, फिर मृग के शरीर में भी उनका ज्ञान पूर्ववत् ही बना रहा—

न मृतजन्मानुस्मृतिरितरवन्मृगशरीरमवाप॥

—श्रीमद्भागवतमहापुराण, 5.8.27

पाश्चात्य दर्शन की 'बुद्धिवाद' शाखा में भी ज्ञान को बुद्धि में सदैव उपस्थित माना गया है, यह बाहर उत्पन्न नहीं होता है।

□

श्रीकृष्ण कहते हैं कि अपूर्ण तप में व्याप्त चेतना इतनी ताकतवर होती है कि अपूर्ण तप किया हुआ व्यक्ति न चाहते हुए भी योग के नियमों, अध्यात्म की ओर खिंचा चला जाता है (6.44)—

पूर्वाभ्यासेन तेनैव ह्रियते ह्यवशोऽपि सः।
जिज्ञासुरपि योगस्य शब्दब्रह्मातिवर्तते॥ 6.44॥

अपूर्ण तप में व्याप्त यह चेतना अमोघ भी होती है। वह जन्मों-जन्मों तक तप से भ्रष्ट योगी का पीछा करती रहती है, उसकी चेतना से जुड़ती रहती है और अंततः वह

अपूर्ण-तप वाला योगी पूर्णता को प्राप्त कर परम गंतव्य को पा ही लेता है (6.45)—

प्रयत्नाद्यतमानस्तु योगी संशुद्धकिल्बिषः।
अनेकजन्मसंसिद्धस्ततो याति परां गतिम्॥ 6.45॥

श्लोक संख्या 6.37 से 6.45 तक की स्थिति को समझने के लिए हम निम्न रेखाचित्र पर दृष्टिपात करते हैं—

रेखाचित्र-34

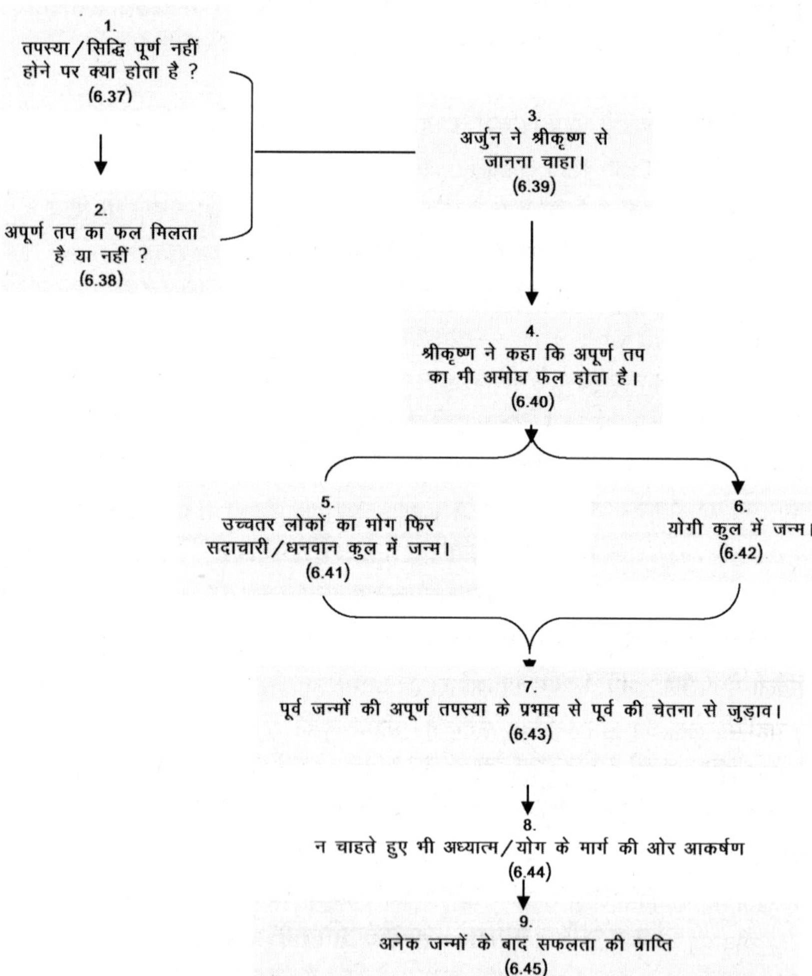

श्लोक संख्या 6.37 से 6.45 की स्थिति

गीता (6.37 से 6.45) और आम जीवन में इसका अनुभव

आम जीवन का अनुभव है कि हमारी आने वाली स्मृति पीछे की बीती हुई स्मृति से जुड़ी होती है, उस पर आधारित होती है। आज की स्मृति का आधार बीते कल की स्मृति या बीते वर्ष की स्मृति हो सकती है। नया सॉफ्टवेयर पिछले सॉफ्टवेयर की अगली अवस्था होती है, सिर्फ अपडेटेड वर्जन होती है। किसी क्षेत्र में पहले असफल रहा व्यक्ति बाद में उसी क्षेत्र में किसी अन्य रूप में सफलतापूर्वक काम करता हुआ देखा जाता है। यह पूर्व के अपूर्ण प्रयास/तपस्या की चेतना के लगातार अग्रसारित (Carry Forword) होने जैसा ही है। इस प्रक्रिया को हम निम्न रेखाचित्र में देखने का प्रयास करेंगे—

रेखाचित्र-35

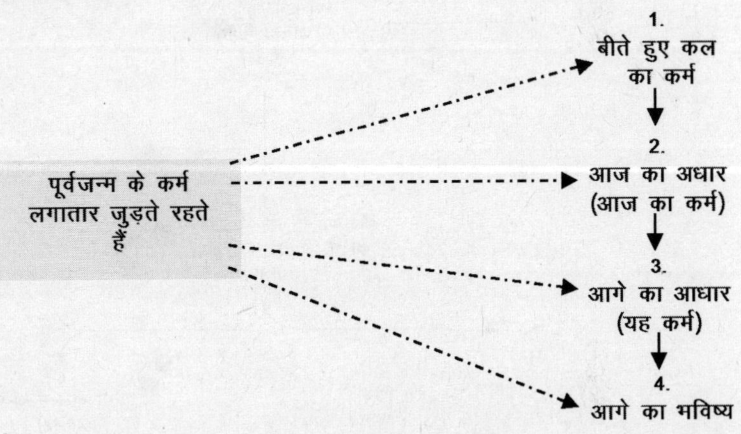

अतः जीवन को पूर्णता में देखा जाए, गीता (6.37 से 6.45) मानव सभ्यता को यही सीख देती है। क्योंकि कोई भी सफलता कर्म की शृंखलाओं का परिणाम है, इस शृंखला में पिछले जन्मों के कर्म भी शामिल हैं। असफलता के संबंध में भी यही व्याख्या है, यह सफलता की ओर निश्चित कदम है। सीमित दृष्टि से दिखने वाली असफलता, व्यापक दृष्टि से सफलता हेतु एक कदम है। मनुष्य सफल होने के लिए अभिशप्त है। सच्चा प्रयास कभी व्यर्थ नहीं होता, उसका परिणाम निश्चित ही प्राप्त होता है। निराशा, घबराहट का त्याग कर प्रयास में लगे रहें, क्योंकि कोई भी क्षण पूरा फल ला सकता है, यह गीता का कानून है।

श्रीकृष्ण कहते हैं कि कर्मयोगी बनना ही श्रेष्ठ है, अर्थात् निष्काम-भाव से नियोक्ता के लिए कार्य करना। कर्मयोगी वास्तव में तपस्वी, ज्ञानी और सकाम कर्मी सबसे बड़ा होता है (6.46)—

तपस्विभ्योऽधिको योगी ज्ञानिभ्योऽपि मतोऽधिकः।
कर्मिभ्यश्चाधिको योगी तस्माद्योगी भवार्जुन॥ 6.46॥

श्रीकृष्ण ने बताया कि भगवान् को पूर्ण रूप से समर्पित होकर उन्हीं के विषय में सोचने वाला और उन्हीं के लिए निर्धारित कर्म करने वाला योगी ही समस्त योगियों में श्रेष्ठ है (6.47)—

योगिनामपि सर्वेषां मद्गतेनान्तरात्मना।
श्रद्धावान्भजते यो मां स मे युक्ततमो मतः॥ 6.47॥

॥ गीतारथी षष्ठ विश्राम ॐ तत् सत्॥

□

गीतारथी–7

श्रीकृष्ण...वासुदेवः सर्वम्

पिछले अध्याय के श्लोक संख्या 6.33 और 6.34 में अर्जुन ने श्रीकृष्ण द्वारा बताई गई योग–पद्धति का पालन स्वयं के लिए अव्यावहारिक बताया था। अतः इस अध्याय के आरंभ में ही इस समस्या का समाधान करने के क्रम में श्रीकृष्ण ने अर्जुन से कहा कि अब मैं तुम्हें ऐसी व्यावहारिक विधि बताऊँगा, जिससे तुम आसानी से मुझ भगवान् की चेतना से जुड़ जाओगे (7.1)। इस विधि को जान लेने पर तुम्हें योगयुक्त होने के लिए किसी अन्य विधि की आवश्यकता नहीं रहेगी (7.2)—

श्रीभगवानुवाच

मय्यासक्तमनाः पार्थ योगं युञ्जन्मदाश्रयः।
असंशयं समग्रं मां यथा ज्ञास्यसि तच्छृणु॥ 7.1॥
ज्ञानं तेऽहं सविज्ञानमिदं वक्ष्याम्यशेषतः।
यज्ज्ञात्वा नेह भूयोऽन्यज्ज्ञातव्यमवशिष्यते॥ 7.2॥

श्रीकृष्ण ने कहा कि योग के लिए हजारों मनुष्यों में कोई एक प्रयासरत होता है, इनमें से कुछेक लोगों को सिद्धि मिलती है और उन सिद्धों में से विरला ही कोई मुझे वास्तव में जान पाता है (7.3) —

मनुष्याणां सहस्रेषु कश्चिद्यतति सिद्धये।
यततामपि सिद्धानां कश्चिन्मां वेत्ति तत्त्वतः॥ 7.3॥

गीता (7.3) और डार्विन

गीता के श्लोक संख्या 7.3 और 'डार्विन के योग्यतम की उत्तरजीविता' (Survival of the Fittest) में नजदीकी दिखाई देती है। डार्विन का मत है कि सृष्टि के विकास के क्रम में हजारों, लाखों जीवों में से कुछ ही प्रकृति के अनुकूल स्वयं को ढालकर अर्थात्

प्रकृति से योग स्थापित कर आगे विकास कर पाते हैं। दैनिक जीवन में भी हम यही देखते हैं कि प्रयासरत बहुत सारे लोगों में से कुछ ही सफल हो पाते हैं। इन सभी प्रक्रियाओं में महत्त्वपूर्ण चीज है 'अनुकूलन' बनाना...श्लोक संख्या 7.3 में श्रीकृष्ण, भगवान् से युक्त होकर अनुकूलन बनाने की बात कहते हैं, जबकि डार्विन प्रकृति से जुड़कर अनुकूलन की व्याख्या करते हैं। संसार में लोगों को लक्ष्य की आवश्यकताओं के अनुकूल बनकर ही सफल होते देखा जाता है। इस अनुकूलन में पीछे रहने वाले ही एक तरह से अलग-अलग क्षेत्रों में असफल योगी, विलुप्त-जीव (Extinct Species), असफल लोगों (Loosers) के रूप में जाने जाते हैं।

□

रामचरितमानस में भी साधक और सिद्ध (प्रयासरत और सफल) लोगों के अनुपात के अत्यंत कम होने की बात स्वीकार की गई है। एक प्रसंग में माता पार्वतीजी भगवान् शिव के समक्ष ऐसे ही विचार व्यक्त करते हुए कहती हैं कि हजारों, लाखों की संख्या में अनेक कोटि के भक्त होते हैं, किंतु इनमें सबसे दुर्लभ है वास्तविक रामभक्त—

नर सहस्र महँ सुनहु पुरारी। कोउ एक होइ धर्म ब्रतधारी॥
धर्मसील कोटिक महँ कोई। बिषय बिमुख बिराग रत होई॥
कोटि बिरक्त मध्य श्रुति कहई। सम्यक ग्यान सकृत कोउ लहई॥
ग्यानवंत कोटिक महँ कोऊ। जीवनमुक्त सकृत जग सोऊ॥
तिन्ह सहस्र महुँ सब सुख खानी। दुर्लभ ब्रह्मलीन बिग्यानी॥
धर्मसील बिरक्त अरु ग्यानी। जीवनमुक्त ब्रह्मपर प्रानी॥
सब ते सो दुर्लभ सुरराया। राम भगति रत गत मद माया॥

—रामचरितमानस, 7.53.1-4

अत: श्रीकृष्ण अर्जुन के समक्ष एक अत्यंत व्यावहारिक विधि का उपदेश करते हैं, जिससे आसानी से सारे लौकिक-अलौकिक कार्य को करते हुए योगयुक्त रहा जा सके, भगवान् से सदैव ही जुड़ा रहा जा सके तथा भगवान् के साथ जीव अपना अनुकूलन बना सके। अब तक के पूर्व के अध्यायों में श्रीकृष्ण ने मानसिक अवधारणाओं (विभिन्न वादों, सिद्धांतों, मान्यताओं, विधियों, निषेधों आदि) के माध्यम से अर्जुन को योगयुक्त-कर्म करने, भगवान्, संसार आदि के विषय में बताया था। अब यहाँ से श्रीकृष्ण ने भौतिक धारणाओं (Physics) के आधार पर भी अर्जुन को भगवान् का स्वरूप समझाना आरंभ किया।

पाठकगण ध्यान दें!

इन विभागों पर ध्यान देने से पाठक जल्द ही कृष्णमय/राममय/भगवानमय हो जाता है। भौतिक विज्ञान (Physics) चूँकि हमारे अनुभव में आसानी से आता है, अत: हम भी

भगवान् को हर जगह देखने की वास्तविक स्थिति में आ जाते हैं। योगयुक्त कर्म करने की विधा क्या है, आगे श्रीकृष्ण मानो प्रयोगशाला में इसे प्रयोग करके दिखा रहे हों। कर्मयोगी कैसे बना जा सकता है, पाठकों को इसे यहाँ ध्यान से समझना चाहिए तथा आत्मसात् करने का भी प्रयास करना चाहिए, ताकि वे भी योगयुक्त कर्म कर सकें।

श्रीकृष्ण ने कहा कि पृथ्वी, जल, अग्नि, वायु, आकाश, मन, बुद्धि, अहंकार...सब मैं ही हूँ, ये आठों मेरी शक्तियाँ हैं (7.4)। इन आठों के अतिरिक्त मेरी ही एक अन्य शक्ति के रूप में 'जीव' हैं, जो इन आठों का भोग करते हैं (7.5) अर्थात् मैं ही वस्तु हूँ और मैं ही जीवों के रूप में उनका भोक्ता भी (7.5)—

भूमिरापोऽनलो वायुः खं मनो बुद्धिरेव च।
अहङ्कार इतीयं मे भिन्ना प्रकृतिरष्टधा॥ 7.4॥
अपरेयमितस्त्वन्यां प्रकृतिं विद्धि मे पराम्।
जीवभूतां महाबाहो ययेदं धार्यते जगत्॥ 7.5॥

श्लोक संख्या 7.4 और 7.5 के तत्त्वों के संयोग का ही परिणाम यह संपूर्ण जगत् है, इस संसार में जो कुछ भी है, जो हो रहा है, जो भी होगा, उसे उत्पन्न करने वाला और नष्ट करने वाला मैं ही हूँ (7.6)। इस सृष्टि में कोई भी चीज मुझसे बाहर नहीं है, अतः सबकुछ मेरे ही लिए निमित्त भाव से करो और इस प्रकार तुम मुझसे योगयुक्त रहो (7.7)—

एतद्योनीनि भूतानि सर्वाणीत्युपधारय।
अहं कृत्स्नस्य जगतः प्रभवः प्रलयस्तथा॥ 7.6॥
मत्तः परतरं नान्यत्किञ्चिदस्ति धनञ्जय।
मयि सर्वमिदं प्रोतं सूत्रे मणिगणा इव॥ 7.7॥

सृष्टि की संपूर्णता में भगवान् ही हैं, यह बताने के बाद और आसानी से ईश्वर से जुड़ा जा सके, इसके लिए श्रीकृष्ण टुकड़ों में भी आगे अपना परिचय देते हैं।

श्रीकृष्ण कहते हैं कि जल का स्वाद मैं हूँ, अतः जल पीते समय मुझे याद करके मुझसे जुड़ो। सूर्य और चंद्रमा का प्रकाश भी मैं हूँ, अतः धूप और चाँदनी में मेरा अनुभव करो। मंत्रों में 'ॐ' के रूप में मुझे ही सुनो, आकाश में व्याप्त ध्वनि मैं ही हूँ, इसलिए ध्वनि में भी मुझे ही महसूस करो। मनुष्य की सामर्थ्य, किसी भी क्षेत्र में हो, वह मैं ही तो हूँ (7.8)—

रसोऽहमप्सु कौन्तेय प्रभास्मि शशिसूर्ययोः।
प्रणवः सर्ववेदेषु शब्दः खे पौरुषं नृषु॥ 7.8॥

'पौरुषं नृषु' (7.8) पद की व्याख्या के लिए हम रामचरितमानस का एक प्रसंग

लेते हैं, जिसमें हनुमानजी को रावण के बल में भी श्रीराम के बल का ही दर्शन होता है। उन्होंने रावण से कहा कि जिस बल से तुम विजेता बने हुए हो, वह श्रीराम का ही तो है—

जाके बल लवलेस तें जितेहु चराचर झारि।

—*रामचरितमानस, 5.21*

श्रीकृष्ण अर्जुन को उसी मार्ग पर ले जा रहे हैं। यहाँ पाठकों के लिए दूसरे शब्दों में यही संदेश है कि रावण में श्रीराम और कंस में श्रीकृष्ण को ढूँढ़ लेने की अवस्था ही 'योग' है।

श्रीकृष्ण ने आगे बताया कि जिस भूमि पर खड़े हो, वह धरती मैं ही हूँ, उस धरती में एक गंध है, वह भी मैं ही हूँ। ठंडी में आग सेंकते हुए या आग पर भोजन बनाते हुए यह याद रखो कि उस आग के साथ-साथ उसकी ऊष्मा भी मैं ही हूँ। जीवों का जीवन मैं हूँ और तपस्वियों का तप भी मैं ही हूँ (7.9)—

पुण्यो गन्धः पृथिव्यां च तेजश्चास्मि विभावसौ।
जीवनं सर्वभूतेषु तपश्चास्मि तपस्विषु॥ 7.9॥

श्रीकृष्ण की बात कि 'जीवनं सर्वभूतेषु' (7.9) अत्यंत महत्त्वपूर्ण है। चूँकि जीवन...चाहे वह किसी भी प्राणी का हो...भगवान् का ही रूप है, अतः श्रीकृष्ण का यह विचार जीव-हत्या (मांसाहार) को हतोत्साहित करता है और प्रकारांतर से मांसाहार को परमात्मा पर किया गया प्रहार भी सिद्ध करता है।

अर्जुन को आगे समझाते हुए श्रीकृष्ण कहते हैं कि सारे जीवों की उत्पत्ति के लिए मूल-बीज मैं ही हूँ, बुद्धिमानों की बुद्धि और तेजस्वियों का तेज मैं हूँ (7.10)। बलवानों का बल मैं हूँ और काम भी मैं ही हूँ (7.10, 7.11)—

बीजं मां सर्वभूतानां विद्धि पार्थ सनातनम्।
बुद्धिर्बुद्धिमतामस्मि तेजस्तेजस्विनामहम्॥ 7.10॥
बलं बलवतां चाहं कामरागविवर्जितम्।
धर्माविरुद्धो भूतेषु कामोऽस्मि भरतर्षभ॥ 7.11॥

श्लोक संख्या 7.4 से 7.11 तक श्रीकृष्ण ने अपने को संसार में भौतिक-वस्तुओं के रूप में बताया है। पाठक यह जान लें कि योग का अर्थ सदैव भगवान् की चेतना से युक्त रहना है। इसके लिए किसी पृथक् साधन की आवश्यकता नहीं है, क्योंकि वे सारे साधन भगवान् की चेतना से युक्त होने का अभ्यास ही तो करवाते हैं। ऐसे साधनों की जगह श्रीकृष्ण ने दैनिक जीवन की गतिविधियों में शामिल रहते हुए ईश्वर की चेतना से युक्त रहने की कला गीता में बताई है। योगयुक्त होने के लिए श्लोक संख्या 7.4 से 7.11 तक में श्रीकृष्ण द्वारा बताई गई बातों को हम निम्न रेखाचित्र से देखने का प्रयास करते हैं—

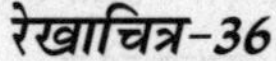

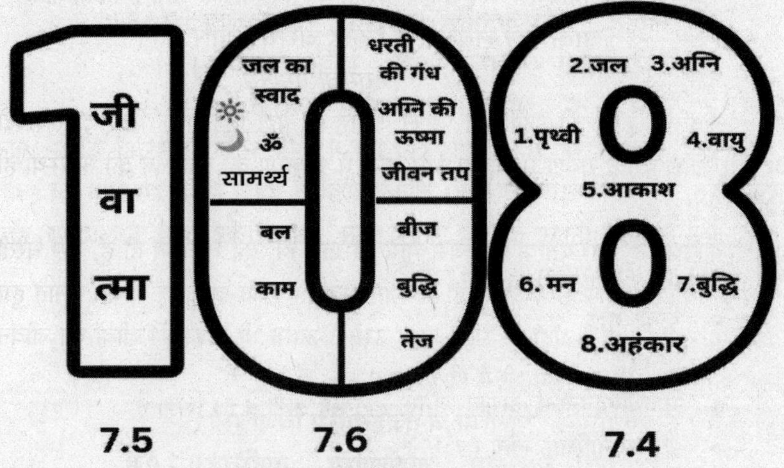

पवित्र संख्या 108 के भीतर श्लोक संख्या 7.4 से 7.11 तक देखने का प्रयास

पाठकगण ध्यान दें!

विचार करने योग्य तथ्य है कि योग को आज विश्व में पहचान मिली है, विश्व योग दिवस (World Yoga Day) के रूप में तो यह गीता की व्यापकता को ही दिखाता है। विश्व पृथ्वी दिवस (World Earth Day), ओजोन दिवस (Ozone Day), पर्यावरण दिवस आदि को मनाते हुए हम उसी प्रकृति की जीवंत सत्ता को स्वीकार करते हैं, जिसके विषय में श्रीकृष्ण ने यहाँ बताया है। हमें इसी योग का सहारा लेकर अंतिम अवस्था में पहुँचना है, जहाँ हम इस सबके सृजनकर्ता से संयुक्त हो सकें। भारतीय सनातन-परंपरा में प्रकृति के तत्त्वों को पूजते हुए हम उसे ईश्वर का प्रतीक ही तो स्वीकार करते हैं।

श्रीकृष्ण ने अर्जुन को बताया कि माया/प्रकृति मेरी ही शक्ति है। यह अपने तीनों गुणों अर्थात् सत्, रज, तम...द्वारा मेरी आज्ञा से सृष्टि और उसके विभिन्न क्रियाकलापों का निर्माण करती है। मेरी माया-शक्ति के तीन गुणों द्वारा बनाए हुए आवरण के कारण संसार मुझे नहीं देख पाता है। माया की यह त्रिगुणात्मक शक्ति अत्यंत शक्तिशाली है, इसे पार करना अत्यंत कठिन है, किंतु योगयुक्त होकर मेरी शरण लेने वाला व्यक्ति इस मायावी संरचना को आसानी से पार कर जाता है (7.12, 7.13, 7.14)—

ये चैव सात्त्विका भावा राजसास्तामसाश्च ये।
मत्त एवेति तान्विद्धि न त्वहं तेषु ते मयि॥ 7.12॥

त्रिभिर्गुणमयैर्भावैरेभिः सर्वमिदं जगत्।
मोहितं नाभिजानाति मामेभ्यः परमव्ययम्॥ 7.13॥
दैवी ह्येषा गुणमयी मम माया दुरत्यया।
मामेव ये प्रपद्यन्ते मायामेतां तरन्ति ते॥ 7.14॥

पढ़ने-सुनने में यह बात आसान लग सकती है कि सारी समस्याओं का समाधान एक ही है, ईश्वर की शरण ले लेना। लेकिन श्रीकृष्ण बताते हैं कि इस बात को इतनी आसानी से व्यक्ति स्वीकार नहीं कर पाता है। इस संसार में चार प्रकार के लोग ऐसे होते हैं, जो भगवान् की शरण में नहीं जा पाते हैं—

- निपट मूर्ख
- अधम
- माययापहृतज्ञाना, अर्थात् जिनके ज्ञान को माया ने हर लिया है
- आसुरी/नास्तिक लोग (7.15)—

न मां दुष्कृतिनो मूढाः प्रपद्यन्ते नराधमाः।
माययापहृतज्ञाना आसुरं भावमाश्रिताः॥ 7.15॥

श्रीकृष्ण बताते हैं कि 'शरणागति' अनेकानेक जन्म में की गई साधना से उत्पन्न वास्तविक ज्ञान का परिणाम है। इस संसार में ऐसे लोगों के भी चार ही प्रकार हैं, जो भगवान् की शरण में जाते हैं (7.16)—

- आर्त
- जिज्ञासु
- अर्थार्थी
- ज्ञानी

यद्यपि उपरोक्त चारों (7.16) के उद्देश्य अलग-अलग होते हैं, किंतु इन चारों की स्थिति बहुत अच्छी है। श्रीकृष्ण कहते हैं कि इन चारों में से ज्ञानी सर्वश्रेष्ठ है, क्योंकि वह मुझे और मैं उसे बहुत प्रिय हूँ। वह मेरे समान ही है और योगयुक्त सेवा के द्वारा वह निश्चय ही अपने उद्देश्य को पा लेता है (7.17, 7.18)—

चतुर्विधा भजन्ते मां जनाः सुकृतिनोऽर्जुन।
आर्तो जिज्ञासुरर्थार्थी ज्ञानी च भरतर्षभ॥ 7.16॥
तेषां ज्ञानी नित्ययुक्त एकभक्तिर्विशिष्यते।
प्रियो हि ज्ञानिनोऽत्यर्थमहं स च मम प्रियः॥ 7.17॥
उदाराः सर्व एवैते ज्ञानी त्वात्मैव मे मतम्।
आस्थितः स हि युक्तात्मा मामेवानुत्तमां गतिम्॥ 7.18॥

रामचरितमानस में गोस्वामी तुलसीदासजी ने भी उपरोक्त श्लोक संख्या 7.16 से 7.18 के विषयों को उठाया है—

राम भगत जग चारि प्रकारा। सुकृती चारिउ अनघ उदारा॥
चहू चतुर कहुँ नाम अधारा। ग्यानी प्रभुहि बिसेषि पिआरा॥

—रामचरितमानस, 1.21.3-4

पूरी तरह से भगवान् श्रीकृष्ण की शरणागति के लिए पूर्वजन्म में इस संबंध में की गई साधना को भी श्रीकृष्ण ने महत्त्वपूर्ण माना है। वे बताते हैं कि जन्म-जन्मांतर के तप का फल जब मिलता है, तब कोई यह जानकर कि मैं ही सब का कारण हूँ (Cause of All Causes)...मेरी शरण में आता है। ऐसा व्यक्ति बहुत दुर्लभ है (7.19)—

बहूनां जन्मनामन्ते ज्ञानवान्मां प्रपद्यते।
वासुदेवः सर्वमिति स महात्मा सुदुर्लभः॥ 7.19॥

श्रीकृष्ण कहते हैं कि मेरी शरण में आने वाले लोग दुर्लभ हैं। सामान्यतः जो लोग योग-विज्ञान को नहीं जानते, अपने को निमित्त-मात्र नहीं समझते, वे अपनी विभिन्न कामनाओं की पूर्ति के लिए प्रकृति के अनुरूप किसी देवता की शरण में जाते हैं। चूँकि मैं प्रत्येक जीव के हृदय में बैठा हूँ, अतः जिस देवता की व्यक्ति पूजा करना चाहता है, मैं ही व्यक्ति की श्रद्धा को उस देवता में स्थिर कर देता हूँ। ऐसी श्रद्धा के द्वारा वह व्यक्ति उस देवता की पूजा कर अपना इच्छित फल प्राप्त कर लेता है। हालाँकि वास्तविकता यह है कि देवता के माध्यम से उस व्यक्ति को फल मैं ही देता हूँ। फिर भी देवताओं की पूजा करने वाले अल्पबुद्धि हैं, क्योंकि देवताओं द्वारा दिया जाने वाला फल सीमित तथा अस्थायी ही होता है। श्रीकृष्ण ने बताया कि देवताओं की पूजा करने वाले देवलोक को और मेरी पूजा करने वाले मेरे लोक को प्राप्त करते हैं (7.20, 7.21, 7.22, 7.23)—

कामैस्तैस्तैर्हृतज्ञानाः प्रपद्यन्तेऽन्यदेवताः।
तं तं नियममास्थाय प्रकृत्या नियताः स्वया॥ 7.20॥
यो यो यां यां तनुं भक्तः श्रद्धयार्चितुमिच्छति।
तस्य तस्याचलां श्रद्धां तामेव विदधाम्यहम्॥ 7.21॥
स तया श्रद्धया युक्तस्तस्याराधनमीहते।
लभते च ततः कामान्मयैव विहितान्हि तान्॥ 7.22॥
अन्तवत्तु फलं तेषां तद्भवत्यल्पमेधसाम्।
देवान्देवयजो यान्ति मद्भक्ता यान्ति मामपि॥ 7.23॥

इस संदर्भ को हम निम्न रेखाचित्र द्वारा देखते हैं—

रेखाचित्र-37

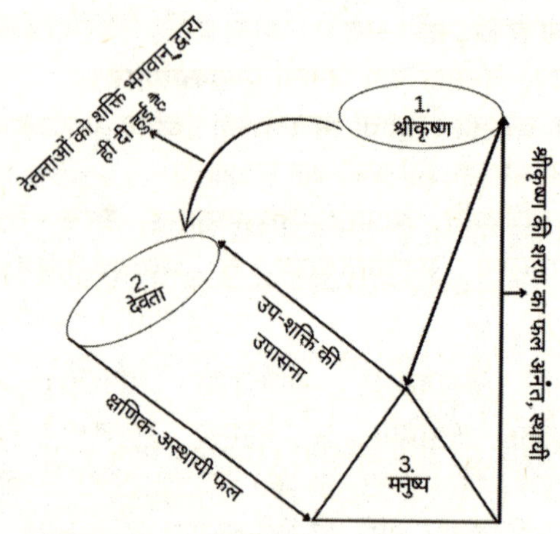

श्रीकृष्ण की शरण और देवताओं की पूजा में अंतर

श्रीकृष्ण स्पष्ट करते हैं कि उनकी स्थिति के विषय में बहुत सारे लोगों में माया के कारण शंका बनी रहती है। कुछ यह सोचते हैं कि पहले मैं निराकार था, मैंने यह रूप अभी धारण किया है, वे मेरी दिव्य स्थिति से अनभिज्ञ होते हैं (7.24)। ऐसे अल्पज्ञों के लिए मैं कभी प्रकट नहीं होता, मेरे सामने होने पर भी वे मुझे पहचान नहीं पाते, क्योंकि मैं योगमाया की शक्ति से स्वयं को आच्छादित रखता हूँ (7.25)। वास्तव में मैं भूत, वर्तमान और भविष्य, तीनों कालों को जानता हूँ, समस्त लोगों को जानने वाला हूँ, किंतु मुझे कोई नहीं जानता (7.26)। शंकालु लोग लगातार इच्छा-घृणा के द्वंद्वों में ही फँसे रह जाते हैं (7.27)—

अव्यक्तं व्यक्तिमापन्नं मन्यन्ते मामबुद्धयः।
परं भावमजानन्तो ममाव्ययमनुत्तमम्॥ 7.24॥
नाहं प्रकाशः सर्वस्य योगमायासमावृतः।
मूढोऽयं नाभिजानाति लोको मामजमव्ययम्॥ 7.25॥
वेदाहं समतीतानि वर्तमानानि चार्जुन।
भविष्याणि च भूतानि मां तु वेद न कश्चन॥ 7.26॥
इच्छाद्वेषसमुत्थेन द्वन्द्वमोहेन भारत।
सर्वभूतानि सम्मोहं सर्गे यान्ति परन्तप॥ 7.27॥

श्रीकृष्ण ने योग की अत्यंत आसान विधि अर्जुन को बताई। हर वस्तु, हर क्रिया, हर स्थान में श्रीकृष्ण की उपस्थिति देखना ही योग है। श्रीकृष्ण कहते हैं कि 'जानना' और 'मानना' दो पूर्णतः भिन्न अवस्थाएँ हैं। इतना जानने के बावजूद इसको मानकर तदनुरूप

आचरण वही कर पाता है, जिसके पूर्व के सारे पाप नष्ट हो गए होते हैं और पुण्यों का उदय हो चुका होता है (7.28) —

येषां त्वन्तगतं पापं जनानां पुण्यकर्मणाम्।
ते द्वन्द्वमोहनिर्मुक्ता भजन्ते मां दृढव्रताः॥ 7.28॥

स्कंदपुराण में भी इसी प्रकार की बात मिलती है—

पुरार्जितानि पापानि नाशमायान्ति यस्य वै।
रामायणे महाप्रीतिस्तस्य वै भवति ध्रुवम्॥

—स्कंदपुराण, उत्तरखंड

श्लोक संख्या 7.28 के भावों को गोस्वामी तुलसीदास जी ने रामचरितमानस में भी व्यक्त करते हुए कहा है कि पापों के रहते भगवान् से योगयुक्त होने में अत्यंत कठिनाई है—

आवत एहिं सर अति कठिनाई। राम कृपा बिनु आइ न जाई॥

—रामचरितमानस, 1.37.3

पापों के समाप्त होने पर ही भगवान् से मजबूत संबंध स्थापित हो पाता है —

अति हरि कृपा जाहि पर होई। पाउँ देइ एहिं मारग सोई॥

—रामचरितमानस, 7.128.2

अगले श्लोक में श्रीकृष्ण ने अर्जुन को बताया कि जीवन के शाश्वत दुःखों अर्थात् बुढ़ापा और मृत्यु से मुक्ति पाने के लिए बुद्धिमान व्यक्ति मेरी ही शरण में आता है (7.29)—

जरामरणमोक्षाय मामाश्रित्य यतन्ति ये।
ते ब्रह्म तद्विदुः कृत्स्नमध्यात्मं कर्म चाखिलम्॥ 7.29॥

श्लोक संख्या 2.72 में भी भगवान् श्रीकृष्ण ने बताया है कि मरने से ठीक पूर्व भी यदि कोई योगयुक्त स्थिति में आ जाए, तो उसकी मुक्ति हो जाती है। उसी बात की विधि आगे श्रीकृष्ण ने बताई। उन्होंने कहा कि मरते समय मैं उसी के स्मरण में रहता हूँ, जो योग का निरंतर अभ्यास करता है, जो पूर्णतः मुझसे चेतना द्वारा जुड़ा रहता है, जो जानता है कि यह जगत् मेरा ही रूप है, देवताओं का भी स्वामी मैं ही हूँ और यज्ञ के रूप में भी मैं ही हूँ, वह मृत्यु के समय भी अपनी स्मृति में मुझे ला पाता है और इस प्रकार मुक्त हो जाता है (7.30)—

साधिभूताधिदैवं मां साधियज्ञं च ये विदुः।
प्रयाणकालेऽपि च मां ते विदुर्युक्तचेतसः॥ 7.30॥

इस प्रकार पूरे सातवें अध्याय में श्रीकृष्ण ने अर्जुन को योग की सरल विधा बताई, यह बताया कि कैसे दैनिक जीवन के अनुभवों में हम योग को ला सकते हैं, कैसे हम सदैव भगवान् से जुड़े रह सकते हैं।

॥ गीतारथी सप्तम विश्राम ॐ तत् सत्॥

□

गीतारथी–8

श्रीकृष्ण...तस्याहं सुलभः पार्थ.

देहांतरण (Transmigration) का माध्यम मृत्यु है। व्यक्ति/जीव की अगली स्थिति कौन सी होगी, मुक्ति मिलेगी अथवा कोई शरीर मिलेगा या कौन सा शरीर मिलेगा, यह मृत्यु के समय जीव की चेतना की स्थिति से गहरे रूप से जुड़ा होता है। पिछले अध्याय के श्लोक संख्या 7.30 में श्रीकृष्ण ने अर्जुन को बताया है कि मृत्यु के समय भगवान् की स्मृति बने रहने के लिए भगवान् के स्मरण का निरंतर अभ्यास आवश्यक है, मृत्यु के समय भगवान् की स्मृति का फल ही मुक्ति है।

लेकिन मृत्यु के समय भगवान् की स्मृति बनी रहे, यह आसान बात नहीं है। रामचरितमानस में बाली ने मरते समय श्रीराम के सम्मुख यह बात स्वीकार करते हुए कहा कि अनेकानेक जन्मों तक साधना करने वाले के लिए भी अंतिम समय में भगवान् के नाम का स्मरण करना अत्यंत कठिन है —

जन्म जन्म मुनि जतन कराहीं। अंत राम कहि आवत नाहीं॥

—रामचरितमानस, 4.9.2

जीव का देहांतरण होगा या उसे मुक्ति मिलेगी, इसके निर्णय में मृत्यु के समय जीव की चेतना निर्णायक भूमिका निभाती है। श्लोक संख्या 2.72 में श्रीकृष्ण ने कहा है कि मृत्यु के समय भी अगर व्यक्ति ने योगयुक्त-चेतना प्राप्त कर ली है तो वह मुक्त हो जाता है, चाहे उसकी पूर्व की स्थिति कैसी भी हो। रामायण में जटायु एक अधम गिद्ध पक्षी था, मांसाहारी था, किंतु मृत्यु के समय योगयुक्त चेतना के द्वारा उसे मुक्ति प्राप्त हुई—

गीध अधम खग आमिष भोगी। गति दीन्ही जो जाचत जोगी॥

—रामचरितमानस, 3.32.1

रावण, कंस, कुंभकर्ण आदि ने पूर्व के गर्हित कर्मों से अप्रभावित रहते हुए मृत्यु के समय बनी हुई चेतना से मुक्ति प्राप्त की। अतः मृत्यु जीवन से भी ज्यादा महत्त्वपूर्ण घटना है, चूँकि हम मृत्यु से डरते हैं, इसलिए इसकी गहन तकनीकी को भी नहीं समझते हैं।

श्रीकृष्ण ने यहाँ मृत्यु के प्रक्रिया की तकनीकी और उसके महत्त्व को अर्जुन को विस्तार से समझाया है।

आठवें अध्याय का केंद्रीय विषय स्थूल रूप से 'मृत्यु' ही है, जिसकी चर्चा में इससे जुड़े अन्य व्यापक विषय भी उभरे हैं। 8वें अध्याय के विषयों को हम स्थूल रूप से निम्न रेखाचित्र द्वारा समझने का प्रयास करते हैं—

रेखाचित्र-38

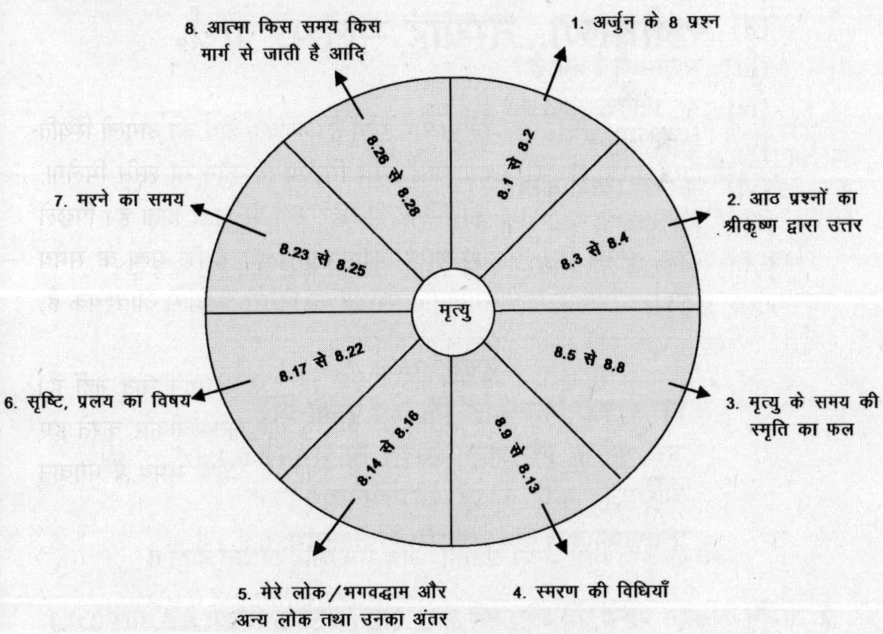

8वें अध्याय के विषय एक दृष्टि में

पाठकगण ध्यान दें!

आठवाँ अध्याय मृत्यु की तकनीकी के विषय में बताते हुए थोड़ा जटिल हो जाता है। इस अध्याय का उद्देश्य भी योगयुक्त रहते हुए कर्म करने की महत्ता को बताना ही है। स्थूल रूप से आठवें अध्याय के विषयों के उपरोक्त रेखाचित्र में आठ विभाग किए गए हैं, जो काफी हद तक सटीक हैं और पूरे अध्याय को समाहित किए हुए हैं, फिर भी चर्चा के दौरान थोड़ा बहुत विचलन आ सकता है। यह अध्याय मृत्यु के भय को दूर करने में सहायक है और यह बताने में निर्णायक है कि मनुष्य के लिए मृत्यु को समझना कितना जरूरी है। हमारे लिए सत्य के रास्ते पर चलना वैज्ञानिक-रूप से क्यों जरूरी है? अनाप-शनाप तरीकों को

अपनाने से बचना क्यों जरूरी है? नैतिकता की प्रासंगिकता इस अध्याय में वास्तव में उभरकर आएगी। आइए, अब हम एक-एक करके उपरोक्त आठों मुद्दों का विश्लेषण करते हैं—

1. अर्जुन के आठ प्रश्न (श्लोक संख्या 8.1 और 8.2)

7वें अध्याय में श्रीकृष्ण की चर्चा के बाद अर्जुन के मन में कुछ मूलभूत प्रश्न उभरकर आए थे, जो निम्नवत् हैं—

(i) ब्रह्म क्या है?

(ii) आत्मा क्या है?

(iii) सकाम कर्म क्या है?

(iv) यह भौतिक जगत क्या है?

(v) देवता क्या हैं?

(vi) यज्ञ का स्वामी कौन है?

(vii) वह शरीर में कैसे रहता है?

(viii) भक्ति में लगे लोग मृत्यु के समय आपको कैसे याद रख पाते हैं? (8.1, 8.2)—

अर्जुन उवाच

किं तद्ब्रह्म किमध्यात्मं किं कर्म पुरुषोत्तम।
अधिभूतं च किं प्रोक्तमधिदैवं किमुच्यते॥ 8.1॥
अधियज्ञः कथं कोऽत्र देहेऽस्मिन्मधुसूदन।
प्रयाणकाले च कथं ज्ञेयोऽसि नियतात्मभिः॥ 8.2॥

2. अर्जुन के आठ प्रश्नों का श्रीकृष्ण द्वारा उत्तर (श्लोक संख्या 8.3 और 8.4)

अर्जुन के प्रश्नों का उत्तर देते हुए श्रीकृष्ण ने बताया—

(i) अविनाशी और दिव्य जीव ब्रह्म है।

(ii) उसका नित्य-स्वभाव अध्यात्म/आत्म है।

(iii) भौतिक शरीर हेतु कृत कर्म, सकाम कर्म हैं।

(iv) निरंतर परिवर्तनशील भौतिक प्रकृति ही जगत् है।

(v) भगवान् के विराट् रूप की अभिव्यक्ति में देवता सम्मिलित हैं।

(vi), (vii) और (viii) यज्ञ के स्वामी भगवान् हैं, जो प्रत्येक देहधारी के हृदय में रहते हैं और निरंतर योगयुक्त कर्म के अभ्यास से मृत्यु के समय वह भगवान् स्मरण में बने रहते हैं (8.3, 8.4)—

श्रीभगवानुवाच

अक्षरं ब्रह्म परमं स्वभावोऽध्यात्ममुच्यते।
भूतभावोद्भवकरो विसर्गः कर्मसंज्ञितः ॥ 8.3 ॥
अधिभूतं क्षरो भावः पुरुषश्चाधिदैवतम्।
अधियज्ञोऽहमेवात्र देहे देहभृतां वर ॥ 8.4 ॥

3. मृत्यु के समय की स्मृति का फल (श्लोक संख्या 8.5 से 8.8)

श्रीकृष्ण ने आगे बताना शुरू किया, उन्होंने कहा कि मरते समय जो सिर्फ मेरा स्मरण करते हुए शरीर को त्यागता है, वह निस्संदेह ही मुक्त हो जाता है (8.5)—

अन्तकाले च मामेव स्मरन्मुक्त्वा कलेवरम्।
यः प्रयाति स मद्भावं याति नास्त्यत्र संशयः ॥ 8.5 ॥

रामचरितमानस में मरते हुए जटायु ने भी श्रीराम के सम्मुख इसी तथ्य को स्वीकार किया है—

जा कर नाम मरत मुख आवा। अधमउ मुकुत होइ श्रुति गावा॥

—रामचरितमानस, 3.30.3

श्लोक संख्या 2.72 में श्रीकृष्ण ने पहले भी इसी तथ्य पर प्रकाश डाल रखा है। अगले श्लोक में श्रीकृष्ण बताते हैं कि वास्तव में मरते समय मनुष्य को जिस चीज का स्मरण होता है, उसका अगला जन्म उसी रूप, उसी भाव में होता है (8.6)—

यं यं वापि स्मरन्भावं त्यजत्यन्ते कलेवरम्।
तं तमेवैति कौन्तेय सदा तद्भावभावितः ॥ 8.6 ॥

रामचरितमानस में सती-प्रसंग में गोस्वामी तुलसीदासजी इसी बात को पुष्ट करते हैं। वे बताते हैं कि चूँकि सती ने शरीर त्याग के समय यह भाव बना रखा था कि अगले जन्म में भी शिव ही प्राप्त हों, इसलिए उनका जन्म पार्वती के रूप में हुआ—

सतीं मरत हरि सन बरु मागा। जनम जनम सिव पद अनुरागा॥
तेहि कारन हिमगिरि गृह जाई। जनमीं पारबती तनु पाई॥

—रामचरितमानस, 1.64.3

गीता का श्लोक संख्या 8.5 और 8.6 तथा क्रिमिनल प्रोसीजर कोड (CrPC) का सेक्शन 164 और इंडियन एविडेंस ऐक्ट का सेक्शन 32

गीता के श्लोक संख्या 8.5 और 8.6 का पारलौकिक महत्त्व तो है ही, लौकिक

दृष्टि से कानून में भी मरने के समय की चेतना के महत्त्व को स्वीकार किया गया है। मृत्यु पूर्व की घोषणा (Dying Declaration) की महत्ता कानून में निर्विवाद है। यह तथ्य गीता की व्यापकता का और प्रामाणिकता का एक स्तंभ है।

□

मरते समय की चेतना निर्णायक होती है। यह चेतना भगवानमय बनी रहे, इसके लिए श्रीकृष्ण कहते हैं कि सदैव मेरा स्मरण करते हुए ही अपना काम करते रहो, अर्थात् योगयुक्त बने रहो (8.7)। योगयुक्त कर्म का अभ्यास करना जरूरी है, जिससे अंत समय में भगवान् का स्मरण करते हुए जीव को मुक्ति प्राप्त हो जाए (8.8)—

तस्मात्सर्वेषु कालेषु मामनुस्मर युध्य च।
मय्यर्पितमनोबुद्धिर्मामेवैष्यस्यसंशयः ॥ 8.7 ॥
अभ्यासयोगयुक्तेन चेतसा नान्यगामिना।
परमं पुरुषं दिव्यं याति पार्थानुचिन्तयन्॥ 8.8 ॥

4. स्मरण की विधियाँ (श्लोक संख्या 8.9 से 8.13)

स्मरण के लिए अभ्यास की आवश्यकता को रेखांकित करने के पश्चात् श्रीकृष्ण स्मरण की विधा को भी विभिन्न प्रकार से अर्जुन को समझाते हैं। श्रीकृष्ण कहते हैं कि मनुष्य को भगवान् का ध्यान सबकुछ जानने वाला, सबसे पुराना, परम नियंता, सूक्ष्म से भी सूक्ष्मतर, सबका पालनकर्ता, बुद्धि से परे, अचिंत्य तथा नित्य सत्ता के रूप में करना चाहिए (8.9)। मृत्यु के समय प्राण को भौंहों के बीच में स्थिर कर, मन को भगवान् में लगा देने पर निश्चय ही मुक्ति मिलती है (8.10)। बड़े-बड़े मुनि भी इसी प्रकार के अभ्यास द्वारा भगवान् की प्राप्ति करते हैं, वे निरंतर ऊँकार के उच्चारण का अभ्यास करते हैं (8.11)। समस्त इंद्रियविषयों से विरक्त होकर, इंद्रियों को विषयों से हटाकर और मन को भगवान् में लगाकर 'ॐ' का उच्चारण करते हुए जो शरीर को त्यागता है, उसकी मुक्ति तय है (8.12 और 8.13)—

कविं पुराणमनुशासितारमणोरणीयांसमनुस्मरेद्यः।
सर्वस्य धातारमचिन्त्यरूपमादित्यवर्णं तमसः परस्तात्॥ 8.9 ॥
प्रयाणकाले मनसाचलेन भक्त्या युक्तो योगबलेन चैव।
भ्रुवोर्मध्ये प्राणमावेश्य सम्यक्स तं परं पुरुषमुपैति दिव्यम्॥ 8.10 ॥
यदक्षरं वेदविदो वदन्ति विशन्ति यद्यतयो वीतरागाः।
यदिच्छन्तो ब्रह्मचर्यं चरन्ति तत्ते पदं सङ्ग्रहेण प्रवक्ष्ये॥ 8.11 ॥
सर्वद्वाराणि संयम्य मनो हृदि निरुध्य च।

मूर्ध्न्याधायात्मनः प्राणमास्थितो योगधारणाम्॥ 8.12॥
ॐ इत्येकाक्षरं ब्रह्म व्याहरन्मामनुस्मरन्।
यः प्रयाति त्यजन्देहं स याति परमां गतिम्॥ 8.13॥

5. मेरे लोक/भगद्धाम और अन्य लोक तथा उनका अंतर (श्लोक संख्या 8.14 से 8.16)

अगले श्लोक में श्रीकृष्ण बताते हैं कि इस प्रकार अनन्यभाव से जो व्यक्ति मेरे स्मरण का अभ्यास करता है, उसके लिए मैं सुलभ हो जाता हूँ और देह-त्याग के समय उसके स्मरण में मैं स्वयं ही आ जाता हूँ (8.14)—

अनन्यचेताः सततं यो मां स्मरति नित्यशः।
तस्याहं सुलभः पार्थ नित्ययुक्तस्य योगिनः॥ 8.14॥

इस स्मरणभाव से व्यक्ति को मेरे लोक की प्राप्ति हो जाती है और यह वह जगह है, जहाँ से फिर दुःखों से पूर्ण इस संसार में आना नहीं होता (8.15)—

मामुपेत्य पुनर्जन्म दुःखालयमशाश्वतम्।
नाप्नुवन्ति महात्मानः संसिद्धिं परमां गताः॥ 8.15॥

श्रीकृष्ण ने बताया कि जगत् में सर्वोच्च लोक अर्थात् ब्रह्मलोक से लेकर निम्न लोकों तक दुःख ही दुःख है और जन्म-मृत्यु का चक्कर लगा रहता है, केवल मेरा ही लोक ऐसा है, जहाँ पहुँच जाने पर सारे क्लेश नष्ट हो जाते हैं और जन्म तथा मृत्यु का चक्र टूट जाता है (8.16)—

आब्रह्मभुवनाल्लोकाः पुनरावर्तिनोऽर्जुन।
मामुपेत्य तु कौन्तेय पुनर्जन्म न विद्यते॥ 8.16॥

6. सृष्टि, प्रलय का विषय (श्लोक संख्या 8.17 से 8.22)

सृष्टि और प्रलय के विषय में श्रीकृष्ण आगे समझाते हुए कहते हैं कि मानवीय वर्षों के अनुसार 1000 युग के बराबर ब्रह्मा का एक दिन और इतनी ही बड़ी एक रात होती है (8.17)। ब्रह्मा के दिन के आरंभ में सारे जीव प्रकट होते हैं, तो सृष्टि होती है और रात में पुनः अव्यक्त में विलीन होना ही प्रलय है (8.18)। अतः सृष्टि ब्रह्मा के दिन के आरंभ में जीव का प्रकटीकरण है, जबकि रात्रि होते ही उनका विवश होकर असहायवत् अव्यक्त में विलीन हो जाना ही प्रलय है (8.19) —

सहस्त्रयुगपर्यन्तमहर्यद्ब्रह्मणो विदुः।
रात्रिं युगसहस्त्रान्तां तेऽहोरात्रविदो जनाः॥ 8.17॥

अव्यक्ताद्व्यक्तयः सर्वाः प्रभवन्त्यहरागमे।
रात्र्यागमे प्रलीयन्ते तत्रैवाव्यक्तसंज्ञके॥ 8.18॥
भूतग्रामः स एवायं भूत्वा भूत्वा प्रलीयते।
रात्र्यागमेऽवशः पार्थ प्रभवत्यहरागमे॥ 8.19॥

अगले श्लोक में श्रीकृष्ण ने कहा कि जिस अव्यक्त में जीव विलीन होते हैं, वही प्रकृति है, यह प्रकृति भी शाश्वत है (8.20)—

परस्तस्मात्तु भावोऽन्योऽव्यक्तोऽव्यक्तात्सनातनः।
यः स सर्वेषु भूतेषु नश्यत्सु न विनश्यति॥ 8.20॥

श्रीकृष्ण ने पुनः अपने परमधाम के विषय में अर्जुन को बताया कि यह वह परम गंतव्य (Final Destination) है, जहाँ पहुँच जाने के बाद कोई वापस नहीं आता है (8.21)—

अव्यक्तोऽक्षर इत्युक्तस्तमाहुः परमां गतिम्।
यं प्राप्य न निवर्तन्ते तद्धाम परमं मम॥ 8.21॥

श्रीकृष्ण ने अगले श्लोक में बताया कि अनन्य भक्ति से प्राप्त होने वाला मैं अर्थात् भगवान् यद्यपि अपने धाम में विराजमान रहते हैं, फिर भी, वे सब जगह रहते हैं और उन्हीं में सबकुछ स्थित है (8.22)—

पुरुषः स परः पार्थ भक्त्या लभ्यस्त्वनन्यया।
यस्यान्तः स्थानि भूतानि येन सर्वमिदं ततम्॥ 8.22॥

7. मरने का समय (श्लोक संख्या 8.23 से 8.25)

श्रीकृष्ण ने मृत्यु के समय की तकनीकी महत्ता भी अर्जुन को बताई। उन्होंने बताया कि मृत्यु संबंधी समय के दो विभाग हैं, एक समय में मरने पर संसार में वापसी नहीं होती, मुक्ति मिल जाती है और दूसरे समय के अंतर्गत मृत्यु मिलने पर संसार में वापस आना पड़ता है (8.23)—

यत्र काले त्वनावृत्तिमावृत्तिं चैव योगिनः।
प्रयाता यान्ति तं कालं वक्ष्यामि भरतर्षभ॥ 8.23॥

इस विषय को अगले श्लोकों में श्रीकृष्ण ने और स्पष्ट करते हुए कहा कि सूर्यदेव के उत्तरायण रहते हुए मृत्यु होने पर योगी मुक्ति को प्राप्त करते हैं, जबकि दक्षिणायन सूर्य की स्थिति में मृत्यु होने पर संसार-चक्र में पुनः वापस आना पड़ता है। मृत्यु के संबंध में समय के इन दोनों विभागों और उनकी स्थिति को हम निम्न रेखाचित्र से देख सकते हैं (8.24, 8.25)—

रेखाचित्र-39

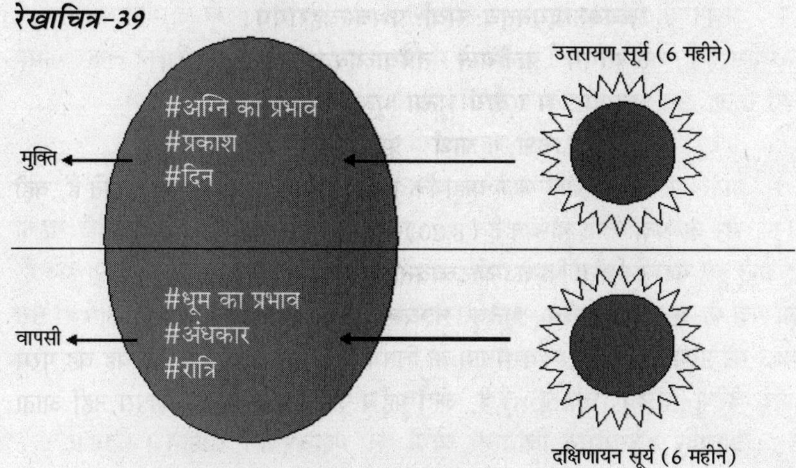

अग्निर्ज्योतिरहः शुक्लः षण्मासा उत्तरायणम्।
तत्र प्रयाता गच्छन्ति ब्रह्म ब्रह्मविदो जनाः॥ 8.24॥
धूमो रात्रिस्तथा कृष्णः षण्मासा दक्षिणायनम्।
तत्र चान्द्रमसं ज्योतिर्योगी प्राप्य निवर्तते॥ 8.25॥

श्रीमद्भागवतमहापुराण में भी मृत्यु के लिए इस काल की महत्ता का वर्णन मिलता है। भीष्म पितामह शर-शय्या पर लेटे रहकर सूर्यदेव के उत्तरी गोलार्द्ध में जाने की प्रतीक्षा करते रहे और ऐसी स्थिति आने पर ही शरीर त्याग किया—

धर्मं प्रवदतस्तस्य स कालः प्रत्युपस्थितः।
यो योगिनश्छन्दमृत्योर्वाञ्छितस्तूत्तरायणः॥

—श्रीमद्भागवतमहापुराण, 1.9.29

8. आत्मा किस समय किस मार्ग से जाती है आदि (श्लोक संख्या 8.26 से 8.28)

श्रीकृष्ण कहते हैं कि काल की भाँति ही आत्मा के इस संसार से प्रयाण के मार्ग भी दो ही होते हैं, एक प्रकाश का (सूर्य उत्तरायण) और दूसरा अंधकार का (सूर्य दक्षिणायन)। प्रकाश के मार्ग से जाने वाली आत्मा मुक्त हो जाती है, वापस नहीं आती, जबकि अंधकार के मार्ग से जाने वाले को पुनः संसार में आना पड़ता है (8.26)—

शुक्लकृष्णे गती ह्येते जगतः शाश्वते मते।
एकया यात्यनावृत्तिमन्ययावर्तते पुनः॥ 8.26॥

अर्जुन को निश्चिंत करते हुए श्रीकृष्ण ने कहा कि मेरा भक्त जो योगयुक्त कर्म में अभ्यासरत है, वह इन मार्गों के विषय में जानते हुए भी अपनी स्थिति को लेकर भ्रमित नहीं रहता, अत: तुम भी प्रत्येक समय 'योगयुक्त' रहो (8.27)—

नैते सृती पार्थ जानन्योगी मुह्यति कश्चन।
तस्मात्सर्वेषु कालेषु योगयुक्तो भवार्जुन॥ 8.27॥

इस अध्याय के अंतिम श्लोक में श्रीकृष्ण ने योगयुक्त कर्म की व्यापक महत्ता दरशाते हुए बताया कि योगयुक्त कर्म, अर्थात् भक्ति से वे समस्त फल भी प्राप्त होते हैं, जो वेदों के अध्ययन, तपस्या, दान, सकाम कर्म आदि के करने से होते हैं, साथ ही मेरा भक्त मेरे परमधाम को भी जाता है (8.28)—

वेदेषु यज्ञेषु तपःसु चैव दानेषु यत्पुण्यफलं प्रदिष्टम्।
अत्येति तत्सर्वमिदं विदित्वा योगी परं स्थानमुपैति चाद्यम्॥ 8.28॥

॥ गीतारथी अष्टम विश्राम ॐ तत् सत्॥

□

गीतारथी–9

श्रीकृष्ण...योगक्षेमं वहाम्यहम्

श्रीकृष्ण ने 9वें अध्याय के ज्ञान को 'गुह्यतम' बताया है, हालाँकि यह पिछले अध्यायों से उद्देश्य में अलग नहीं है। इसका उद्देश्य भी योगयुक्त होने की विधि बताना ही है। श्रीकृष्ण ने इस अध्याय में कई पक्षों को रोचक ढंग से उजागर किया है। अध्याय की क्लिष्टता को सरल करने के लिए इसके विषयों को हम निम्न रूप में देख सकते हैं—

रेखाचित्र-40

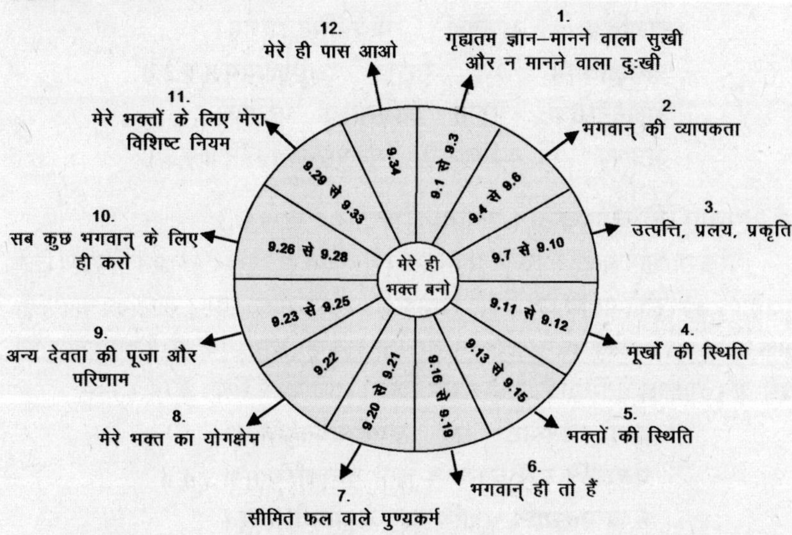

पूरे अध्याय की वार्त्ता में श्रीकृष्ण अर्जुन को अलग-अलग प्रकार से समझाते हुए यही बताते हैं कि पूर्ण-कल्याण उन्हीं की शरण में जाने पर ही संभव है, सबकुछ वही हैं, अतः अन्यों की शरण में जाना बहुत बुद्धिमत्ता नहीं है। अन्य देवता सीमित शक्ति के कारण सीमित और आंशिक फल ही दे सकते हैं, जो समय के साथ क्षीण हो जाता है।

पुन: वे बताते हैं कि उनकी शरण लेना कष्टसाध्य या साधनसाध्य न होकर अत्यंत सरल है। यह सरल विधा अपनाकर कोई भी आसानी से श्रीकृष्ण को पा सकता है। हम इस अध्याय को निम्न बिंदुओं के अंतर्गत समझ सकते हैं—

1. गुह्यतम ज्ञान : मानने वाला सुखी और न मानने वाला दु:खी (श्लोक संख्या 9.1 से 9.3)

श्रीकृष्ण अर्जुन को बताते हैं कि अब मैं तुम्हें ऐसा गुह्यज्ञान बताऊँगा, जिससे तुम समस्त क्लेशों से मुक्त हो जाओगे (9.1)। चूँकि यह ज्ञान विद्याओं में राजा की भाँति है, आत्मा का साक्षात्कार कराने वाला है, अत: इसे जानने पर तुम सुखपूर्वक रह सकोगे (9.2)। मूल तत्त्व भगवान् की भक्ति ही है, जिसकी भक्ति में श्रद्धा नहीं है, वह कभी भी मुझे प्राप्त नहीं कर पाता और जन्म-मृत्यु के चक्र में फँसा ही रहता है (9.3)—

श्रीभगवानुवाच

इदं तु ते गुह्यतमं प्रवक्ष्याम्यनसूयवे।
ज्ञानं विज्ञानसहितं यज्ज्ञात्वा मोक्ष्यसेऽशुभात्॥ 9.1॥
राजविद्या राजगुह्यं पवित्रमिदमुत्तमम्।
प्रत्यक्षावगमं धर्म्यं सुसुखं कर्तुमव्ययम्॥ 9.2॥
अश्रद्दधानाः पुरुषा धर्मस्यास्य परन्तप।
अप्राप्य मां निवर्तन्ते मृत्युसंसारवर्त्मनि॥ 9.3॥

2. भगवान् की व्यापकता (श्लोक संख्या 9.4 से 9.6)

श्रीकृष्ण आगे बताते हैं कि मैं संपूर्ण जगत् में व्याप्त हूँ, सारे जीव मुझमें ही शरण लिये हुए हैं (9.4)। इतने पर भी मेरी स्थिति विशिष्ट है, क्योंकि मैं इस विराट् सृष्टि का कारण हूँ, अंश नहीं (9.5)। श्रीकृष्ण ने उदाहरण द्वारा इस बात को और स्पष्ट करते हुए बताया कि जैसे वायु आकाश में स्थित है, उसी प्रकार समस्त प्राणी मुझमें स्थित हैं (9.6)—

मया ततमिदं सर्वं जगदव्यक्तमूर्तिना।
मत्स्थानि सर्वभूतानि न चाहं तेष्ववस्थितः॥ 9.4॥
न च मत्स्थानि भूतानि पश्य मे योगमैश्वरम्।
भूतभृन्न च भूतस्थो ममात्मा भूतभावनः॥ 9.5॥
यथाकाशस्थितो नित्यं वायुः सर्वत्रगो महान्।
तथा सर्वाणि भूतानि मत्स्थानीत्युपधारय॥ 9.6॥

3. उत्पत्ति, प्रलय, प्रकृति (श्लोक संख्या 9.7 से 9.10)

आठवें अध्याय में भी श्रीकृष्ण ने उत्पत्ति और प्रलय के विषय में बताया है। उसी के संबंध में यहाँ आगे बताते हैं कि कल्प का अंत होने पर सारे जीव अव्यक्त प्रकृति में विलीन हो जाते हैं और कल्प के प्रारंभ होने पर मैं पुनः उन्हें अपनी शक्ति से उत्पन्न करता हूँ (9.7)। यह समस्त उत्पत्ति और प्रलय मेरी ही इच्छा से बारंबार घटित होता है (9.8)। यह सब करते हुए भी मुझे कर्म-बंधन नहीं लगता और मैं इस समस्त प्रक्रिया में उदासीन की भाँति बना रहता हूँ (9.9)। वास्तव में उत्पत्ति और प्रलय का यह समस्त कार्य मेरी अध्यक्षता में प्रकृति करती है, वही बारंबार जगत् का सृजन और विनाश करती रहती है (9.10) —

सर्वभूतानि कौन्तेय प्रकृतिं यान्ति मामिकाम्।
कल्पक्षये पुनस्तानि कल्पादौ विसृजाम्यहम्॥ 9.7॥
प्रकृतिं स्वामवष्टभ्य विसृजामि पुनः पुनः।
भूतग्राममिमं कृत्स्नमवशं प्रकृतेर्वशात्॥ 9.8॥
न च मां तानि कर्माणि निबध्नन्ति धनञ्जय।
उदासीनवदासीनमसक्तं तेषु कर्मसु॥ 9.9॥
मयाध्यक्षेण प्रकृतिः सूयते सचराचरम्।
हेतुनानेन कौन्तेय जगद्विपरिवर्तते॥ 9.10॥

रामचरितमानस में श्रीराम ने काकभुशुंडिजी से भी संसार को उत्पन्न करने वाली माया को अपनी शक्ति बताया है—

मम माया संभव संसारा। जीव चराचर बिबिधि प्रकारा॥

—रामचरितमानस, 7.85.2

4. मूर्खों की स्थिति (श्लोक संख्या 9.11 से 9.12)

श्रीकृष्ण ने अगले श्लोक में अर्जुन को बताया कि मूर्ख लोग मेरी दिव्य-प्रकृति से पूर्णतः अनभिज्ञ होते हैं, इस कारण जब मैं मनुष्य के रूप में अवतरित होता हूँ, तो मनगढ़ंत तर्कों के द्वारा वे मेरे अवतार का खंडन करते हैं और उपहास करते हैं (9.11)। ऐसे लोग आसुरी और नास्तिक विचारों से प्रभावित होते हैं तथा इन लोगों की मुक्ति, ज्ञान और कर्म, सब-के-सब व्यर्थ हो जाते हैं (9.12)—

अवजानन्ति मां मूढा मानुषीं तनुमाश्रितम्।
परं भावमजानन्तो मम भूतमहेश्वरम्॥ 9.11॥
मोघाशा मोघकर्माणो मोघज्ञाना विचेतसः।
राक्षसीमासुरीं चैव प्रकृतिं मोहिनीं श्रिताः॥ 9.12॥

5. भक्तों की स्थिति (श्लोक संख्या 9.13 से 9.15)

इसी क्रम में श्रीकृष्ण ने उन लोगों के बारे में भी बताया, जो मुझ भगवान् की दैवी-प्रकृति के विषय में जानते हैं, ऐसे लोग मुझ भगवान् को आदि कारण तथा अविनाशी सत्ता जानकर मेरी भक्ति में लगे रहते हैं (9.13)। ये महात्मा मेरा नित्य कीर्तन करते हैं, मुझे नमस्कार करते हैं और मेरी पूजा करते हैं (9.14)। इनमें से कुछ लोग ज्ञान-मार्ग का आश्रय लेकर, ईश्वर एक है, ईश्वर के अनेक रूप हैं, विश्व भी ईश्वर का ही रूप है आदि रूपों में भगवान् को पूजते हैं (9.15)—

महात्मानस्तु मां पार्थ दैवीं प्रकृतिमाश्रिताः।
भजन्त्यनन्यमनसो ज्ञात्वा भूतादिमव्ययम्॥ 9.13॥
सततं कीर्तयन्तो मां यतन्तश्च दृढव्रताः।
नमस्यन्तश्च मां भक्त्या नित्ययुक्ता उपासते॥ 9.14॥
ज्ञानयज्ञेन चाप्यन्ये यजन्तो मामुपासते।
एकत्वेन पृथक्त्वेन बहुधा विश्वतोमुखम्॥ 9.15॥

6. भगवान् ही तो हैं (श्लोक संख्या 9.16 से 9.19)

सातवें अध्याय में भी श्रीकृष्ण ने विभिन्न भौतिक वस्तुओं/आनुभविक वस्तुओं के रूप में अपना परिचय दिया है। यहाँ भी वे अपने अन्य विभिन्न रूपों, ऐश्वर्यों आदि के विषय में संकेत करते हुए कहते हैं कि कर्मकांड करते हुए याद रखो कि वह कर्मकांड मैं ही हूँ, यज्ञ में भी मुझे ही देखो, पितरों को तर्पण देते हुए जानो कि वह तर्पण मैं हूँ, दवा खाते हुए याद रखो कि वह औषधि भी मैं हूँ, घी, आग, आहुति मैं ही हूँ (9.16)। मैं ही ब्रह्मांड का माता, पिता, पितामह और आधार हूँ, मैं ही जानने योग्य, पवित्र करने वाला और ऊँकार हूँ, वेद (ऋग्वेद, सामवेद, यजुर्वेद) मैं ही हूँ (9.17)। उद्‌देश्य, पालने वाला, स्वामी, साक्षी, धाम, शरणस्थल, सबसे प्रिय मित्र मैं ही हूँ—सृष्टि, प्रलय, सबमें उपस्थित बीज मैं ही हूँ (9.18)। मैं ही गरमी प्रदान करता हूँ और वर्षा मुझसे ही है, अमरता मैं हूँ तो मृत्यु भी मैं ही हूँ, आत्मा मैं हूँ और पदार्थ भी अर्थात् मैं ही सत् हूँ और मैं ही असत् हूँ (9.19)—

अहं क्रतुरहं यज्ञः स्वधाहमहमौषधम्।
मन्त्रोऽहमहमेवाज्यमहमग्निरहं हुतम्॥ 9.16॥
पिताहमस्य जगतो माता धाता पितामहः।
वेद्यं पवित्रमोङ्कार ऋक्साम यजुरेव च॥ 9.17॥
गतिर्भर्ता प्रभुः साक्षी निवासः शरणं सुहृत्।
प्रभवः प्रलयः स्थानं निधानं बीजमव्ययम्॥ 9.18॥

तपाम्यहमहं वर्षं निगृह्णाम्युत्सृजामि च।
अमृतं चैव मृत्युश्च सदसच्चाहमर्जुन॥ 9.19॥

7. सीमित फल वाले पुण्यकर्म (श्लोक संख्या 9.20 से 9.21)

कामना के वशीभूत होकर जो वेद आदि का अध्ययन तथा अन्य देवताओं की पूजा करते हैं, वे परोक्ष रूप से मुझे ही पूजते हैं, फिर भी इसका फल सीमित समय के लिए होता है। देवताओं की पूजा से सिद्धि मिलने पर ऐसे लोग स्वर्ग में जन्म पाते हैं और वहाँ देवताओं सा भोग करते हैं (9.20)। किंतु जैसे ही उनका पुण्य क्षीण हो जाता है, वे फिर से मृत्युलोक में ही लौट आते हैं। अत: फल की आसक्ति से वेदों की साधना करने, अन्य देवताओं की शरण में जाने पर भी अंतत: जन्म-मृत्यु का चक्र ही मिलता है (9.21)—

त्रैविद्या मां सोमपाः पूतपापा यज्ञैरिष्ट्वा स्वर्गतिं प्रार्थयन्ते।
ते पुण्यमासाद्य सुरेन्द्रलोकमश्नन्ति दिव्यान्दिवि देवभोगान्॥ 9.20॥
ते तं भुक्त्वा स्वर्गलोकं विशालं क्षीणे पुण्ये मर्त्यलोकं विशन्ति।
एवं त्रयीधर्ममनुप्रपन्ना गतागतं कामकामा लभन्ते॥ 9.21॥

गीता के श्लोक संख्या 9.20 और 9.21 का संसार में अनुभव

श्लोक संख्या 9.20 और 9.21 में श्रीकृष्ण द्वारा बताई गई बातें हमारे अनुभव में भी आती हैं। 'क्षीणे पुण्ये मर्त्यलोकं विशन्ति' (9.21) पर ध्यान देने की आवश्यकता है। संसार के बहुत बड़े नेता हों, व्यवसायी हों, अचानक से उनका पतन देखा गया है। बहुत बड़े तानाशाहों की सत्ता अचानक धाराशायी होते देखी जाती है। बहुत सफल खिलाड़ियों को बुरी तरह से असफल होते देखा जाता है। हर क्षेत्र में पतन की यह घटना सामान्यत: दृष्टिगोचर होती है। ईमानदारी से विश्लेषण करें तो इनका कोई निश्चित या बहुत समीचीन कारण दिखाई नहीं देता है। इस अचानक पतन से 'अर्श से फर्श' तक धड़ाम से गिरने की व्याख्या हमें श्लोक संख्या 9.20 और 9.21 में ही मिलती है, यह पूरी तरह से पुण्यों के खाते की स्थिति पर निर्भर करती है।

□

8. मेरे भक्त का योगक्षेम (श्लोक संख्या 9.22)

श्रीकृष्ण ने अगले श्लोक में बताया कि मेरे भक्तों की स्थिति पुण्य के खाते से संबंधित नहीं होती, क्योंकि मैं स्वयं ही अपने अनन्य भक्तों की सेवा में लगा रहता हूँ। उनकी जो भी आवश्यताएँ होती हैं, उन्हें मैं पूरा करता हूँ और जो कुछ उनके पास है, उसकी रक्षा करता हूँ (9.22)—

अनन्याश्चिन्तयन्तो मां ये जनाः पर्युपासते।
तेषां नित्याभियुक्तानां योगक्षेमं वहाम्यहम्॥ 9.22॥

रामचरितमानस में श्रीराम ने यही बात नारद मुनि के लिए व्यक्त करते हुए कहा है कि जो मेरा अनन्य भक्त है, अर्थात् मुझे छोड़कर जिसे किसी अन्य का भरोसा नहीं है, मैं उसकी वैसे ही देखरेख करता हूँ, जैसे कोई माता अपने छोटे बच्चे का खयाल करती है—

सुनु मुनि तोहि कहउँ सहरोसा। भजहिं जे मोहि तजि सकल भरोसा॥
करउँ सदा तिन्ह कै रखवारी। जिमि बालक राखइ महतारी॥

—रामचरितमानस, 3.42.2-3

9. अन्य देवता की पूजा और परिणाम (श्लोक संख्या 9.23 से 9.25)

बहुत लोगों में यह शंका बनी रहती है कि जब वे किसी अन्य देवता की पूजा करते हैं तो श्रीकृष्ण, श्रीराम की पूजा कैसे करें? कैसे मन लगाएँ? कहीं उस देवता को बुरा न लग जाए आदि। श्रीकृष्ण ने इस संबंध में अर्जुन को बताया कि किसी अन्य देवता की पूजा भी वास्तव में मेरी ही पूजा है, बस यह त्रुटिपूर्ण है (9.23)। क्योंकि समस्त प्रकार की पूजा, यज्ञादि का मैं ही एकमात्र भोक्ता और स्वामी हूँ, जो यह नहीं समझ पाते हैं, वे देवताओं की पूजा से सीमित और क्षणिक फल को ही प्राप्त कर पाते हैं तथा कभी पूर्ण संतुष्ट और पूर्ण सुखी नहीं हो पाते हैं (9.24)।

श्रीकृष्ण कहते हैं कि देवताओं को पूजने वाले देवताओं के लोक में जन्म पाते हैं, पितरों की पूजा करने वाले पितरों के लोक में जन्म लेते हैं तथा भूत-प्रेतों के उपासक उनके बीच ही जन्म पाते हैं, जबकि मेरे उपासक मेरे साथ नित्य निवास के भागी बनते हैं (9.25)—

येऽप्यन्यदेवताभक्ता यजन्ते श्रद्धयान्विताः।
तेऽपि मामेव कौन्तेय यजन्त्यविधिपूर्वकम्॥ 9.23॥
अहं हि सर्वयज्ञानां भोक्ता च प्रभुरेव च।
न तु मामभिजानन्ति तत्त्वेनातश्च्यवन्ति ते॥ 9.24॥
यान्ति देवव्रता देवान्पितॄन्यान्ति पितृव्रताः।
भूतानि यान्ति भूतेज्या यान्ति मद्याजिनोऽपि माम्॥ 9.25॥

10. सबकुछ भगवान् के लिए ही करो (श्लोक संख्या 9.26 से 9.28)

कुछ लोग सोच सकते हैं कि सर्वोच्च सत्ता श्रीकृष्ण की पूजा के लिए बड़े साधनों की आवश्यकता होती होगी, परंतु श्रीकृष्ण ने स्पष्ट किया कि ऐसा नहीं है, बल्कि भक्तिपूर्वक अर्पित किए जाने वाले पत्ते, फूल, फल या जल से ही मैं संतुष्ट हो जाता हूँ (9.26)—

पत्रं पुष्पं फलं तोयं यो मे भक्त्या प्रयच्छति।
तदहं भक्त्युपहृतमश्नामि प्रयतात्मनः॥ 9.26॥

अपनी उपासना को पूर्णतः बंधनरहित बनाते हुए श्रीकृष्ण अगले श्लोक में कहते हैं कि जो कुछ भी करो, जो कुछ भी खाओ, जो कुछ भी अर्पित करो, जो कुछ दान करो और जो भी तपस्या करो, वह सबकुछ मुझे अर्पित करते हुए करना ही मेरी उपासना करना है (9.27) —

यत्करोषि यदश्नासि यज्जुहोषि ददासि यत्।
यत्तपस्यसि कौन्तेय तत्कुरुष्व मदर्पणम्॥ 9.27॥

इस प्रकार जीवन की हर गतिविधि में मुझसे युक्त होकर कर्म करते हुए बंधन-मुक्त हुआ जा सकता है, क्योंकि ऐसे में शुभ और अशुभ दोनों प्रकार के फल बंधन उत्पन्न नहीं कर पाते हैं। श्रीकृष्ण को सबकुछ समर्पित करते हुए कर्म करना ही वास्तविक संन्यास है, जिससे श्रीकृष्ण की प्राप्ति होती है (9.28)—

शुभाशुभफलैरेवं मोक्ष्यसे कर्मबन्धनैः।
सन्यासयोगयुक्तात्मा विमुक्तो मामुपैष्यसि॥ 9.28॥

11. मेरे भक्तों के लिए मेरा विशिष्ट नियम (श्लोक संख्या 9.29 से 9.33)

श्रीकृष्ण ने बताया कि यद्यपि सभी लोग/प्राणी मेरी दृष्टि में समान हैं। न तो मेरा किसी के प्रति द्वेष है और न ही कोई मुझे प्रिय है, यह मेरा नियम है, फिर भी मैं अपने भक्तों का विशेष ध्यान रखता हूँ, यह भी सच है (9.29) —

समोऽहं सर्वभूतेषु न मे द्वेष्योऽस्ति न प्रियः।
ये भजन्ति तु मां भक्त्या मयि ते तेषु चाप्यहम्॥ 9.29॥

रामचरितमानस में भी भगवान् के समद्रष्टा होते हुए भी भक्तों के प्रति विशेष कृपा की बात बताई गई है—

जद्यपि सम नहिं राग न रोषू। गहहिं न पाप पूनु गुन दोषू॥

—रामचरितमानस, 2.218.2

तदपि करहिं सम बिषम बिहारा। भगत अभगत हृदय अनुसारा॥

—रामचरितमानस, 2.218.3

श्रीकृष्ण ने जघन्य से जघन्य कर्म करने वाले को भी उनकी भक्ति करने पर साधु मानने की आज्ञा दी है (9.30)—

अपि चेत्सुदुराचारो भजते मामनन्यभाक्।
साधुरेव स मन्तव्यः सम्यग्व्यवसितो हि सः॥ 9.30॥

यह भगवान् का नियम है, कुछ लोग सोच सकते हैं कि भगवान् गलत व्यक्ति को

साधु कैसे कह सकते हैं? तो पाठकगण ध्यान दें कि रामचरितमानस में भी यह प्रश्न विभीषण के श्रीराम से मिलने के लिए आने पर उठा है, जहाँ श्रीराम ने बताया है कि मेरी भक्ति में लगते ही व्यक्ति का पाप-स्वभाव नष्ट हो जाता है, इसलिए जघन्यतम कृत्य करने वाला भी साधु की भाँति हो जाता है—

कोटि बिप्र बध लागहिं जाहू। आएँ सरन तजउँ नहिं ताहू॥
सनमुख होइ जीव मोहि जबहीं। जन्म कोटि अघ नासहिं तबहीं॥
पापवंत कर सहज सुभाऊ। भजनु मोर तेहि भाव न काऊ॥
जौं पै दुष्ट हृदय सोइ होई। मोरें सनमुख आव कि सोई॥
निर्मल मन जन सो मोहि पावा। मोहि कपट छल छिद्र न भावा॥

—रामचरितमानस, 5.43.1-3

इसलिए श्रीकृष्ण अगले श्लोक में स्पष्ट करते हुए कहते हैं कि चूँकि ऐसा जघन्यतम पापी भी अत्यंत शीघ्र ही निर्मल मन वाला हो जाता है, अतः धर्मात्मा है...किसी भी स्थिति में मेरे भक्त का नाश नहीं हो सकता है (9.31)—

क्षिप्रं भवति धर्मात्मा शश्वच्छान्तिं निगच्छति।
कौन्तेय प्रतिजानीहि न मे भक्तः प्रणश्यति॥ 9.31॥

श्रीकृष्ण ने सभी प्रकार के लोगों को अपनी उपासना का अधिकार दे रखा है। स्त्री, वैश्य, शूद्र, ब्राह्मण, राजर्षि आदि सभी लोग श्रीकृष्ण की उपासना करके परमधाम जा सकते हैं (9.32, 9.33)—

मां हि पार्थ व्यपाश्रित्य येऽपि स्युः पापयोनयः।
स्त्रियो वैश्यास्तथा शूद्रास्तेऽपि यान्ति परां गतिम्॥ 9.32॥
किं पुनर्ब्राह्मणाः पुण्या भक्ता राजर्षयस्तथा।
अनित्यमसुखं लोकमिमं प्राप्य भजस्व माम्॥ 9.33॥

श्लोक संख्या 9.32 और 9.33 तथा मनुष्य शरीर से इसका संबंध

श्लोक संख्या 9.32 और 9.33 मनुष्य शरीर को सार्थक बनाने के विषय में है। मनुष्य शरीर अत्यंत भाग्यशाली जीव को भगवद्धाम वापस जाने के लिए सर्वश्रेष्ठ साधन के रूप में मिलता है। श्रीराम ने रामचरितमानस में मानव शरीर की उपयोगिता रेखांकित की है—

बड़ें भाग मानुष तनु पावा। सुर दुर्लभ सब ग्रंथन्हि गावा॥
साधन धाम मोच्छ कर द्वारा। पाइ न जेहिं परलोक सँवारा॥

—रामचरितमानस, 7.42.4

□

12. मेरे ही पास आओ (9.34)

नौवें अध्याय के अंत में श्रीकृष्ण नौवें अध्याय के साथ ही पूरी गीता के मूल उद्देश्य पर भी आते हैं। वे अर्जुन से कहते हैं कि इतना सब जानकर जीव को मेरा ही चिंतन करना चाहिए, मेरी ही भक्ति करनी चाहिए, मुझे ही नमस्कार करना चाहिए और मेरी ही पूजा करनी चाहिए, इस प्रकार सभी लोग योगयुक्त होकर मुझे प्राप्त कर सकते हैं (9.34)—

मन्मना भव मद्भक्तो मद्याजी मां नमस्कुरु।
मामेवैष्यसि युक्त्वैवमात्मानं मत्परायण: ॥ 9.34 ॥

रामचरितमानस में इसी भाव को व्यक्त करते हुए कहा गया है—

पुरुष नपुंसक नारि वा जीव चराचर कोइ।
सर्ब भाव भज कपट तजि मोहि परम प्रिय सोइ॥

—रामचरितमानस, 7.87 (क)

पाठकगण ध्यान दें!

अब तक और पूरी गीता में अर्जुन को श्रीकृष्ण द्वारा विभिन्न प्रकार से जो ज्ञान दिया गया है, उसका उद्देश्य भगवान् को समझकर उनसे कैसे जुड़ा रहा जाए...यही जानना है। योगयुक्त कर्म कैसे किया जाए, यह समझना है। पिंछले कुछ अध्यायों का उद्देश्य हम निम्न रेखाचित्र में देख सकते हैं—

रेखाचित्र-41

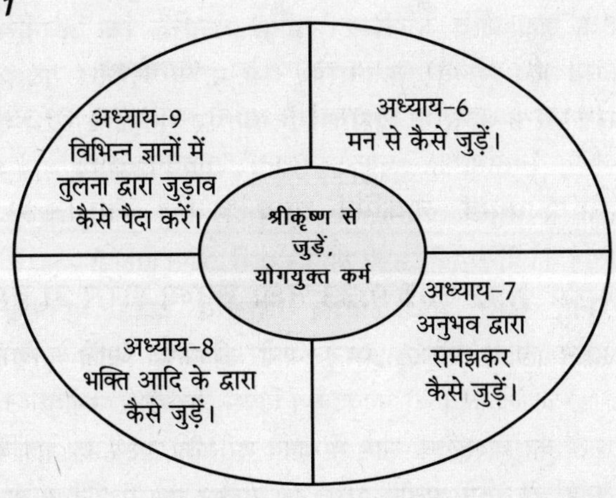

पाठकों की गीता के प्रत्येक श्लोक और अध्याय के माध्यम से श्रीकृष्ण की ओर यात्रा

॥ गीतारथी नवम विश्राम ॐ तत् सत् ॥

□

गीतारथी–10

श्रीकृष्ण...एकांशेन स्थितो जगत्

रामचरितमानस में गोस्वामी तुलसीदासजी ने बताया है कि इस सृष्टि में जो कुछ भी है, दृष्टि-भेद से अच्छा हो या बुरा, सबकुछ भगवान् ही हैं। दुःख-सुख, पाप-पुण्य, दिन-रात, साधु-असाधु, सुजाति-कुजाति, दानव-देवता, ऊँच-नीच, अमृत-विष, जीवन-मृत्यु, माया-ब्रह्म, जीव-ईश्वर, संपत्ति-दरिद्रता, रंक-राजा, काशी-मगध, गंगा-कर्मनाशा, मारवाड़-मालवा, ब्राह्मण-कसाई, स्वर्ग-नरक, अनुराग-वैराग्य आदि सब ईश्वर के ही रूप हैं, भगवान् का ही ऐश्वर्य हैं—

दुख सुख पाप पुन्य दिन राती। साधु असाधु सुजाति कुजाती॥
दानव देव ऊँच अरु नीचू। अमिअ सुजीवनु माहुरु मीचू॥
माया ब्रह्म जीव जगदीसा। लच्छि अलच्छि रंक अवनीसा॥
कासी मग सुरसरि क्रमनासा। मरु मारव महिदेव गवासा॥
सरग नरक अनुराग बिरागा। निगमागम गुन दोष बिभागा॥

—रामचरितमानस, 1.5.3-5

वसिष्ठजी ने भरतजी को बताया कि हानि-लाभ, जीवन-मरण, यश-अपयश सबकुछ भगवान् का ही रूप है, उन्हीं की इच्छा से घटित होता है—

सुनहु भरत भावी प्रबल बिलखि कहेउ मुनिनाथ।
हानि लाभु जीवनु मरनु जसु अपजसु बिधि हाथ॥

—रामचरितमानस, 2.171

उक्त बातों का वास्तविक ज्ञान हो जाने पर जीव सदैव भगवान् से जुड़ा रहता है, वह हर जगह, हर चीज, प्रत्येक घटना में भगवान् का ही अनुभव करने लगता है। रामचरितमानस में इस स्थिति का वर्णन करते हुए गोस्वामीजी कहते हैं कि उसके लिए सबकुछ सीताराममय हो जाता है—

सीय राममय सब जग जानी। करउँ प्रनाम जोरि जुग पानी॥

—रामचरितमानस, 1.7.1

ऐसी स्थिति प्राप्त हो जाने पर वह भगवान् को खोजता नहीं है, अपितु प्रत्येक जगह, हर स्थिति में वह भगवान् का समान रूप से अनुभव करते हुए हमेशा ही उनसे जुड़ा रहता है —

हरि ब्यापक सर्बत्र समाना। प्रेम तें प्रगट होहिं मैं जाना॥

—रामचरितमानस, 1.184.3

दसवें अध्याय का उद्‌देश्य विभिन्न रूपों, क्रियाओं, स्थितियों में उस भगवान् का ही अनुभव कराना है। सबकुछ ईश्वर ही है, यह समझाना है, जिससे हर समय योगयुक्त कर्म होता रहे। साथ ही हम भगवान् को सर्वत्र, सदैव महसूस करते रहें, वह विधि बताना है। भगवान् ने अपने अनंत रूपों, ऐश्वर्यों में से कुछ का परिचय इस अध्याय में अर्जुन को कराया है, ताकि वह अपनी निमित्त-मात्र की स्थिति को भलीभाँति समझ सके। आइए, एक रेखाचित्र के माध्यम से हम देखते हैं कि शुरू के 11 श्लोकों में श्रीकृष्ण ने अर्जुन को क्या बताया है—

रेखाचित्र-42

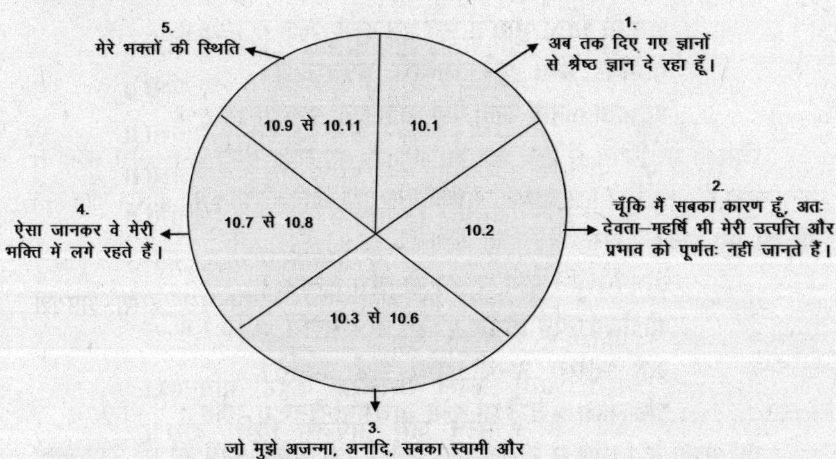

श्रीकृष्ण अर्जुन को बताते हैं कि अब जो ज्ञान मैं तुम्हें देने वाला हूँ, वह अब तक बताए जा चुके ज्ञान से भी श्रेष्ठ है (10.1)। मैं ही सबका आदि कारण हूँ, अतः कालांतर में मुझसे ही उत्पन्न होने वाले देवता और महर्षि भी मेरे विषय में संपूर्णता में नहीं जानते हैं (10.2)। कुछ लोग जो मोह और पापरहित हैं, वे जानते हैं कि मैं अजन्मा और अनादि हूँ

तथा समस्त लोकों का स्वामी हूँ (10.3)। जीवों के अनेक गुण, जैसे बुद्धि, ज्ञान, संशय तथा मोह से मुक्ति, क्षमाशीलता, सत्यवादिता, इंद्रियनिग्रह, मननिग्रह, सुख, दुःख, जन्म, मृत्यु, भय, अभय, अहिंसा, समता, तुष्टि, तप, दान, यश, अपयश आदि मेरे द्वारा ही उत्पन्न किए गए हैं (10.4 से 10.5)। चारों महर्षि कुमार (सनकादि), सप्तर्षि और सारे मनु भी मेरे मन से उत्पन्न हैं और फिर आगे इन सबसे विभिन्न जीवों की उत्पत्ति हुई है (10.6)—

श्रीभगवानुवाच

भूय एव महाबाहो शृणु मे परमं वचः।
यत्तेऽहं प्रीयमाणाय वक्ष्यामि हितकाम्यया॥ 10.1॥
न मे विदुः सुरगणाः प्रभवं न महर्षयः।
अहमादिर्हि देवानां महर्षीणां च सर्वशः॥ 10.2॥
यो मामजमनादिं च वेत्ति लोकमहेश्वरम्।
असम्मूढः स मर्त्येषु सर्वपापैः प्रमुच्यते॥ 10.3॥
बुद्धिर्ज्ञानमसम्मोहः क्षमा सत्यं दमः शमः।
सुखं दुःखं भवोऽभावो भयं चाभयमेव च॥ 10.4॥
अहिंसा समता तुष्टिस्तपो दानं यशोऽयशः।
भवन्ति भावा भूतानां मत्त एव पृथग्विधाः॥ 10.5॥
महर्षयः सप्त पूर्वे चत्वारो मनवस्तथा।
मद्भावा मानसा जाता येषां लोक इमाः प्रजाः॥ 10.6॥

जिसको मेरे विषय में ऐसा ज्ञान हो जाता है, वह संदेह रहित होकर मेरी भक्ति में लगा रहता है (10.7)। मुझे समस्त आध्यात्मिक तथा भौतिक जगत् का कारण जान लेने पर वह मेरी भक्ति में निरंतर दृढ़ होता जाता है (10.8)—

एतां विभूतिं योगं च मम यो वेत्ति तत्त्वतः।
सोऽविकल्पेन योगेन युज्यते नात्र संशयः॥ 10.7॥
अहं सर्वस्य प्रभवो मत्तः सर्वं प्रवर्तते।
इति मत्वा भजन्ते मां बुधा भावसमन्विताः॥ 10.8॥

ऐसे भक्तों के विचार में मैं सदा बना रहता हूँ, जो प्रत्येक कार्य को मेरे लिए करते हैं (10.9)। ऐसे भक्तों को, जो निरंतर इस प्रकार मेरी सेवा में रत रहते हैं, मैं दिव्य ज्ञान प्रदान करता हूँ (10.10) और उन पर विशेष कृपा करने के लिए उनके हृदय में रहते हुए मैं उनके ज्ञान का दीप प्रज्वलित कर उनके अज्ञानरूपी अंधकार का नाश कर देता हूँ (10.11)—

मच्चित्ता मद्गतप्राणा बोधयन्तः परस्परम्।
कथयन्तश्च मां नित्यं तुष्यन्ति च रमन्ति च॥ 10.9॥
तेषां सततयुक्तानां भजतां प्रीतिपूर्वकम्।
ददामि बुद्धियोगं तं येन मामुपयान्ति ते॥ 10.10॥
तेषामेवानुकम्पार्थमहमज्ञानजं तमः।
नाशयाम्यात्मभावस्थो ज्ञानदीपेन भास्वता॥ 10.11॥

भगवान् द्वारा अपने अनन्य भक्त को ज्ञान देने की इस प्रक्रिया का वर्णन रामचरितमानस में भी आया है। एक संदर्भ में याज्ञवल्क्यजी ने भारद्वाजजी को बताया है कि श्रीराम अपना भक्त जानकार जिस पर कृपा करते हैं, उसके हृदय में सरस्वतीजी को नचाते रहते हैं—

जेहि पर कृपा करहिं जनु जानी। कबि उर अजिर नचावहिं बानी॥

—रामचरितमानस, 1.104.3

उपरोक्त 11 श्लोकों तक श्रीकृष्ण ने जो कुछ अर्जुन को बताया, उसका प्रभाव आगे के 7 श्लोकों में अर्जुन पर दिखाई देता है। आगामी 7 श्लोक अर्थात् श्लोक संख्या 10.12 से 10.18 तक अर्जुन ने क्या कहा, इसे हम निम्न रेखाचित्र द्वारा समझने का प्रयास करेंगे—

रेखाचित्र-43

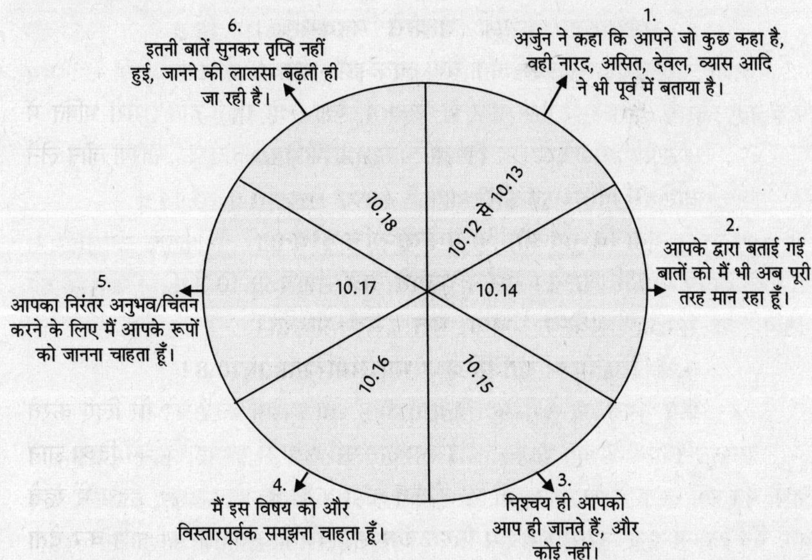

अब तक अर्जुन को काफी कुछ समझ में आ चुका था और वह श्रीकृष्ण के

भगवान् होने का विश्वास कर चुका था। इस विश्वास का कारण था, यह विश्वास निराधार नहीं था। उसने श्रीकृष्ण से बताया कि आप अपने जिन स्वरूपों, गुणों आदि के विषय में मुझसे बता रहे हैं, पूर्व में नारद, असित, देवल, व्यास जैसे ऋषियों ने भी ऐसा ही बताया हुआ है कि आप परम भगवान्, परम धाम, परम पवित्र, परम सत्य हैं। आप नित्य हैं, दिव्य हैं, आदि पुरुष हैं, अजन्मा और महानतम हैं (10.12-13)—

अर्जुन उवाच

परं ब्रह्म परं धाम पवित्रं परमं भवान्।
पुरुषं शाश्वतं दिव्यमादिदेवमजं विभुम्॥ 10.12॥
आहुस्त्वामृषयः सर्वे देवर्षिर्नारदस्तथा।
असितो देवलो व्यासः स्वयं चैव ब्रवीषि मे॥ 10.13॥

इस प्रकार आप की बातें प्रमाणित हैं, अतः आप जो कुछ बता रहे हैं, उसे मैं भी पूर्ण सत्य मान रहा हूँ। निश्चय ही देवताओं, असुरों आदि किसी के लिए भी आपको समझ पाना संभव नहीं है (10.14)। आप स्वयं ही स्वयं को जानने वाले हैं (10.15)—

सर्वमेतदृतं मन्ये यन्मां वदसि केशव।
न हि ते भगवन्व्यक्तिं विदुर्देवा न दानवाः॥ 10.14॥
स्वयमेवात्मनात्मानं वेत्थ त्वं पुरुषोत्तम।
भूतभावन भूतेश देवदेव जगत्पते॥ 10.15॥

अर्जुन ने श्रीकृष्ण से याचना की कि आप और विस्तार से अपने उन रूपों के विषय में बताएँ, जिसके द्वारा आप इस सृष्टि में व्याप्त रहते हैं (10.16)—

वक्तुमर्हस्यशेषेण दिव्या ह्यात्मविभूतयः।
याभिर्विभूतिभिर्लोकानिमांस्त्वं व्याप्य तिष्ठसि॥ 10.16॥

अर्जुन ने कहा कि आपका निरंतर चिंतन करने के लिए मैं आपके उन विभिन्न रूपों के विषय में और जानना चाहता हूँ, कृपया मुझे बताइए कि किन-किन वस्तुओं को देखकर यह समझा जाए कि यह भी आप ही हैं? (10.17)—

कथं विद्यामहं योगिंस्त्वां सदा परिचिन्तयन्।
केषु केषु च भावेषु चिन्त्योऽसि भगवन्मया॥ 10.17॥

भगवत-विषय अत्यंत रोचक और रहस्यात्मक होते हैं। इनको सुनने, समझने से कभी मन नहीं भरता है, प्यास बढ़ती ही जाती है। अर्जुन ने श्रीकृष्ण से यही कहा कि अब तक मैंने जितना सुना, उससे मेरी इस विषय में सुनने और समझने की इच्छा और बढ़ती जा रही है, अतः कृपा करके इस विषय को विस्तारपूर्वक बताइए (10.18)—

विस्तरेणात्मनो योगं विभूतिं च जनार्दन।
भूयः कथय तृप्तिर्हि शृण्वतो नास्ति मेऽमृतम्॥ 10.18॥

श्लोक संख्या 10.18 भगवत-विषय से संबंधित है। रामचरितमानस में भी माता पार्वती ने भगवान् शिव से कहा है कि भगवत-विषय में सुनकर जो संतुष्ट हो जाता है, वास्तव में वह भगवत-रस को विशेष रूप से नहीं जान पाया है—

रामचरित जे सुनत अघाहीं। रस बिसेष जाना तिन्ह नाहीं॥

—*रामचरितमानस, 7.52.1*

अगले श्लोक में श्रीकृष्ण ने अर्जुन की प्रार्थना पर प्रतिक्रियास्वरूप बताया कि चूँकि मेरे ऐश्वर्य/स्वरूप अनंत हैं, अतः विस्तार में न जाते हुए तुम्हारी प्रार्थना पर मैं अपने मुख्य-मुख्य स्वरूपों, ऐश्वर्यों को बताता हूँ (10.19)—

श्रीभगवानुवाच

हन्त ते कथयिष्यामि दिव्या ह्यात्मविभूतयः।
प्राधान्यतः कुरुश्रेष्ठ नास्त्यन्तो विस्तरस्य मे॥ 10.19॥

और इसके पश्चात् श्रीकृष्ण ने विभिन्न रूपों, अवस्थाओं, स्थितियों के रूप में स्वयं को ही बताया। श्रीकृष्ण द्वारा आगे बताए गए उनके विभिन्न स्वरूपों को समझ लेने पर भगवान् की सर्वव्यापकता का अनुभव हो जाता है। श्लोक संख्या 6.29 और 6.30 की स्थिति पैदा हो जाती है, जिसमें प्रत्येक जगह, हर वस्तु, सारी परिस्थितियों में श्रीकृष्ण का वास्तविक अनुभव होने लगता है। व्यक्ति का जीवन बिना विशेष प्रयास के ही योगयुक्त होने लगता है। वह सदा अपने को भगवान् से युक्त पाता है, द्वैत से परे होने लगता है।

श्रीकृष्ण ने कहना आरंभ किया कि वे मुख्यतः किन-किन रूपों में समझे जा सकते हैं—

अहमात्मा गुडाकेश सर्वभूताशयस्थितः।
अहमादिश्च मध्यं च भूतानामन्त एव च॥ 10.20॥

अर्थात्→ { →समस्त जीवों के हृदय में बैठा परमात्मा
→समस्त जीवों का आरंभ, मध्य और अंत } →मैं हूँ (10.20)।

आदित्यानामहं विष्णुर्ज्योतिषां रविरंशुमान्।
मरीचिर्मरुतामस्मि नक्षत्राणामहं शशी॥ 10.21॥

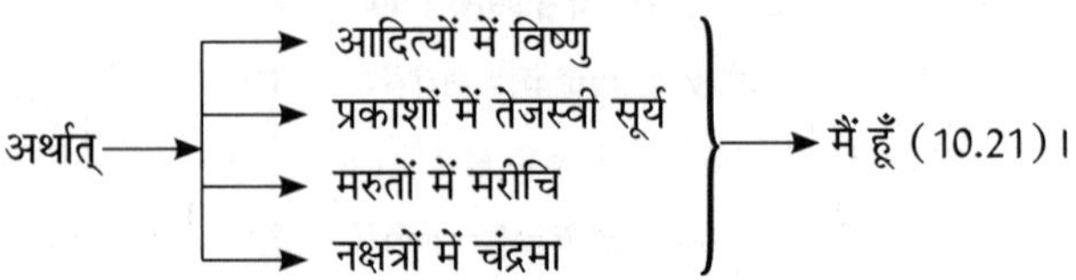

वेदानां सामवेदोऽस्मि देवानामस्मि वासवः।
इन्द्रियाणां मनश्चास्मि भूतानामस्मि चेतना॥ 10.22॥

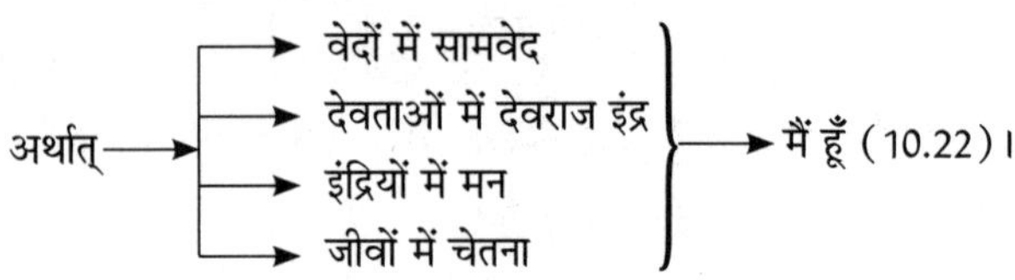

रुद्राणां शङ्करश्चास्मि वित्तेशो यक्षरक्षसाम्।
वसूनां पावकश्चास्मि मेरुः शिखरिणामहम्॥ 10.23॥

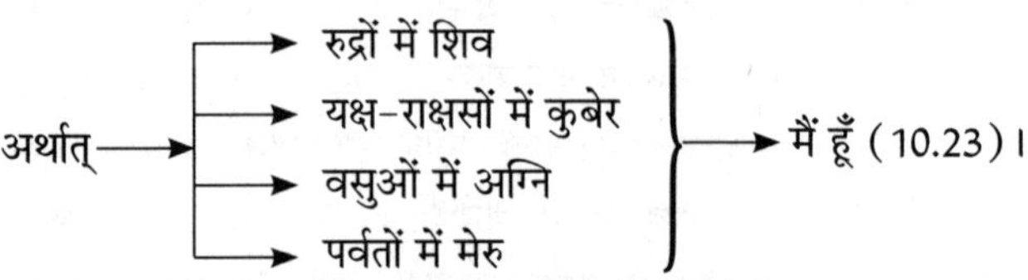

पुरोधसां च मुख्यं मां विद्धि पार्थ बृहस्पतिम्।
सेनानीनामहं स्कन्दः सरसामस्मि सागरः॥ 10.24॥

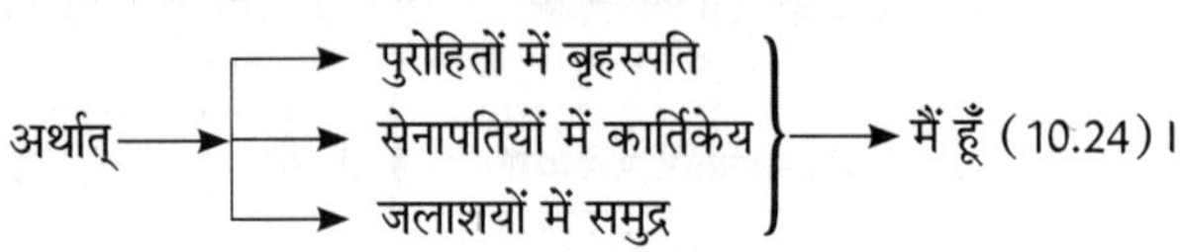

महर्षीणां भृगुरहं गिरामस्म्येकमक्षरम्।
यज्ञानां जपयज्ञोऽस्मि स्थावराणां हिमालयः॥ 10.25॥

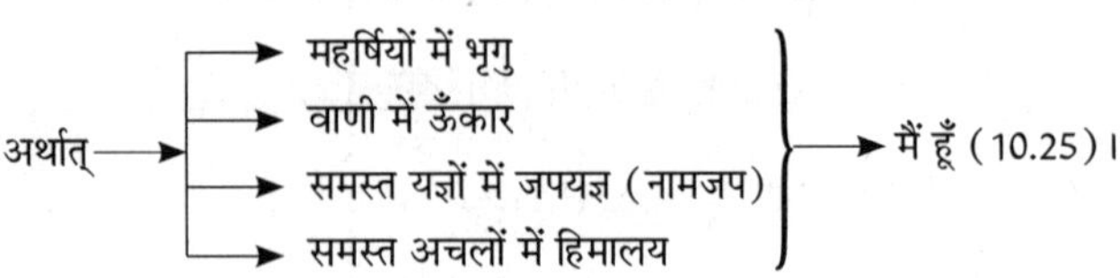

अश्वत्थः सर्ववृक्षाणां देवर्षीणां च नारदः।
गन्धर्वाणां चित्ररथः सिद्धानां कपिलो मुनिः॥ 10.26॥

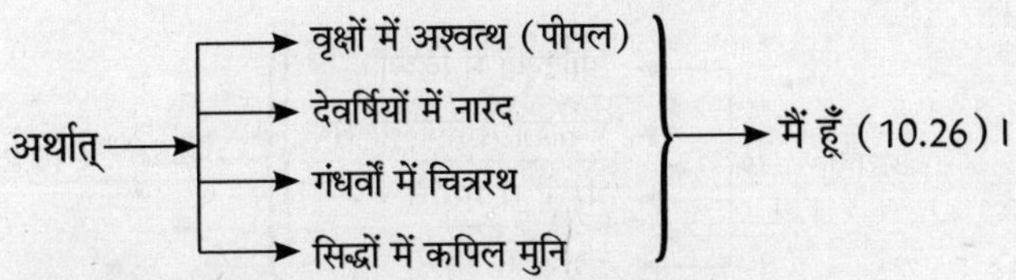

उच्चैःश्रवसमश्वानां विद्धि माममृतोद्भवम्।
ऐरावतं गजेन्द्राणां नराणां च नराधिपम्॥ 10.27॥

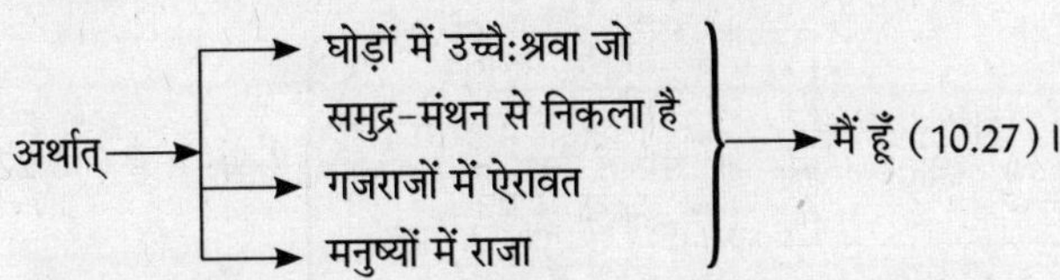

आयुधानामहं वज्रं धेनूनामस्मि कामधुक्।
प्रजनश्चास्मि कन्दर्पः सर्पाणामस्मि वासुकिः॥ 10.28॥

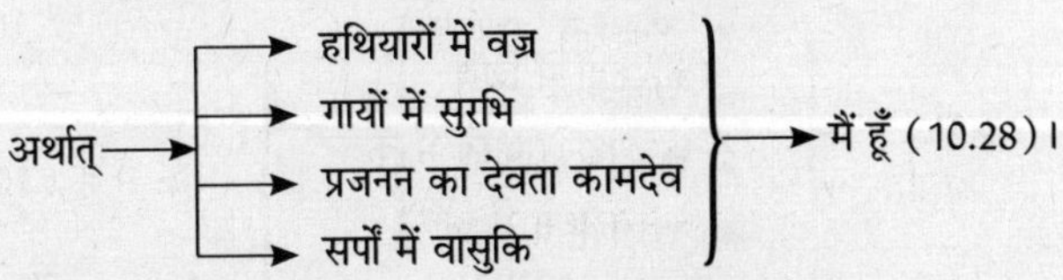

अनन्तश्चास्मि नागानां वरुणो यादसामहम्।
पितृणामर्यमा चास्मि यमः संयमतामहम्॥ 10.29॥

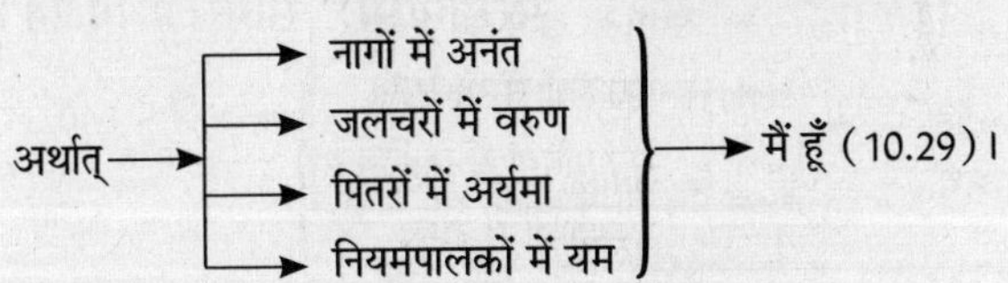

प्रह्लादश्चास्मि दैत्यानां कालः कलयतामहम्।
मृगाणां च मृगेन्द्रोऽहं वैनतेयश्च पक्षिणाम्॥ 10.30॥

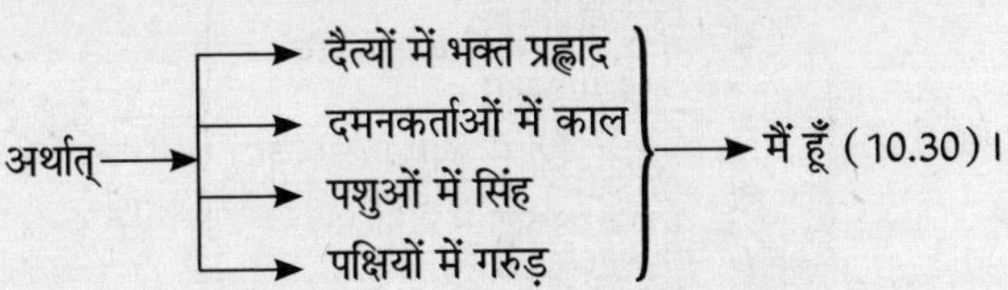

पवनः पवतामस्मि रामः शस्त्रभृतामहम्।
झषाणां मकरश्चास्मि स्त्रोतसामस्मि जाह्नवी॥ 10.31॥

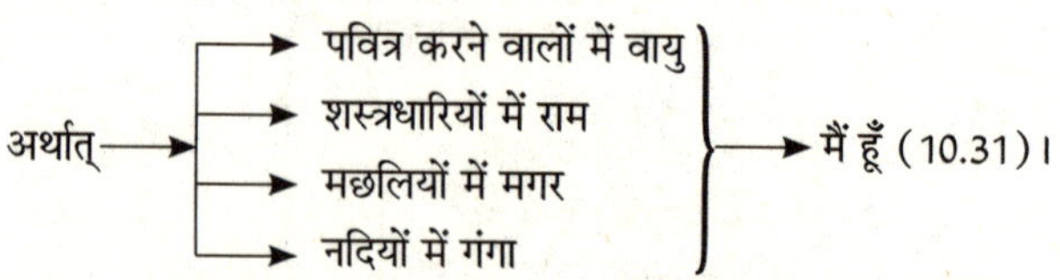

सर्गाणामादिरन्तश्च मध्यं चैवाहमर्जुन।
अध्यात्मविद्या विद्यानां वादः प्रवदतामहम्॥ 10.32 ॥

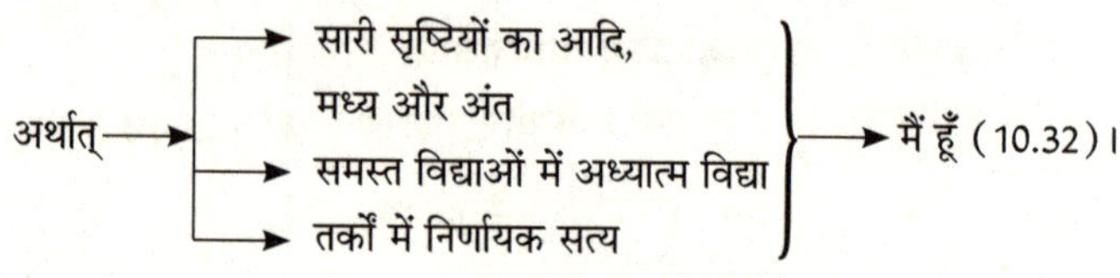

अक्षराणामकारोऽस्मि द्वन्द्वः सामासिकस्य च।
अहमेवाक्षयः कालो धाताहं विश्वतोमुखः॥ 10.33 ॥

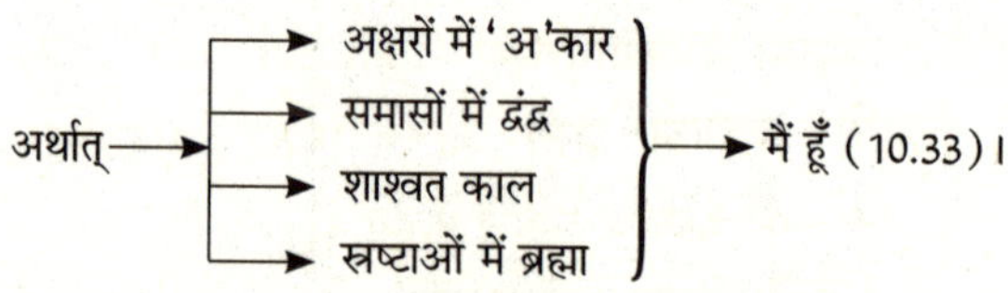

मृत्युः सर्वहरश्चाहमुद्भवश्च भविष्यताम्।
कीर्तिः श्रीर्वाक्च नारीणां स्मृतिर्मेधा धृतिः क्षमा॥ 10.34 ॥

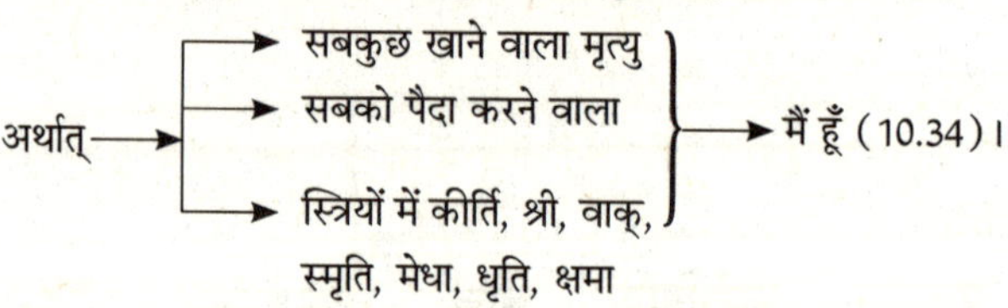

बृहत्साम तथा साम्नां गायत्री छन्दसामहम्।
मासानां मार्गशीर्षोऽहमृतूनां कुसुमाकरः॥ 10.35 ॥

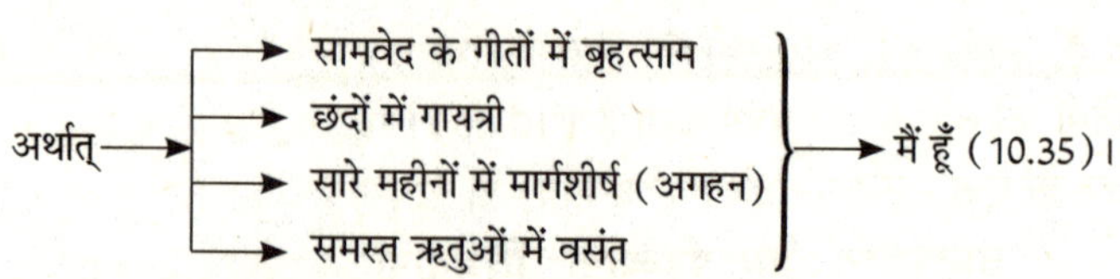

द्यूतं छलयतामस्मि तेजस्तेजस्विनामहम्।
जयोऽस्मि व्यवसायोऽस्मि सत्त्वं सत्त्ववतामहम्॥ 10.36 ॥

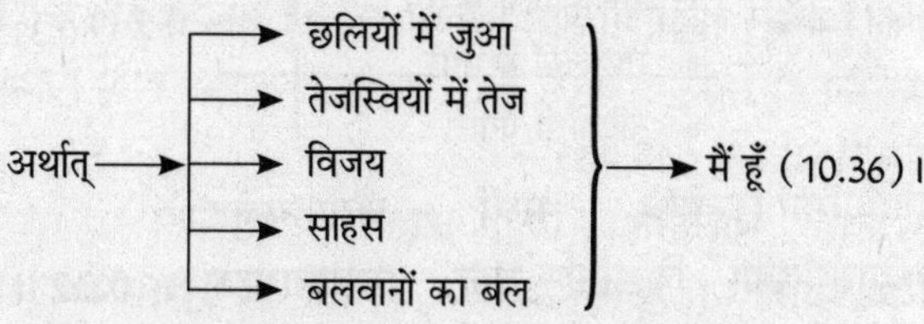

वृष्णीनां वासुदेवोऽस्मि पाण्डवानां धनञ्जयः।
मुनीनामप्यहं व्यासः कवीनामुशना कविः॥ 10.37॥

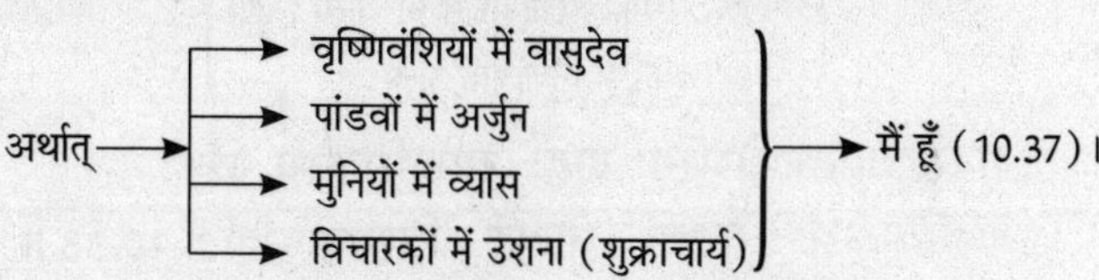

दण्डो दमयतामस्मि नीतिरस्मि जिगीषताम्।
मौनं चैवास्मि गुह्यानां ज्ञानं ज्ञानवतामहम्॥ 10.38॥

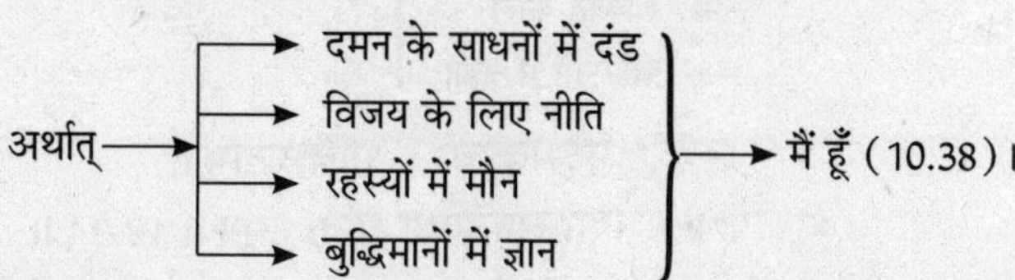

इतने सारे रूपों/ऐश्वर्यों को बताने के बाद श्रीकृष्ण ने इस बात का समापन करते हुए अर्जुन से कहा कि समस्त सृष्टि का बीज मैं ही हूँ...चर-अचर में से कोई भी प्राणी मेरे बिना अस्तित्व में नहीं आ सकता है (10.39)—

यच्चापि सर्वभूतानां बीजं तदहमर्जुन।
न तदस्ति विना यत्स्यान्मया भूतं चराचरम्॥ 10.39॥

आगे श्रीकृष्ण ने अर्जुन को यह भी बताया कि वास्तव में मेरी विभूतियाँ/स्वरूप अनंत हैं, इनका कोई अंत नहीं है। जितना अभी तक मैंने तुम्हें बताया है, वह अनंत विभूतियों की ओर संकेत करने जैसा है (10.40)। समस्त ऐश्वर्य, सौंदर्य और सृष्टियाँ मेरे तेज के एक स्फुलिंग-मात्र (कण-मात्र) से उत्पन्न हैं (10.41)—

नान्तोऽस्ति मम दिव्यानां विभूतीनां परन्तप।
एष तूद्देशतः प्रोक्तो विभूतेर्विस्तरो मया॥ 10.40॥
यद्यद्विभूतिमत्सत्त्वं श्रीमदूर्जितमेव वा।
तत्तदेवावगच्छ त्वं मम तेजोंऽशसम्भवम्॥ 10.41॥

अंतिम श्लोक में श्रीकृष्ण ने पूरे 10वें अध्याय का सार ही अर्जुन को बताया और

कहा कि ज्ञान की विभिन्न शाखाओं द्वारा मुझे समझने की आवश्यकता क्या है, बस इतना ही जान लो कि मैंने ही सबकुछ धारण कर रखा है, सबकुछ उत्पन्न किया है और वह भी अपने एक अंश मात्र से (10.42)—

अथवा बहुनैतेन किं ज्ञातेन तवार्जुन।
विष्टभ्याहमिदं कृत्स्नमेकांशेन स्थितो जगत्॥ 10.42॥

॥ गीतारथी दशम विश्राम ॐ तत् सत्॥

□

गीतारथी–11

श्रीकृष्ण...दिव्यं ददामि ते चक्षुः•

विश्वरूप

पिछले अध्याय के श्लोक संख्या 10.14 में अर्जुन ने श्रीकृष्ण से कहा कि मैं आपकी बताई हुई सभी बातों का पूर्ण विश्वास करता हूँ, पाठकों के लिए यह सीख है कि गीता को समझने के लिए अर्जुन के इस भाव को अपनाना जरूरी है। दसवें अध्याय के श्लोक संख्या 10.18 में अर्जुन ने श्रीकृष्ण से कहा कि भगवत-विषय को मैं जितना सुनता जा रहा हूँ, मेरी इस विषय में जानने की इच्छा और प्रबल होती जा रही है, मैं और विस्तार से जानना चाह रहा हूँ। अतः श्रीकृष्ण ने अपने विश्वरूप के मुख्य-ऐश्वर्यों के विषय में आगे उसे बताया, जिससे अर्जुन हतप्रभ हो गया। ऐसा ज्ञान प्राप्त कर लेने पर अर्जुन स्थिर हो गया और इसलिए 11वें अध्याय के एकदम आरंभ में ही उसने श्रीकृष्ण का धन्यवाद ज्ञापन करते हुए कहा कि अब मेरा सारा मोह दूर हो गया है (11.1)...सृष्टि की उत्पत्ति और प्रलय को सुनते हुए मैंने आपकी अक्षय महिमा का अनुभव किया है (11.2)। अर्जुन ने श्रीकृष्ण से प्रार्थना की कि पूर्व में जिन ऐश्वर्यों के विषय में आपने मुझे बताया है, मैं उसे अपनी आँखों से देखना चाहता हूँ (11.3)। अगर आप को उचित लगे तो मुझे अपने बताए हुए विश्वरूप को दिखाइए (11.4)—

अर्जुन उवाच

मदनुग्रहाय परमं गुह्यमध्यात्मसंज्ञितम्।
यत्त्वयोक्तं वचस्तेन मोहोऽयं विगतो मम॥ 11.1॥
भवाप्ययौ हि भूतानां श्रुतौ विस्तरशो मया।
त्वत्तः कमलपत्राक्ष माहात्म्यमपि चाव्ययम्॥ 11.2॥
एवमेतद्यथात्थ त्वमात्मानं परमेश्वर।
द्रष्टुमिच्छामि ते रूपमैश्वरं पुरुषोत्तम॥ 11.3॥
मन्यसे यदि तच्छक्यं मया द्रष्टुमिति प्रभो।
योगेश्वर ततो मे त्वं दर्शयात्मानमव्ययम्॥ 11.4॥

श्रीकृष्ण ने अर्जुन की इस भावना का आदर करते हुए कहा कि ठीक है, मैं तुम्हें अपना विश्वरूप दिखाता हूँ। इसमें तुम मेरे अनंत ऐश्वर्यों को देखो, सैकड़ों-हजारों भाँति के दैवी रूपों को देखो और अनेक रंगों में मेरे रूपों को देखो (11.5)। तुम आदित्यों, वसुओं, रुद्रों, अश्विनीकुमारों तथा अन्य देवताओं को भिन्न-भिन्न रूपों में देखो। तुम ऐसी अनेक आश्चर्यजनक चीजों को देखो, जिन्हें न तो पहले किसी ने देखा है, न ही सुना है (11.6)। मेरे इस विश्वरूप में तुम्हें जो कुछ भी देखना है, इसी समय देख लो...भूत, भविष्य, वर्तमान तथा चर-अचर के विषय में सबकुछ देख लो (11.7)। इतना कहने

के बाद श्रीकृष्ण ने अर्जुन को बताया कि विश्वरूप चूँकि सामान्य नेत्रों से नहीं देखा जा सकता, अत: विश्वरूप को देखने के लिए मैं तुम्हें दिव्य-दृष्टि देता हूँ और श्रीकृष्ण ने अर्जुन को दिव्य-दृष्टि प्रदान की (11.8)—

श्रीभगवानुवाच

पश्य मे पार्थ रूपाणि शतशोऽथ सहस्रशः।
नानाविधानि दिव्यानि नानावर्णाकृतीनि च॥ 11.5॥
पश्यादित्यान्वसून्रुद्रानश्विनौ मरुतस्तथा।
बहून्यदृष्टपूर्वाणि पश्याश्चर्याणि भारत॥ 11.6॥
इहैकस्थं जगत्कृत्स्नं पश्याद्य सचराचरम्।
मम देहे गुडाकेश यच्चान्यद्द्रष्टुमिच्छसि॥ 11.7॥
न तु मां शक्यसे द्रष्टुमनेनैव स्वचक्षुषा।
दिव्यं ददामि ते चक्षुः पश्य मे योगमैश्वरम्॥ 11.8॥

श्लोक संख्या 11.1 से 11.8 के निहितार्थ/जीवन के लिए उपयोग

श्रीकृष्ण ने श्लोक संख्या 4.34 और 4.35 में गुरु के पास विनीत-भाव से जाकर ज्ञान प्राप्त करने के लिए कहा है। अर्जुन ने श्रीकृष्ण को अपना गुरु स्वीकार कर लिया था तथा उनकी बातों को सुनकर और समझकर उस पर पूर्ण विश्वास भी करने लगा था।

फिर भी जब श्रीकृष्ण ने अपने विश्वरूप के रहस्यमयी ऐश्वर्यों का अर्जुन को ज्ञान दिया तो अर्जुन ने श्रीकृष्ण से उस रूप को दिखा देने की भी प्रार्थना की। यह बात थोड़ी खटकने वाली है, क्योंकि यह गुरु की परीक्षा लेने की भाँति है। फिर भी अर्जुन का यह कदम मानव-सभ्यता के लिए बड़ी सीख है। यह एक छात्र के लिए गुरु की 'परीक्षा लेने के अपराध' को खत्म करता है और सीख देता है कि उचित प्रश्न गुरु से पूछे ही जाने चाहिए, यह अपराध नहीं है। लेकिन हाँ, इसमें जिज्ञासा का भाव होना चाहिए, न कि परीक्षा का। श्रीकृष्ण भी अर्जुन के प्रश्नों से आहत नहीं हुए, उन्होंने न केवल उसका आदर किया, अपितु दिव्य-दृष्टि देकर उसकी जिज्ञासा की पूर्ति हेतु अतिरिक्त सहायता भी की। शिक्षकों/गुरुओं को श्रीकृष्ण के इस आचरण से छात्र/शिष्य के प्रति अतिरिक्त उदारता अपनाने की शिक्षा लेनी चाहिए। अर्जुन द्वारा श्रीकृष्ण से विश्वरूप को न केवल बताने अपितु दिखाने के लिए भी कहना और श्रीकृष्ण का उसे बिना झिझक के स्वीकार करना, पाठकों को धोखे से बचने के लिए परीक्षण की भी अनुमति देने जैसा है। कभी-कभी जनता की श्रद्धा का फायदा उठाकर कुछ लोग स्वयं को भगवान् घोषित करने लगते हैं, उन्हें इस रूप में

स्वीकार करने का जनता पर दबाव दृष्टिगोचर होता है। ऐसी स्थिति में श्लोक संख्या 11.1 से 11.8 को मार्गदर्शक मानते हुए ऐसे स्वघोषित भगवान् से विश्वरूप दिखाने की माँग होनी चाहिए, यह अपराध नहीं अपितु धर्म है।

□

श्लोक संख्या 11.8 की दिव्य-दृष्टि और आधुनिक चिकित्सा-विज्ञान

गीता में दिव्य-दृष्टि (Divine Eyes) की बात आती है, क्या यह काल्पनिक है या इसका कोई वैज्ञानिक आधार है? अगर हम गीता के श्लोक संख्या 11.8 पर ध्यान दें तो यह स्पष्ट होता है कि श्रीकृष्ण ने किसी विशेष शक्ति द्वारा अर्जुन की आँखों में अलग प्रकार की दृष्टि की क्षमता दे दी। हम सबको सामान्य दृष्टि प्राप्त है, दूसरे शब्दों में इसका अर्थ हुआ कि हमारी आँखों के देखने की क्षमता पर कुछ निश्चित सीमाएँ लगी हुई हैं, जिसके कारण हम कुछ निश्चित आकृतियों, कुछ निश्चित रंगों आदि को ही देख सकते हैं। अर्जुन के साथ भी ऐसा ही था, तभी श्रीकृष्ण ने उसे विश्वरूप, जिसमें अनंत आकृतियाँ, अनंत रंग, अनंत रूप, तीनों काल आदि हैं, देखने के लिए दिव्य-दृष्टि दी, अर्थात् उसकी आँखों में प्राकृतिक रूप से मौजूद सामान्य दृष्टि की सीमा को हटा दिया, सीमा को हटा लेना ही दिव्य-दृष्टि देना है।

श्रीकृष्ण ने श्लोक संख्या 2.16 में स्वयं बताया है कि चीजों का सिर्फ प्रकटीकरण होता है, वे अलग से उत्पन्न नहीं होती (नासतो विद्यते भावो नाभावो विद्यते सतः, 2.16)। अतः आँखों में दिव्य-दृष्टि की क्षमता पहले से ही होती है, केवल प्रकृति ने इसको सीमित बना रखा है। यही कारण है कि श्रीकृष्ण ने अर्जुन के आँखों में ही दिव्य-दृष्टि दी, पैर या हाथ में नहीं, क्योंकि दृष्टि की क्षमता आँखों में ही है, सामान्य भी और दिव्य भी। रामायण की रचना के लिए महर्षि वाल्मीकि ने भी आँखों में विद्यमान इस शक्ति का प्रयोग करके पूर्वकाल और भविष्य की घटनाओं का साक्षात्कार किया—

ततः पश्यति धर्मात्मा तत् सर्वं योगमास्थितः।
पुरा यत् तत्र निर्वृत्तं पाणावामलकं यथा॥

—वा. रामायण, 1.3.6

श्रीमद्भागवतमहापुराण की रचना के लिए श्रीकृष्ण के जीवन का साक्षात्कार करने के लिए व्यासदेव ने भी नेत्रों की इसी शक्ति का प्रयोग किया—

भक्तियोगेन मनसि सम्यक् प्रणिहितेऽमले।
अपश्यत्पुरुषं पूर्णं मायां च तदपाश्रयम्॥

—श्रीमद्भागवतमहापुराण, 1.7.4

रामचरितमानस में गोस्वामी तुलसीदासजी ने भी आँखों में मौजूद दिव्य-दृष्टि का उल्लेख किया है, वे कहते हैं कि सिद्ध लोग इस शक्ति से तीनों कालों को देख लेते हैं—

जानहिं तीनि काल निज ग्याना। करतल गत आमलक समाना॥

—रामचरितमानस, 1.29.4

हम निम्न रेखाचित्र से समझने का प्रयास करते हैं कि अर्जुन की आँखों की कार्यविधि, दिव्य-दृष्टि से पूर्व और बाद में कैसी रही होगी। पाठकों की समझ के लिए यह रेखाचित्र एक काल्पनिक प्रयास है, एक सोच है, इसे बिल्कुल सटीक रूप में स्वीकार करने की बात नहीं की जा रही है—

रेखाचित्र-44

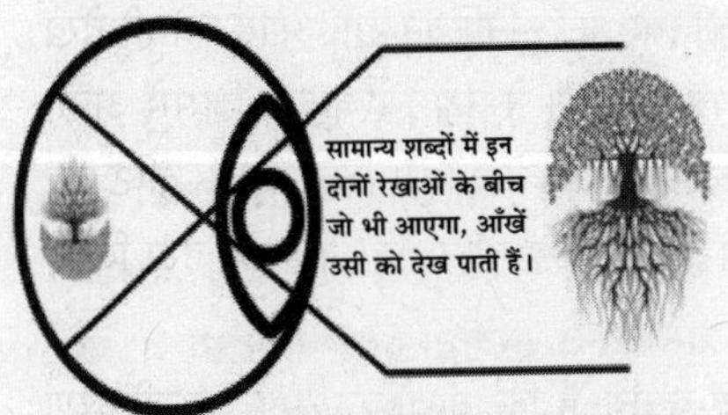

(i) अर्जुन की सामान्य दृष्टि का वैज्ञानिक रेखाचित्र

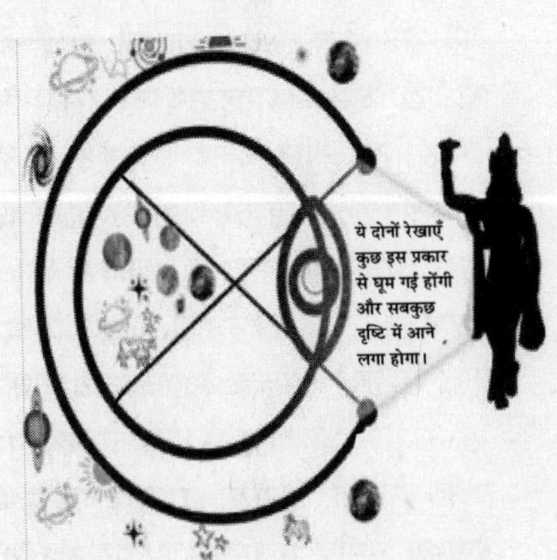

(ii) अर्जुन की दिव्य-दृष्टि की स्थिति काल्पनिक प्रदर्शन

उपरोक्त में से प्रथम चित्र आँखों की सामान्य दृष्टि को प्रदर्शित करता है। सामान्य शब्दों में कहा जाए तो आँख के बाहर की ओर दिखने वाली दो समानांतर रेखाओं के बीच आने वाली चीजें हमें दिखाई देती हैं। अब अगर हम इस वैज्ञानिक आधार पर कल्पना करें कि अर्जुन की सामान्य दृष्टि किस प्रकार दिव्य-दृष्टि में बदली होगी तो दूसरे चित्र पर दृष्टिपात करने से एक बात अवश्य लगती है कि आँख के बाहर की दोनों रेखाएँ समानांतर की जगह 360° घूमकर पूरे विराट् रूप को देखने की स्थिति में आ गई होंगी। दूसरा चित्र पूर्णतः काल्पनिक है, किंतु चिकित्सा क्षेत्र के लोग इस दिशा में सोच अवश्य सकते हैं।

सामान्य दृष्टि वास्तव में दिव्य-दृष्टि पर आरोपित सीमा के अतिरिक्त और कुछ नहीं है। 'चश्मे से लेकर हब्बल टेलीस्कोप' तक हम निरंतर इसी सीमा को पार करने के लिए प्रयासरत हैं। आँखों के ऑपरेशन द्वारा दृष्टि की क्षमता में परिवर्तन होता है...यह तभी है, जब आँखों में पूर्व से ही क्षमता विद्यमान है, तकनीकी केवल उस क्षमता को उभारती है। चिकित्सा-विज्ञान को श्रीकृष्ण द्वारा श्लोक संख्या 11.8 में दी जाने वाली दिव्य-दृष्टि को इस नजरिए से देखना चाहिए और इस क्षेत्र में अनुसंधान करना चाहिए। सभी आँखों में दिव्य-दृष्टि की क्षमता विद्यमान है...सामान्य दृष्टि जीव की विवशता है, वास्तविकता नहीं।

□

दूसरे अध्याय के बाद सीधे ग्यारहवें अध्याय में ही संजय की वार्त्ता पुनः आती है, मालूम हो कि व्यासदेव की कृपा से संजय को भी दिव्य-दृष्टि प्राप्त थी और वह महल में बैठे-बैठे ही कुरुक्षेत्र में घट रहे दृश्यों को देख सकता था। उसने श्रीकृष्ण का विश्वरूप भी देखा और अंधे महाराज को उसके विषय में बताया। उसने कहा कि—

दिव्य-दृष्टि देकर श्रीकृष्ण ने अर्जुन को अपने विश्वरूप का दर्शन कराया (11.9)। उस विश्वरूप में असंख्य मुख, असंख्य नेत्र तथा आश्चर्यचकित कर देने वाले दृश्यों को अर्जुन ने देखा। वे रूप दैवी आभूषणों से युक्त थे और दैवी हथियार धारण किए हुए थे। उनकी मालाएँ दिव्य थीं, वस्त्र तथा सुगंधित द्रव्य भी दिव्य थे। जो कुछ भी था, सबकुछ आश्चर्यचकित कर देने वाला था, असीम था तथा सर्वत्र व्याप्त था (11.10 से 11.11)। उस विश्वरूप के तेज के विषय में संजय ने बताया कि ऐसा प्रतीत होता है, मानो हजारों सूर्य एक साथ आकाश में उदय हो गए हों (11.13)। यह देखकर रोमांच में भरकर अर्जुन उस विश्वरूप के सामने हाथ जोड़कर प्रार्थना करने लगा (11.14)—

सञ्जय उवाच

एवमुक्त्वा ततो राजन्महायोगेश्वरो हरिः।
दर्शयामास पार्थाय परमं रूपमैश्वरम्॥ 11.9॥
अनेकवक्त्रनयनमनेकाद्भुतदर्शनम्।
अनेकदिव्याभरणं दिव्यानेकोद्यतायुधम्॥ 11.10॥
दिव्यमाल्याम्बरधरं दिव्यगन्धानुलेपनम्।
सर्वाश्चर्यमयं देवमनन्तं विश्वतोमुखम्॥ 11.11॥
दिवि सूर्यसहस्रस्य भवेद्युगपदुत्थिता।
यदि भाः सदृशी सा स्याद्भासस्तस्य महात्मनः॥ 11.12॥

तत्रैकस्थं जगत्कृत्स्नं प्रविभक्तमनेकधा।
अपश्यद्देवदेवस्य शरीरे पाण्डवस्तदा॥ 11.13॥
ततः स विस्मयाविष्टो हृष्टरोमा धनञ्जयः।
प्रणम्य शिरसा देवं कृताञ्जलिरभाषत॥ 11.14॥

उपरोक्त श्लोकों (11.1 से 11.14) के विषयों को हम निम्न रेखाचित्र द्वारा समझते हैं—

रेखाचित्र-45

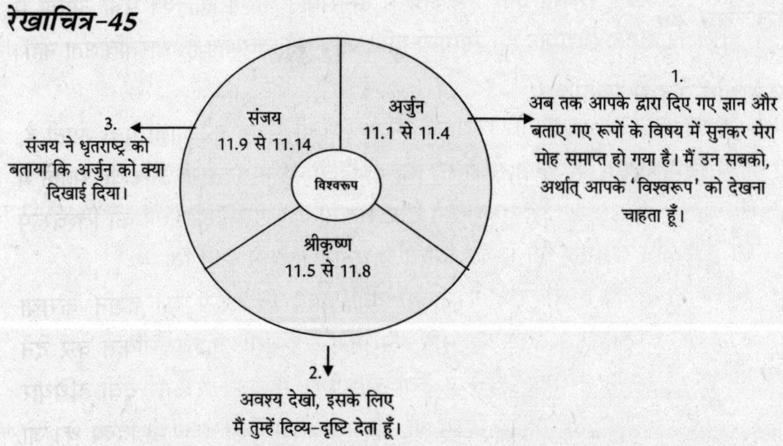

श्लोक संख्या 11.1 से 11.14 तक

आगे हम देखेंगे कि विश्वरूप में अर्जुन को क्या-क्या दिखाई दिया और उन्हें देखकर उसकी भावनाएँ क्या थीं। अगले श्लोकों में अर्जुन ने उस विश्वरूप के सामने कहा कि मैं इस विराट् रूप में—

- सारे देवताओं, विविध जीवों, कमल पर बैठे हुए ब्रह्मा, शिव, सारे ऋषियों एवं दिव्य सर्पों को देख रहा हूँ (11.15)—

अर्जुन उवाच

पश्यामि देवांस्तव देव देहे सर्वांस्तथा भूतविशेषसङ्घान्।
ब्रह्माणमीशं कमलासनस्थमृषींश्च सर्वानुरगांश्च दिव्यान्॥ 11.15॥

- अनेक हाथ, पेट, मुँह, आँखें देख पा रहा हूँ, जिसका आदि, मध्य और अंत नहीं है (11.16)—

अनेकबाहूदरवक्त्रनेत्रं पश्यामि त्वां सर्वतोऽनन्तरूपम्।
नान्तं न मध्यं न पुनस्तवादिं पश्यामि विश्वेश्वर विश्वरूप॥ 11.16॥

- चकाचौंध तेज से युक्त होने के कारण इस रूप को देखना कठिन हो रहा है।

हर ओर व्याप्त आपका यह रूप मुकुटों, गदाओं तथा चक्रों से विभूषित है (11.17)—

किरीटिनं गदिनं चक्रिणं च तेजोराशिं सर्वतो दीप्तिमन्तम्।
पश्यामि त्वां दुर्निरीक्ष्यं समन्ताद्दीप्तानलार्कद्युतिमप्रमेयम्॥ 11.17॥

उपर्युक्त श्लोकों (11.15 से 11.17) में अर्जुन द्वारा देखे गए दृश्यों को हम निम्न रेखाचित्र द्वारा समझने का प्रयास करते हैं—

रेखाचित्र-46

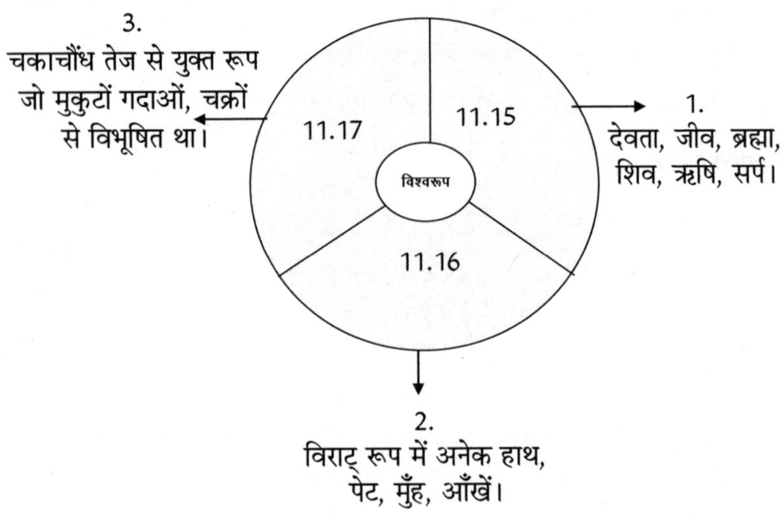

श्लोक संख्या 11.15 से 11.17

विराट् रूप में उपर्युक्त दृश्यों को देखकर श्लोक संख्या 11.18 में अर्जुन ने श्रीकृष्ण के विषय में अपना मत व्यक्त किया है। उसने कहा कि आप ज्ञेय, अर्थात् जानने योग्य हैं और ब्रह्मांड के आधार भी आप ही हैं। आप अव्यय और सबसे प्राचीन हैं तथा सनातन-धर्म के पालनकर्ता भी आप ही हैं (11.18)—

त्वमक्षरं परमं वेदितव्यं त्वमस्य विश्वस्य परं निधानम्।
त्वमव्ययः शाश्वतधर्मगोप्ता सनातनस्त्वं पुरुषो मतो मे॥ 11.18॥

अपने मत को बताने के बाद अर्जुन कुछ अन्य दृश्यों, अनुभवों, निष्कर्षों आदि के विषय में भी बताता है। अर्जुन की ये बातें अत्यंत महत्त्वपूर्ण हैं, क्योंकि इसका आधार दृश्यता है। अगले श्लोकों में अर्जुन ने कहा—

- आप अनंत हैं...आपका आदि, मध्य, अंत नहीं है। आप की असंख्य भुजाएँ

हैं तथा सूर्य और चंद्रमा आपके नेत्र हैं। मैं देख पा रहा हूँ कि आपके मुख से अग्नि निकल रही है और संपूर्ण ब्रह्मांड उसमें जल रहा है (11.19)—

अनादिमध्यान्तमनन्तवीर्यमनन्तबाहुं शशिसूर्यनेत्रम्।
पश्यामि त्वां दीप्तहुताशवक्त्रं स्वतेजसा विश्वमिदं तपन्तम्॥ 11.19॥

- निश्चय ही आप एक हैं, फिर भी आकाश, अन्य लोकों एवं बीच के खाली स्थानों में आप व्याप्त हैं। यह अद्‌भुत तथा भयानक रूप सबको भयभीत कर रहा है (11.20)—

द्यावापृथिव्योरिदमन्तरं हि व्याप्तं त्वयैकेन दिशश्च सर्वाः।
दृष्ट्वाद्‌भुतं रूपमुग्रं तवेदं लोकत्रयं प्रव्यथितं महात्मन्॥ 11.20॥

उपरोक्त श्लोकों (11.19 और 11.20) को हम निम्न रेखाचित्र में देखेंगे—

रेखाचित्र-47

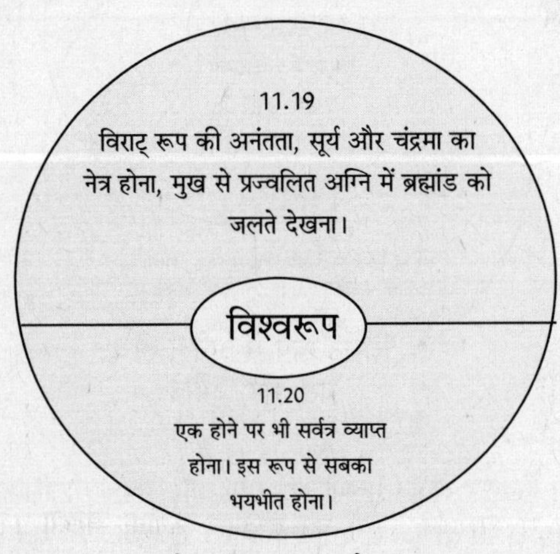

श्लोक संख्या 11.19 से 11.20

आगे के श्लोक में अर्जुन इसी प्रकार के अन्य और दृश्यों के विषय में बताता है कि—

- सारे देवता आपकी शरण में हैं तथा कुछ अत्यंत भयभीत होकर आपकी प्रार्थना करते हुए दिखाई दे रहे हैं। अनेक महर्षि और सिद्ध 'स्वस्तिवाचन' द्वारा आपकी स्तुति कर रहे हैं (11.21)—

अमी हि त्वां सुरसङ्घा विशन्ति केचिद्‌भीताः प्राञ्जलयो गृणन्ति।
स्वस्तीत्युक्त्वा महर्षिसिद्धसङ्घाः स्तुवन्ति त्वां स्तुतिभिः पुष्कलाभिः॥ 11.21॥

- अनेक शिव, आदित्यगण, वसु, साध्य, विश्वदेव, अश्विनीकुमार, मरुद्‌गण,

पितृगण, गंधर्व, यक्ष, असुर, सिद्धदेव...सभी आपको आश्चर्य से भी देख रहे हैं (11.22)—

रुद्रादित्या वसवो ये च साध्या विश्वेऽश्विनौ मरुतश्चोष्मपाश्च।
गन्धर्वयक्षासुरसिद्धसङ्घा वीक्षन्ते त्वां विस्मिताश्चैव सर्वे॥ 11.22॥

श्रीकृष्ण के विराट् रूप को कौन-कौन देख पाया था, श्लोक संख्या 11.21 और 11.22 में इसका उत्तर छिपा है। संजय, अर्जुन, व्यासदेव आदि के अतिरिक्त भी कई अन्य लोगों ने यह रूप देखा था, उपरोक्त श्लोकों से ऐसा प्रतीत होता है। श्लोक संख्या 11.21 और 11.22 के विषय को हम निम्न रेखाचित्र द्वारा समझेंगे—

रेखाचित्र-48

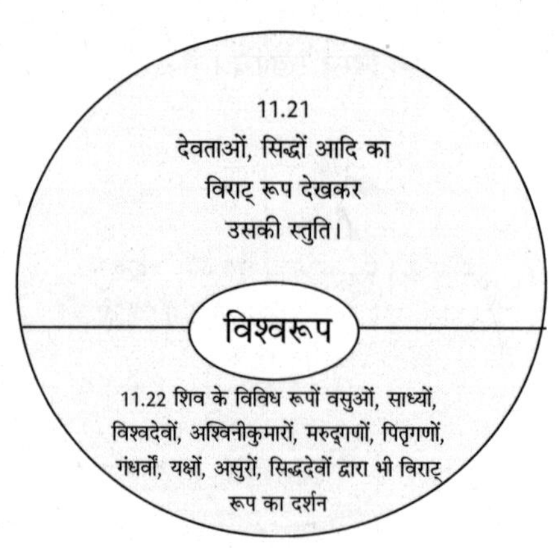

श्लोक संख्या 11.21 से 11.22

इन दृश्यों को देखकर अर्जुन भयभीत हो गया और अपना मानसिक संतुलन खोने सा लगा। प्रथम अध्याय में भी अर्जुन के भयभीत होकर मानसिक संतुलन खोने जैसी स्थिति देखी गई है, किंतु दोनों स्थितियों के कारण अलग-अलग हैं। पुनः प्रथम अध्याय में उत्पन्न हुआ मोह 11वें अध्याय के आते-आते नष्ट हो गया था, जैसा कि 11वें अध्याय के आरंभ में अर्जुन ने स्वयं स्वीकार किया है कि अब तक उसका सारा मोह नष्ट हो गया है (मोहोऽयं विगतो मम, 11.1)...किंतु विराट् रूप को देखकर वह पुनः मोहित हो उठा, पुनः मानसिक संतुलन खोने लगा...आगे के श्लोकों से यह स्पष्ट होता है। अगले श्लोक में अर्जुन ने कहा कि आपके अनेक मुखों, नेत्रों, भुजाओं, जाँघों, पेटों तथा भयानक दाँतों वाले इस विराट् रूप को देखकर देवता, सारे लोक और मैं स्वयं भी विचलित हो गया हूँ (11.23)—

रूपं महत्ते बहुवक्त्रनेत्रं महाबाहो बहुबाहूरुपादम्।
बहूदरं बहुदंष्ट्राकरालं दृष्ट्वा लोकाः प्रव्यथितास्तथाहम्॥ 11.23॥

आपके इस रूप में विभिन्न तेजयुक्त रंग हैं, आपकी विशालता आकाश को छू रही है, मुख फैला हुआ है, आँखें चमक रही हैं...यह देखकर मेरा मन विचलित हो गया है। मेरा मानसिक संतुलन खो रहा है (11.24)—

नभःस्पृशं दीप्तमनेकवर्णं व्यात्ताननं दीप्तविशालनेत्रम्।
दृष्ट्वा हि त्वां प्रव्यथितान्तरात्मा धृतिं न विन्दामि शमं च विष्णो ॥ 11.24 ॥

आप कृपा करके प्रसन्न होइए, क्योंकि आपके विराट् स्वरूप और विकराल दाँतों को देखकर मैं मानसिक संतुलन नहीं रख पा रहा हूँ (11.25)—

दंष्ट्राकरालानि च ते मुखानि दृष्ट्वैव कालानलसन्निभानि।
दिशो न जाने न लभे च शर्म प्रसीद देवेश जगन्निवास॥ 11.25 ॥

उपरोक्त तीनों श्लोकों को हम निम्न रेखाचित्र में देखते हैं—

रेखाचित्र-49

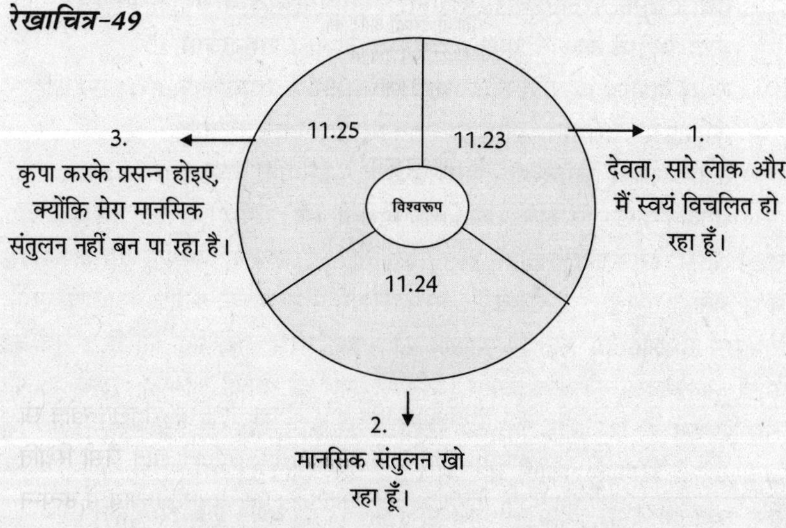

अर्जुन का बिगड़ता मानसिक संतुलन (11.23 से 11.25)

विराट् रूप में ही आगे अर्जुन ने महाभारत के युद्ध से संबंधित घटनाएँ भी देखीं। अर्जुन ने देखा कि धृतराष्ट्र के सभी पुत्र अपनी सेनाओं तथा भीष्म, द्रोण, कर्ण आदि के साथ श्रीकृष्ण के विराट् रूप के मुख में प्रवेश कर रहे हैं। इतना ही नहीं, अपने पक्ष के प्रमुख योद्धाओं को भी विराट् पुरुष के मुख में प्रवेश करते हुए अर्जुन देख पा रहा था। उसने उनमें से कुछ के सिरों को विकराल दाँतों के बीच आकर चूरा बनते भी देखा (11.26 से 11.27)। इस स्थिति को वह दो उदाहरणों द्वारा स्पष्ट करने का भी प्रयास करता है। पहले उदाहरण में उसने कहा कि जैसे विभिन्न नदियाँ समुद्र में प्रवेश करती हैं,

वैसे ही मानो समस्त योद्धा आपके मुख में जा रहे हैं (11.28)। दूसरे उदाहरण में अर्जुन ने कहा कि जैसे पतंगे अपने विनाश के लिए प्रज्वलित अग्नि में कूद पड़ते हैं, वैसे ही सारे लोग आपके मुख में प्रविष्ट हो रहे हैं। मैं देख पा रहा हूँ कि आपके प्रज्वलित मुखों में सभी दिशाओं से लोग प्रवेश कर रहे हैं। आपका तेज सारे ब्रह्मांड को झुलसा रहा है (11.29 से 11.30)—

अमी च त्वां धृतराष्ट्रस्य पुत्राः सर्वे सहैवावनिपालसङ्घैः।
भीष्मो द्रोणः सूतपुत्रस्तथासौ सहास्मदीयैरपि योधमुख्यैः॥ 11.26॥
वक्त्राणि ते त्वरमाणा विशन्ति दंष्ट्राकरालानि भयानकानि।
केचिद्विलग्ना दशनान्तरेषु सन्दृश्यन्ते चूर्णितैरुत्तमाङ्गैः॥ 11.27॥
यथा नदीनां बहवोऽम्बुवेगाः समुद्रमेवाभिमुखा द्रवन्ति।
तथा तवामी नरलोकवीरा विशन्ति वक्त्राण्यभिविज्वलन्ति॥ 11.28॥
यथा प्रदीप्तं ज्वलनं पतङ्गा विशन्ति नाशाय समृद्धवेगाः।
तथैव नाशाय विशन्ति लोकास्तवापि वक्त्राणि समृद्धवेगाः॥ 11.29॥
लेलिह्यसे ग्रसमानः समन्ताल्लोकान्समग्रान्वदनैर्ज्वलद्भिः।
तेजोभिरापूर्य जगत्समग्रं भासस्तवोग्राः प्रतपन्ति विष्णो॥ 11.30॥

भगवान् के इस विराट् रूप के विषय में भली-भाँति समझने के लिए हम कुछ और संदर्भ लेते हैं। इसमें पहले मंदोदरी द्वारा रावण को विराट् रूप के विषय में रामचरितमानस में जो बताया गया है, उसे देखते हैं। इसमें मंदोदरी ने रावण को श्रीराम के विश्वरूप के विषय में समझाते हुए कहा कि पाताल को उनका चरण, ब्रह्मलोक को सिर, सूर्य को आँखें और बादलों को बाल समझो। अश्विनीकुमार को उनकी नासिका, पलक खोलने और झपकने को दिन और रात, दसों दिशाओं को कान, वायु को श्वास जानो। यमराज उनके दाँत हैं, दिक्पाल भुजाएँ, अग्नि मुख तथा वरुण जीभ हैं। असंख्य वनस्पतियाँ उनके रोम, पर्वत अस्थियाँ, नदियाँ नसें तथा समुद्र पेट हैं। यह वर्णन कुछ इस प्रकार है—

बिस्वरूप रघुबंस मनि करहु बचन बिस्वासु।
लोक कल्पना बेद कर अंग अंग प्रति जासु॥ 14॥
पद पाताल सीस अज धामा। अपर लोक अँग अँग बिश्रामा॥
भृकुटि बिलास भयंकर काला। नयन दिवाकर कच घन माला॥
जासु घ्रान अस्विनीकुमारा। निसि अरु दिवस निमेष अपारा॥
श्रवन दिसा दस बेद बखानी। मारुत स्वास निगम निज बानी॥
अधर लोभ जम दसन कराला। माया हास बाहु दिगपाला॥
आनन अनल अंबुपति जीहा। उतपति पालन प्रलय समीहा॥

रोम राजि अष्टादस भारा। अस्थि सैल सरिता नस जारा॥
उदर उदधि अधगो जातना। जगमय प्रभु का बहु कलपना॥
अहंकार सिव बुद्धि अज मन ससि चित्त महान।
मनुज बास सचराचर रूप राम भगवान॥ 15(क)॥

—रामचरितमानस, लंकाकांड

पाठकगण ध्यान दें!

भगवान् ही सबकुछ हैं, यही समझना और समझाना विराट् रूप का उद्‌देश्य है। इसलिए यहाँ इस संबंध में कुछ और संदर्भ दिए जा रहे हैं। ध्यान दीजिए, रामचरितमानस में ही उत्तरकांड में एक संदर्भ आता है, जब काकभुशुंडिजी श्रीराम के मुख के रास्ते उनके उदर में पहुँच जाते हैं। वहाँ उन्होंने अनेक ब्रह्मांड देखे, करोड़ों ब्रह्माजी और शिवजी को देखा, अगणित तारागण, लोकपाल यम आदि को देखा, असंख्य नदियाँ, तालाब, समुद्र, वन और नाना प्रकार की अनेक सृष्टियाँ देखीं। यह संदर्भ कुछ इस प्रकार है—

उदर माझ सुनु अंडज राया। देखेउँ बहु ब्रह्मांड निकाया॥
अति बिचित्र तहँ लोक अनेका। रचना अधिक एक ते एका॥
कोटिन्ह चतुरानन गौरीसा। अगनित उडगन रबि रजनीसा॥
अगनित लोकपाल जम काला। अगनित भूधर भूमि बिसाला॥
सागर सरि सर बिपिन अपारा। नाना भाँति सृष्टि बिस्तारा॥
सुर मुनि सिद्ध नाग नर किन्नर। चारि प्रकार जीव सचराचर॥
जो नहिं देखा नहिं सुना जो मनहूँ न समाइ।
सो सब अद्‌भुत देखेउँ बरनि कवनि बिधि जाइ॥ 80(क)॥
एक एक ब्रह्मांड महुँ रहउँ बरष सत एक।
एहि बिधि देखत फिरउँ मैं अंड कटाह अनेक॥ 80 (ख)॥
लोक लोक प्रति भिन्न बिधाता। भिन्न बिष्नु सिव मनु दिसित्राता॥
नर गंधर्ब भूत बेताला। किंनर निसिचर पसु खग ब्याला॥
देव दनुज गन नाना जाती। सकल जीव तहँ आनहि भाँती॥
महि सरि सागर सर गिरि नाना। सब प्रपंच तहँ आनइ आना॥
अंडकोस प्रति प्रति निज रूपा। देखेउँ जिनस अनेक अनूपा॥
अवधपुरी प्रति भुवन निनारी। सरजू भिन्न भिन्न नर नारी॥
दसरथ कौसल्या सुनु ताता। बिबिध रूप भरतादिक भ्राता॥
प्रति ब्रह्मांड राम अवतारा। देखउँ बालबिनोद अपारा॥

भिन्न भिन्न मैं दीख सबु अति बिचित्र हरिजान।
अगनित भुवन फिरेउँ प्रभु राम न देखेउँ आन॥ 81(क)॥

—रामचरितमानस, उत्तरकाण्ड

पाठकगण एक बात पर और ध्यान दें!

ये संदर्भ इसलिए प्रस्तुत किए जा रहे हैं, ताकि विराट् रूप को लेकर आप की समझ में और स्पष्टता आए। ईश्वर सर्वत्र कैसे व्याप्त है, यह पूरी तरह से समझ में आ जाए। यहाँ एक और संदर्भ का उद्धरण समीचीन प्रतीत होता है। श्री रामधारी सिंह दिनकर की रचना 'रश्मिरथी' के तीसरे सर्ग के दूसरे खंड में भी श्रीकृष्ण के विराट् रूप का वर्णन है। पांडवों की ओर से संधि-प्रस्ताव लेकर गए श्रीकृष्ण को दुर्योधन ने जब बंदी बनाना चाहा तो श्रीकृष्ण ने अपना विराट्-रूप दिखाते हुए कुछ बातें भी कहीं—

हरि ने भीषण हुंकार किया,
अपना स्वरूप-विस्तार किया,
डगमग-डगमग दिग्गज डोले,
भगवान कुपित होकर बोले—
"जंजीर बढ़ाकर साध मुझे,
हाँ-हाँ, दुर्योधन! बाँध मुझे।

"यह देख, गगन मुझमें लय है,
यह देख, पवन मुझमें लय है,
मुझमें विलीन झंकार सकल,
मुझमें लय है संसार सकल।
अमरत्व फूलता है मुझमें,
संहार झूलता है मुझमें।

"उदयाचल मेरा दीप्त भाल,
भूमंडल वक्षस्थल विशाल,
भुज परिधि-बंध को घेरे हैं,
मैनाक-मेरु पग मेरे हैं।
दिपते जो ग्रह-नक्षत्र-निकर,
सब हैं मेरे मुख के अंदर।

"दृग हों तो दृश्य अकांड देख,
मुझमें सारा ब्रह्मांड देख,
चर-अचर जीव, जग क्षर-अक्षर,
नश्वर मनुष्य सुरजाति अमर।
शत कोटि सूर्य, शत कोटि चंद्र,
शत कोटि सरित, सर, सिंधु, मंद्र;

"शत कोटि विष्णु, ब्रह्मा, महेश,
शत कोटि जिष्णु, जलपति धनेश,
शत कोटि रुद्र, शत कोटि काल,
शत कोटि दंडधर लोकपाल।
जंजीर बढ़ाकर साध इन्हें,
हाँ-हाँ, दुर्योधन! बाँध इन्हें।

"भूलोक, अतल पाताल देख,
गत और अनागत काल देख,
यह देख, जगत् का आदि-सृजन,
यह देख, महाभारत का रण;
मृतकों से पटी हुई भू है,
पहचान, कहाँ इसमें तू है

"अंबर में कुंतल-जाल देख,
पद के नीचे पाताल देख,
मुट्ठी में तीनों काल देख,
मेरा स्वरूप विकराल देख।
सब जन्म मुझी से पाते हैं,
फिर लौट मुझी में आते हैं।

"जिह्वा से कढ़ती ज्वाल सघन,
साँसों में पाता जन्म पवन,
पड़ जाती मेरी दृष्टि जिधर,

हँसने लगती है सृष्टि उधर।
मैं जभी मूँदता हूँ लोचन,
छा जाता चारों ओर मरण।

"बाँधने मुझे तो आया है,
जंजीर बड़ी क्या लाया है?
यदि मुझे बाँधना चाहे मन,
पहले तो बाँध अनंत गगन।
सूने को साध न सकता है,
वह मुझे बाँध कब सकता है?

—रश्मिरथी

इसी संदर्भ में हमें ऋग्वेद में वर्णित विराट् पुरुष की संकल्पना पर भी एक बार दृष्टिपात कर लेना चाहिए। दसवें मंडल के 90वें सूक्त में, जिसे पुरुष-सूक्त भी कहते हैं, विराट् पुरुष के हजार शीर्ष, हजार आँखें और हजार चरण बताए गए हैं (10.90.1)। इस विराट् पुरुष के मुख से ब्राह्मण, भुजाओं से क्षत्रिय, दोनों जंघाओं से वैश्य और चरणों से शूद्र की उत्पत्ति बताई गई है (10.90.12)। इस संकल्पना में चंद्रमा को मन से, सूर्य को नेत्रों से, इंद्र व अग्नि को मुख से तथा वायु को प्राण से उत्पन्न बताया गया है (10.90.13)। उस विराट् पुरुष की नाभि से अंतरिक्ष, शीश से द्युलोक, चरणों से भूमि तथा कान से दिशाएँ और विभिन्न लोकों की उत्पत्ति बताई गई है (10.90.14)—

सहस्रशीर्षा पुरुषः सहस्राक्षः सहस्रपात्।
स भूमिं विश्वतो वृत्वात्यतिष्ठद्दशाङ्गुलम्॥ 10.90.1॥
ब्राह्मणोऽस्य मुखमासीद् बाहू राजन्यः कृतः।
ऊरू तदस्य यद्वैश्यः पद्भ्यां शूद्रो अजायत॥ 10.90.12॥
चन्द्रमा मनसो जातश्चक्षोः सूर्यो अजायत।
मुखादिन्द्रश्चाग्निश्च प्राणाद्वायुरजायत॥ 10.90.13॥
नाभ्या आसीदन्तरिक्षं शीर्ष्णो द्यौः समवर्तत।
पद्भ्यां भूमिर्दिशः श्रोत्रात्तथा लोकाँ अकल्पयन्॥ 10.90.14॥

—ऋग्वेद

पाठकगण ध्यान दें!

अब हम पुनः मूल संदर्भ पर आते हैं, श्रीकृष्ण के विराट् रूप को देखकर अर्जुन हतप्रभ था, उसने स्वीकार किया कि वह अपना मानसिक संतुलन खो रहा है। यद्यपि

अर्जुन ने ही श्रीकृष्ण से विराट्-स्वरूप को दिखाने की प्रार्थना की थी, लेकिन विराट् रूप का दर्शन कर उसने अपना मानसिक संतुलन इस कदर खो दिया कि वह यह सब भूल सा गया। उसने श्रीकृष्ण के उस विराट् रूप से ही दो प्रश्न किए—

(i) इतने उग्र रूप में आप कौन हैं?

(ii) आपका उद्देश्य क्या है? (11.31)—

आख्याहि मे को भवानुग्ररूपो नमोऽस्तु ते देववर प्रसीद।
विज्ञातुमिच्छामि भवन्तमाद्यं न हि प्रजानामि तव प्रवृत्तिम्॥ 11.31॥

श्रीकृष्ण ने अर्जुन के दोनों प्रश्नों का उत्तर इस प्रकार दिया—

(i) मैं समस्त जगतों को विनष्ट करने वाला काल हूँ।

(ii) मैं यहाँ तुम पांडवों को छोड़कर सबका विनाश करने आया हूँ। (11.32)—

श्रीभगवानुवाच

कालोऽस्मि लोकक्षयकृत्प्रवृद्धो लोकान्समाहर्तुमिह प्रवृत्तः।
ऋतेऽपि त्वां न भविष्यन्ति सर्वे येऽवस्थिताः प्रत्यनीकेषु योधाः॥ 11.32॥

भगवद्गीता का श्लोक संख्या 11.32 और ओपेनहाइमर द्वारा परमाणु बम का विकास

महान् वैज्ञानिक ओपेनहाइमर का मानना था कि उन्होंने परमाणु बम बनाने की प्रेरणा गीता से प्राप्त की, गीता से इसके लिए उन्होंने एक उद्धरण दिया है—

'Now I am become Death, the destroyer of the world' इसे लोग गीता के श्लोक संख्या 11.32 से संबंधित मानते हैं। श्लोक संख्या 11.32 का हिंदी भाव ऊपर दिया जा चुका है, अब इसके अंग्रेजी भाषा में भाव/अनुवाद पर दृष्टिपात करते हैं। स्वामी प्रभुपाद ने इसका भावार्थ लिखा है कि—

"Time I am, the great destroyer of the world, and I have come here to destroy all people."

1784-85 में चार्ल्स-विल्किंस द्वारा लिखी पुस्तक THE BHAGWATGEETA में इसका अनुवाद इस प्रकार है—I am Time, the destroyer of mankind.

उपरोक्त तथ्यों के तुलनात्मक अध्ययन से स्पष्ट होता है कि ओपेनहाइमर द्वारा दिया गया उद्धरण श्लोक संख्या 11.32 की विद्रूप-व्याख्या है। यह अविवेकी कृत्यों का औचित्य सिद्ध करने के लिए मनमाने ढंग से गीता की व्याख्या करना है, क्योंकि अविवेकपूर्ण महाविनाश का समर्थन गीता में नहीं है।

अब यह विचार करते हैं कि ऐसे कृत्य का गीता से किसी प्रकार का संबंध है? तो

इसका उत्तर है, हाँ। श्रीकृष्ण ने 16वें अध्याय में आसुरी लोगों की बात की है, गीता के श्लोक संख्या 16.14 में श्रीकृष्ण ने बताया है कि—

असौ मया हतः शत्रुर्हनिष्ये चापरानपि।
ईश्वरोऽहमहं भोगी सिद्धोऽहं बलवान्सुखी॥ 16.14॥

अर्थात् आसुरी लोग सोचते हैं कि मैंने अपने शत्रुओं का नाश कर दिया है और मैं अन्य शत्रुओं का भी विनाश करूँगा, मैं स्वयं भगवान् के समान हूँ, भोक्ता हूँ, शक्तिशाली हूँ, सुखी हूँ। अतः ध्यान से देखा जाए तो द्वितीय विश्वयुद्ध की जिन परिस्थितियों में परमाणु-बम का निर्माण एवं प्रयोग हुआ, वे गीता के श्लोक संख्या 16.14 से ही संबंधित हैं। श्लोक संख्या 16.8 और 16.9 में ऐसे अविवेकपूर्ण कार्य करने वाले लोगों की सोच एवं मान्यताओं को भी श्रीकृष्ण ने दरशाते हुए बताया है कि ऐसे लोग इस संसार के पीछे किसी ईश्वरीय सत्ता को नहीं मानते, वे केवल काम को ही जगत् की उत्पत्ति का कारण मानते हैं। इस कारण से वे ऐसे भयावह कार्यों में प्रवृत्त हो जाते हैं, जो संसार के विनाश के लिए होता है—

असत्यमप्रतिष्ठं ते जगदाहुरनीश्वरम्।
अपरस्परसम्भूतं किमन्यत्कामहैतुकम्॥ 16.8॥
एतां दृष्टिमवष्टभ्य नष्टात्मानोऽल्पबुद्धयः।
प्रभवन्त्युग्रकर्माणः क्षयाय जगतोऽहिताः॥ 16.9॥

अविवेकपूर्ण विनाश में किसी प्रकार से साधन बनना, 16वें अध्याय के अनुसार आसुरी प्रवृत्ति का सूचक है। महाभारत के युद्ध के महाविनाश में भी भेद को बनाए रखा गया है, श्रीकृष्ण श्लोक संख्या 11.32 में अर्जुन से कहते हैं कि 'ऋतेऽपि त्वां' अर्थात् तुम लोग (पांडव) पवित्र/निर्दोष हो, अतः तुम्हें छोड़कर सारे योद्धा मारे जाएँगे। क्या इस नीर-क्षीर विवेक को ओपेनहाइमर के परमाणु बम ने बनाए रखा है? नहीं।

ओपेनहाइमर को मालूम था कि इतिहास इस महाविनाश के लिए उन्हें कभी माफ नहीं करेगा, अतः इस महाकलंक से बचने के लिए उन्होंने हिंदू-धर्म के महान् ग्रंथ गीता को अपनी ढाल बनाने का प्रयास किया। हालाँकि अविवेकपूर्ण महाविनाश का औचित्य किसी भी प्रकार से गीता में ढूँढ़ना आसुरी प्रवृत्ति ही है। ऐसी आसुरी प्रवृत्ति वाले लोगों के लिए श्रीकृष्ण ने श्लोक संख्या 16.20 में दंड-विधान किया है—

आसुरीं योनिमापन्ना मूढा जन्मनि जन्मनि।
मामप्राप्यैव कौन्तेय ततो यान्त्यधमां गतिम्॥ 16.20॥

अर्थात् ऐसे लोग आसुरी योनियों में ही बार-बार पैदा होते हैं और अधमाधम गति को प्राप्त होते हैं तथा कभी कल्याण के भागी नहीं होते। अतः निष्कर्ष रूप से हम कह सकते हैं कि गीता अविवेकपूर्ण विनाश की प्रेरणा नहीं देती, किसी प्रकार समर्थन नहीं

करती, अपितु इस हेतु दंड-विधान करती है, इसकी घोर निंदा करती है। इसी संदर्भ में रामचरितमानस का वह प्रसंग भी समीचीन है, जब लंका-दहन के समय हनुमानजी ने पुण्यात्मा होने के कारण विभीषण के घर को नहीं जलाया—

जारा नगरु निमिष एक माहीं। एक बिभीषन कर गृह नाहीं॥

—रामचरितमानस, 5.25.3

इस प्रकार अविवेकपूर्ण विनाश का समर्थन गीता या रामायण में ढूँढ़ना धर्मग्रंथों की स्वार्थपूर्ण व्याख्या का ही प्रयास है। इस प्रकार की स्वार्थपूर्ण व्याख्या से होने वाली हानि को स्वयं श्रीकृष्ण ने गीता में ही रेखांकित करते हुए बताया है कि स्वार्थपूर्ण व्याख्याओं के कारण उनके द्वारा सर्वप्रथम सूर्यदेव को दिया गया गीता का ज्ञान कालांतर में मूल रूप में लुप्त हो गया (4.2)—

स कालेनेह महता योगो नष्टः परन्तप॥ 4.2॥

बताते चलें कि 'पवित्र-कुरान' में भी स्वार्थपूर्ण व्याख्याओं को लेकर चिंता व्यक्त की गई है—

व आमिनू बिमा अन्जल्तु मुसद्दिकल्लिमा म-अकुम् व ला तकूनू अव्व-ल काफिरिम्-बिही व ला तश्तरू बि आयाती स-म-नन् कलीलव् व इय्या-य फत्तकून

—पवित्र कुरान, 2.41

और जो किताब मैंने (अपने रसूल मुहम्मद सल्ल. पर) नाजिल की है, जो तुम्हारी किताब (तौरात) को सच्चा कहती है, उस पर ईमान लाओ और उसके पहले-पहले इनकारी न बनो और मेरी आयतों में (घटा-बढ़ा करके) उनके बदले थोड़ी सी कीमत (यानी दुनिया का फायदा) न हासिल करो और मुझी से खौफ रखो।

अतः धर्मग्रंथों की स्वार्थपूर्ण व्याख्या करके उन्हें ढाल बनाना निंदनीय है। ओपेनहाइमर द्वारा अपने अविवेकपूर्ण महाविनाशी कृत्य को न्यायोचित ठहराने के लिए गीता का सहारा लेना इसी दृष्टि से देखा जाना चाहिए।

□

अगले श्लोक में श्रीकृष्ण अर्जुन को कहते हैं कि तुम निमित्त-मात्र के रूप में युद्ध लड़ो और यशस्वी बनो, दुनिया में योद्धा के रूप में प्रशंसा पाओ तथा राज्य का भोग करो। वास्तव में ये सभी योद्धा तो पहले ही मेरे द्वारा मारे जा चुके हैं, जैसा कि तुमने मेरे विराट् रूप में देख भी लिया है (11.33)। द्रोण, भीष्म, जयद्रथ, कर्ण आदि सभी को मैं पहले ही मार चुका हूँ, अतः तुम निमित्त बनकर उनका वध करो, विचलित न हो। युद्ध में तुम निश्चय ही शत्रुओं को परास्त करोगे (11.34)—

तस्मात्त्वमुत्तिष्ठ यशो लभस्व जित्वा शत्रून्भुङ्क्ष्व राज्यं समृद्धम्।
मयैवैते निहताः पूर्वमेव निमित्तमात्रं भव सव्यसाचिन्॥ 11.33॥
द्रोणं च भीष्मं च जयद्रथं च कर्णं तथान्यानपि योधवीरान्।
मया हतांस्त्वं जहि माव्यथिष्ठा युध्यस्व जेतासि रणे सपत्नान्॥ 11.34॥

वास्तव में सभी कार्य भगवान् के द्वारा ही संपन्न होते हैं, हम सभी उन कार्यों में निमित्त-मात्र के रूप में हैं, फिर भी भगवान् स्वयं उन कार्यों का श्रेय/यश नहीं लेते अपितु भक्तों को ही देते हैं। रामचरितमानस में नील-नल द्वारा समुद्र पर पत्थरों का सेतु बनाना वास्तव में श्रीराम का ही कार्य/प्रभाव है, फिर भी इसका श्रेय उनकी कृपा से नल और नील को ही मिला—

बाँधा सेतु नील नल नागर। राम कृपाँ जसु भयउ उजागर॥

—रामचरितमानस, 6.2.4

याद रहे, दूसरे अध्याय के छठवें श्लोक में अर्जुन ने अपने युद्ध न लड़ने के कारणों में एक कारण विजय की अनिश्चितता को भी बताया था (यद्वा जयेम यदि वा नो जयेयुः, 2.6)...श्लोक संख्या 11.32, 11.33 और 11.34 में श्रीकृष्ण के विराट् रूप द्वारा की गई उद्घोषणा से अर्जुन को अपनी उस अनिश्चितता का स्पष्टीकरण मिल गया और वह जान गया कि युद्ध में वही जीतने वाला है। इसने युद्ध से संबंधित विभिन्न पक्षों के दबाव से अर्जुन को मुक्त कर दिया। संजय कहते हैं कि इसके पश्चात् अर्जुन श्रीकृष्ण को बारंबार नमस्कार करते हुए गद्गद स्वर में बोलने लगा (11.35)—

सञ्जय उवाच

एतच्छ्रुत्वा वचनं केशवस्य कृताञ्जलिर्वेपमानः किरीटी।
नमस्कृत्वा भूय एवाह कृष्णं सगद्गदं भीतभीतः प्रणम्य॥ 11.35॥

अर्जुन ने कहा कि मैं सिद्धों को आपको नमस्कार करते और असुरों को भय से भागते हुए देख रहा हूँ (11.36)। यह ठीक है कि सभी आपका आदर करते हैं, क्योंकि आप ब्रह्मा से भी बढ़कर हैं, आप ही समस्त कारणों के कारण हैं (11.37)। आप ही आदिदेव हैं, सनातन पुरुष तथा जगत् के परम आश्रय हैं, आप सर्वज्ञ हैं तथा जो कुछ जानने योग्य है, वह भी आप ही हैं, आप सर्वत्र व्याप्त हैं (11.38)। आप ही वायु, अग्नि, जल, चंद्रमा, परम नियंता, ब्रह्मा, प्रपितामह हैं, अतः आपको हजारों बार और पुनः-पुनः नमस्कार है (11.39)। आपकी महिमा अपार है, आप सर्वव्यापी हैं और सबकुछ आप ही हैं, अतः आपको आगे, पीछे और चारों ओर से नमस्कार है (11.40)—

अर्जुन उवाच

स्थाने हृषीकेश तव प्रकीर्त्या जगत्प्रहृष्यत्यनुरज्यते च।
रक्षांसि भीतानि दिशो द्रवन्ति सर्वे नमस्यन्ति च सिद्धसङ्घाः॥ 11.36॥
कस्माच्च ते न नमेरन्महात्मन् गरीयसे ब्रह्मणोऽप्यादिकर्त्रे।
अनन्त देवेश जगन्निवास त्वमक्षरं सदसत्तत्परं यत्॥ 11.37॥
त्वमादिदेवः पुरुषः पुराणस्त्वमस्य विश्वस्य परं निधानम्।
वेत्तासि वेद्यं च परं च धाम त्वया ततं विश्वमनन्तरूप॥ 11.38॥
वायुर्यमोऽग्निर्वरुणः शशाङ्कः प्रजापतिस्त्वं प्रपितामहश्च।
नमो नमस्तेऽस्तु सहस्रकृत्वः पुनश्च भूयोऽपि नमो नमस्ते॥ 11.39॥
नमः पुरस्तादथ पृष्ठतस्ते नमोऽस्तु ते सर्वत एव सर्व।
अनन्तवीर्यामितविक्रमस्त्वं सर्वं समाप्नोषि ततोऽसि सर्वः॥ 11.40॥

श्रीकृष्ण को वास्तविकता में जान लेने पर अर्जुन को श्रीकृष्ण के प्रति पूर्व में किए गए व्यवहार पर पछतावा होता है, वह क्षमा माँगता है। अगले श्लोक में अर्जुन ने कहा कि पूर्व में आपकी महिमा न जानने के कारण मैंने गौरवपूर्ण वचनों से आपको संबोधित न करके हे कृष्ण, हे यादव, हे मित्र कहकर संबोधित किया है, इस व्यवहार को मेरी मूर्खता या प्रेम मानकर मुझे क्षमा कर दीजिए (11.41)। अर्जुन उन अनादरपूर्ण बातों के लिए भी श्रीकृष्ण से क्षमा माँगता है, जो उसने कई बार श्रीकृष्ण के साथ आराम करते हुए, एक साथ लेटे हुए, साथ खाना खाते हुए, बैठे हुए, अकेले में या अनेक मित्रों के होते हुए भी की थीं (11.42)—

सखेति मत्वा प्रसभं यदुक्तं हे कृष्ण हे यादव हे सखेति।
अजानता महिमानं तवेदं मया प्रमादात्प्रणयेन वापि॥ 11.41॥
यच्चावहासार्थमसत्कृतोऽसि विहारशय्यासनभोजनेषु।
एकोऽथवाप्यच्युत तत्समक्षं तत्क्षामये त्वामहमप्रमेयम्॥ 11.42॥

अर्जुन ने कहा कि आप ही जगत् के पिता हैं, आप ही गुरु हैं। कोई भी न तो आपके तुल्य है और न ही आपके समान हो सकता है। तीनों लोकों में आपसे बढ़कर और कोई भी नहीं है (11.43)—

पितासि लोकस्य चराचरस्य त्वमस्य पूज्यश्च गुरुर्गरीयान्।
न त्वत्समोऽस्त्यभ्यधिकः कुतोऽन्यो लोकत्रयेऽप्यप्रतिमप्रभाव॥ 11.43॥

अतः आप मुझे क्षमा करें। अर्जुन ने क्षमा माँगी किंतु वह चाहता है कि श्रीकृष्ण का इस क्षमा में वैसा ही भाव हो, जैसे एक पिता अपने पुत्र की ढिठाई सहते हुए उसे क्षमा करता है या कोई मित्र अपने मित्र की धृष्टता सह जाता है या प्रिय अपने प्रिया के अपराध को सहन कर उसे क्षमा करता है (11.44)—

तस्मात्प्रणम्य प्रणिधाय कायं प्रसादये त्वामहमीशमीड्यम्।
पितेव पुत्रस्य सखेव सख्युः प्रियः प्रियायार्हसि देव सोढुम्॥ 11.44॥

श्लोक संख्या 11.44 अत्यंत मजबूती से सहिष्णुता (Tolerance) की भावना को प्रतिपादित करता है। इस प्रकार परिवार, समाज, व्यवसाय, राजनीति, कूटनीति आदि जीवन के हर क्षेत्र में श्लोक संख्या 11.44 के भावों की उपयोगिता है।

क्षमा माँगने के पश्चात् अर्जुन ने कहा कि आपके इस रूप से मुझे भय बना हुआ है, अत: आप सौम्य स्वरूप में वापस आएँ (11.45)। मैं आप के उस चतुर्भुज-रूप का दर्शन चाहता हूँ, जिसमें आप मुकुट धारण कर चारों हाथों में शंख, चक्र, गदा तथा पद्म धारण किए हुए हैं (11.46)—

अदृष्टपूर्वं हृषितोऽस्मि दृष्ट्वा भयेन च प्रव्यथितं मनो मे।
तदेव मे दर्शय देव रूपं प्रसीद देवेश जगन्निवास॥ 11.45॥
किरीटिनं गदिनं चक्रहस्तमिच्छामि त्वां द्रष्टुमहं तथैव।
तेनैव रूपेण चतुर्भुजेन सहस्रबाहो भव विश्वमूर्ते॥ 11.46॥

श्रीकृष्ण ने कहा कि मैंने तुम्हें अपनी अंतरंगा-शक्ति द्वारा जिस विश्वरूप का दर्शन कराया है, इसके पूर्व यह रूप किसी ने कभी नहीं देखा था (11.47)। यह रूप वेदाध्ययन, यज्ञ, दान, पुण्य या कठिन तपस्या द्वारा नहीं देखा जा सकता (11.48)। तुम भयभीत हो, अत: मैं अब इस विश्वरूप/विराट् रूप को समाप्त कर तुम्हें अपना चतुर्भुज रूप दिखाता हूँ (11.49)—

श्रीभगवानुवाच

मया प्रसन्नेन तवार्जुनेदं रूपं परं दर्शितमात्मयोगात्।
तेजोमयं विश्वमनन्तमाद्यं यन्मे त्वदन्येन न दृष्टपूर्वम्॥ 11.47॥
न वेदयज्ञाध्ययनैर्न दानैर्न च क्रियाभिर्न तपोभिरुग्रैः।
एवंरूपः शक्य अहं नृलोके द्रष्टुं त्वदन्येन कुरुप्रवीर॥ 11.48॥
मा ते व्यथा मा च विमूढभावो दृष्ट्वा रूपं घोरमीदृङ्ममेदम्।
व्यपेतभीः प्रीतमनाः पुनस्त्वं तदेव मे रूपमिदं प्रपश्य॥ 11.49॥

अगले श्लोक में संजय ने धृतराष्ट्र को बताया कि यह कहकर श्रीकृष्ण ने अपना असली चतुर्भुज रूप प्रकट किया और अंततः पुनः दो भुजाओं वाले रूप में आकर भयभीत अर्जुन को धैर्य बँधाया (11.50)—

सञ्जय उवाच

इत्यर्जुनं वासुदेवस्तथोक्त्वा स्वकं रूपं दर्शयामास भूयः।
आश्वासयामास च भीतमेनं भूत्वा पुनः सौम्यवपुर्महात्मा॥ 11.50॥

याद रहे कि प्रथम अध्याय में अर्जुन ने अपने मानसिक संतुलन के बिगड़ने की बात की थी। ग्यारहवें अध्याय के प्रथम श्लोक में उसने श्रीकृष्ण को पुनः स्वयं के स्थिर-चित्त होने की बात बताई। विराट् रूप को देखकर अर्जुन फिर से मानसिक संतुलन खोने लगा था। अर्जुन की प्रार्थना के बाद जब श्रीकृष्ण ने अपना विराट् रूप समाप्त कर चतुर्भुजी-रूप और फिर दो भुजाओं वाला रूप धारण किया, तब जाकर अर्जुन ने पुनः स्थिरचित्त-अवस्था को प्राप्त किया (11.51)—

अर्जुन उवाच

दृष्ट्वेदं मानुषं रूपं तव सौम्यं जनार्दन।
इदानीमस्मि संवृत्तः सचेताः प्रकृतिं गतः॥ 11.51॥

आगे श्रीकृष्ण ने अर्जुन को बताया कि यह द्विभुज रूप जो तुम देख रहे हो, उसे देख पाना आसान नहीं है, देवताओं के लिए भी यह दुष्कर है (11.52)। तुम अपने दिव्य नेत्रों से जिस रूप को अभी देख रहे हो, वह वेदाध्ययन, तपस्या, दान, पूजा आदि द्वारा नहीं जाना जा सकता, अर्थात् साधनों की पहुँच भगवान् तक नहीं है (11.53)। केवल अनन्य भक्ति द्वारा ही मुझे जाना एवं समझा जा सकता है (11.54)। अतः मेरी भक्ति करो, मेरे लिए ही कर्म करो। इतना जान लो, जो सच्चे भाव से मुझे लक्ष्य बनाता है, मैं उसे मिलता ही हूँ (11.55)—

श्रीभगवानुवाच

सुदुर्दर्शमिदं रूपं दृष्टवानसि यन्मम।
देवा अप्यस्य रूपस्य नित्यं दर्शनकाङ्क्षिणः॥ 11.52॥
नाहं वेदैर्न तपसा न दानेन न चेज्यया।
शक्य एवंविधो द्रष्टुं दृष्टवानसि मां यथा॥ 11.53॥
भक्त्या त्वनन्यया शक्य अहमेवंविधोऽर्जुन।
ज्ञातुं द्रष्टुं च तत्त्वेन प्रवेष्टुं च परन्तप॥ 11.54॥
मत्कर्मकृन्मत्परमो मद्भक्तः सङ्गवर्जितः।
निर्वैरः सर्वभूतेषु यः स मामेति पाण्डव॥ 11.55॥

॥ गीतारथी एकादश विश्राम ॐ तत् सत्॥

□

गीतारथी–12

श्रीकृष्ण...मयि बुद्धिं निवेशय.

पाठकगण ध्यान दें!

मोटे तौर पर संपूर्ण बारहवें अध्याय में तीन ही विषयों की चर्चा है, इसे हम निम्नवत् देखते हैं—

रेखाचित्र-50

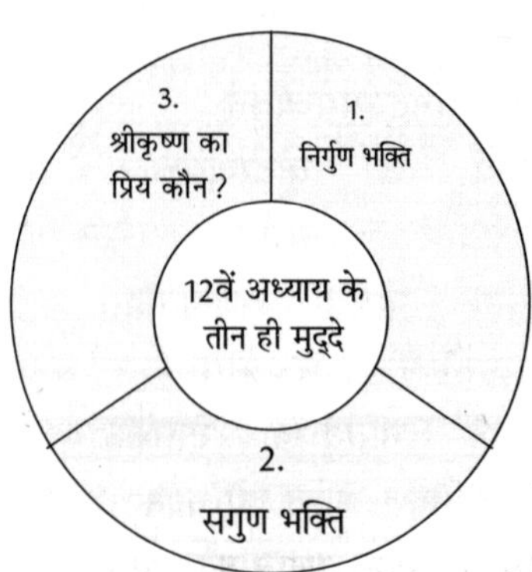

12वें अध्याय के तीन विषय

अध्याय के आरंभ में ही अर्जुन का श्रीकृष्ण से प्रश्न है कि योगयुक्त कर्म द्वारा आपकी सेवा करने वाले (सगुण उपासक) और निर्विशेष ब्रह्म की साधना करने वालों (निर्गुण उपासक) में कौन श्रेष्ठ है? (12.1)

अर्जुन उवाच

एवं सततयुक्ता ये भक्तास्त्वां पर्युपासते।
ये चाप्यक्षरमव्यक्तं तेषां के योगवित्तमाः॥ 12.1॥

श्रीकृष्ण ने अगले श्लोक में स्पष्ट किया कि विभिन्न कारणों से सगुण-उपासकों/योगकर्मी की स्थिति श्रेष्ठ है (12.2)—

श्रीभगवानुवाच

मय्यावेश्य मनो ये मां नित्ययुक्ता उपासते।
श्रद्धया परयोपेतास्ते मे युक्ततमा मताः॥ 12.2॥

अब उपरोक्त रेखाचित्र संख्या-50 में स्थूल रूप से विभाजित अध्याय-12 के तीन मुद्दों का हम विश्लेषण करेंगे—

1. निर्गुण-भक्ति (श्लोक संख्या 12.3 से 12.5)

आगे श्रीकृष्ण अर्जुन को और स्पष्टता देते हुए कहते हैं कि निर्गुण उपासक भी मुझे प्राप्त कर सकते हैं, किंतु यह एक अत्यंत कठिन साधना है, चूँकि इसमें निराकार अव्यक्त-सत्ता की पूजा की जाती है, जो इंद्रियों से परे, सर्वव्यापी, अकल्पनीय, अपरिवर्तनीय, अचल और ध्रुव है, अतः उसको सदैव इंद्रियों को वश में रखते हुए तथा समभाव रखते हुए निरंतर साधे रखना कठिन है (12.3 से 12.4)। यह निर्गुण उपासना कष्टसाध्य है, अतः शरीरधारियों के लिए इस मार्ग से मुझे प्राप्त करना सदैव ही दुष्कर होता है (12.5)—

ये त्वक्षरमनिर्देश्यमव्यक्तं पर्युपासते।
सर्वत्रगमचिन्त्यं च कूटस्थमचलं ध्रुवम्॥ 12.3॥
सन्नियम्येन्द्रियग्रामं सर्वत्र समबुद्धयः।
ते प्राप्नुवन्ति मामेव सर्वभूतहिते रताः॥ 12.4॥
क्लेशोऽधिकतरस्तेषामव्यक्तासक्तचेतसाम्।
अव्यक्ता हि गतिर्दुःखं देहवद्भिरवाप्यते॥ 12.5॥

रामचरितमानस में भी निर्गुण-भक्ति को काकभुशुंडिजी ने क्लेशयुक्त बताया है। काकभुशुंडिजी ने इस मार्ग से भगवत्-प्राप्ति को संभव तो बताया है, किंतु साथ ही यह भी कहा है कि यह मार्ग दुधारी तलवार की भाँति है, इस मार्ग से गिरते देर नहीं लगती—

कहत कठिन समुझत कठिन साधत कठिन बिबेक।
होइ घुनाच्छर न्याय जौं पुनि प्रत्यूह अनेक॥ 118 (ख)॥
ग्यान पंथ कृपान कै धारा। परत खगेस होइ नहिं बारा॥
जो निर्बिघ्न पंथ निर्बहई। सो कैवल्य परम पद लहई॥

—*रामचरितमानस, उत्तरकांड*

इस प्रकार श्रीकृष्ण ने दोनों मार्गों से भगवत्-प्राप्ति को संभव बताया है, किंतु निर्गुण साधना को शरीरधारियों के लिए पूरा कर पाने को अत्यंत कठिन कहते हुए उसे निरुत्साहित ही किया है। वहीं सगुण भक्ति, जिसे सामान्यतः 'भक्ति' कहा जाता है, के

साधन बहुत ही ग्राह्य हैं,आसानी से किए जा सकने के साथ-साथ इसको अलग-अलग प्रकार से भी किया जा सकता है। सरल बहुविकल्पों की उपलब्धता सगुण भक्ति को साधक के लिए श्रेष्ठ बनाती है।

2. सगुण भक्ति (श्लोक संख्या 12.6 से 12.12)

श्रीकृष्ण का बल सदैव ही योगयुक्त कर्म पर है, वास्तव में उसी को वे भक्ति बताते हैं, श्रेष्ठ भी उसी को मानते हैं। अगले श्लोक में श्रीकृष्ण कहते हैं कि जो लोग अपने सभी कार्यों को मुझे अर्पित कर अपने मन को मुझमें लगाए रहते हैं, मैं शीघ्र ही उनका उद्धार कर देता हूँ (12.6 से 12.7)—

ये तु सर्वाणि कर्माणि मयि सन्न्यस्य मत्पराः।
अनन्येनैव योगेन मां ध्यायन्त उपासते॥ 12.6॥
तेषामहं समुद्धर्ता मृत्युसंसारसागरात्।
भवामि न चिरात्पार्थ मय्यावेशितचेतसाम्॥ 12.7॥

अतः अपने चित्त और बुद्धि को मुझमें ही लगाओ (12.8)—

मय्येव मन आधत्स्व मयि बुद्धिं निवेशय।
निवसिष्यसि मय्येव अत ऊर्ध्वं न संशयः॥ 12.8॥

उक्त विधि का पालन कुछ लोगों के लिए कठिन हो सकता है, अतः श्रीकृष्ण इसे आसान करते हुए कहते हैं कि यदि तुम अपने चित्त को पूरी तरह मुझमें नहीं लगा पा रहे हो, तो कोई बात नहीं, इस विधि का अभ्यास करते हुए मुझे प्राप्त करने की 'चाह' ही उत्पन्न करो (12.9)—

अथ चित्तं समाधातुं न शक्नोषि मयि स्थिरम्।
अभ्यासयोगेन ततो मामिच्छाप्तुं धनञ्जय॥ 12.9॥

इस संदर्भ में एक कदम और आगे बढ़कर श्रीकृष्ण बताते हैं कि यदि श्लोक संख्या 12.9 में दिए गए भक्तियोग का भी अभ्यास संभव नहीं है तो मेरे लिए कर्म करो। यह विधि भी तुम्हें मेरी प्राप्ति करा देगी (12.10)—

अभ्यासेऽप्यसमर्थोऽसि मत्कर्मपरमो भव।
मदर्थमपि कर्माणि कुर्वन्सिद्धिमवाप्स्यसि॥ 12.10॥

पुनः यदि श्लोक संख्या 12.10 की विधि भी संभव न हो, तो तुम अपने सकाम कर्मों के फल का मेरे प्रति त्याग कर दो (12.11)—

अथैतदप्यशक्तोऽसि कर्तुं मद्योगमाश्रितः।
सर्वकर्मफलत्यागं ततः कुरु यतात्मवान्॥ 12.11॥

इसी क्रम में अगले श्लोक में श्रीकृष्ण कहते हैं कि यदि उपरोक्त में से कुछ भी संभव नहीं हो तो ज्ञान के अनुशीलन में लगो, वैदिक शास्त्रों का अध्ययन करो। हालाँकि श्रीकृष्ण ने यह भी कहा कि ज्ञान से ध्यान श्रेष्ठ है और ध्यान से भी श्रेष्ठ है कर्मफलों का परित्याग (12.12)—

श्रेयो हि ज्ञानमभ्यासाज्ज्ञानाद्ध्यानं विशिष्यते।
ध्यानात्कर्मफलत्यागस्त्यागाच्छान्तिरनन्तरम्॥ 12.12॥

श्लोक संख्या 12.6 से 12.12 तक सगुण-भक्ति के विभिन्न उदारवादी मार्गों की जो चर्चा श्रीकृष्ण ने की है, उसे हम निम्न रेखाचित्र के द्वारा समझते हैं—

रेखाचित्र-51

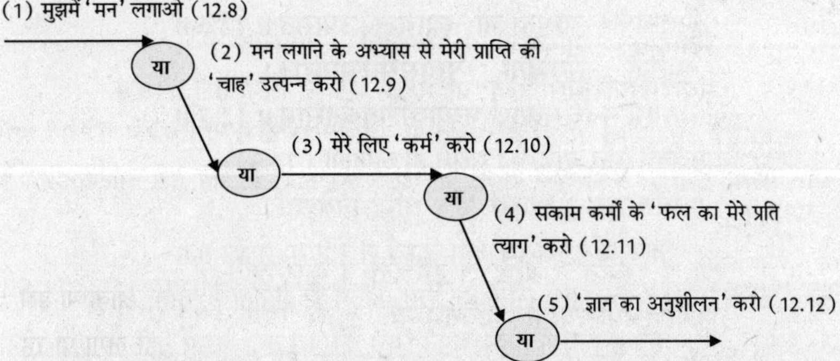

यहाँ सारा उद्‌देश्य लोगों को श्रीकृष्ण की चेतना से युक्त करना ही है। कर्मयोग की चेतना से कर्म करना, अर्थात् निमित्त-भाव से कर्म करना ही गीता की शिक्षा है, यही भक्ति है, जो मुक्ति का साधन है।

3. श्रीकृष्ण का प्रिय कौन? (श्लोक संख्या 12.13 से 12.20)

आगे के श्लोकों में श्रीकृष्ण बताते हैं कि किस प्रकार के लोग उनको प्रिय हैं। श्रीकृष्ण कहते हैं कि जो किसी से द्वेष नहीं करते, अपितु सबके प्रति मैत्री भाव रखते हैं, जो स्वामित्व और स्वयं के कर्ता होने के भावों से मुक्त हैं, सुख और दु:ख दोनों में समभाव रखते हैं, विचलित नहीं होते, सहिष्णु हैं, आत्मसंयमी हैं तथा अपने मन एवं बुद्धि को मुझमें ही लगाए रहते हैं, ऐसे भक्त मुझे अत्यंत प्रिय हैं (12.13 से 12.14)—

अद्वेष्टा सर्वभूतानां मैत्रः करुण एव च।
निर्ममो निरहङ्कारः समदुःखसुखः क्षमी॥ 12.13॥

सन्तुष्टः सततं योगी यतात्मा दृढनिश्चयः।
मय्यर्पितमनोबुद्धिर्यो मद्भक्तः स मे प्रियः॥ 12.14॥

श्रीकृष्ण ने कहा कि जो किसी को कष्ट नहीं देता और जिसे अन्य कोई दुःखी नहीं कर सकता, जो सुख-दुःख, भय-चिंता में समभाव बना रहता है, वह मुझे बहुत प्रिय है (12.15)—

यस्मान्नोद्विजते लोको लोकान्नोद्विजते च यः।
हर्षामर्षभयोद्वेगैर्मुक्तो यः स च मे प्रियः॥ 12.15॥

अगले श्लोक में श्रीकृष्ण ने बताया कि जो किसी अन्य पर आश्रित नहीं है, चिंता नहीं करता और फल-प्राप्ति की चाह नहीं रखता, वह मुझे प्रिय है (12.16)—

अनपेक्षः शुचिर्दक्ष उदासीनो गतव्यथः।
सर्वारम्भपरित्यागी यो मद्भक्तः स मे प्रियः॥ 12.16॥

जो हर्ष और शोक से परे है, पछतावा और इच्छा दोनों नहीं करता, जिसने शुभ और अशुभ दोनों ही प्रकार की चीजों का त्याग कर दिया है, वह मुझे अतिशयप्रिय है (12.17)—

यो न हृष्यति न द्वेष्टि न शोचति न काङ्क्षति।
शुभाशुभपरित्यागी भक्तिमान्यः स मे प्रियः॥ 12.17॥

जो मित्रों और शत्रुओं के प्रति समभाव रखता है, मान-अपमान, ठंडी-गरमी, सुख-दुःख, यश-अपयश दोनों को समान मानता है, मौन रहता है और किसी प्रकार की परवाह नहीं करता तथा ऐसा करते हुए भक्ति में दृढ़ है, वह मुझे बहुत ही प्रिय होता है (12.18 से 12.19)—

समः शत्रौ च मित्रे च तथा मानापमानयोः।
शीतोष्णसुखदुःखेषु समः सङ्गविवर्जितः॥ 12.18॥
तुल्यनिन्दास्तुतिर्मौनी सन्तुष्टो येन केनचित्।
अनिकेतः स्थिरमतिर्भक्तिमान्मे प्रियो नरः॥ 12.19॥

श्रीकृष्ण ने कहा कि इस प्रकार उक्त रूप से बताए गए पथ पर चलते हुए जो श्रद्धा के साथ मेरी भक्ति करता है, वह मुझे अत्यधिक प्रिय है (12.20)—

ये तु धर्मामृतमिदं यथोक्तं पर्युपासते।
श्रद्दधाना मत्परमा भक्तास्तेऽतीव मे प्रियाः॥ 12.20॥

श्लोक संख्या 12.13 से 12.20 में श्रीकृष्ण ने बताया है कि किन गुणों के कारण कोई भक्त उनका अत्यंत प्रिय होता है। रामचरितमानस में श्रीराम जब

वाल्मीकि मुनि से मिलते हैं तो वाल्मीकिजी ने भी भगवान् से इन्हीं प्रकार के गुणों की चर्चा करते हुए बताया है कि ऐसे गुण वाले लोगों के हृदय में ही आपका वास होता है—

काम कोह मद मान न मोहा। लोभ न छोभ न राग न द्रोहा॥
जिन्ह कें कपट दंभ नहिं माया। तिन्ह कें हृदय बसहु रघुराया॥
सब के प्रिय सब के हितकारी। दुख सुख सरिस प्रसंसा गारी॥
कहहिं सत्य प्रिय बचन बिचारी। जागत सोवत सरन तुम्हारी॥
तुम्हहि छाड़ि गति दूसरि नाहीं। राम बसहु तिन्ह के मन माहीं॥
जननी सम जानहिं परनारी। धनु पराव बिष तें बिष भारी॥
जे हरषहिं पर संपति देखी। दुखित होहिं पर बिपति बिसेषी॥
जिन्हहि राम तुम्ह प्रान पिआरे। तिन्ह के मन सुभ सदन तुम्हारे॥
स्वामि सखा पितु मातु गुर जिन्ह के सब तुम्ह तात।
मन मंदिर तिन्ह कें बसहु सीय सहित दोउ भ्रात॥ 130॥
अवगुन तजि सब के गुन गहहीं। बिप्र धेनु हित संकट सहहीं॥
नीति निपुन जिन्ह कइ जग लीका। घर तुम्हार तिन्ह कर मनु नीका॥
गुन तुम्हार समुझइ निज दोसा। जेहि सब भाँति तुम्हार भरोसा॥
राम भगत प्रिय लागहिं जेही। तेहि उर बसहु सहित बैदेही॥
जाति पाँति धनु धरमु बड़ाई। प्रिय परिवार सदन सुखदाई॥
सब तजि तुम्हहि रहइ उर लाई। तेहि के हृदयँ रहहु रघुराई॥
सरगु नरकु अपबरगु समाना। जहँ तहँ देख धरें धनु बाना॥
करम बचन मन राउर चेरा। राम करहु तेहि कें उर डेरा॥
जाहि न चाहिअ कबहुँ कछु तुम्ह सन सहज सनेहु।
बसहु निरंतर तासु मन सो राउर निज गेहु॥ 131॥

—रामचरितमानस, अयोध्याकांड

श्लोक संख्या 12.13 से 12.20 के भावों को अगर हम एक ही जगह समेटने का प्रयास करें तो रामचरितमानस में श्रीराम की वह वाणी इसका सार है, जिसमें वे कहते हैं कि जिसका मन निर्मल होता है, वही मुझे पाता है, मेरा प्रिय होता है—

निर्मल मन जन सो मोहि पावा। मोहि कपट छल छिद्र न भावा॥

—रामचरितमानस, 5.43.3

12वाँ अध्याय—एक नजर में क्या है, जानें

अर्जुन ने पूछा कि निर्गुण और सगुण भक्ति में कौन श्रेष्ठ है? श्रीकृष्ण ने उत्तर दिया—सगुण भक्ति श्रेष्ठ है। निर्गुण भक्ति अत्यंत कष्टसाध्य होने के कारण शरीरधारी के लिए दुष्कर है। इसके बाद श्रीकृष्ण ने सगुण भक्ति के लिए सरल रूप में कई वैकल्पिक रास्ते बताए और अंत में यह बताया कि इन रास्तों पर चलते हुए मनुष्य का मन निर्मल हो जाता है, उसमें समभाव आ जाता है, श्रेष्ठ भक्त के गुण आ जाने के कारण वह निरंतर मेरे लिए अत्यंत प्रिय होता जाता है।

॥ गीतारथी द्वादश विश्राम ॐ तत् सत्॥

□

गीतारथी–13

श्रीकृष्ण...प्रकृत्यैव च कर्माणि.

पाठकगण ध्यान दें!

तेरहवें अध्याय में हम प्रकृति, पुरुष और चेतना का अध्ययन करेंगे तथा चौदहवें अध्याय में प्रकृति के तीन गुणों अर्थात् सत्, रज और तम का अध्ययन करेंगे। वास्तव में विज्ञान में 'परमाणु' के अध्ययन का जो महत्त्व है, प्रकृति, पुरुष, चेतना, गुण आदि के अध्ययन का वैसा ही महत्त्व सृष्टि-संचालन, निर्माण आदि को समझने के लिए है। आधुनिक विज्ञान की दो शाखाओं नैनो-तकनीकी (Nano Technology) और बायो-तकनीकी (Bio Technology) में से नैनो-तकनीकी का मानना है कि हर वस्तु का मूल 'परमाणु' ही हैं, बाह्य रूप से दिखने वाला अंतर सिर्फ इन परमाणुओं के संयोजन-क्रम (Bond) के कारण होता है। उदाहरण के लिए सोना, मिट्टी और हीरा...तीनों का आधार परमाणु ही है, बस अलग-अलग क्रम में जुड़ जाने से एक ही परमाणु बाहर से सोना, हीरा या मिट्टी के रूप में दिखाई देता है। जबकि बायो-तकनीकी में जीवित-तत्त्वों और जड़-पदार्थों का संयोग कराया जाता है, अर्थात् इसमें ऐसी मशीनों का निर्माण होता है, जिसमें जीव और जड़ दोनों के तत्त्व पाए जाते हैं। अब अगर नैनो-तकनीकी को धार्मिक मान्यताओं पर लागू किया जाए, जैसे सबकुछ मिथ्या है, या सब मोह माया है तो यह बिल्कुल सच होगा, क्योंकि जब आप सोना, हीरा और मिट्टी, तीनों को परमाणु के रूप में एक ही देखेंगे, बस बाहर से अंतर दिख रहा होगा तो आपका मोह खत्म होने लगेगा। बायोटेक्नोलॉजी की दृष्टि से जब आप संसार को देखेंगे तो आपको विश्वास हो जाएगा कि ईश्वर हर जगह है, सब चीजों में प्राण है आदि। प्रकृति, पुरुष, चेतना, गुण संबंधी ये अध्याय पाठकों को नैनो-तकनीकी और बायो-तकनीकी को ध्यान में रखकर पढ़ना होगा। यहाँ दो बातें ध्यान में रखें—

1. भीतर से और मूल रूप से एक, बाहर से भिन्न (नैनो-तकनीकी)

सोना, हीरा, मिट्टी...तीनों मूलतः परमाणु ही हैं, केवल परमाणुओं की अलग-अलग प्रकार से व्यवस्था के कारण ही ये अलग-अलग दिखते हैं। इस तथ्य को हम निम्न रेखाचित्र से देखते हैं—

रेखाचित्र-52

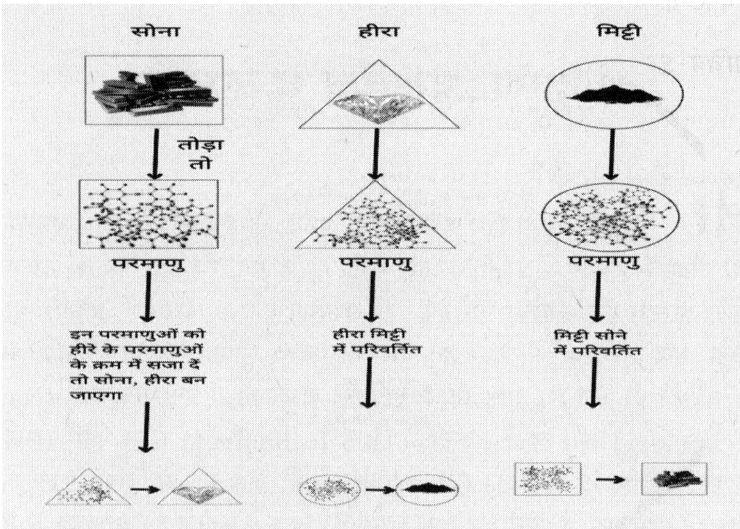

आंतरिक परमाणु-संरचना के बदलने से वस्तु के बाह्य स्वरूप में परिवर्तन

2. प्रत्येक वस्तु में चेतना/जीव/ईश्वर का वास (बायो-तकनीकी)

इस अध्याय के श्लोक संख्या 13.27 में श्रीकृष्ण कहते हैं कि प्रत्येक वस्तु जड़-पदार्थ और जीव से मिलकर बनी है—

प्रत्येक वस्तु ——→ { जड़ + जीवन } के संयोग से

13वें और 14वें अध्याय के अध्ययन से हमें सृष्टि की एकता और विविधता को समझने की दृष्टि मिलती है। आधुनिक दृष्टि से कहें तो यह आध्यात्मिकता की वैज्ञानिक व्याख्या (नैनो-तकनीकी, बायो-तकनीकी) करने की दृष्टि प्रदान करता है। 13वें अध्याय के आरंभिक श्लोक में श्रीकृष्ण से अर्जुन ने जोड़े वाले तीन विषयों के संबंध में जानने की जिज्ञासा प्रकट की—

(i) प्रकृति और पुरुष, (ii) क्षेत्र और क्षेत्रज्ञ, (iii) ज्ञान और ज्ञेय (13.1)—

अर्जुन उवाच

प्रकृतिं पुरुषं चैव क्षेत्रं क्षेत्रज्ञमेव च।
एतद्वेदितुमिच्छामि ज्ञानं ज्ञेयं च केशव॥ 13.1॥

पहले हम सामान्य समझ के लिए इन विषयों को निम्न रेखाचित्र से समझते हैं। इस रेखाचित्र से स्पष्ट है कि विराट् पुरुष और और विराट् प्रकृति ही सीमित रूप से संसार रूप में दिखाई देते हैं—

रेखाचित्र-53

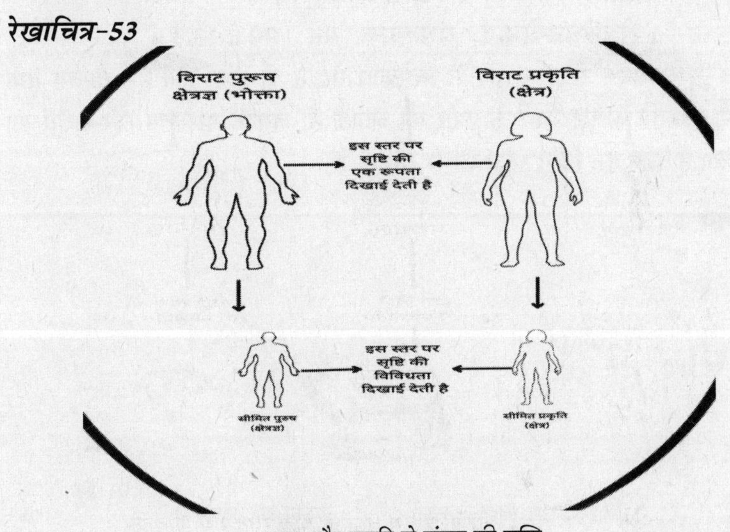

पुरुष और प्रकृति से संसार की सृष्टि

यों समझिए कि संसार में जैसे स्त्री और पुरुष के संयोग से जड़ और चेतन युक्त यह संसार उत्पन्न होता हुआ दिखता है, वैसे ही व्यापक रूप में यह प्रकृति और पुरुष का रूप सृष्टि में भी व्याप्त है। पूरी सृष्टि जड़ और चेतन का संयोग-मात्र है। इन्हीं पक्षों का विशद विश्लेषण ही 'ज्ञान और ज्ञेय' कहलाता है। 'ज्ञान और ज्ञेय' इसलिए कि कोई व्यक्ति डॉक्टर, इंजीनियर, शिक्षक, अधिकारी, नेता, वैज्ञानिक आदि कुछ भी हो, मूल रूप से और संपूर्ण रूप में उसका ज्ञान प्रकृति और पुरुष के विषयों से ही संबद्ध होता है। जैसे डॉक्टर शरीर का अध्ययन करता है, इंजीनियर और वैज्ञानिक पदार्थों का अध्ययन करते हैं, शिक्षक और अधिकारी विभिन्न विषयों का अध्ययन करते हैं, ये सभी प्रकृति और पुरुष के ही रूप हैं या फिर उनके विकार हैं। हम आगे इसको और समझेंगे।

श्रीकृष्ण ने उत्तर दिया कि यह शरीर क्षेत्र है और आत्मा जो इसे जानता है, वह क्षेत्रज्ञ है (13.2)। श्रीकृष्ण ने बताया कि वे स्वयं भी क्षेत्रज्ञ हैं, आत्मा सिर्फ स्वयं के शरीर को

जानती है, जबकि श्रीकृष्ण समस्त शरीरों के विषय में जानते हैं! श्रीकृष्ण ने कहा कि शरीर तथा इसके ज्ञाता अर्थात् आत्मा और परमात्मा के विषय में जान लेना ही ज्ञान है (13.3)—

श्रीभगवानुवाच

इदं शरीरं कौन्तेय क्षेत्रमित्यभिधीयते।
एतद्यो वेत्ति तं प्राहुः क्षेत्रज्ञ इति तद्विदः॥ 13.2॥
क्षेत्रज्ञं चापि मां विद्धि सर्वक्षेत्रेषु भारत।
क्षेत्रक्षेत्रज्ञयोर्ज्ञानं यत्तज्ज्ञानं मतं मम॥ 13.3॥

उपरोक्त संदर्भ से स्पष्ट है कि प्रत्येक शरीर में दो ज्ञाता होते हैं—आत्मा तथा परमात्मा। आत्मा केवल स्वयं के शरीर को जानती है, जबकि परमात्मा सारे शरीरों का ज्ञाता होता है। इसे हम निम्न रेखाचित्र से समझते हैं—

रेखाचित्र-54

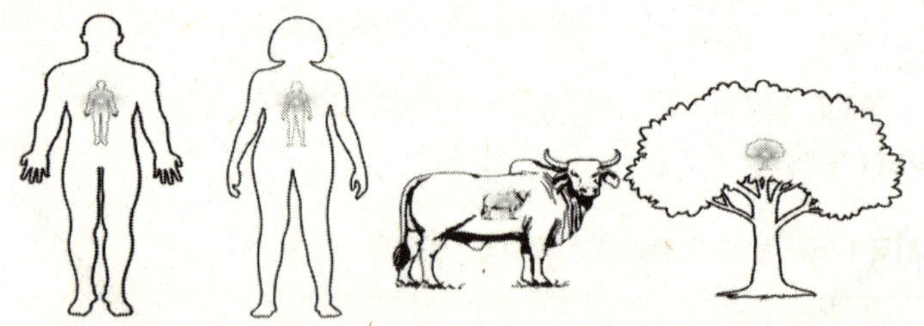

प्रत्येक शरीर में दो आत्माएँ होती हैं : आत्मा और परमात्मा

आगे के श्लोकों में श्रीकृष्ण ने उपरोक्त विषयों का बारी-बारी से विस्तार किया है, उन्होंने सर्वप्रथम क्षेत्र, इसकी बनावट, इसमें होने वाले परिवर्तन, इसकी उत्पत्ति, इस क्षेत्र को जानने वाले तथा उसके प्रभाव के बारे में बात की है (13.4)। उन्होंने यह भी बताया है कि विभिन्न वैदिक-ग्रंथों में क्षेत्र तथा इसके ज्ञाता का वर्णन किया गया है, वेदांत सूत्र में तो यह कार्य-कारण सिद्धांत के अंतर्गत प्रस्तुत किया गया है (13.5)—

तत्क्षेत्रं यच्च यादृक्च यद्विकारि यतश्च यत्।
स च यो यत्प्रभावश्च तत्समासेन मे शृणु॥ 13.4॥
ऋषिभिर्बहुधा गीतं छन्दोभिर्विविधैः पृथक्।
ब्रह्मसूत्रपदैश्चैव हेतुमद्भिर्विनिश्चितैः॥ 13.5॥

आगे श्लोक संख्या 13.6 से 13.7 में क्षेत्र के विषय में, श्लोक संख्या 13.8 से 13.12 में ज्ञान के विषय में तथा श्लोक संख्या 13.13 से 13.18 तक ज्ञेय के विषय में श्रीकृष्ण ने बताया है। इन विषयों को हम निम्न रेखाचित्र में देखते हैं—

रेखाचित्र-55

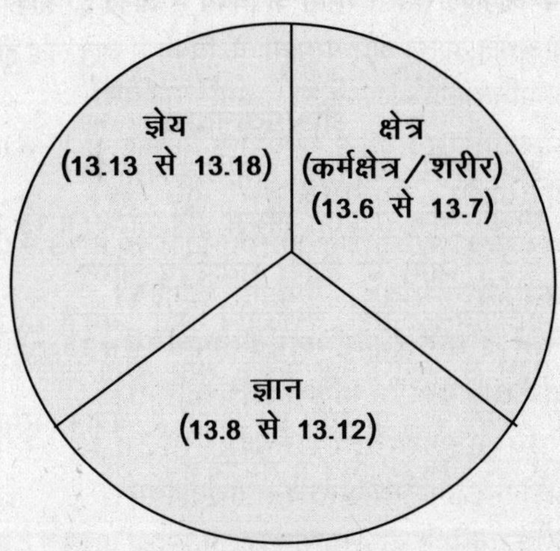

श्लोक संख्या 13.6 से 13.18

आइए, अब उपरोक्त रेखाचित्र में वर्णित विषयों का हम निम्न बिंदुओं के अंतर्गत अध्ययन करते हैं—

• क्षेत्र (कर्मक्षेत्र/शरीर) (श्लोक संख्या 13.6 से 13.7)

इसके अंतर्गत श्रीकृष्ण ने क्षेत्र तथा उसमें होने वाले परिवर्तन (विकार) के विषय में बताया है। इसके पक्ष हैं—पंच महाभूत, अहंकार, बुद्धि, अव्यक्त, दसों इंद्रिय, मन, पाँच इंद्रिय-विषय, इच्छा, द्वेष, दुःख, संघात, जीवन के लक्षण, धैर्य (13.6 से 13.7)—

महाभूतान्यहङ्कारो बुद्धिरव्यक्तमेव च।
इन्द्रियाणि दशैकं च पञ्च चेन्द्रियगोचराः ॥ 13.6 ॥
इच्छा द्वेषः सुखं दुःखं सङ्घातश्चेतना धृतिः ।
एतत्क्षेत्रं समासेन सविकारमुदाहृतम् ॥ 13.7 ॥

• ज्ञान (श्लोक संख्या 13.8 से 13.12)

विनम्रता, दंभहीनता, अहिंसा, सहिष्णुता, सरलता, गुरु का सान्निध्य, पवित्रता, स्थिरता, आत्मसंयम, इंद्रियविषयों का परित्याग, अहंकार से मुक्ति, जन्म, मृत्यु, वृद्धावस्था तथा रोगों की अनुभूति, वैराग्य, संतान, घर तथा अन्य वस्तुओं की ममता से मुक्ति, अच्छी-बुरी घटनाओं के प्रति समभाव, मेरी अनन्य भक्ति, एकांतिक वास की इच्छा, जन समूह से अलगाव, आत्म-साक्षात्कार को महत्त्वपूर्ण मानना तथा परम सत्य की खोज करना, श्रीकृष्ण ने इन 20 गुणों को ज्ञान या उसके साधन के रूप में माना है

और कहा है कि इनके अतिरिक्त या इनके विपरीत अन्य जो कुछ भी है, वह अज्ञान है (13.8 से 13.12)—

अमानित्वमदम्भित्वमहिंसा क्षान्तिरार्जवम्।
आचार्योपासनं शौचं स्थैर्यमात्मविनिग्रहः॥ 13.8॥
इन्द्रियार्थेषु वैराग्यमनहङ्कार एव च।
जन्ममृत्युजराव्याधिदुःखदोषानुदर्शनम्॥ 13.9॥
असक्तिरनभिष्वङ्गः पुत्रदारगृहादिषु।
नित्यं च समचित्तत्वमिष्टानिष्टोपपत्तिषु॥ 13.10॥
मयि चानन्ययोगेन भक्तिरव्यभिचारिणी।
विविक्तदेशसेवित्वमरतिर्जनसंसदि॥ 13.11॥
अध्यात्मज्ञाननित्यत्वं तत्त्वज्ञानार्थदर्शनम्।
एतज्ज्ञानमिति प्रोक्तमज्ञानं यदतोऽन्यथा॥ 13.12॥

इन 20 गुणों की परिणति ऐसे ज्ञान में होती है, जो मान आदि दोषों से रहित होता है। ऐसे ज्ञान को प्राप्त व्यक्ति परम ज्ञानी, परम वैराग्यवान है और वह तीनों गुणों से ऊपर उठकर सबमें समान रूप से ब्रह्म को देखने लगता है। गोस्वामी तुलसीदासजी ने भी रामचरितमानस में संक्षेप में उपरोक्त तथ्यों को उद्धृत किया है—

ग्यान मान जहँ एकउ नाहीं। देख ब्रह्म समान सब माहीं॥
कहिअ तात सो परम बिरागी। तृन सम सिद्धि तीनि गुन त्यागी॥

—रामचरितमानस, 3.14.4

• ज्ञेय (श्लोक संख्या 13.13 से 13.18)

समभाव की प्राप्ति होने पर सर्वत्र ब्रह्म के दर्शन होने लगते हैं और श्रीकृष्ण ने इसी ब्रह्म को ज्ञेय बताया है (13.13)। इस ब्रह्म के हाथ, पाँव, आँखें, सिर, मुँह तथा कान सर्वत्र हैं, अर्थात् वह सर्वत्र व्याप्त है (13.14)। उस ब्रह्म की इंद्रियाँ नहीं हैं, फिर भी सभी इंद्रियों का मूल है, पालनकर्ता होकर भी अनासक्त है तथा प्रकृति के गुणों से परे होकर भी प्रकृति के गुणों का स्वामी है (13.15)—

ज्ञेयं यत्तत्प्रवक्ष्यामि यज्ज्ञात्वामृतमश्नुते।
अनादिमत्परं ब्रह्म न सत्तन्नासदुच्यते॥ 13.13॥
सर्वतः पाणिपादं तत्सर्वतोऽक्षिशिरोमुखम्।
सर्वतः श्रुतिमल्लोके सर्वमावृत्य तिष्ठति॥ 13.14॥
सर्वेन्द्रियगुणाभासं सर्वेन्द्रियविवर्जितम्।
असक्तं सर्वभृच्चैव निर्गुणं गुणभोक्तृ च॥ 13.15॥

श्लोक संख्या 13.14 और 13.15 की भाँति रामचरितमानस में भी ब्रह्म का वर्णन आया है। भगवान् शिव माता पार्वती को बताते हैं कि वह (ब्रह्म) बिना पैर के चलता है, बिना कानों के सुनता है, बिना हाथ के काम करता है, बिना जीभ के स्वाद लेता है और बिना वाणी के ही श्रेष्ठ वक्ता है। वह बिना त्वचा (शरीर) के ही स्पर्श करता है, बिना आँखों के देखता है और बिना नाक के ही सूँघता है—

बिनु पद चलइ सुनइ बिनु काना। कर बिनु करम करइ बिधि नाना॥
आनन रहित सकल रस भोगी। बिनु बानी बकता बड़ जोगी॥
तन बिनु परस नयन बिनु देखा। ग्रहइ घ्रान बिनु बास असेषा॥
असि सब भाँति अलौकिक करनी। महिमा जासु जाइ नहिं बरनी॥

—रामचरितमानस, 1.117.3-4

ज्ञेय अर्थात् ब्रह्म के विषय में बताते हुए अगले श्लोक में श्रीकृष्ण कहते हैं कि वह चर-अचर समस्त जीवों के बाहर तथा भीतर स्थित है। अत्यंत सूक्ष्म है, जिस कारण से वह भौतिक इंद्रियों द्वारा जानने या देखने के योग्य नहीं है, यद्यपि ब्रह्म अत्यंत दूर है, फिर भी वह हम सभी के निकट है (13.16)। वह समस्त जीवों के रूप में बँटा हुआ प्रतीत होता है, किंतु वास्तव में उसका कभी विभाजन नहीं होता, वह एकरूप है तथा वही सबका पालनकर्ता, संहारक और जन्मदाता है (13.17)—

बहिरन्तश्च भूतानामचरं चरमेव च।
सूक्ष्मत्वात्तदविज्ञेयं दूरस्थं चान्तिके च तत्॥ 13.16॥
अविभक्तं च भूतेषु विभक्तमिव च स्थितम्।
भूतभर्तृ च तज्ज्ञेयं ग्रसिष्णु प्रभविष्णु च॥ 13.17॥

अर्जुन को समझाते हुए श्रीकृष्ण ने आगे कहा कि ब्रह्म ही समस्त प्रकाशमान वस्तुओं का प्रकाशस्रोत है, ज्ञान है, ज्ञेय है, ज्ञान का लक्ष्य है तथा सबके हृदय में स्थित है (13.18)—

ज्योतिषामपि तज्ज्योतिस्तमसः परमुच्यते।
ज्ञानं ज्ञेयं ज्ञानगम्यं हृदि सर्वस्य विष्ठितम्॥ 13.18॥

ब्रह्म के इस प्रकाश और उससे जगत् के प्रकाशित होने के संबंध में रामचरितमानस में भी संदर्भ उपस्थित है—

सब कर परम प्रकासक जोई। राम अनादि अवधपति सोई॥
जगत प्रकास्य प्रकासक रामू। मायाधीस ग्यान गुन धामू॥

—रामचरितमानस, 1.116.3-4

रामचरितमानस में एक और संदर्भ प्रस्तुत है, जहाँ महर्षि वाल्मीकि ने श्रीराम से कहा है कि जगत् दृश्य है और आप ही उसको देखने वाले हैं—

जगु पेखन तुम्ह देखनिहारे। बिधि हरि संभु नचावनिहारे॥

—रामचरितमानस, 2.126.1

क्षेत्र, ज्ञान और ज्ञेय के संबंध में उपरोक्त तथ्यों को बताने के बाद श्रीकृष्ण कहते हैं कि यह ज्ञान इतना महत्त्वपूर्ण है कि जो इसे जान लेता है, वह मेरे समान ही हो जाता है, लेकिन वास्तव में ये बातें मेरे भक्त को ही सही से समझ आ सकती हैं (13.19)—

इति क्षेत्रं तथा ज्ञानं ज्ञेयं चोक्तं समासतः।
मद्भक्त एतद्विज्ञाय मद्भावायोपपद्यते॥ 13.19॥

दूसरे शब्दों में श्रीकृष्ण ने श्लोक संख्या 13.19 में यह स्पष्ट किया कि मेरे भक्त मेरी कृपा से ही मेरे द्वारा बताए गए क्षेत्र, ज्ञान एवं ज्ञेय को वास्तव में समझ सकते हैं और यह समझ लेने पर वे मेरे समान ही हो जाते हैं। रामचरितमानस का विचार भी यही है कि श्रीराम को वही जान पाता है, जिसे वे जनवा देते हैं और श्रीराम को जान लेने पर व्यक्ति उन्ही की 'भाँति' हो जाता है—

सोइ जानइ जेहि देहु जनाई। जानत तुम्हहि तुम्हइ होइ जाई॥

—रामचरितमानस, 2.126.2

क्षेत्र, ज्ञान एवं ज्ञेय को समझाकर श्रीकृष्ण प्रकृति और पुरुष के स्वरूप एवं कार्य आदि की विवेचना भी करते हैं। श्रीकृष्ण बताते हैं कि प्रकृति तथा पुरुष दोनों ही अनादि हैं, पुरुष का सामीप्य पाने से प्रकृति के तीन गुणों में विकार उत्पन्न हो जाता है और इसी से सृष्टि संभव होती है (13.20)। सृष्टि के विभिन्न भौतिक कार्यकलापों के मूल में प्रकृति है, जबकि संसार के विविध सुख-दुःख का भोग पुरुष द्वारा होता है, इस भोग का कारण पुरुष द्वारा प्रकृति के कार्यकलापों से अपना वास्तविक संबंध मान लेना होता है (13.21)। कर्म और उसके फल तो समय के साथ समाप्त हो जाते हैं, किंतु पुरुष का उसके प्रति आसक्ति का भाव बना रहता है, जो आगे जन्म-मरण चक्र का कारण बनता जाता है (13.22)—

प्रकृतिं पुरुषं चैव विद्ध्यनादी उभावपि।
विकारांश्च गुणांश्चैव विद्धि प्रकृतिसम्भवान्॥ 13.20॥
कार्यकारणकर्तृत्वे हेतुः प्रकृतिरुच्यते।
पुरुषः सुखदुःखानां भोक्तृत्वे हेतुरुच्यते॥ 13.21॥
पुरुषः प्रकृतिस्थो हि भुङ्क्ते प्रकृतिजान्गुणान्।
कारणं गुणसङ्गोऽस्य सदसद्योनिजन्मसु॥ 13.22॥

श्लोक संख्या 13.3 में श्रीकृष्ण ने परमात्मा को प्रत्येक शरीर में विद्यमान तथा हर शरीर के ज्ञाता के रूप में बताया है, उसी बात का श्लोक संख्या 13.23 में विस्तार करते हुए कहते हैं कि यह परमात्मा वास्तव में सब चीजों का परम भोक्ता है, सबका स्वामी

है, जीव के कृत्यों का साक्षी है तथा पूर्वकर्मों के आधार पर आगामी कर्मों की अनुमति देने वाला है (13.23)—

उपद्रष्टानुमन्ता च भर्ता भोक्ता महेश्वरः।
परमात्मेति चाप्युक्तो देहेऽस्मिन्पुरुषः परः॥ 13.23॥

श्लोक संख्या 13.19 में श्रीकृष्ण ने कहा है कि क्षेत्र, ज्ञान एवं ज्ञेय के विषय में जानने वाला श्रीकृष्ण की भाँति ही समझा जाना चाहिए। प्रकृति, पुरुष और परमात्मा के विषय में बताकर वे कहते हैं कि इनके अंतर्संबंधों को जो भली-भाँति समझ लेता है, वह वर्तमान में जैसा भी जीवन जी रहा हो, उसकी मुक्ति निश्चित है (13.24)—

य एवं वेत्ति पुरुषं प्रकृतिं च गुणैः सह।
सर्वथा वर्तमानोऽपि न स भूयोऽभिजायते॥ 13.24॥

क्षेत्र-ज्ञान-ज्ञेय तथा प्रकृति-पुरुष-परमात्मा के अंतर्संबंधों की समझ का आधुनिक दृष्टिकोण

तेरहवें अध्याय को समझने के लिए हमें प्रकृति और पुरुष की क्रिया विधि को समझना होगा जिसे निम्न रेखाचित्र में प्रस्तुत करने का प्रयास किया गया है—

रेखाचित्र-56

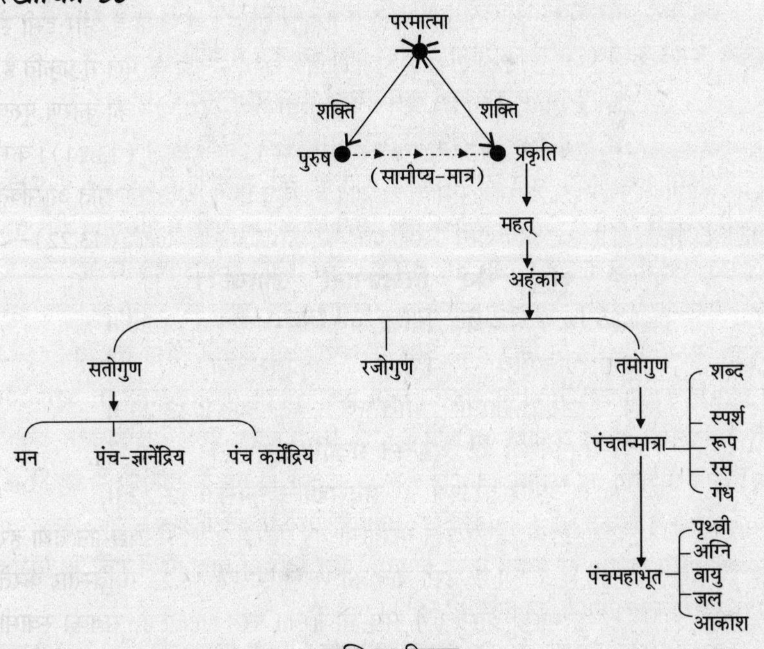

सृष्टि का विकास

सातवें अध्याय के चौथे और पाँचवें श्लोक में श्रीकृष्ण ने अपनी दो प्रकार की शक्तियों अर्थात् भौतिक-शक्ति और चेतन-शक्ति के विषय में बताते हुए छठे श्लोक में समस्त सृष्टि को इन्हीं दोनों शक्तियों के संयोग का परिणाम कहा है। यहाँ प्रकृति के तत्त्व ही भौतिक-शक्ति है और पुरुष या जीव चेतन-शक्ति है। आधुनिक विज्ञान की एक प्रमुख लोकप्रिय शाखा बायो-तकनीकी (Bio Technology) है, जिसमें जड़-पदार्थों और जीवन के तत्त्वों के संयोग पर बल है, गीता की धारणा में यह बायो-तकनीकी परिलक्षित होती है। श्रीकृष्ण की बातों में यहाँ 'व्यापक-बायोतकनीकी' की झलक मिलती है—एक उत्कृष्ट बायोतकनीकी। इसे निम्न रेखाचित्र में देखा जा सकता है—

रेखाचित्र-57

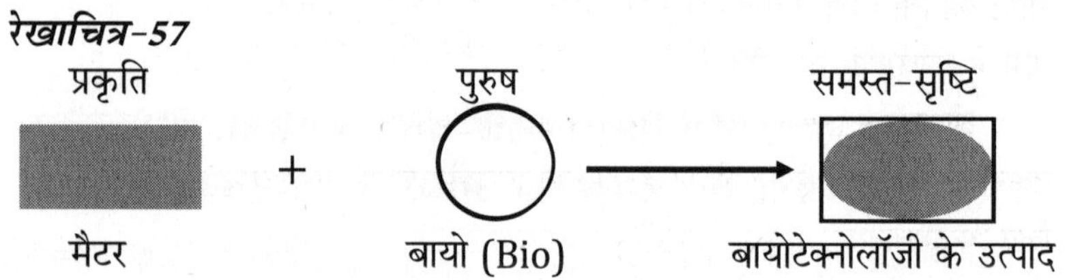

गीता और बायोटेक्नोलॉजी

इस जड़ और चेतन के संयोग से सृष्टि का विकास क्यों और कैसे होता है, यह सांख्य-दर्शन के ग्रंथ 'सांख्यकारिका' में निम्नलिखित रूप में वर्णित है—

पुरुषस्य दर्शनार्थं कैवाल्यार्थं तथा प्रधानस्य।
पङ्गवन्धवदुभयोरपि संयोगस्तत्कृतः सर्गः॥

प्रकृति तथा पुरुष दोनों ही परमात्मा श्रीकृष्ण की शक्तियाँ हैं। आरंभ में प्रकृति साम्यावस्था में रहती है, अर्थात् प्रत्येक गुण अपने ही वर्ग के गुणों में परिवर्तित होते रहते हैं (सत्, सत् में...रज, रज में और तम, तम में), इस स्थिति में कोई विकास नहीं होता है, किंतु सांख्यकारिका के उपरोक्त श्लोक के अनुसार पुरुष, मोक्ष की प्राप्ति के लिए और प्रकृति, पुरुष के दर्शन के लिए एक-दूसरे के समीप आ जाते हैं, जैसा रेखाचित्र (56) में प्रदर्शित है। सांख्यकारिका के अनुसार जिस प्रकार जंगल में आग लगने पर अंधा और लँगड़ा मिलकर जंगल से बाहर आ जाते हैं, उसी प्रकार चेतन-पुरुष और अचेतन-प्रकृति के मिलने से जगत् का क्रमिक विकास शुरू हो जाता है। पुरुष के सामीप्य से प्रकृति की साम्यावस्था में विकार/क्षोभ उत्पन्न होने लगता है, ऐसी स्थिति में प्रत्येक गुण, दूसरे गुण पर आधिपत्य जमाने का प्रयास करने लगते हैं और विभिन्न मात्राओं में गुणों के मिश्रण से विकास होने लगता है (रेखाचित्र '56')।

इतना समझ लेने पर हमें यह मालूम चल जाता है कि संपूर्ण सृष्टि प्रकृति (मैटर)

और पुरुष (जीव) के संयोग का फल है और ये दोनों श्रीकृष्ण की ही शक्तियाँ हैं...'हर चीज में भगवान् है', 'सब कुछ ईश्वर है', 'ईश्वर हर जगह है' आदि मान्यताओं का यही वैज्ञानिक-आध्यात्मिक आधार है। 'दीवालों के भी कान होते हैं', क्योंकि श्लोक संख्या 13.14 में श्रीकृष्ण ने बताया है कि उनके कान सर्वत्र हैं।

व्यापक रूप से एटीम कार्ड (ATM Card) विज्ञान की देन है, जबकि आधारकार्ड, बायोमीट्रिक मशीन आदि बायो-तकनीकी की। दुनिया की सभी चीजें वास्तव में समरूप हैं, क्योंकि इनके पीछे ईश्वर ही है, ये ईश्वर की दो शक्तियों भौतिक शक्ति और चेतन शक्ति के संयोग का परिणाम हैं। व्यापक बायोतकनीकी से निर्मित सृष्टि की विविधता का कारण उनके मूल संघटकों की (Ingredients)अलग-अलग क्रम में व्यवस्था-मात्र है।

श्रीकृष्ण ने तेरहवें और चौदहवें अध्याय में उसी व्यापक और अत्यंत विकसित बायो-तकनीकी की ओर संकेत किया है, अत्यंत विकसित नैनो-तकनीकी का भी। श्रीकृष्ण के लिए 'कर्तुमकर्तुमन्यथाकर्तुम समर्थ' शब्द आया है, जिसका व्यावहारिक अर्थ है कि वे चाहें तो दूध से दही बना दें (कर्तुम्) या दही को वापस दूध में परिवर्तित कर दें (अकर्तुम्) या फिर वे किसी अन्य पदार्थ (पानी, बालू, पत्थर आदि) से दही बना दें (अन्यथाकर्तुम्)। यह सामर्थ्य वास्तव में सभी पदार्थों के मूल में एक ही तत्त्व होने के कारण है, परमाणु सबका मूल है, अलग-अलग क्रम में सज जाने पर एक ही वस्तु सोना, हीरा, दही बन सकती है।

13वें और 14वें अध्याय के अध्ययन से जाति-भेद, लिंग-भेद, नस्ल-भेद आदि बेमानी होने लगते हैं। सुख-दु:ख में सम-भावना आने लगती है और हम सर्वत्र भगवान् का अनुभव करने की स्थिति में आ जाते हैं।

□

श्लोक संख्या 13.23 में श्रीकृष्ण ने बताया कि परमात्मा प्रत्येक जीव के भीतर परम-भोक्ता, परम-ज्ञाता, साक्षी, नियंता तथा अनुमंता के रूप में बैठा है। श्रीकृष्ण बताते हैं कि इस परमात्मा के अनुभव की कई विधियाँ हैं, कुछ लोग ध्यान-विधि से परमात्मा को अपने भीतर देखते हैं और कुछ लोग ज्ञान के अनुशीलन द्वारा ईश्वर को समझते हैं, जबकि कुछ लोग निष्काम-कर्म/कर्मयोग के द्वारा उससे जुड़े रहते हैं (13.25)। श्रीकृष्ण ने कहा है कि ऐसे लोग, जिनको बिल्कुल आध्यात्मिक ज्ञान नहीं होता, वे लोग प्रामाणिक व्यक्ति से परमात्मा के विषय में सुनकर उसकी उपासना में लगते हैं, इन सबको मुक्ति मिलती है (13.26)—

ध्यानेनात्मनि पश्यन्ति केचिदात्मानमात्मना।
अन्ये सांख्येन योगेन कर्मयोगेन चापरे॥ 13.25॥

अन्ये त्वेवमजानन्तः श्रुत्वान्येभ्य उपासते।
तेऽपि चातितरन्त्येव मृत्युं श्रुतिपरायणाः ॥ 13.26 ॥

श्लोक संख्या 7.6 की भाँति, श्लोक संख्या 13.27 में भी श्रीकृष्ण कहते हैं कि सृष्टि में मौजूद सारी चीजें क्षेत्र और क्षेत्रज्ञ, अर्थात् प्रकृति और पुरुष अर्थात् जड़ और जीव का संयोग मात्र है (13.27)। श्लोक संख्या 13.27 भी सृष्टि को उत्कृष्ट और अत्यंत विकसित बायोतकनीकी (Bio Technology) का परिणाम होने की ओर ही संकेत करता है। स्थूल रूप में इसका अर्थ है कि प्रत्येक चीज में चेतना होती है। जैन-दर्शन में भी इस बात की स्वीकृति दिखती है, इसके अनुसार विभिन्न जीवों में चेतना विद्यमान है, केवल चेतना के स्तर में भिन्नता है। कुछ जीवों में सिर्फ एक इंद्रिय ही चेतना-शील है (वृक्ष-स्पर्शेंद्रिय), कुछ में दो (घोंघा), कुछ की तीन इंद्रियाँ चैतन्य होती हैं (चींटी), कुछ में चार (मक्खी) और मनुष्य में पाँचों इंद्रियाँ चैतन्य होती हैं।

पाश्चात्य दार्शनिक लाइबनिज के 'मोनड' (Monad) में भी इस अवधारणा को स्वीकारा गया है। उनका भी मानना है कि प्रत्येक वस्तु में जीवन है, जीवन की चेतना का स्तर अलग-अलग हैं। तैत्तिरीय-उपनिषद् के 'पंचकोश' की अवधारणा भी सब चीजों में जीवन को स्वीकार करती है, केवल चेतना के स्तर को भिन्न मानती है।

गीता 13.27, जैन-अवधारणा, लाइबनिज के मोनड और तैत्तिरीय-उपनिषद् के पंचकोश को हम निम्न रेखाचित्र से समझते हैं—

रेखाचित्र-58

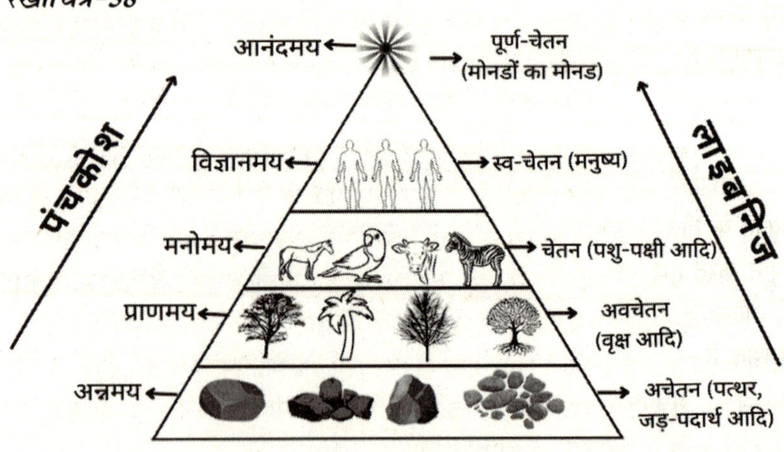

गीता, 13.27 : जैन-दर्शन, उपनिषद्, लाइबनिज (प्रत्येक वस्तु—जड़ + जीव) (Bio Technology)

अगले श्लोक में श्रीकृष्ण ने बताया कि जो यह जानता/देखता है कि प्रत्येक शरीर में दो आत्माएँ होती हैं—आत्मा और परमात्मा, जो शरीर के नष्ट होने पर भी विनष्ट नहीं होती हैं...वही वास्तव में सही जान/देख रहा है (13.28)। इस प्रकार सर्वत्र तथा प्रत्येक जीव में परमात्मा को उपस्थित देखने वाला कभी भ्रष्ट नहीं होता, और अंततः वह मुक्ति को प्राप्त करता है (13.29)—

यावत्सञ्जायते किञ्चित्सत्त्वं स्थावरजङ्गमम्।
क्षेत्रक्षेत्रज्ञसंयोगात्तद्विद्धि भरतर्षभ॥ 13.27॥
समं सर्वेषु भूतेषु तिष्ठन्तं परमेश्वरम्।
विनश्यत्स्वविनश्यन्तं यः पश्यति स पश्यति॥ 13.28॥
समं पश्यन्हि सर्वत्र समवस्थितमीश्वरम्।
न हिनस्त्यात्मनात्मानं ततो याति परां गतिम्॥ 13.29॥

श्रीकृष्ण ने अब तक विभिन्न विधियों से यह बताया कि ईश्वर सर्वत्र है, सबमें है। श्लोक संख्या 13.28 और 13.29 में वे कहते हैं कि मुक्ति के लिए व्यक्ति में यह दृष्टि आना आवश्यक है। ये दोनों श्लोक इस दृष्टि से भी महत्त्वपूर्ण हैं कि जब हम सब जीवों में भगवान् का दर्शन करने लगते हैं तो हम भेदमूलक-व्यवहार नहीं करते। पुनः हम गलत काम अकसर तभी करते हैं, जब हमें लगता है कि हमें कोई देख नहीं रहा है। एक व्यापक, अत्यंत उन्नत प्राकृतिक सी.सी.टी.वी. कैमरा (CCTV) सबकुछ रिकॉर्ड कर रहा है, यह जान लेने पर हम भ्रष्ट आचरण से बचते हैं। प्रशासन, राजनीति, व्यवसाय, धर्म-प्रचार आदि प्रत्येक क्षेत्र में शुचिता को बनाए रखने में ये दोनों श्लोक अत्यंत महत्त्वपूर्ण हैं। 'पवित्र कुरान' में भी भगवान् द्वारा सबकुछ देखे जाने की बात आती है—

इन्नल्ला-ह बिमा तअ्-मलून बसीर

—पवित्र कुरान, 2.110

अध्याय-3 के 27वें श्लोक में श्रीकृष्ण ने पहले ही बता रखा है कि समस्त कर्म प्रकृति के तीन गुणों द्वारा होते हैं, उसी को यहाँ श्लोक संख्या 13.30 में श्रीकृष्ण और स्पष्ट करते हुए कहते हैं कि वास्तव में समस्त कर्म प्रकृति द्वारा उत्पन्न शरीर से होते हैं, आत्मा कुछ नहीं करता, जो यह समझता है, वही वास्तव में यथार्थ रूप में देखता/समझता है—

प्रकृत्यैव च कर्माणि क्रियमाणानि सर्वशः।
यः पश्यति तथात्मानमकर्तारं स पश्यति॥ 13.30॥

श्रीकृष्ण ने बताया कि ज्ञान होने पर विभिन्न शरीर दिखाई देने बंद हो जाते हैं, उनके स्थान पर सर्वत्र जीव ही जीव दिखने लगता है (13.31)। ऐसे ज्ञानी देख सकते हैं कि

आत्मा का शरीर से संपर्क जरूर है, फिर भी आत्मा शरीर से अतीत है, वह न तो कुछ करता है, न लिप्त होता है (13.32)—

यदा भूतपृथग्भावमेकस्थमनुपश्यति।
तत एव च विस्तारं ब्रह्म सम्पद्यते तदा॥ 13.31॥
अनादित्वान्निर्गुणत्वात्परमात्मायमव्ययः।
शरीरस्थोऽपि कौन्तेय न करोति न लिप्यते॥ 13.32॥

आत्मा की विशिष्ट स्थिति को श्रीकृष्ण कुछ उदाहरणों द्वारा समझाते हुए कहते हैं कि जैसे सूक्ष्म प्रकृति के कारण सर्वव्यापी होकर भी आकाश किसी वस्तु से लिप्त नहीं होता, वैसे ही आत्मा शरीर से लिप्त नहीं होता (13.33)। पुनः जैसे सूर्य अकेले ही सारे ब्रह्मांड को प्रकाशित करता है, वैसे ही एक आत्मा पूरे शरीर को चेतना से प्रकाशित करता है (13.34)—

यथा सर्वगतं सौक्ष्म्यादाकाशं नोपलिप्यते।
सर्वत्रावस्थितो देहे तथात्मा नोपलिप्यते॥ 13.33॥
यथा प्रकाशयत्येकः कृत्स्नं लोकमिमं रविः।
क्षेत्रं क्षेत्री तथा कृत्स्नं प्रकाशयति भारत॥ 13.34॥

श्रीकृष्ण 13वें अध्याय के अंतिम श्लोक में पूरे अध्याय की महत्ता को बताते हैं। इसमें वे कहते हैं कि इस प्रकार क्षेत्र, क्षेत्रज्ञ और प्रकृति के विषय में जो ज्ञान-चक्षु खोलकर ठीक से समझ लेता है, वह मुक्ति/परम लक्ष्य को प्राप्त करता है (13.35)—

क्षेत्रक्षेत्रज्ञयोरेवमन्तरं ज्ञानचक्षुषा।
भूतप्रकृतिमोक्षं च ये विदुर्यान्ति ते परम्॥ 13.35॥

॥ गीतारथी त्रयोदश विश्राम ॐ तत् सत्॥

□

गीतारथी–14

श्रीकृष्ण...अहं बीजप्रदः पिता।

रेखाचित्र-59

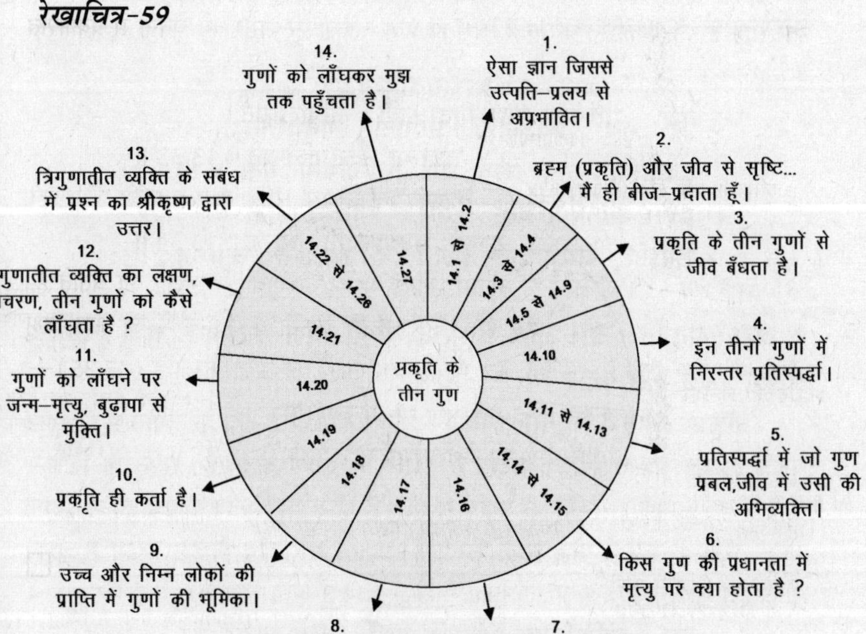

अध्याय चौदह के विषयों का 14 रूपों में स्थूल विभाजन

अध्याय चौदह प्रकृति के गुणों को केंद्र में रखता है। इन तीनों गुणों की समझ अत्यंत आवश्यक है और गीता के ज्ञान को समझने में निर्णायक भी है। ऊपर इस अध्याय के विषयों को सरल रूप से समझाने के लिए उसके स्थूल विभाग किए गए हैं। पाठक इस विभाग का ध्यान कर लें, जिससे प्रकृति के तीन गुणों के विभिन्न पक्षों को आसानी से समझ पाएँ। पाठक

जान लें कि प्रकृति के तीन गुणों की समझ हो जाने पर गीता या धर्म के संबंध में अब तक आपका ज्ञान चाहे जैसा भी हो, सबमें ही नया पक्ष उभरकर आना तय है। आइए, एक-एक करके उपरोक्त रेखाचित्र में विभाजित विषयों का अध्ययन प्रारंभ करते हैं—

1. ऐसा ज्ञान जिससे उत्पत्ति-प्रलय से अप्रभावित (श्लोक संख्या 14.1 और 14.2)

श्रीकृष्ण ने अर्जुन से कहा कि अब मैं सारे ज्ञानों में सर्वश्रेष्ठ ज्ञान बताने जा रहा हूँ, पूर्व में इस ज्ञान को जानकर ही समस्त मुनियों ने सिद्धि प्राप्त की है (14.1)। इस ज्ञान को जान लेने पर व्यक्ति का स्वभाव चूँकि मेरे जैसा ही हो जाता है, अतः वह सृष्टि और प्रलय से परे चला जाता है (14.2)—

श्रीभगवानुवाच

परं भूयः प्रवक्ष्यामि ज्ञानानां ज्ञानमुत्तमम्।
यज्ज्ञात्वा मुनयः सर्वे परां सिद्धिमितो गताः॥ 14.1॥
इदं ज्ञानमुपाश्रित्य मम साधर्म्यमागताः।
सर्गेऽपि नोपजायन्ते प्रलये न व्यथन्ति च॥ 14.2॥

2. ब्रह्म (प्रकृति) और जीव से सृष्टि, मैं ही बीज-प्रदाता पिता हूँ (श्लोक संख्या 14.3 और 14.4)

श्रीकृष्ण कहते हैं कि मेरी शक्तियों अर्थात् प्रकृति और जीव के संयोग से ही सृष्टि बनती है, यह प्रकृति भौतिक पदार्थ है, जिसे ब्रह्म/ब्रह्मा कहते हैं। सृष्टि के विभिन्न योनियों का निर्माण इसी भौतिक पदार्थ से होता है और इस भौतिक पदार्थ को मैं अपनी जीव-शक्ति के रूप में बीज प्रदान करता हूँ। प्रकृति और जीव के इस संयोग से चलने वाली इस सृष्टि का बीज-प्रदाता पिता मैं ही हूँ (14.3 और 14.4)—

मम योनिर्महद्ब्रह्म तस्मिन्गर्भं दधाम्यहम्।
सम्भवः सर्वभूतानां ततो भवति भारत॥ 14.3॥
सर्वयोनिषु कौन्तेय मूर्तयः सम्भवन्ति याः।
तासां ब्रह्म महद्योनिरहं बीजप्रदः पिता॥ 14.4॥

श्लोक संख्या 14.3 और 14.4 को समझने के लिए उस फोटो का ध्यान किया जा सकता है, जिसमें भगवान् विष्णु के नाभि से कमल पर बैठे हुए ब्रह्माजी निकलते हैं, फिर आगे की सृष्टि का विकास होता है। इसे हम निम्न रेखाचित्र द्वारा देखते हैं—

रेखाचित्र-60

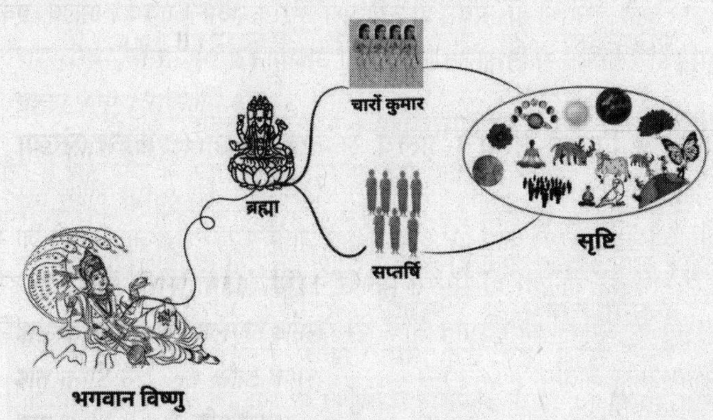

3. प्रकृति के तीन गुणों से जीव बँधता है (श्लोक संख्या 14.5 से 14.9)

प्रकृति श्रीकृष्ण की ही शक्ति है, जो तीन गुणों (सत्, रज, तम) से युक्त है, जब श्रीकृष्ण की दूसरी शक्ति जीव, प्रकृति के संपर्क में आती है तो वह इन गुणों से बँध जाती है (14.5)। इनमें से प्रथम गुण अर्थात् सत्-गुण से युक्त होने पर जीव, सुख एवं ज्ञान के भाव से युक्त रहता है, क्योंकि सत्-गुण अन्य गुणों की अपेक्षा अधिक शुद्ध एवं प्रकाशयुक्त है तथा मनुष्य को पाप-कर्मों से मुक्त करने वाला है, इस गुण से बँधे होने के उदाहरण वैज्ञानिक तथा दार्शनिक माने जा सकते हैं (14.6)। दूसरे गुण अर्थात् रज-गुण से युक्त होने पर जीव सकाम-कर्म में रत रहता है, क्योंकि इस गुण की विशेषताएँ हैं, असीम आकांक्षाएँ एवं तृष्णा (14.7)। तीसरे गुण अर्थात् तम-गुण से युक्त व्यक्ति में प्रमाद, आलस्य एवं नींद की प्रधानता होती है, क्योंकि तमोगुण अज्ञान से युक्त होता है (14.8)—

सत्त्वं रजस्तम इति गुणाः प्रकृतिसम्भवाः।
निबध्नन्ति महाबाहो देहे देहिनमव्ययम्॥ 14.5॥
तत्र सत्त्वं निर्मलत्वात्प्रकाशकमनामयम्।
सुखसङ्गेन बध्नाति ज्ञानसङ्गेन चानघ॥ 14.6॥
रजो रागात्मकं विद्धि तृष्णासङ्गसमुद्भवम्।
तन्निबध्नाति कौन्तेय कर्मसङ्गेन देहिनम्॥ 14.7॥
तमस्त्वज्ञानजं विद्धि मोहनं सर्वदेहिनाम्।
प्रमादालस्यनिद्राभिस्तन्निबध्नाति भारत॥ 14.8॥

संक्षेप में सतोगुण मनुष्य को सुख से, रजोगुण सकाम कर्म से तथा तमोगुण ज्ञान को ढककर मनुष्य को पागलपन से बाँधते हैं (14.9)—

सत्त्वं सुखे सञ्जयति रजः कर्मणि भारत।
ज्ञानमावृत्य तु तमः प्रमादे सञ्जयत्युत॥ 14.9॥

4. इन तीनों गुणों में निरंतर प्रतिस्पर्धा (श्लोक संख्या 14.10)

व्यक्ति के अंदर वास्तव में तीनों गुण अलग-अलग मात्रा में पाए जाते हैं और इन तीनों गुणों में एक-दूसरे से आगे बढ़ने की निरंतर होड़ लगी रहती है। इस प्रतिस्पर्धा में कभी सतोगुण आगे निकल जाता है, कभी रजोगुण तो कभी तमोगुण (14.10)—

रजस्तमश्चाभिभूय सत्त्वं भवति भारत।
रजः सत्त्वं तमश्चैव तमः सत्त्वं रजस्तथा॥ 14.10॥

श्लोक संख्या 14.10 के अध्ययन से व्यक्ति के व्यवहार की व्याख्या की जा सकती है। मनोचिकित्सा (Psychotherapy) के क्षेत्र में शोध के लिए यह अत्यंत महत्त्वपूर्ण जानकारी देता है। हमारे देखने में आता है कि सज्जन व्यक्ति भी कभी-कभी ऐसा अपराध कर देता है, जिस पर विश्वास करना मुश्किल होता है या फिर खराब चरित्र का व्यक्ति सुधरकर श्रेष्ठ कार्य करने लगता है, यह वास्तव में व्यक्ति के भीतर मौजूद तीनों गुणों में हो रही प्रतिस्पर्धा में किसी बुरे या अच्छे गुण के उस समय विशेष में प्रबल होने के कारण होता है। अत: किसी व्यक्ति का धार्मिक होना, पागल होना, विद्वान् होना आदि सारे चरित्र किसी एक गुण के प्रबल होने के कारण हैं। इस संदर्भ में रामचरितमानस के उस प्रसंग का वर्णन आवश्यक है, जिसमें भगवान् शिव के यह बताने पर कि नारद मुनि ने एक बार भगवान् विष्णु को शाप दे दिया था, माता पार्वती ने अत्यंत आश्चर्य से पूछा कि नारदजी तो बड़े ज्ञानी हैं, वे ऐसा कैसे कर सकते हैं। भगवान् शिव ने इसका उत्तर देते हुए बताया कि इस संसार में न तो कोई ज्ञानी है और न ही मूर्ख, श्रीराम अपनी माया से जब जिसे जैसा कर देते हैं, वह उस समय वैसा ही व्यवहार करने लगता है—

बोले बिहसि महेस तब ग्यानी मूढ़ न कोइ।
जेहि जस रघुपति करहिं जब सो तस तेहि छन होइ॥

—रामचरितमानस, 1.124 (क)

5. प्रतिस्पर्धा में जो गुण प्रबल, जीव में उसी की अभिव्यक्ति (श्लोक संख्या 14.11 से 14.13)

जब व्यक्ति में सतोगुण की प्रधानता होती है तो वह ज्ञानयुक्त व्यक्ति के रूप में प्रतिस्पर्धा की इस प्रक्रिया में उद्भासित होता है (14.11)। रजोगुण की प्रधानता से व्यक्ति में अत्यधिक आसक्ति, सकाम-कर्म, कर्मठता, महत्त्वाकांक्षा एवं लालसा के

लक्षण प्रकट होते हैं (14.12)...जबकि तमोगुण की प्रधानता होने पर उसमें अज्ञान, जड़ता, प्रमाद, मोह आदि का प्राकट्य देखा जाता है (14.13)—

सर्वद्वारेषु देहेऽस्मिन्प्रकाश उपजायते।
ज्ञानं यदा तदा विद्याद्विवृद्धं सत्त्वमित्युत॥ 14.11॥
लोभः प्रवृत्तिरारम्भः कर्मणामशमः स्पृहा।
रजस्येतानि जायन्ते विवृद्धे भरतर्षभ॥ 14.12॥
अप्रकाशोऽप्रवृत्तिश्च प्रमादो मोह एव च।
तमस्येतानि जायन्ते विवृद्धे कुरुनन्दन॥ 14.13॥

6. किस गुण की प्रधानता में मृत्यु पर क्या होता है? (श्लोक संख्या 14.14 और 14.15)

किसी व्यक्ति में जिस समय सतोगुण की प्रधानता होती है, ऐसे में मृत्यु होने पर वह उच्च लोकों, उत्तम योनियों में जन्म लेता है (14.14)। रजोगुण-प्रधान व्यक्ति मृत्यु होने पर सकाम-कर्मियों के बीच जन्म पाता है, जबकि तमोगुण-प्रधान व्यक्ति मृत्यु के बाद पशुयोनि को प्राप्त होता है (14.15)—

यदा सत्त्वे प्रवृद्धे तु प्रलयं याति देहभृत्।
तदोत्तमविदां लोकानमलान्प्रतिपद्यते॥ 14.14॥
रजसि प्रलयं गत्वा कर्मसङ्गिषु जायते।
तथा प्रलीनस्तमसि मूढयोनिषु जायते॥ 14.15॥

7. किस गुण की प्रधानता में कैसा कर्म, उसका प्रभाव? (14.16)

सतोगुण की प्रधानता में पुण्यकर्म संपन्न होते हैं और उनका फल शुद्ध होता है, रजोगुण की प्रधानता में सकाम-कर्म संपन्न किए जाते हैं, जो दुखःदायी फल देते हैं, जबकि तमोगुण में किए गए स्वच्छंद कर्म का फल मूर्खतापूर्ण होता है (14.16)—

कर्मणः सुकृतस्याहुः सात्त्विकं निर्मलं फलम्।
रजसस्तु फलं दुःखमज्ञानं तमसः फलम्॥ 14.16॥

8. कौन से गुण की प्रधानता से क्या उत्पन्न होता है? (श्लोक संख्या 14.17)

सतोगुण से ज्ञान, रजोगुण से लोभ तथा तमोगुण से अज्ञान, प्रमाद और मोह उत्पन्न होता है (14.17)—

सत्त्वात्सञ्जायते ज्ञानं रजसो लोभ एव च।
प्रमादमोहौ तमसो भवतोऽज्ञानमेव च॥ 14.17॥

9. उच्च और निम्न लोकों की प्राप्ति में गुणों की भूमिका (श्लोक संख्या 14.18)

सतोगुणी मनुष्य उच्चतर लोकों में जन्म लेते हैं, रजोगुणी व्यक्ति पृथ्वीलोक में ही वापस जन्म पाते हैं, जबकि अत्यंत गर्हित तमोगुण वाले लोग नीचे के नरक लोकों में जाते हैं (14.18)—

ऊर्ध्वं गच्छन्ति सत्त्वस्था मध्ये तिष्ठन्ति राजसाः।
जघन्यगुणवृत्तिस्था अधो गच्छन्ति तामसाः॥ 14.18॥

10. प्रकृति ही कर्ता है (श्लोक संख्या 14.19)

श्लोक संख्या 3.27 तथा श्लोक संख्या 13.30 में भी श्रीकृष्ण ने प्रकृति को ही कर्ता बताया है। यहाँ अगले श्लोक संख्या 14.19 में उसी बात को और पुष्ट करते हुए श्रीकृष्ण कहते हैं कि जो व्यक्ति यह जान लेता है कि समस्त कार्य प्रकृति के तीन गुणों द्वारा ही किए जाते हैं, कोई और दूसरा कर्ता नहीं है और जो व्यक्ति परमात्मा को जानकर तीनों गुणों से परे हो जाता है, वह श्रीकृष्ण के जैसा ही हो जाता है (14.19)—

नान्यं गुणेभ्यः कर्तारं यदा द्रष्टानुपश्यति।
गुणेभ्यश्च परं वेत्ति मद्भावं सोऽधिगच्छति॥ 14.19॥

11. गुणों को लाँघने पर जन्म, मृत्यु, बुढ़ापा से मुक्ति (श्लोक संख्या 14.20)

श्रीकृष्ण ने बताया कि कोई मनुष्य जब शरीर से संबद्ध इन तीन गुणों को लाँघने में समर्थ हो जाता है तो वह जन्म, मृत्यु, बुढ़ापा तथा इनके कष्टों से मुक्त हो सकता है (14.20)—

गुणानेतानतीत्य त्रीन्देही देहसमुद्भवान्।
जन्ममृत्युजरादुःखैर्विमुक्तोऽमृतमश्नुते॥ 14.20॥

श्लोक संख्या 14.20 अत्यंत महत्त्वपूर्ण है। महात्मा बुद्ध ने वृद्ध व्यक्ति, बीमार व्यक्ति, मृत व्यक्ति और उससे जुड़े कष्टों को देखकर ही वैराग्य की ओर रुख किया था। उन्होंने अपने 'प्रथम आर्य सत्य' (First Noble Truth) में संसार को दुःखमय कहा, क्योंकि प्रकृति के तीनों गुणों के अंतर्गत रहते हुए जीव निरंतर दुःखी ही रहता है। वास्तव

में बौद्ध-दर्शन भी दु:खों से मुक्ति के लिए जिस मार्ग की बात करता है, वह प्रकृति के तीन गुणों से परे जाने का ही है। इस प्रकार श्रीकृष्ण द्वारा श्लोक संख्या 14.20 में दी गई शिक्षा का दूसरा रूप बौद्ध-दर्शन में देखा जा सकता है।

12. त्रिगुणातीत व्यक्ति का लक्षण, आचरण, तीन गुणों को कैसे लाँघता है? (श्लोक संख्या 14.21)

ज्ञातव्य है कि श्लोक संख्या 2.45 में श्रीकृष्ण ने अर्जुन को तीनों गुणों से ऊपर उठने का आदेश दिया है (निस्त्रैगुण्यो भवार्जुन) और श्लोक संख्या 14.20 में श्रीकृष्ण ने तीनों गुणों से परे जाने के लाभ बताए हैं। आगे श्लोक संख्या 14.21 में अर्जुन ने पूछा कि तीनों गुणों को कैसे लाँघा जाता है? कोई व्यक्ति तीनों गुणों के पार चला गया है, उसे कैसे पहचाना जाय? उसका आचरण क्या होता है? (14.21)—

अर्जुन उवाच

कैर्लिङ्गैस्त्रीन्गुणानेतानतीतो भवति प्रभो।
किमाचारः कथं चैतांस्त्रीन्गुणानतिवर्तते॥ 14.21॥

वास्तव में श्लोक संख्या 14.21 में अर्जुन के प्रश्न बौद्ध दर्शन की भी विषय-वस्तु हैं। बौद्ध दर्शन के 'चार आर्य सत्य' (Four Noble Truth) निम्नलिखित हैं—

- दु:ख है
- दु:ख का कारण है,
- दु:ख का निदान संभव है
- दु:ख निरोध गामिनी प्रतिपदा।

सूक्ष्म रूप से देखा जाए तो श्लोक संख्या 14.21 में अर्जुन के प्रश्नों का संबंध तीसरे और चौथे आर्य-सत्य से है, जबकि श्लोक संख्या 14.20 में श्रीकृष्ण के उपदेश का संबंध चारों आर्य सत्यों से है।

13. त्रिगुणातीत व्यक्ति के संबंध में प्रश्न का श्रीकृष्ण द्वारा उत्तर (श्लोक संख्या 14.22 से 14.26)

श्रीकृष्ण अर्जुन के प्रश्नों का उत्तर देते हुए कहते हैं कि जो समभाव में है, अर्थात् प्रकाश, आसक्ति, मोह का जिस पर प्रभाव नहीं पड़ता (14.22) तथा जो यह जानकर कि प्रकृति के गुण ही क्रियाशील हैं, प्रकृति ही कर्ता है, वह स्वयं उनसे अलग है, उदासीन रहता है (14.23)। जो सुख-दु:ख को एक समान मानते हुए मिट्टी के ढेले, पत्थर एवं सोने के टुकड़े को समान दृष्टि से देखता है, धैर्यवान है तथा प्रशंसा-बुराई, मान-अपमान से विचलित नहीं होता, शत्रु-मित्र के साथ समान व्यवहार करता है, ऐसे लक्षण जिस किसी में हों, वह प्रकृति के तीन गुणों से अतीत होता है (14.24 से 14.25)—

श्रीभगवानुवाच

प्रकाशं च प्रवृत्तिं च मोहमेव च पाण्डव।
न द्वेष्टि सम्प्रवृत्तानि न निवृत्तानि काङ्क्षति॥ 14.22॥
उदासीनवदासीनो गुणैर्यो न विचाल्यते।
गुणा वर्तन्त इत्येवं योऽवतिष्ठति नेङ्गते॥ 14.23॥
समदुःखसुखः स्वस्थः समलोष्टाश्मकाञ्चनः।
तुल्यप्रियाप्रियो धीरस्तुल्यनिन्दात्मसंस्तुतिः॥ 14.24॥
मानापमानयोस्तुल्यस्तुल्यो मित्रारिपक्षयोः।
सर्वारम्भपरित्यागी गुणातीतः स उच्यते॥ 14.25॥

त्रिगुणातीत व्यक्ति के लक्षण और आचरण बताने के बाद श्रीकृष्ण ने श्लोक संख्या 14.26 में बताया कि किस प्रकार व्यक्ति तीनों गुणों के पार जाता है। श्रीकृष्ण ने कहा कि जो समस्त परिस्थितियों में बिना विचलित हुए पूर्णतः भक्ति में लगा रहता है, वह प्रकृति के तीनों गुणों को लाँघ जाता है और ब्रह्म के समान हो जाता है (14.26)—

मां च योऽव्यभिचारेण भक्तियोगेन सेवते।
स गुणान्समतीत्यैतान्ब्रह्मभूयाय कल्पते॥ 14.26॥

ज्ञातव्य है कि श्लोक संख्या 7.14 में भी श्रीकृष्ण ने अपनी त्रिगुणात्मक माया-शक्ति/प्रकृति के तीन गुणों के पार जाने का तरीका भक्ति को ही बताया है, शरणागति ही बताया है।

बौद्ध धर्म के 'बोधिसत्त्व' की धारणा प्रकृति के तीन गुणों के पार चले जाने की ओर ही इंगित करती है। बौद्ध दर्शन में बोधिसत्त्व उसे कहा गया है, जिसने 'निर्वाण' की योग्यता प्राप्त कर ली है, फिर भी जनकल्याण हेतु कार्य करता रहता है, जिसका उपदेश श्लोक संख्या 3.20 और 3.21 में श्रीकृष्ण ने दिया है।

14. गुणों को लाँघकर मुझ तक पहुँचता है (14.27)

श्रीकृष्ण कहते हैं कि उस निराकार ब्रह्म का आश्रय मैं ही हूँ, जहाँ त्रिगुणातीत व्यक्ति पहुँचता है, यह अमर्त्य, अविनाशी तथा शाश्वत एवं परम सुख का पद है (14.27)—

ब्रह्मणो हि प्रतिष्ठाहममृतस्याव्ययस्य च।
शाश्वतस्य च धर्मस्य सुखस्यैकान्तिकस्य च॥ 14.27॥

इसकी तुलना हम बौद्ध धर्म के निर्वाण-पद से भी कर सकते हैं।

॥ गीतारथी चतुर्दश विश्राम ॐ तत् सत्॥

□

गीतारथी–15

श्रीकृष्ण...ममैवांशो जीवलोके•

पाठकगण ध्यान दें!

जैसा कि पहले भी बताया जा चुका है कि गीता में भगवान् श्रीकृष्ण ने तीन-चार मुद्दों को ही अलग-अलग प्रकार से कई बार समझाया है, स्पष्ट किया है। पंद्रहवें अध्याय में भी जिन मुद्दों पर चर्चा की गई है, वे मुद्दे पहले से चले आ रहे हैं। पाठकों की समझ के लिए पंद्रहवें अध्याय के विषयों को निम्न रेखाचित्र के रूप में देखा जा सकता है—

रेखाचित्र-61

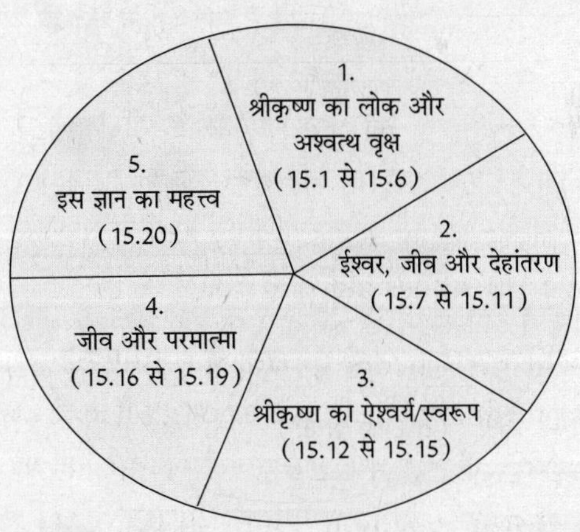

उपरोक्त बिंदुओं पर आइए चर्चा आरंभ करते हैं—

1. श्रीकृष्ण का लोक और अश्वत्थ वृक्ष (श्लोक संख्या 15.1 से 15.6)

श्रीकृष्ण बताते हैं कि एक शाश्वत अश्वत्थ वृक्ष है, जो उलटा है, अर्थात् इसकी जड़ें ऊपर की ओर जाती हैं, जबकि तने, शाखाएँ, पत्ते आदि नीचे की ओर...वेदों को

जानने वाले इस बात को जानते हैं (15.1)। इस वृक्ष की शाखाएँ, टहनियाँ, तने, पत्ते... संसार को दरशाते हैं और प्रकृति के तीन गुणों द्वारा पोषित हैं। प्रकृति के तीन गुणों से पोषित इस संसार में हम सभी सकाम-कर्मों से बँधे हैं (15.2)।

इस अश्वत्थ-वृक्ष की स्थिति को हम निम्न रेखाचित्र में देखने का प्रयास करते हैं—

रेखाचित्र-62

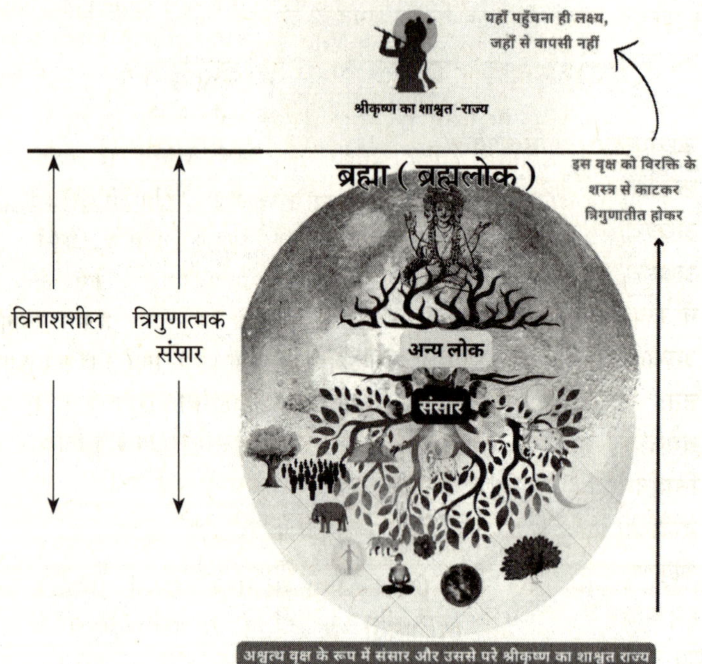

अश्वत्थ वृक्ष के रूप में संसार और उससे परे श्रीकृष्ण का शाश्वत राज्य

रामचरितमानस में इसी संदर्भ को इंगित करते हुए अगस्त्य मुनि ने श्रीराम से कहा कि आपकी माया गूलर के विशाल वृक्ष के समान है और अनेक ब्रह्मांडों का समूह ही इसके फल हैं। चराचर जीव (गूलर के फल के भीतर रहने वाले छोटे-छोटे) जंतुओं की भाँति इनके (ब्रह्मांडरूपी फल) भीतर रहते हैं—

ऊमरि तरु बिसाल तव माया। फल ब्रह्मांड अनेक निकाया॥
जीव चराचर जंतु समाना। भीतर बसहिं न जानहिं आना॥

—रामचरितमानस, 3.12.3-4

श्रीकृष्ण आगे बताते हैं कि इस उलटे अश्वत्थ-वृक्ष का वास्तविक अनुभव हम इस संसार में नहीं कर सकते हैं...कोई भी यह नहीं समझ पाता कि इसका आदि, मध्य

या आधार कहाँ है ? लेकिन मनुष्य को इसे समझकर इस वृक्ष को विरक्ति के शस्त्र से काट डालना चाहिए (15.3)। इस वृक्ष को काट डालने के पश्चात् उसकी पहुँच श्रीकृष्ण के शाश्वत-राज्य में हो जाती है, जहाँ पहुँच जाने पर कभी लौटना नहीं पड़ता (15.4)। वे लोग जो 'अमानी' हैं, अर्थात् झूठी प्रतिष्ठा से प्रभावित नहीं होते, जो मोह तथा कुसंगति से परे जा चुके हैं, शाश्वत-तत्त्व को जानकर जिन्होंने भौतिक सुखों के पीछे भागना बंद कर दिया है, जो समभाव को प्राप्त हो चुके हैं, अर्थात् सुख-दुःख के द्वंद्व से मुक्त हैं और परम पुरुष के शरणागत हो चुके हैं, वे श्रीकृष्ण के उस शाश्वत राज्य को प्राप्त करते हैं (15.5)—

श्रीभगवानुवाच

ऊर्ध्वमूलमधःशाखमश्वत्थं प्राहुरव्ययम्।
छन्दांसि यस्य पर्णानि यस्तं वेद स वेदवित्॥ 15.1॥
अधश्चोर्ध्वं प्रसृतास्तस्य शाखा गुणप्रवृद्धा विषयप्रवालाः।
अधश्च मूलान्यनुसन्ततानि कर्मानुबन्धीनि मनुष्यलोके॥ 15.2॥
न रूपमस्येह तथोपलभ्यते नान्तो न चादिर्न च सम्प्रतिष्ठा।
अश्वत्थमेनं सुविरूढमूलमसङ्गशस्त्रेण दृढेन छित्त्वा॥ 15.3॥
ततः पदं तत्परिमार्गितव्यं यस्मिन्गता न निवर्तन्ति भूयः।
तमेव चाद्यं पुरुषं प्रपद्ये यतः प्रवृत्तिः प्रसृता पुराणी॥ 15.4॥
निर्मानमोहा जितसङ्गदोषा अध्यात्मनित्या विनिवृत्तकामाः।
द्वन्द्वैर्विमुक्ताः सुखदुःखसंज्ञैर्गच्छन्त्यमूढाः पदमव्ययं तत्॥ 15.5॥

श्रीकृष्ण ने अपने शाश्वत-राज्य की कुछ विशेषताओं का अगले श्लोक में संकेत करते हुए बताया है कि मेरा वह परम धाम सूर्य, चंद्रमा, अग्नि या बिजली के प्रकाश से प्रकाशित न होकर मेरे 'ब्रह्मतेज' से युक्त है, वही 'ब्रह्मतेज', जिससे सूर्य, चंद्रमा आदि को भी प्रकाश प्राप्त होता है। जो लोग भी मेरे शाश्वत-राज्य में पहुँच जाते हैं, वे फिर भौतिक संसार में लौटकर नहीं आते हैं (15.6)—

न तद्भासयते सूर्यो न शशाङ्को न पावकः।
यद्गत्वा न निवर्तन्ते तद्धाम परमं मम॥ 15.6॥

श्लोक संख्या 15.1 से 15.6 में जिस प्रकार से लौकिक संसार तथा शाश्वत-संसार के विषय में बताया गया है, पाश्चात्य दार्शनिक प्लेटो के विचार इससे काफी समानता रखते हैं। प्लेटो ने लौकिक जगत् को परिवर्तनशील, विनाशी, अनित्य बताते हुए इससे परे एक प्रत्यय-जगत्, जो अपरिवर्तनशील, अविनाशी तथा नित्य है, के विषय में भी बताया है। गीता की भाँति प्लेटो के विचार से भी लौकिक जगत्, प्रत्यय-जगत् की अनुकृति-मात्र (Photocopy) है।

2. ईश्वर, जीव और देहांतरण (श्लोक संख्या 15.7 से 15.11)

श्लोक संख्या 15.1 से 15.6 तक श्रीकृष्ण ने एक तरह से अपने शाश्वत-जगत् और लौकिक जगत् के बीच अंतर को समझाया है। पाश्चात्य दार्शनिक प्लेटो का प्रतिबिंबवाद या अनुकृति-सिद्धांत (Copy Theory) गीता के जगत्-संबंधी विचार से साम्यता रखता है, जैसा कि ऊपर बताया जा चुका है।

संसार से संबंध की व्याख्या के बाद संसार में रहने वाले जीवों से भी श्रीकृष्ण ने अपने संबंध को समझाया है। श्रीकृष्ण कहते हैं कि सारे जीव मेरे अपने हैं, मेरे ही अंश हैं, मेरी ही शक्ति का एक रूप हैं...किंतु स्वयं को इंद्रियों से युक्त मान लेने के कारण बंधन में पड़े हुए हैं (15.7)—

ममैवांशो जीवलोके जीवभूतः सनातनः।
मनःषष्ठानीन्द्रियाणि प्रकृतिस्थानि कर्षति॥ 15.7॥

श्लोक संख्या 15.7 का यह विचार प्लेटो के सहभागिता-सिद्धांत (Participation Theory) में भी परिलक्षित होता है। प्लेटो के अनुसार लौकिक जगत् की वस्तुएँ प्रत्यय-जगत् के अंश से निर्मित हैं। रामचरितमानस में भी श्रीराम-काकभुशुंडि संवाद में श्रीराम ने जीवों को अपना अंश बताया है—

सब मम प्रिय सब मम उपजाए।

—रामचरितमानस, 7.85.2

श्लोक संख्या 15.1 से 15.6 तक लौकिक जगत् तथा श्रीकृष्ण के शाश्वत-राज्य की स्थिति, श्लोक संख्या 15.7 में श्रीकृष्ण और जीव के संबंध तथा प्लेटो के प्रतिबिंबवाद और सहभागिता सिद्धांत को हम निम्न चित्र से समझते हैं—

रेखाचित्र-63

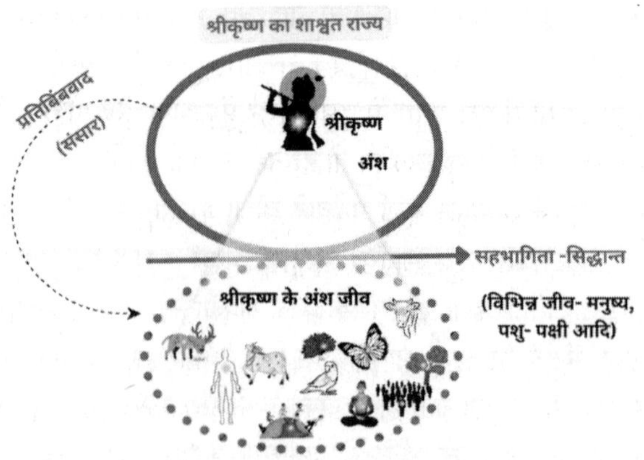

शाश्वत राज्य का विकृत प्रतिबिंब यह समस्त संसार

पीछे दूसरे अध्याय के 22वें श्लोक में श्रीकृष्ण ने वस्त्र बदलने का उदाहरण देते हुए देहांतरण की प्रक्रिया को समझाया है, यहाँ अगले श्लोक संख्या 15.8 में इसी देहांतरण को उन्होंने एक अलग उदाहरण द्वारा फिर समझाया है और बताया है कि वास्तव में इस देहांतरण में जीव पिछले शरीर से अगले शरीर में क्या और कैसे ले जाता है। श्रीकृष्ण ने कहा कि एक शरीर से दूसरे शरीर में जाते हुए आत्मा पिछले शरीर की स्मृतियाँ, अर्थात् देहात्मबुद्धि को भी साथ ले जाती है, यह उसी प्रकार होता है, जैसे वायु गंध को यहाँ से वहाँ ले जाती है (15.8)—

शरीरं यदवाप्नोति यच्चाप्युत्क्रामतीश्वरः।
गृहीत्वैतानि संयाति वायुर्गन्धानिवाशयात्॥ 15.8॥

इसे हम निम्न रेखाचित्र में देखते हैं—

रेखाचित्र-64

आत्मा नए शरीर में

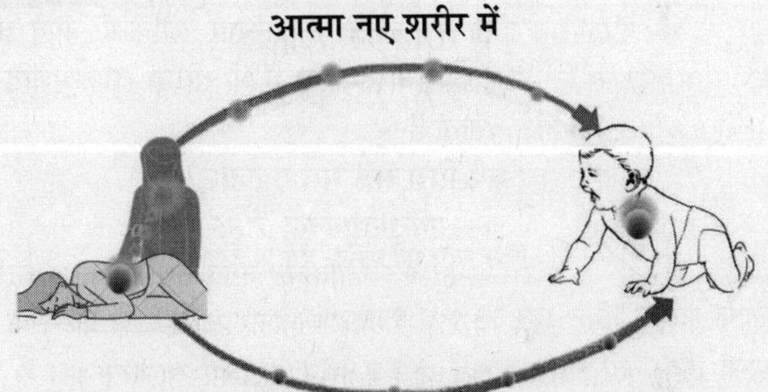

आत्मा पूर्व की स्मृतियाँ भी नए शरीर में ले जाती है

देहांतरण के इस प्रसंग में पाश्चात्य दार्शनिक प्लेटो के ज्ञान-सिद्धांत की चर्चा आवश्यक है। प्लेटो ने ज्ञान को शाश्वत एवं अपरिवर्तनशील बताया है, जब ज्ञान शाश्वत है तो यह जन्मों-जन्मों में एक शरीर से दूसरे शरीर में स्थानांतरित होने पर भी अपरिवर्तित रहता है। अब ज्ञान स्वयं से स्थानांतरित तो हो नहीं सकता, निश्चित ही इस ज्ञान को एक जन्म से दूसरे जन्म तक ढोकर कोई पहुँचाने वाला है, ज्ञान का वाहक ही यहाँ आत्मा है, और चूँकि ज्ञान शाश्वत एवं अपरिवर्तनशील है, अतः उसका वाहक भी शाश्वत एवं अपरिवर्तनशील ही होगा, इसी कारण प्लेटो ने भी आत्मा को गीता की ही भाँति अमर माना है। श्लोक संख्या 15.8 में आत्मा जिस देहात्मबुद्धि को दूसरे शरीर में ले जाती है, वही व्यापक रूप में शाश्वत-ज्ञान है, जिसकी चर्चा प्लटो करते हैं।

श्लोक संख्या 15.8 की विधि से देहांतरण करता हुआ जीव जिस भी योनि में अगला जन्म पाता है, उसी के अनुरूप विशेष अंगों से युक्त हो जाता है। उस शरीर की

आवश्यकता के अनुसार ही वह कान, आँख, जीभ, नाक, त्वचा प्राप्त करता है, जो मन के चारों ओर घेरा बना लेती हैं। इस प्रकार इन अंगों के द्वारा ही जीव विषयों का आगे भोग करता है (15.9)—

श्रोत्रं चक्षुः स्पर्शनं च रसनं घ्राणमेव च।
अधिष्ठाय मनश्चायं विषयानुपसेवते॥ 15.9॥

उपरोक्त तथ्य निम्न रेखाचित्र में प्रदर्शित है—

रेखाचित्र-65

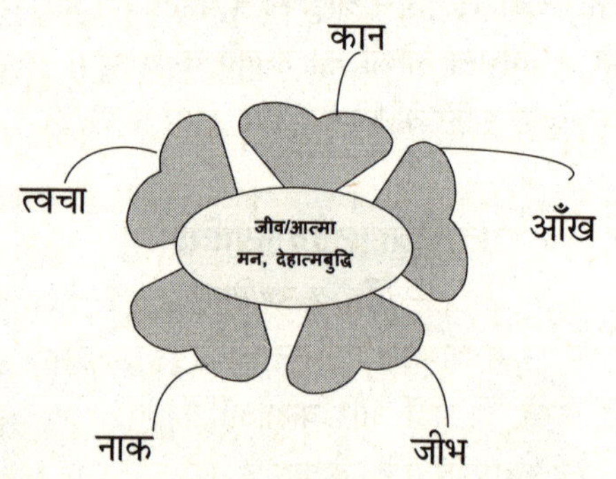

जिस शरीर की प्राप्ति, वैसे ही अंग

श्लोक संख्या 15.8 और 15.9 में देहांतरण और नए शरीर की प्राप्ति के इस संदर्भ को सामान्य लोग नहीं समझ सकते, इसे समझने के लिए सामान्य चक्षु से काम नहीं चलता, यह उसी के समझ में आता है, जिसके 'ज्ञानचक्षु' खुल गए हैं (15.10 और 15.11)—

उत्क्रामन्तं स्थितं वाऽपि भुञ्जानं वा गुणान्वितम्।
विमूढा नानुपश्यन्ति पश्यन्ति ज्ञानचक्षुषः॥ 15.10॥
यतन्तो योगिनश्चैनं पश्यन्त्यात्मन्यवस्थितम्।
यतन्तोऽप्यकृतात्मानो नैनं पश्यन्त्यचेतसः॥ 15.11॥

3. श्रीकृष्ण का ऐश्वर्य/स्वरूप (श्लोक संख्या 15.12 से 15.15)

पूर्व के अध्यायों में भी श्रीकृष्ण ने अपने ऐश्वर्यों/स्वरूपों का परिचय दिया है। इस अध्याय में भी श्लोक संख्या 15.6 में श्रीकृष्ण ने अपने लोक के विषय में संकेत करते हुए बताया है कि उनका लोक सूर्य, चंद्रमा आदि के प्रकाश से प्रकाशित नहीं है। आगे श्लोक संख्या 15.12 में श्रीकृष्ण इसे और स्पष्ट करते हुए कहते हैं कि सूर्य, चंद्रमा, अग्नि के प्रकाश का स्रोत मैं हूँ (15.12)—

यदादित्यगतं तेजो जगद्भासयतेऽखिलम्।
यच्चन्द्रमसि यच्चाग्नौ तत्तेजो विद्धि मामकम्॥ 15.12॥

श्रीकृष्ण ने बताया कि वे प्रत्येक लोक में प्रवेश करके विभिन्न लोकों को उनकी कक्षाओं (Orbits) में थामे रखते हैं। चंद्रमा के रूप में वे समस्त वनस्पतियों का पोषण करते हुए उसे रसीला बनाते हैं (15.13)—

गामाविश्य च भूतानि धारयाम्यहमोजसा।
पुष्णामि चौषधीः सर्वाः सोमो भूत्वा रसात्मकः॥ 15.13॥

ऊपर के श्लोक संख्या 15.13 में श्रीकृष्ण ने बताया कि प्रत्येक लोक में वे प्रविष्ट हैं और अपनी शक्ति से विभिन्न लोकों को उनकी कक्षाओं में बनाए हुए हैं। तैत्तिरीय उपनिषद् में भी भगवान् द्वारा सृष्टि के निर्माण और उसमें प्रविष्ट होने का उल्लेख मिलता है—

तत्सृष्ट्वा। तदेवानुप्राविशत्।

—तैत्तिरीय उपनिषद्, 2.6

श्लोक संख्या 15.13 में श्रीकृष्ण विभिन्न लोकों (Planets) और उनके कक्षाओं (Orbits) की बात करते हैं। ग्रहों और कक्षाओं की बात आते ही महान् वैज्ञानिक 'कैप्लर' का ध्यान आना स्वाभाविक है। कैप्लर ने ग्रहों के अपनी कक्षा में चक्कर लगाने के संबंध में तीन नियम दिए थे। इनमें से पहला नियम है कि कोई ग्रह जब सूर्य से दूर होगा तो धीरे-धीरे और सूर्य से नजदीक होने पर तेजी से गति करेगा। कैप्लर का यह नियम निम्न रेखाचित्र में प्रदर्शित है—

रेखाचित्र-66

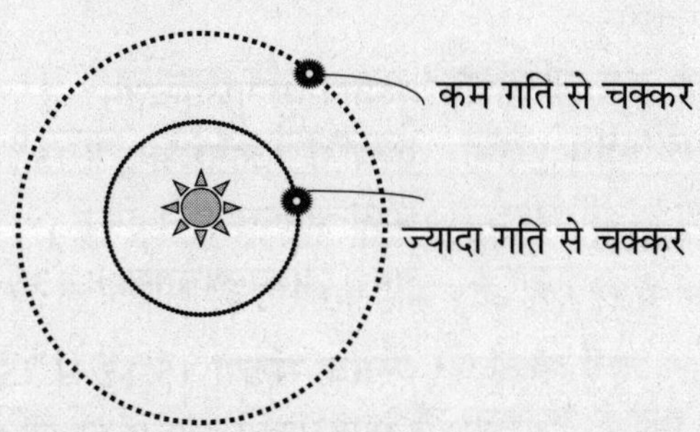

दूसरा और तीसरा नियम भी ग्रहों की कक्षा, चक्कर में लगने वाले समय आदि के विषय में ही है। आगे न्यूटन ने जब कैप्लर के ग्रहीय गति के नियमों का अध्ययन किया तो इसी से उन्होंने अपने 'गुरुत्वाकर्षण का नियम' विकसित किया। न्यूटन ने ग्रहों के अपनी निश्चित कक्षाओं में बने रहने के लिए...उन्हें हवा या निर्वात में निश्चित गति में

बाँधे रखने के लिए एक अदृश्य गुरुत्वाकर्षण-बल को जिम्मेदार माना। न्यूटन का यह गुरुत्वाकर्षण बल निश्चित ही वही शक्ति है, जिसकी बात श्रीकृष्ण श्लोक संख्या 15.13 में करते हैं।

अगले श्लोक में श्रीकृष्ण ने बताया कि जीवों के शरीर के भीतर मैं जठराग्नि के रूप में रहकर भोजन को पचाता हूँ (15.14)—

अहं वैश्वानरो भूत्वा प्राणिनां देहमाश्रितः।
प्राणापानसमायुक्तः पचाम्यन्नं चतुर्विधम्॥ 15.14॥

उपरोक्त का चित्रण हम निम्न रेखाचित्र में करेंगे—

रेखाचित्र-67

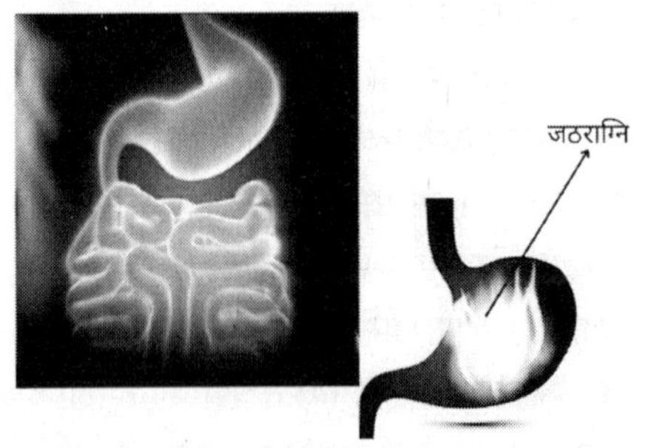

श्रीकृष्ण कहते हैं कि स्मृति (Memory), ज्ञान (Knowledge) और विस्मृति (Forgetfullness) मुझसे ही हैं, मैं प्रत्येक जीव के हृदय में सदैव ही उपस्थित हूँ। मैंने ही वेदांतों का संकलन किया है...वेदों को जानने वाला भी मैं हूँ तथा वेदों द्वारा मुझे ही जाना जाता है (15.15)—

सर्वस्य चाहं हृदि सन्निविष्टो मत्तः स्मृतिर्ज्ञानमपोहनं च।
वेदैश्च सर्वैरहमेव वेद्यो वेदान्तकृद्वेदविदेव चाहम्॥ 15.15॥

4. जीव और परमात्मा (श्लोक संख्या 15.16 से 15.19)

अगले श्लोक में श्रीकृष्ण जीव और परमात्मा की कोटियों के विषय में बताते हैं। श्रीकृष्ण कहते हैं कि जीवों की दो कोटियाँ हैं—च्युत और अच्युत। भौतिक जगत् में जब तक जीव का वास रहता है, वह च्युत-जीव (क्षर) रूप में है, जबकि आध्यात्मिक जगत् में प्रत्येक जीव अच्युत (अक्षर) है (15.16)। इन दोनों के अतिरिक्त एक परम पुरुष परमात्मा या भगवान् है, जो विभिन्न लोकों में प्रवेश करके उनका पालन कर रहा है (15.17)। वह परमात्मा मैं ही हूँ...क्षर-अक्षर से परे सर्वश्रेष्ठ परम पुरुष (15.18)। जो भी इस रूप में मुझे जान लेता है, वह सबकुछ जानकर मेरी भक्ति में लग जाता है (15.19)—

द्वाविमौ पुरुषौ लोके क्षरश्चाक्षर एव च।
क्षरः सर्वाणि भूतानि कूटस्थोऽक्षर उच्यते॥ 15.16॥
उत्तमः पुरुषस्त्वन्यः परमात्मेत्युदाहृतः।
यो लोकत्रयमाविश्य बिभर्त्यव्यय ईश्वरः॥ 15.17॥
यस्मात्क्षरमतीतोऽहमक्षरादपि चोत्तमः।
अतोऽस्मि लोके वेदे च प्रथितः पुरुषोत्तमः॥ 15.18॥
यो मामेवमसम्मूढो जानाति पुरुषोत्तमम्।
स सर्वविद्भजति मां सर्वभावेन भारत॥ 15.19॥

5. इस ज्ञान का महत्त्व (श्लोक संख्या 15.20)

पंद्रहवें अध्याय के अंतिम श्लोक में श्रीकृष्ण बल देकर अर्जुन से कहते हैं कि इस अध्याय में अब तक जो भी मैंने तुम्हें बताया है, वह वैदिक शास्त्रों का सबसे गोपनीय भाग है। जो कोई भी यह समझ जाएगा, वह निश्चित ही बुद्धिमान हो जाएगा और उसके सभी प्रयास/मनोरथ पूर्ण होंगे (15.20)—

इति गुह्यतमं शास्त्रमिदमुक्तं मयानघ।
एतद्बुद्ध्वा बुद्धिमान्स्यात्कृतकृत्यश्च भारत॥ 15.20॥

॥ गीतारथी पंचदश विश्राम ॐ तत् सत्॥

□

गीतारथी–16

श्रीकृष्ण...दैवी सम्पद्विमोक्षाय.

श्रीकृष्ण 16वें अध्याय में दैवी तथा आसुरी गुणों और उनके विभिन्न पक्षों पर बात करते हैं। निम्न रेखाचित्र में पूरे 16वें अध्याय के विषयों को हम स्थूल रूप में देख सकते हैं—

रेखाचित्र-68

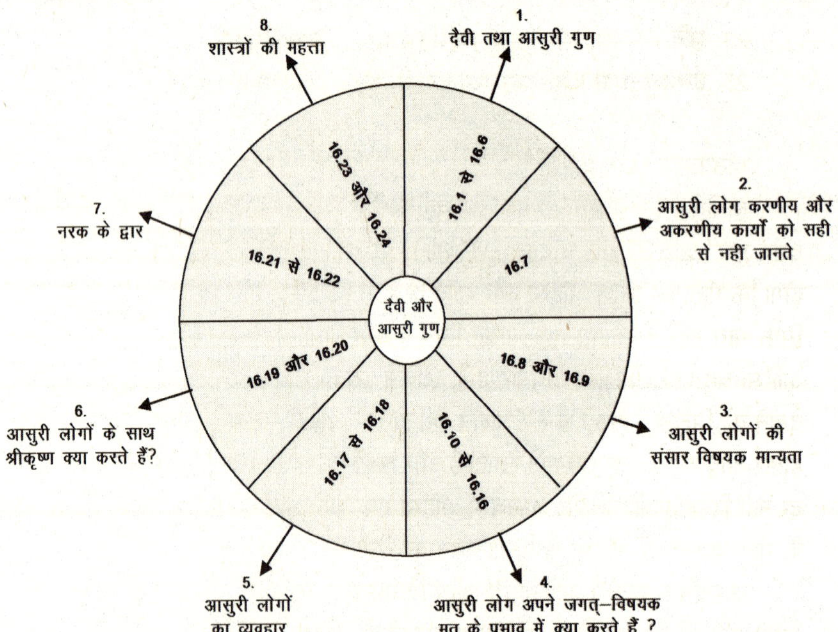

आइए, 16वें अध्याय के उपर्युक्त विभागों पर चर्चा करें—

1. दैवी तथा आसुरी गुण (श्लोक संख्या 16.1 से 16.6)

श्रीकृष्ण ने 26 गुणों को दैवी गुण बताया है—

1. निडरता	2. आत्म-पवित्रता
3. आध्यात्मिक ज्ञान का सतत अभ्यास	4. दानशीलता
5. आत्म-नियंत्रण	6. यज्ञशीलता
7. वेदों का अध्ययन	8. तपस्या
9. सहजता	10. अहिंसा
11. सत्यशीलता	12. क्रोधहीनता
13. त्याग की भावना	14. शांतिपरायणता
15. दूसरों में दोष नहीं देखना	16. जीवों पर दया
17. लोभविहीनता	18. सज्जनता
19. संकोच/लज्जा	20. संकल्प
21. तेज	21. क्षमा
23. धृति/धैर्य	24. पवित्रता
25. ईर्ष्यालु न होना	26. अमान

पाठकगण ध्यान दें!

कमोबेश इन समस्त 26 गुणों का वही अर्थ है, जो सामान्यतः प्रचलित है, किंतु यहाँ दसवें गुण 'अहिंसा' और चौदहवें गुण 'शांति' पर ध्यानाकर्षण अपेक्षित है, यह याद रखना होगा कि गीता का संदेश अहिंसा और शांति ही है, न कि हिंसा और अशांति। गीता में अहिंसा सिर्फ भाव नहीं है, अपितु एक जीवंत विधि है और वैज्ञानिक रूप में उपस्थित है। यद्यपि अहिंसा बहुत ही लोकप्रिय अवधारणा है, लेकिन इसका सही रूप में क्रियान्वयन बिरले ही देखने को मिलता है। सही रूप में पालन नहीं होने से अहिंसा, सक्रिय-अवधारणा न महसूस होकर अक्रिय-अवधारणा लगने लगती है और कभी-कभी कायरता की अवधारणा से बहुत दूर नहीं दिखाई देती, जबकि वास्तव में अहिंसा एक पूर्ण-सक्रिय और साहसिक अवधारणा है, गीता वास्तव में अहिंसा के क्रियान्वयन की वैज्ञानिक शिक्षा देती है।

वास्तविक रूप में अहिंसा द्विपक्षीय क्रियान्वयन की माँग करती है। किसी के द्वारा अपने प्रति की जा रही हिंसा को सहना वास्तव में अहिंसा नहीं हो सकती, क्योंकि अपने प्रति ही सही...हिंसा तो हो ही रही है। हिंसा के सभी रूपों पर, सभी उचित प्रकारों से प्रभावी रोक ही 'अहिंसा' है। हिंसा मानसिक, वाचिक और कार्मिक तीनों रूपों में होती है और अहिंसा इन तीनों रूपों की हिंसा का पूर्ण उचित प्रतिकार है।

भारतीय संविधान के भाग-3 में मौलिक अधिकारों (Fundamental Rights) का उल्लेख है। इसका अनुच्छेद-21 निम्नलिखित प्रकार से है—

अनुच्छेद-21 : प्राण और दैहिक स्वतंत्रता का संरक्षण—किसी व्यक्ति को, उसके प्राण या दैहिक स्वतंत्रता से विधि द्वारा स्थापित प्रक्रिया के अनुसार ही वंचित किया जाएगा, अन्यथा नहीं।

Article-21 : Protection of life and personal liberty—No person shall be deprived of his life or personal liberty except according to procedure established by law.

यहाँ कानूनी रूप से किसी को प्राणदंड देना या दैहिक स्वतंत्रता से वंचित करना, वास्तव में हिंसा न होकर अहिंसा के द्विपक्षीय क्रियान्वयन की माँग को पूरा करना है। 'विधि द्वारा स्थापित प्रक्रिया के अनुसार', हिंसा नहीं होती, अपितु यह अहिंसा की व्यावहारिक स्थापना का साधन बनती है।

श्रीकृष्ण की अहिंसा में हिंसा तिरस्कृत एवं पद्दलित नहीं है, अपितु अहिंसा की स्थापना का साधन है...धर्म की स्थापना के प्रभावी तंत्र के रूप में है। श्रीराम के गुणों का वर्णन करते हुए महर्षि वाल्मीकि भी लिखते हैं कि जो शास्त्र के अनुसार (Procedure Established by Law) प्राणदंड पाने के अधिकारी हैं, श्रीराम उनका नियमपूर्वक वध कर देते हैं—

हन्त्येष नियमाद् वध्यान्

—वा. रामायण, 2.2.46

अतः शास्त्र-संगत हिंसा, अहिंसा का ही व्यापक रूप है। यही गीता के अहिंसा की वास्तविक अवधारणा है, अहिंसा का पुरस्कार शांति है।

उपरोक्त 26 दैवी गुण निम्नलिखित तीन श्लोकों में देखे जा सकते हैं—

श्रीभगवानुवाच

अभयं सत्त्वसंशुद्धिर्ज्ञानयोगव्यवस्थितिः।
दानं दमश्च यज्ञश्च स्वाध्यायस्तप आर्जवम्॥ 16.1॥
अहिंसा सत्यमक्रोधस्त्यागः शान्तिरपैशुनम्।
दया भूतेष्वलोलुप्त्वं मार्दवं ह्रीरचापलम्॥ 16.2॥
तेजः क्षमा धृतिः शौचमद्रोहो नातिमानिता।
भवन्ति सम्पदं दैवीमभिजातस्य भारत॥ 16.3॥

26 दैवी गुणों के बाद अगले श्लोक में श्रीकृष्ण आसुरी गुणों के विषय में बताते हैं, ये छह हैं—दंभ, दर्प, अभिमान, क्रोध, कठोरता और अज्ञान (16.4)—

दम्भो दर्पोऽभिमानश्च क्रोधः पारुष्यमेव च।
अज्ञानं चाभिजातस्य पार्थ सम्पदमासुरीम्॥ 16.4॥

श्रीकृष्ण बताते हैं कि दैवी गुण मोक्ष की प्राप्ति में सहायक होते हैं, जबकि आसुरी गुण बंधनकारी होते हैं (16.5)—

दैवी सम्पद्विमोक्षाय निबन्धायासुरी मता।
मा शुचः सम्पदं दैवीमभिजातोऽसि पाण्डव॥ 16.5॥

अगले श्लोक में श्रीकृष्ण कहते हैं कि यह संसार दैवी और आसुरी लोगों से युक्त है। आरंभ में ही श्रीकृष्ण ने दैवी गुणों को विस्तार से बता दिया है, अत: अब वे आसुरी लोगों के विषय में विस्तार से बताना शुरू करते हैं (16.6)—

द्वौ भूतसर्गौ लोकेऽस्मिन्दैव आसुर एव च।
दैवो विस्तरशः प्रोक्त आसुरं पार्थ मे शृणु॥ 16.6॥

2. आसुरी लोग करणीय और अकरणीय (Do's-Don'ts) को सही से नहीं जानते (श्लोक संख्या 16.7)

श्रीकृष्ण बताते हैं कि आसुरी लोग 'क्या करने योग्य है' और 'क्या करने योग्य नहीं हैं'...इस बात को सही ढंग से नहीं जानते। उनका पवित्रता बनाए रखने में, उचित आचरण, सत्य आदि में विश्वास नहीं होता (16.7)—

प्रवृत्तिं च निवृत्तिं च जना न विदुरासुराः।
न शौचं नापि चाचारो न सत्यं तेषु विद्यते॥ 16.7॥

श्लोक संख्या 16.7 में वर्णित लोग स्वस्थ समाज और राष्ट्र-निर्माण के मार्ग में चुनौती की भाँति होते हैं। बहुत सारे लोग भारतीय संविधान के मूल अधिकारों और नीति-निर्देशक तत्त्वों के प्रति सजग दिखते हैं, किंतु अनुच्छेद 51 (क) में वर्णित मूल कर्तव्यों के प्रावधान उन्हें लुभावने नहीं लगते जबकि ये प्रावधान यह बताते हैं कि हम क्या करके एक स्वस्थ्य समाज, सशक्त राष्ट्र और स्वस्थ पर्यावरण का निर्माण कर सकते हैं। ऐसे ही लोगों की ओर श्लोक संख्या 16.7 में संकेत हुआ है।

3. आसुरी लोगों की संसार विषयक मान्यता (श्लोक संख्या 16.8 और 16.9)

आसुरी लोग संसार की यांत्रिक व्याख्या में विश्वास करते हैं, ऐसे लोग संसार को किसी ईश्वर का निर्माण नहीं मानते, अपितु वे इसे कामेच्छा से ही उत्पन्न और गतिशील समझते हैं (16.8)। ऐसी मान्यताओं का परिणाम उपभोक्तावादी और विनाशी प्रवृत्ति होती है, नैतिकता और मूल्यों का कोई महत्त्व ऐसे लोगों के लिए नहीं होता और अंतत: वे ऐसे भयावह कार्य करने लगते हैं, जो संसार के हित में नहीं होते (16.9)—

असत्यमप्रतिष्ठं ते जगदाहुरनीश्वरम्।
अपरस्परसम्भूतं किमन्यत्कामहैतुकम्॥ 16.8॥
एतां दृष्टिमवष्टभ्य नष्टात्मानोऽल्पबुद्धयः।
प्रभवन्त्युग्रकर्माणः क्षयाय जगतोऽहिताः॥ 16.9॥

श्लोक संख्या 16.8 और 16.9 के विचार चार्वाक-दर्शन में परिलक्षित होते हैं। चार्वाक ने जगत् को यांत्रिक मानते हुए बताया कि जगत् भौतिक तत्त्वों के आकस्मिक संयोग का परिणाम है, न कि ईश्वरीय प्रेरणा का। उनके अनुसार पृथ्वी, जल, अग्नि और वायु, ये चार तत्त्व आकस्मिक रूप से जब एक विशिष्ट अनुपात में मिलते हैं तो चेतना की उत्पत्ति अपने आप हो जाती है। जैसे पान, कत्था, सुपारी और चूना में से किसी में भी लाल रंग नहीं होता, फिर भी इन्हें एक साथ मिलाने पर लाल रंग उत्पन्न हो जाता है। निश्चय ही इस प्रकार की मान्यताओं से शुष्क-सुखवाद एवं भोगवाद को प्रश्रय मिलता है। चार्वाक ने स्वयं यही शिक्षा दी कि 'पियो और तब तक पियो, जब तक जमीन पर न गिर जाओ'। इतना ही नहीं, उन्होंने यहाँ तक कहा है कि 'जब तक जियो सुख से जियो, ऋण लेकर घी पियो'—

पीत्वा पीत्वा पुनः पीत्वा यावत् पतति भूतले।
उत्थाय च पुनः पीत्वा पुनर्जन्म न विद्यते॥
यावज्जीवेत सुखं जीवेद ऋणं कृत्वा घृतं पिवेत।
भस्मीभूतस्य देहस्य पुनरागमनं कुतः॥

निश्चय ही ये विचार डरावने हैं तथा समाज, अर्थव्यवस्था, राजनीति और देश को भटकाने वाले हैं, इसलिए श्रीकृष्ण इन्हें आसुरी कहते हैं। श्रीराम ने ऐसे विचार वालों के लिए चोरों को मिलने वाले दंड का विधान किया है—

यथा हि चोरः स तथा ही बुद्धस्तथागतं नास्तिकमत्र विद्धि।
तस्माद्धि यः शक्यतमः प्रजानां स नास्तिके नाभिमुखो बुधः स्यात्॥

—वा. रामायण, 2.109.34

फिर भी श्रीकृष्ण का भाव इन्हें पूरी तरह नकारने का नहीं है। वास्तव में ऐसे विचार विसंगतियों को जन्म देते हैं, फिर भी ये विचार रूढ़िवाद और अंधविश्वासों पर गहरी चोट कर उसे कमजोर भी करते हैं। साथ ही इन विचारों से विद्वानों के सम्मुख कुछ चुनौतियाँ प्रस्तुत होती हैं, जिनके समाधान के क्रम में दर्शन एवं परंपरा समृद्ध होती है। भारतीय स्वतंत्रता-संग्राम के दौरान धर्म-सुधार एवं समाज-सुधार आंदोलन के पीछे ऐसे विचारों की बहुत बड़ी प्रेरणा रही है, इससे इनकार नहीं किया जा सकता।

4. आसुरी लोग अपने जगत् विषयक मत के प्रभाव में क्या करते हैं? (श्लोक संख्या 16.10 से 16.16)

वैज्ञानिक दृष्टिकोण के विकास को भारतीय संविधान के 'अनुच्छेद 51 (क) (ज)' में सम्मिलित किया गया है, जो अत्यंत महत्त्वपूर्ण बात है। वैज्ञानिक दृष्टिकोण और नास्तिक दृष्टिकोण में व्यापक अंतर है। विज्ञान निरंतर प्रयोगों की यात्रा के माध्यम से सत्य को उद्घाटित करता है, उसके प्रयोगों में परम सत्ता की खोज का कौतूहल दिखता है, 'गॉड-पार्टिकल' की खोज इसी कौतूहल का परिणाम है। वास्तव में वैज्ञानिक दृष्टिकोण एक गतिशील अवधारणा है। जबकि नास्तिक दृष्टिकोण में गतिशीलता नहीं होती। वैज्ञानिक दृष्टिकोण 'क्या वह है?'...की ओर निरंतर तार्किक-प्रायोगिक यात्रा है, जबकि नास्तिक दृष्टिकोण 'वह नहीं है' मानकर किसी घटना/वस्तु की जड़वत् व्याख्या का प्रयास मात्र। इस विचार को हम निम्न रेखाचित्र द्वारा देखते हैं—

रेखाचित्र-69

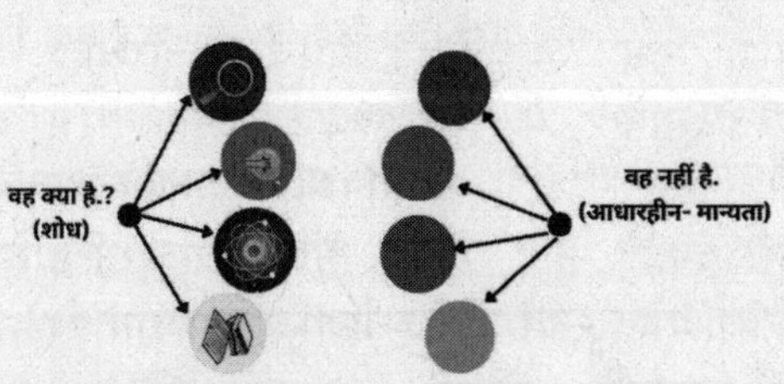

कई लोग वैज्ञानिक और नास्तिक दृष्टिकोण में फर्क नहीं समझते, उनके लिए यह आवश्यक है, याद रहे कि भारतीय संविधान में धर्म की सत्ता को स्वीकार किया गया है और वैज्ञानिक दृष्टिकोण के विकास को भी। अगर ये दोनों विरोधी होते, तो क्या एक साथ भारतीय संविधान में जगह पाते? श्रीकृष्ण ने आगे जो ज्ञान दिया है, उसे समझने में इस दृष्टि का साफ होना आवश्यक है।

वैज्ञानिकता और नास्तिकता में कोई संबंध नहीं है, मुद्दों से भटकाने के लिए कुछ लोग इनमें समानता दिखाने लगते हैं, सावधानी आवश्यक है। आगे के श्लोकों में श्रीकृष्ण बताते हैं कि आसुरी मान्यताएँ उपभोक्तावाद की वाहक होती हैं। मूल्यों और नैतिकता में दृढ़ विश्वास नहीं रहता, झूठी प्रतिष्ठा के लिए दिखावे पर बल होता है तथा उपभोक्तावाद की तुष्टि के लिए भ्रष्टाचार को बढ़ावा मिलता है (16.10)। आसुरी लोगों के विचार में मानव सभ्यता की मूल आवश्यकता इंद्रियों की तुष्टि है और इसके लिए वे अवैध धन-संग्रह करते हैं (16.11, 16.12)—

काममाश्रित्य दुष्पूरं दम्भमानमदान्विताः।
मोहाद्गृहीत्वासद्ग्राहान्प्रवर्तन्तेऽशुचिव्रताः॥ 16.10॥
चिन्तामपरिमेयां च प्रलयान्तामुपाश्रिताः।
कामोपभोगपरमा एतावदिति निश्चिताः॥ 16.11॥
आशापाशशतैर्बद्धाः कामक्रोधपरायणाः।
ईहन्ते कामभोगार्थमन्यायेनार्थसञ्चयान्॥ 16.12॥

आसुरी व्यक्ति धन को ही वरीयता देता है, उसकी सभी योजनाओं के केंद्र में धन की पिपासा होती है, वह निरंतर धन के विषय में ही सोचता है, हिसाब लगाता है (16.13)। वह धन और शुष्क-विकास की प्रतिस्पर्धा में बहुत लोगों को अपना शत्रु बना लेता है और वह उनके विनाश के लिए प्रयास करता रहता है। धन से मदांध हुआ व्यक्ति 'कभी-कभी लगता है कि मैं ही भगवान् हूँ' के गर्वित भाव का पोषण करने लगता है (16.14)। आसुरी लोग अपने धनी एवं बलवान संबंधियों को अत्यंत महत्त्व देते हैं, दिखावे के लिए यज्ञ, दान आदि का आयोजन करते हैं (16.15)—

इदमद्य मया लब्धमिमं प्राप्स्ये मनोरथम्।
इदमस्तीदमपि मे भविष्यति पुनर्धनम्॥ 16.13॥
असौ मया हतः शत्रुर्हनिष्ये चापरानपि।
ईश्वरोऽहमहं भोगी सिद्धोऽहं बलवान्सुखी॥ 16.14॥
आढ्योऽभिजनवानस्मि कोऽन्योऽस्ति सदृशो मया।
यक्ष्ये दास्यामि मोदिष्य इत्यज्ञानविमोहिताः॥ 16.15॥

श्लोक संख्या 16.10 से 16.15 के प्रभाव को हम निम्न रेखाचित्र से समझने का प्रयास करते हैं—

रेखाचित्र-70

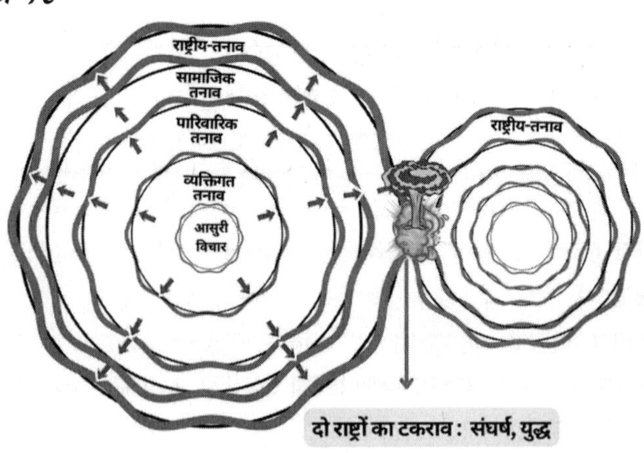

उपर्युक्त रेखाचित्र के माध्यम से हम देख सकते हैं कि किस प्रकार आसुरी विचार व्यक्तिगत संबंधों में तनाव पैदा करते हैं। यह व्यक्तिगत तनाव फैलते-फैलते पारिवारिक विवादों का रूप लेने लगता है। पारिवारिक तनाव से कालांतर में धार्मिक संघर्ष, नस्लवाद, राजनीतिक संघर्ष आदि के रूपों में सामाजिक तनाव उभरता है। सामाजिक तनाव अंततः राष्ट्रीय स्तर पर परिलक्षित होने लगता है और राष्ट्रीय संघर्ष के कारण राष्ट्र-निर्माण की प्रक्रिया कमजोर होती है। आज ग्लोबलाइजेशन के कारण भौतिक उपभोक्तावाद अन्य समाजों/देशों में भी इसी प्रकार क्रियाशील है। किसी अन्य देश के व्यक्तिगत तनाव जब राष्ट्रीय तनाव तक की यात्रा पूरी कर लेते हैं, तो एक देश का दूसरे देश से संघर्ष शुरू हो जाता है। अतः वैश्विक शांति के दिशा में रणनीतियाँ बनाने के लिए श्रीकृष्ण द्वारा श्लोक संख्या 16.10 से 16.15 में उद्घाचित भावों पर विचार की आवश्यकता है। गीता पर्यावरणीय, वाणिज्यिक, सामाजिक, अंतरराष्ट्रीय समस्याओं के समाधान का प्रभावी उपाय उद्भासित करने में सक्षम है। श्रीकृष्ण अगले श्लोक में बताते हैं कि आसुरी प्रवृत्ति के लोग अत्यधिक आसक्ति के कारण नरक में गिरते हैं (16.16) —

अनेकचित्तविभ्रान्ता मोहजालसमावृताः।
प्रसक्ताः कामभोगेषु पतन्ति नरकेऽशुचौ॥ 16.16॥

5. आसुरी लोगों का व्यवहार (श्लोक संख्या 16.17 और 16.18)

आसुरी लोग जरूरी नहीं कि नास्तिक ही हों, वे दिखने में आस्तिक भी हो सकते हैं। ऐसे लोग दिखावे के लिए, शास्त्रीय विधि-विधान का पालन किए बिना, कभी-कभी बड़े गर्व से यज्ञ भी करते हैं (16.17), किंतु वास्तव में धीरे-धीरे उनमें वास्तविक धर्म की निंदा करने का भाव प्रबल होने से...वे अपने शरीर तथा अन्यों के शरीर में स्थित परमात्मा की भी निंदा करने लगते हैं (16.18)—

आत्मसम्भाविताः स्तब्धा धनमानमदान्विताः।
यजन्ते नामयज्ञैस्ते दम्भेनाविधिपूर्वकम्॥ 16.17॥
अहङ्कारं बलं दर्पं कामं क्रोधं च संश्रिताः।
मामात्मपरदेहेषु प्रद्विषन्तोऽभ्यसूयकाः॥ 16.18॥

6. आसुरी लोगों के साथ श्रीकृष्ण क्या करते हैं? (श्लोक संख्या 16.19 और 16.20)

श्रीकृष्ण बताते हैं कि आसुरी लोगों को मैं लगातार आसुरी योनियों में ही भेजता रहता हूँ। ऐसे जन्म के कारण वे कभी भी मुझ तक नहीं पहुँच पाते और अत्यंत अधम गति को प्राप्त हो जाते हैं (16.19 और 16.20)—

तानहं द्विषतः क्रूरान्संसारेषु नराधमान्।
क्षिपाम्यजस्रमशुभानासुरीष्वेव योनिषु॥ 16.19॥
आसुरीं योनिमापन्ना मूढा जन्मनि जन्मनि।
मामप्राप्यैव कौन्तेय ततो यान्त्यधमां गतिम्॥ 16.20॥

7. नरक के द्वार (श्लोक संख्या 16.21 और 16.22)

अगले श्लोक में श्रीकृष्ण कहते हैं कि काम, क्रोध और मद रूपी आसुरी प्रवृत्ति का त्याग कर देना चाहिए, क्योंकि इनसे आत्मा पतित होती है (16.21)। वास्तव में जो व्यक्ति इन तीनों द्वारों से बच जाता है, वही अंततः परम गति को प्राप्त करता है (16.22)—

त्रिविधं नरकस्येदं द्वारं नाशनमात्मनः।
कामः क्रोधस्तथा लोभस्तस्मादेतत्त्रयं त्यजेत्॥ 16.21॥
एतैर्विमुक्तः कौन्तेय तमोद्वारैस्त्रिभिर्नरः।
आचरत्यात्मनः श्रेयस्ततो याति परां गतिम्॥ 16.22॥

रामचरितमानस में रावण को समझाते हुए विभीषण ने भी ऐसे ही विचार व्यक्त करते हुए कहा है कि काम, क्रोध, मद और लोभ; ये सब नरक ले जाने के रास्ते हैं, इनका परित्याग ही कल्याणकारी है—

काम क्रोध मद लोभ सब नाथ नरक के पंथ।
सब परिहरि रघुबीरहि भजहु भजहिं जेहि संत॥

—रामचरितमानस, 5.38

8. शास्त्रों की महत्ता (श्लोक संख्या 16.23 और 16.24)

वास्तव में शास्त्रों के विरुद्ध आचरण ही आसुरी आचरण है। श्रीकृष्ण ने बताया कि जो लोग शास्त्रों को न मानकर मनमाना कार्य करते हैं, उन्हें सिद्धि, सुख, परमगति...कुछ भी प्राप्त नहीं होता (16.23)। अतः मनुष्य को दैवी गुणों की ओर प्रवृत्त होते हुए जानना चाहिए कि शास्त्रों के अनुसार 'क्या उचित है और क्या अनुचित है', 'क्या करने योग्य है और क्या करने योग्य नहीं है'। शास्त्रीय विधान के अनुसार कर्म करने से व्यक्ति का निरंतर उत्थान होता है (16.24)—

यः शास्त्रविधिमुत्सृज्य वर्तते कामकारतः।
न स सिद्धिमवाप्नोति न सुखं न परां गतिम्॥ 16.23॥
तस्माच्छास्त्रं प्रमाणं ते कार्याकार्यव्यवस्थितौ।
ज्ञात्वा शास्त्रविधानोक्तं कर्म कर्तुमिहार्हसि॥ 16.24॥

हम श्लोक संख्या 16.23 और 16.24 के विचारों को लौकिक दृष्टि से देखने का प्रयास करते हैं। वह व्यापारी जो प्रचलित व्यापारिक कानूनों का पालन न करते हुए कहे कि परिश्रम वह स्वयं करता है तो उसकी कमाई पर टैक्स सरकार क्यों लेगी? तो उसे अच्छा नहीं माना जाएगा। यदि वकील प्रचलित कानूनों के आधार पर बहस न करें, तो वह भी अच्छा नहीं माना जाएगा। विज्ञान के स्वीकृत नियम न माने जाएँ तो अत्यंत मुश्किल खड़ी हो जाएगी। वहीं गणित के सूत्रों को न मानकर गणितीय समीकरणों को मनमाने ढंग से हल करने का प्रयास उचित नहीं माना जाएगा। इसलिए श्रीकृष्ण शास्त्रीय बातों को ही मार्गदर्शक के रूप में स्वीकार करने को कहते हैं।

॥ गीतारथी षष्टदश विश्राम ॐ तत् सत्॥

□

गीतारथी–17

श्रीकृष्ण...ॐ तत् सत्.

रेखाचित्र–71

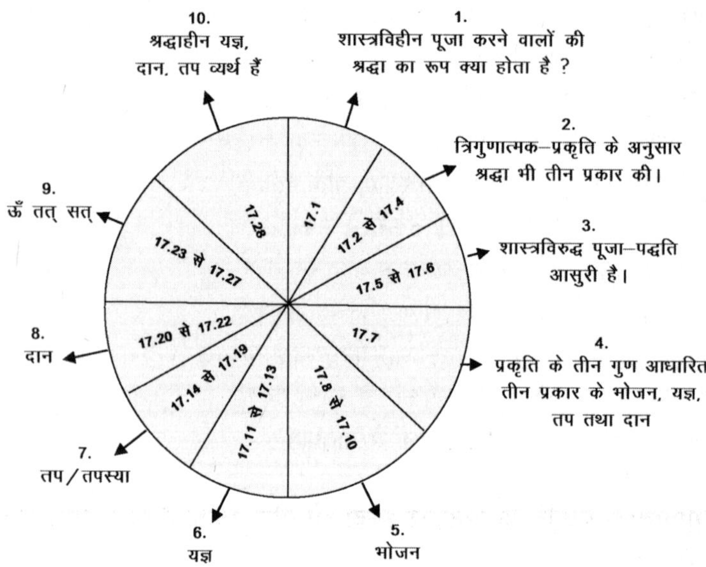

उपर्युक्त रेखाचित्र में अध्याय–17 के विषयों का हम स्थूल–विभाजन देख सकते हैं...एक–एक करके हम इनका अध्ययन प्रारंभ करते हैं—

1. शास्त्रविहीन पूजा-पद्धति वालों की श्रद्धा का रूप क्या होता है? (श्लोक संख्या 17.1)

सोलहवें अध्याय के अंत में श्रीकृष्ण ने शास्त्रों की महत्ता पर बहुत बल दिया है, उन्होंने किसी भी कार्य को शास्त्रीय विधि से ही संपन्न करने का आदेश दिया है। श्रीकृष्ण

ने बताया है कि शास्त्रों की अवेहलना करके मनमाने ढंग से कार्य करने पर सिद्धि, सुख और परमगति प्राप्त नहीं होती। यहाँ से अर्जुन के मन में प्रश्न उठा, उसने श्रीकृष्ण से पूछा कि कुछ लोगों को श्रद्धापूर्वक पूजा करते देखा जाता है, लेकिन उनकी पूजा-पद्धति काल्पनिक और मनमानी होती है, किसी भी शास्त्र में उस पद्धति का उल्लेख नहीं होता, ऐसे व्यक्तियों की कौन सी श्रेणी होती है—सतोगुणी, रजोगुणी या तमोगुणी ? (17.1)—

अर्जुन उवाच

ये शास्त्रविधिमुत्सृज्य यजन्ते श्रद्धयान्विताः।
तेषां निष्ठा तु का कृष्ण सत्त्वमाहो रजस्तमः ॥ 17.1 ॥

आज के दौर में अर्जुन का यह प्रश्न बहुत प्रासंगिक है। बहुत से लोग अज्ञानता के कारण अशास्त्रीय पूजा-पद्धति का ही पालन कर रहे हैं। रोजमर्रा की समस्याओं के समाधान हेतु जिंदगी की चुनौतियों से निपटने के दबाव में येन-केन प्रकारेण सुख प्राप्ति की लालसा में बहुत से लोग काल्पनिक विधि से पूजा करते हैं, जिसका शास्त्रों में उल्लेख नहीं है। बहुत से संस्थानों ने पूजा को व्यावसायिक रूप दे दिया है, उनके विज्ञापन व्यक्ति की मूलभूत समस्याओं को ही केंद्र में रखते हैं, जैसे कि बेटे-बेटी के विवाह में देरी, प्रेमी-प्रेमिका संबंधी समस्याएँ, पति-पत्नी विवाद, असाध्य रोगों को ठीक करना, खोया प्यार पाना, नौकरी या नौकरी में सफलता पाने के लिए, संतानहीनता का उपचार आदि। आम आदमी ग्रंथों/शास्त्रों से बहुत दूर चला गया है, वह जब इन संस्थानों के संपर्क में आता है तो वे झाड़-फूँक, विचित्र सी पूजा, अजीब से व्रतों आदि को समाधान के रूप में प्रस्तुत करके, जो अशास्त्रीय होते हैं, व्यक्ति को भरमा देते हैं। ये सब विधियाँ श्रीकृष्ण के अनुसार किसी प्रकार से कल्याणकारी नहीं हैं। श्रीकृष्ण का संदेश दूसरे शब्दों में यहाँ यही है कि 'नक्कालों से सावधान'।

2. त्रिगुणात्मक प्रकृति के अनुसार श्रद्धा भी तीन प्रकार की (श्लोक संख्या 17.2 से 17.4)

श्रीकृष्ण पहले श्रद्धा के विषय में समझाते हुए कहते हैं कि प्रकृति के तीन गुणों के अनुरूप श्रद्धा के भी तीन प्रकार होते हैं—सतोगुणी, रजोगुणी तथा तमोगुणी (17.2)। जीव में प्रकृति के तीन गुणों में से जिसकी प्रबलता होती है, वह उसी प्रकार की श्रद्धा से युक्त हो जाता है (17.3)। जो सतोगुणी-श्रद्धा से युक्त होता है, वह देवताओं की पूजा करता है, रजोगुणी-श्रद्धा वाला व्यक्ति यक्ष-राक्षसों की उपासना करता है तथा तमोगुणी-श्रद्धा वाला भूतों-प्रेतों को पूजता है (17.4)—

श्रीभगवानुवाच

त्रिविधा भवति श्रद्धा देहिनां सा स्वभावजा।
सात्त्विकी राजसी चैव तामसी चेति तां शृणु॥ 17.2॥
सत्त्वानुरूपा सर्वस्य श्रद्धा भवति भारत।
श्रद्धामयोऽयं पुरुषो यो यच्छ्रद्धः स एव सः॥ 17.3॥
यजन्ते सात्त्विका देवान्यक्षरक्षांसि राजसाः।
प्रेतान्भूतगणांश्चान्ये यजन्ते तामसा जनाः॥ 17.4॥

3. शास्त्रविरुद्ध पूजा-पद्धति आसुरी है (श्लोक संख्या 17.5 से 17.6)

श्रीकृष्ण का कहना है कि शास्त्रविरुद्ध कठोर तपस्याएँ एवं व्रत करना उचित नहीं है। दंभ एवं अहंकार के आवेश में तथा काम एवं आसक्ति के वश में होकर शास्त्रविरुद्ध कठोर तप एवं व्रत के पालन से शरीर के निर्मायक तत्त्वों तथा उस शरीर के भीतर बैठे परमात्मा, दोनों ही को कष्ट होता है। इस प्रकार के लोग आसुरी हैं (17.5, 17.6)—

अशास्त्रविहितं घोरं तप्यन्ते ये तपो जनाः।
दम्भाहङ्कारसंयुक्ताः कामरागबलान्विताः॥ 17.5॥
कर्षयन्तः शरीरस्थं भूतग्राममचेतसः।
मां चैवान्तः शरीरस्थं तान्विद्ध्यासुरनिश्चयान्॥ 17.6॥

आधुनिक चिकित्सा-विज्ञान में भी शरीर को स्वस्थ रखने के लिए अनुशासित भोजन की बात को स्वीकार किया गया है। उपवास के संबंध में भी 'आंतरायिक उपवास' (Intermittent Fasting) की धारणा ही अभी तक लोकप्रिय है। कुल मिलाकर व्रत में शरीर का भी ध्यान रखने की बात को श्रीकृष्ण महत्त्व देते हैं, शरीर को अन्यथा कष्ट पहुँचाना आसुरी प्रवृत्ति है, न कि त्याग।

4. प्रकृति के तीन गुण आधारित तीन प्रकार के भोजन, यज्ञ, तप तथा दान (श्लोक संख्या 17.7)

श्रीकृष्ण ने विभिन्न लोगों द्वारा, विभिन्न सत्ताओं की, भिन्न-भिन्न विधि से पूजा का कारण तीनों गुणों के अलग-अलग प्रभाव को बताया है। अगले श्लोक में वे कहते हैं कि किसी व्यक्ति द्वारा जो भोजन पसंद किया जाता है, यह भी तीनों गुणों के कारण ही होता है। यज्ञ, तपस्या और दान भी तीनों गुणों के आधार पर तीन-तीन प्रकार के ही होते हैं (17.7)—

आहारस्त्वपि सर्वस्य त्रिविधो भवति प्रियः।
यज्ञस्तपस्तथा दानं तेषां भेदमिमं शृणु॥ 17.7॥

इस श्लोक को हम एक रेखाचित्र द्वारा समझते हैं—

रेखाचित्र-72

प्रकृति के तीन गुण आधारित भोजन, यज्ञ, तप, दान (17.7)

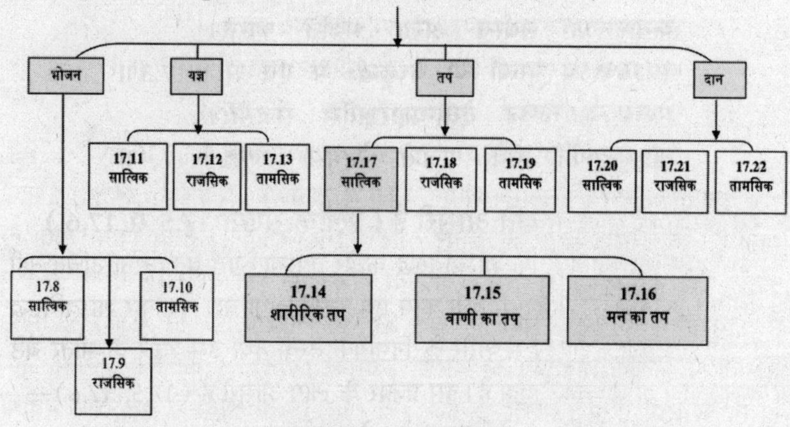

श्लोक संख्या 17.7 से 17.22

5. भोजन (श्लोक संख्या 17.8 से 17.10)

अगले श्लोक में श्रीकृष्ण ने बताया कि किस गुण के लोगों को कैसा भोजन पसंद होता है। श्लोक संख्या 17.8 से 17.10 को हम निम्न रेखाचित्र से देख सकते हैं—

रेखाचित्र-73

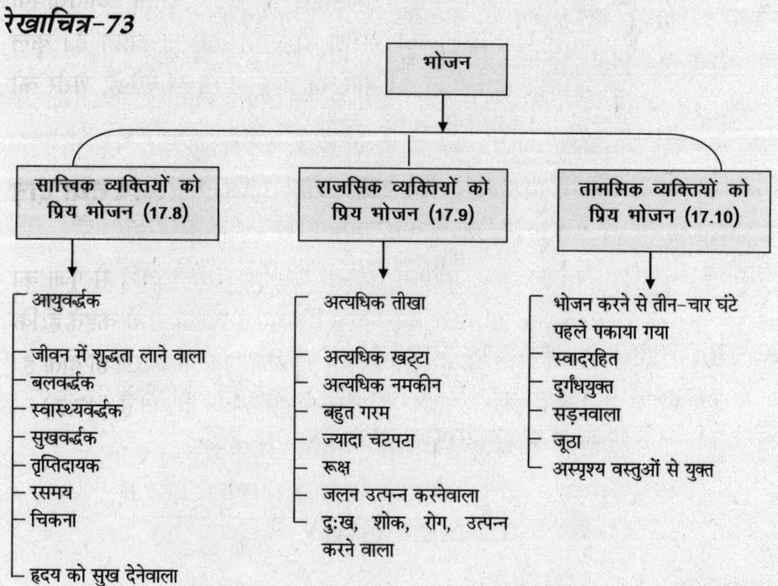

आयु:सत्त्वबलारोग्यसुखप्रीतिविवर्धना:।
रस्या: स्निग्धा: स्थिरा हृद्या आहारा: सात्त्विकप्रिया:॥ 17.8॥
कट्वम्ललवणात्युष्णतीक्ष्णरूक्षविदाहिन:।
आहारा राजसस्येष्टा दु:खशोकामयप्रदा:॥ 17.9॥
यातयामं गतरसं पूति पर्युषितं च यत्।
उच्छिष्टमपि चामेध्यं भोजनं तामसप्रियम्॥ 17.10॥

आधुनिक समय में स्वस्थ जीवन-शैली में खान-पान को बहुत महत्त्वपूर्ण माना जाता है। चिकित्सक द्वारा जो 'डायट-चार्ट' (Diet Chart) तैयार किया जाता है, उसके पीछे कमोबेश गीता द्वारा दिया गया भोजन का यही वर्गीकरण प्रेरणा के रूप में काम करता है। चिकित्सकों का बल सात्त्विक-भोजन की ओर ही है। आधुनिक सभ्यता में अत्यंत लोकप्रिय अवधारणा 'वीगन' (Vegan) की है। 'वीगन' लोग भोजन के लिए पौधों (सब्जी, अनाज, मेवे, फल) और पौधों से बने खाद्य पदार्थों पर निर्भर होते हैं। स्वस्थ जीवन-शैली में 'वीगन' होना अत्यंत अच्छा माना जाता है, और यह समाज के अगुआ लोगों में ज्यादा है। वास्तव में इसकी जड़ें गीता के श्लोक संख्या 17.8 में ही हैं। श्लोक संख्या 17.9 में जिस भोजन की बात की गई है, स्थूल रूप से वह होटल, पार्टी आदि के भोजन में दिखाई देती है, मांसाहारी भोजन भी इसमें आता है। चिकित्सा-विज्ञान के अनुसार भी यह भोजन बहुत प्रशंसित नहीं है। श्लोक संख्या 17.10 में जिस भोजन की बात की गई है, दुर्भाग्यवश आज की जीवनशैली में वह अपनी जड़ें जमा चुका है...पिज्जा, बर्गर आदि इसी श्रेणी में आते हैं। ब्रेड से बने पदार्थ, केक आदि बासी और फर्मेंटेशन-विधि से तैयार किए होते हैं। 'फूड डिलीवरी चेन' ने भोजन की प्राप्ति आसान कर दी है, किंतु वास्तव में यह तामसिक भोजन है, चिकित्सा-विज्ञान भी इसका समर्थन नहीं करता। अत: श्लोक संख्या 17.8 से 17.10 में भोजन के विषय में श्रीकृष्ण के विचार वर्तमान सभ्यता के लिए निस्संदेह अत्यंत प्रासंगिक हैं।

6. यज्ञ (श्लोक संख्या 17.11 से 17.13)

इन श्लोकों में श्रीकृष्ण बताते हैं कि किस गुण से प्रभावित लोग कैसा यज्ञ करते हैं। इसे हम निम्न रेखाचित्र में प्रस्तुत तरीके से देखते हैं—

रेखाचित्र-74

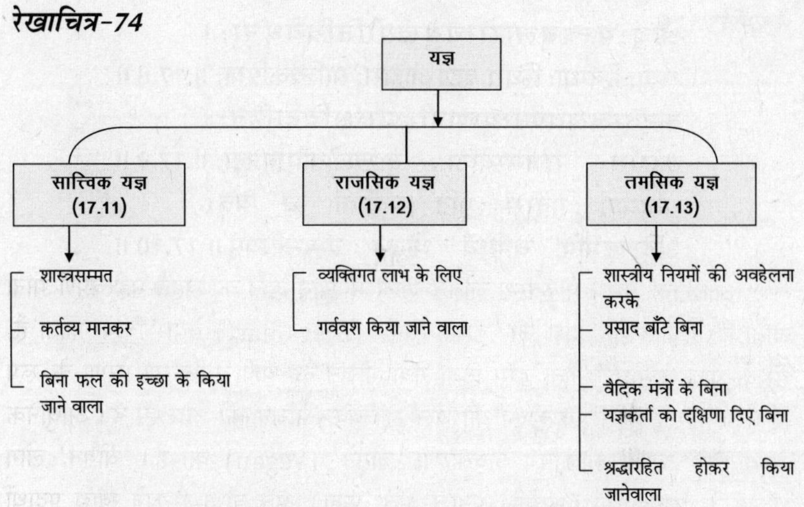

अफलाकाङ्क्षिभिर्यज्ञो विधिदिष्टो य इज्यते।
यष्टव्यमेवेति मनः समाधाय स सात्त्विकः॥ 17.11॥
अभिसन्धाय तु फलं दम्भार्थमपि चैव यत्।
इज्यते भरतश्रेष्ठ तं यज्ञं विद्धि राजसम्॥ 17.12॥
विधिहीनमसृष्टान्नं मन्त्रहीनमदक्षिणम्।
श्रद्धाविरहितं यज्ञं तामसं परिचक्षते॥ 17.13॥

सात्त्विक और राजसिक यज्ञ को एक ओर करके यहाँ हम केवल तामसिक यज्ञ (17.13) पर विचार करें तो पाएँगे कि आज कुछ लोग इस प्रकार के कथा/अनुष्ठान/यज्ञ करते हुए सार्वजनिक रूप से दिखाई देते हैं, जिनका शास्त्रों से कोई संबंध नहीं है। यह यज्ञ किसी शास्त्रीय देवता के लिए नहीं होता और न ही इसमें वैदिक मंत्रों का उच्चारण होता है। इसमें प्रसाद भी अलग ही प्रकार का देखा जाता है। श्रीकृष्ण के अनुसार यह तामसिक है।

7. तप/तपस्या (श्लोक संख्या 17.14 से 17.19)

इसे हम निम्न रेखाचित्र से समझते हैं—

रेखाचित्र-75

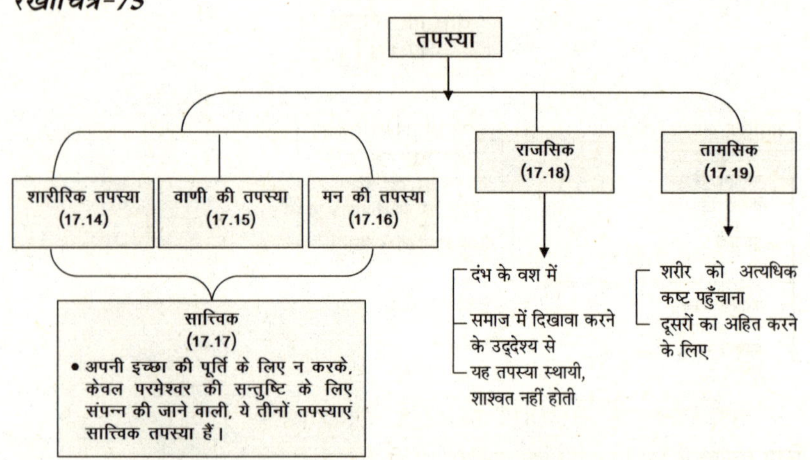

देवद्विजगुरुप्राज्ञपूजनं शौचमार्जवम्।
ब्रह्मचर्यमहिंसा च शारीरं तप उच्यते॥ 17.14॥
अनुद्वेगकरं वाक्यं सत्यं प्रियहितं च यत्।
स्वाध्यायाभ्यसनं चैव वाङ्मयं तप उच्यते॥ 17.15॥
मनःप्रसादः सौम्यत्वं मौनमात्मविनिग्रहः।
भावसंशुद्धिरित्येतत्तपो मानसमुच्यते॥ 17.16॥
श्रद्धया परया तप्तं तपस्तत्त्रिविधं नरैः।
अफलाकाङ्क्षिभिर्युक्तैः सात्त्विकं परिचक्षते॥ 17.17॥
सत्कारमानपूजार्थं तपो दम्भेन चैव यत्।
क्रियते तदिह प्रोक्तं राजसं चलमध्रुवम्॥ 17.18॥
मूढग्राहेणात्मनो यत्पीडया क्रियते तपः।
परस्योत्सादनार्थं वा तत्तामसमुदाहृतम्॥ 17.19॥

पाठकगण जैसा कि ऊपर के चित्र में देख रहे हैं कि सात्त्विक तपस्या के तीन प्रकार हैं—कायिक (शरीर), वाचिक (वाणी) तथा मानसिक (मन)। इन तीनों को हम निम्न प्रकार के रेखाचित्र में अलग से समझते हैं—

रेखाचित्र-76

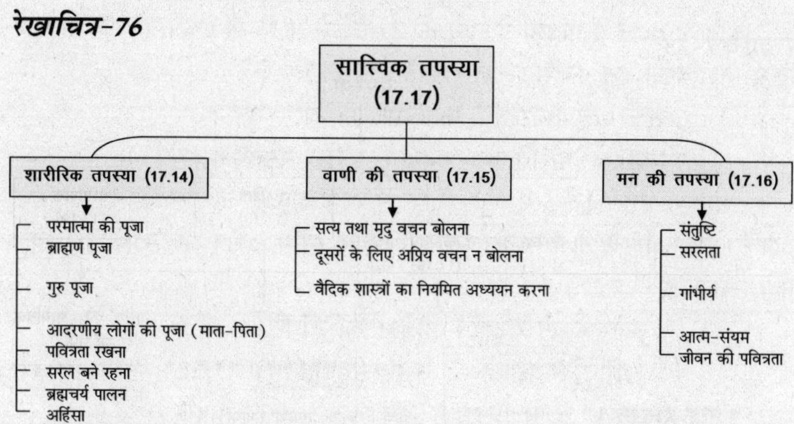

यहाँ ध्यातव्य है कि अहिंसा को तपस्या बताया गया है, जो यह स्थापित करने के लिए पर्याप्त है कि गीता का बल अहिंसा पर ही है। 'वाणी की तपस्या' (17.15) में एक बात दूसरों को न चुभने वाली वाणी को बताया गया है, इसको ध्यान में रखते हुए किसी समाज की मान्यताओं, धार्मिक विश्वासों आदि पर अनर्गल टिप्पणी से बचना चाहिए। सम्राट् अशोक ने अपने 12वें शिलालेख में स्पष्टत: इस संबंध में अपने विचार प्रकट करते हुए बताया है कि 'किसी को भी अकारण अपने धर्म की बड़ाई और दूसरे धर्म की निंदा नहीं करनी चाहिए'। 'मन की तपस्या' (17.16) में गांभीर्य या मौन अत्यंत महत्त्वपूर्ण है। महात्मा बुद्ध के व्यक्तित्व में भी 'मौन' की महत्ता को रेखांकित किया जा सकता है।

8. दान (श्लोक संख्या 17.20 से 17.22)

श्रीकृष्ण ने दान के विषय में भी स्पष्टता दी है। कोई भी चीज, किसी को भी, किसी भी समय, कहीं पर भी दे देना ठीक नहीं है। दान देते समय कर्तव्य का भाव होना चाहिए, न कि गर्व या आत्मप्रशंसा का। दान करने से हमें किसी विशेष प्रकार का लाभ होगा, यह विचार रखने की जगह, बिना किसी प्रत्युपकार के दान देना चाहिए। दान देते समय तीन चीजों का ध्यान अवश्य रखना चाहिए—

(i) समय का,

(ii) स्थान का और

(iii) व्यक्ति का।

ऐसा दान सात्त्विक-दान है (17.20)—

दातव्यमिति यद्दानं दीयतेऽनुपकारिणे।
देशे काले च पात्रे च तद्दानं सात्त्विकं स्मृतम्॥ 17.20॥

दान के बदले में भविष्य में लाभ की उम्मीद से या किसी इच्छा की पूर्ति के लिए किया जाने वाला दान राजसिक दान होता है (17.21)—

यत्तु प्रत्युपकारार्थं फलमुद्दिश्य वा पुनः।
दीयते च परिक्लिष्टं तद्दानं राजसं स्मृतम्॥ 17.21॥

श्रीकृष्ण अगले श्लोक में बताते हैं कि सात्त्विक दान का एकदम विपरीत तामसिक दान है। इसमें दान के तीनों मूलभूत मानकों, अर्थात् समय, स्थान और व्यक्ति का ध्यान नहीं रखा जाता (17.22)—

अदेशकाले यद्दानमपात्रेभ्यश्च दीयते।
असत्कृतमवज्ञातं तत्तामसमुदाहृतम्॥ 17.22॥

श्लोक संख्या 17.20 से 17.22 को हम निम्न रेखाचित्र से देख सकते हैं—

रेखाचित्र-77

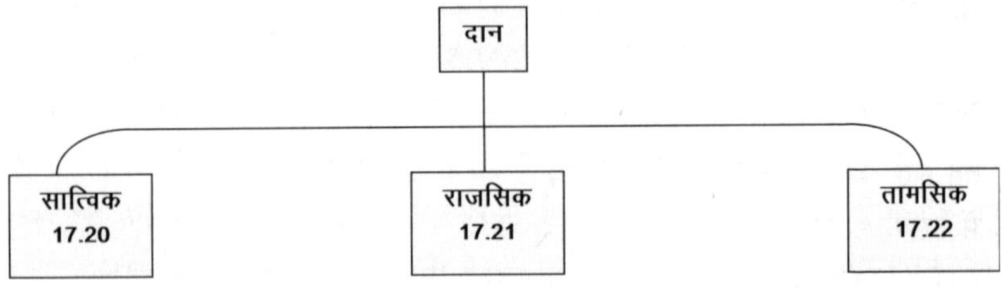

दान की महत्ता को, खास करके वर्तमान युग में रामचरितमानस में भी रेखांकित किया गया है। काकभुशुंडि जी ने गरुड़ जी को बताया कि धर्म के चार पैरों (सत्य, दया, तप, दान) में कलियुग में दान की ही प्रधानता होती है और इस युग के लिए यही कल्याणकारी है—

प्रगट चारि पद धर्म के कलि महुँ एक प्रधान।
जेन केन बिधि दीन्हें दान करइ कल्यान॥

—रामचरितमानस, 7.103 (ख)

पाठकगण के लिए विशेष!

सभी पाठक दान से भलीभाँति परिचित होंगे। विभिन्न अवसरों पर आप सभी ने दान अवश्य किया होगा, करते होंगे और करेंगे। लेकिन क्या दान देते समय या लेते समय कभी इस संबंध में श्रीकृष्ण द्वारा बनाए गए नियमों का ध्यान आया? सात्त्विक दान शायद ही अब देखने को मिलता है, बहुतायत में राजसिक और तामसिक दान ही देखने और सुनने में आते हैं। आप लोग स्वयं विचार करें कि आप का दान किस श्रेणी का है? यहाँ दान के अंतर्गत कुछ महत्त्वपूर्ण विषयों पर पाठक का ध्यानाकर्षण अपेक्षित है, एक

बहुत ही लोकप्रिय अवधारणा 'कन्यादान' की है, विवाह के समय पिता द्वारा दिया जाने वाला यह अत्यंत महत्त्वपूर्ण दान माना जाता है। यह दान देकर आगे पुत्री के जीवन में अनावश्यक हस्तक्षेप, दानकर्ता-पक्ष द्वारा देखने में आता है, अगर यह दान है तो क्या यह हस्तक्षेप ठीक है? पुनः यह दान ही है, ऐसा स्वीकार करने पर बाद में उस पर नियंत्रण का विचार क्या दान के नियमों के अनुकूल है? क्या यह उल्लंघन पारिवारिक विवादों का कारण नहीं है? आदि। बहुत से 'चैरिटेबल ट्रस्ट' हैं, उनके कार्यों को भी श्रीकृष्ण द्वारा श्लोक संख्या 17.20 से 17.22 में दिए मापदंडों के अंतर्गत् देखा जाना चाहिए। ऐसे ही बहुतेरे मुद्दों को यहाँ पाठकों के आत्ममंथन के लिए छोड़ा जा रहा है।

9. ॐ तत् सत् (श्लोक संख्या 17.23 से 17.27)

श्रीकृष्ण ने तीसरे अध्याय के 9वें श्लोक में पहले ही बता रखा है कि 'यज्ञार्थात्कर्मणोऽन्यत्र लोकोऽयं कर्मबन्धनः' अर्थात् यज्ञ के अनुसार ही सब कार्य होने चाहिए, अर्थात् नियोक्ता-नियोजक भाव को समझते हुए व्यापक आपूर्ति-शृंखला को (आरंभ के अध्यायों में इस शृंखला के विषय में विस्तार से बताया गया है) बनाए रखने के लिए ही सभी कर्म होने चाहिए। श्रीकृष्ण, श्लोक संख्या 17.23 में बताते हैं कि 'ॐ तत् सत्' आदिकाल से ही उसी परम-नियोजक के लिए प्रयुक्त होता आ रहा है। यज्ञों में इसका प्रयोग यज्ञ-भाग को परम-नियोजक को समर्पित करने के लिए ही होता है (17.23)। शास्त्रीय विधि में यज्ञ, दान, तप; सभी का शुभारंभ 'ॐ' बोलकर इसीलिए किया जाता है (17.24)। 'तत्' शब्द यह बताता है कि हमारे द्वारा किए जा रहे यज्ञ, तप, दान का उद्देश्य कर्मफल नहीं है, अपितु भव-बंधन से मुक्ति है (17.25)। 'ॐ तत् सत्' का 'सत्' शब्द परम-सत्य को इंगित करता है (17.26)। इस प्रकार शास्त्रीय विधि से यज्ञ, दान, तप करने वाला भी 'सत्' ही है, क्योंकि उसका लक्ष्य परमपुरुष की संतुष्टि है, अर्थात् नियोक्ता के प्रति समर्पण है (17.27)—

ॐ तत्सदिति निर्देशो ब्रह्मणस्त्रिविधः स्मृतः।
ब्राह्मणास्तेन वेदाश्च यज्ञाश्च विहिताः पुरा॥ 17.23॥
तस्माद् ॐ इत्युदाहृत्य यज्ञदानतपःक्रियाः।
प्रवर्तन्ते विधानोक्ताः सततं ब्रह्मवादिनाम्॥ 17.24॥
तदित्यनभिसन्धाय फलं यज्ञतपःक्रियाः।
दानक्रियाश्च विविधाः क्रियन्ते मोक्षकाङ्क्षिभिः॥ 17.25॥
सद्भावे साधुभावे च सदित्येतत्प्रयुज्यते।
प्रशस्ते कर्मणि तथा सच्छब्दः पार्थ युज्यते॥ 17.26॥

यज्ञे तपसि दाने च स्थितिः सदिति चोच्यते।
कर्म चैव तदर्थीयं सदित्येवाभिधीयते॥ 17.27॥

यहाँ श्लोक संख्या 17.27 का 'तदर्थीयं' शब्द श्लोक संख्या 3.9 के 'यज्ञार्थात्' का ही भाव प्रस्तुत करता है।

10. श्रद्धाहीन यज्ञ, दान, तप व्यर्थ है (श्लोक संख्या 17.28)

इस अध्याय के आरंभिक श्लोक संख्या 17.1 में ही अर्जुन ने 'श्रद्धा' से संबंधित प्रश्न पूछा था। श्रीकृष्ण इस अध्याय के अंतिम श्लोक में स्पष्ट रूप से कहते हैं कि बिना श्रद्धा के संपन्न किया जाने वाला यज्ञ, दान तथा तप नश्वर तथा असत् है। यह व्यर्थ है, इस जन्म तथा अगले जन्म, दोनों में ही व्यर्थ ही जाता है (17.28)—

अश्रद्धया हुतं दत्तं तपस्तप्तं कृतं च यत्।
असदित्युच्यते पार्थ न च तत्प्रेत्य नो इह॥ 17.28॥

अंततः इस प्रकार श्रीकृष्ण मूल बात 'कर्मयोग' पर ही आ जाते हैं। उन्होंने बताया कि हर कार्य करते हुए 'ॐ तत् सत्', 'यज्ञार्थात्', 'तदर्थीयं' का भाव बनाए रखना चाहिए। हमें यह याद रखना चाहिए कि हम एक व्यापक व्यवस्था में नियोजित हैं। निमित्त मात्र के भाव में रहते हुए परम-नियोक्ता के लिए ही कर्म करते रहना चाहिए। परम-नियोक्ता के प्रति किया जाने वाला कर्म ही यज्ञ है और उसका बंधन नहीं लगता, पाप नहीं लगता। कुल मिलाकर श्रीकृष्ण का संदेश है कि अपना कार्य करते रहो और मेरा स्मरण भी साथ-साथ बनाए रखो, अर्थात्—

तस्मात्सर्वेषु कालेषु मामनुस्मर युध्य च॥

—गीता, 8.7

॥ गीतारथी सप्तदश विश्राम ॐ तत् सत्॥

□

गीतारथी–18

श्रीकृष्ण...मा शुचः

गीता में श्रीकृष्ण ने त्याग पर बहुत बल दिया है, त्याग और संन्यास को भी कई बार स्पष्ट किया है, त्याग और संन्यास में अंतर को भी समझाया है। संन्यास और त्याग पर कई बार और विभिन्न प्रकार से चर्चा के कारण इस संबंध में अर्जुन को अब तक एकदम स्पष्टता आ चुकी थी। प्रकृति के तीन गुणों के संबंध में पिछले अध्यायों में सुनने के पश्चात् अर्जुन ने इस दृष्टि से भी त्याग, संन्यास तथा इनसे जुड़ी कुछ अन्य बारीकियों को भी श्रीकृष्ण से समझना चाहा। अत: अध्याय के आरंभ में ही अर्जुन ने त्याग और संन्यास का उद्देश्य पूछा (18.1)—

अर्जुन उवाच

सन्न्यासस्य महाबाहो तत्त्वमिच्छामि वेदितुम्।
त्यागस्य च हृषीकेश पृथक्केशिनिषूदन॥ 18.1॥

जैसा कि हम जानते हैं कि आरंभ में अर्जुन त्याग और संन्यास को एक दम से अलग-अलग मान रहा था, उसने तीसरे अध्याय के आरंभ में श्रीकृष्ण से कहा भी कि एक ओर आप संन्यास के लिए कर रहे हैं और दूसरी ओर कर्म करने के लिए भी बता रहे हैं, कृपया इस अंतर को स्पष्ट करिए। श्रीकृष्ण ने इसके बाद विभिन्न प्रकार से स्पष्ट किया कि संन्यास हो या त्याग, दोनों ही में कर्म आवश्यक है। इस अध्याय में अर्जुन के आरंभिक प्रश्न का उत्तर देते हुए श्रीकृष्ण पुन: उसी प्रकार की बात बताते हैं। अर्जुन के प्रश्न के उत्तर में श्रीकृष्ण ने कहा कि त्याग और संन्यास को लेकर कई मत हैं, कुछ लोगों के अनुसार सकाम-कर्मों का परित्याग संन्यास है, जबकि समस्त प्रकार के कर्म-फलों को त्यागना त्याग है (18.2)—

श्रीभगवानुवाच

काम्यानां कर्मणां न्यासं सन्न्यासं कवयो विदुः।
सर्वकर्मफलत्यागं प्राहुस्त्यागं विचक्षणाः॥ 18.2॥

श्रीकृष्ण ने आगे बताया कि विद्वानों का एक समुदाय यह मानता है कि दोषयुक्त होने के कारण सभी प्रकार के सकाम-कर्मों को त्याग देना चाहिए, जबकि एक अन्य समुदाय का मानना है कि यज्ञ, दान तथा तपस्या को कभी नहीं त्यागना चाहिए (18.3)—

त्याज्यं दोषवदित्येके कर्म प्राहुर्मनीषिणः।
यज्ञदानतपःकर्म न त्याज्यमिति चापरे॥ 18.3॥

त्याग-संबंधी अनेक मतों की चर्चा करने के बाद श्रीकृष्ण ने इस सबंध में अपना मत प्रकट करते हुए कहा कि त्याग तीन प्रकार के होते हैं (18.4)। पुनः यज्ञ, दान तथा तप का कभी परित्याग नहीं करना चाहिए, ये तो सिद्ध/महात्माओं को भी पवित्र करने वाले होते हैं (18.5)। वास्तव में यज्ञ, दान तथा तप को फल की आशा के बिना, निरासक्त-भाव से कर्तव्य मानकर किया ही जाना चाहिए, नियत कर्म के रूप में इन्हें संपन्न करना चाहिए, यह श्रीकृष्ण का अंतिम मत है (18.6)—

निश्चयं शृणु मे तत्र त्यागे भरतसत्तम।
त्यागो हि पुरुषव्याघ्र त्रिविधः सम्प्रकीर्तितः॥ 18.4॥
यज्ञदानतपः कर्म न त्याज्यं कार्यमेव तत्।
यज्ञो दानं तपश्चैव पावनानि मनीषिणाम्॥ 18.5॥
एतान्यपि तु कर्माणि सङ्गं त्यक्त्वा फलानि च।
कर्तव्यानीति मे पार्थ निश्चितं मतमुत्तमम्॥ 18.6॥

क्या और किसे त्यागना है? तथा क्या और किसे नहीं त्यागना है? यह स्पष्ट करने के बाद श्रीकृष्ण ने प्रकृति के गुण के अनुसार तीन प्रकार के त्याग बताए—तामसी-त्याग, राजसी-त्याग और सात्त्विक-त्याग। इसे हम निम्न रेखाचित्र में देखते हैं—

रेखाचित्र-78

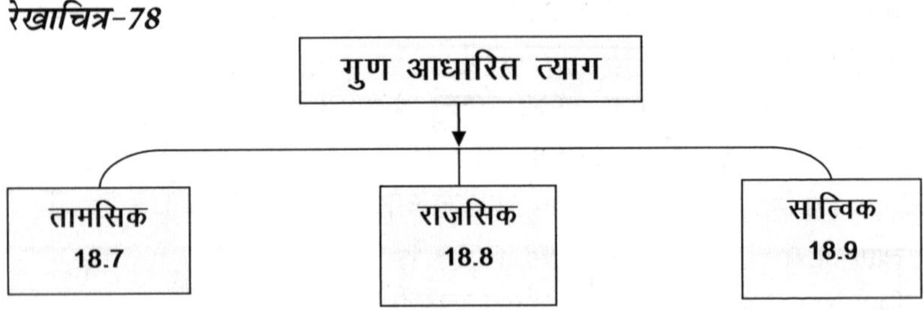

श्रीकृष्ण ने बताया कि व्यक्ति को निर्दिष्ट/निर्धारित कर्तव्यों (Assigned Duty) का त्याग नहीं करना चाहिए। अगर कोई व्यक्ति किसी भी स्थिति में निर्धारित कर्मों का परित्याग करता है तो उसका त्याग 'तामसी-त्याग' है (18.7)। कभी-कभी नियत-कर्मों का पालन कष्टप्रद होता है, उसके पालन में शारीरिक पीड़ा होती है, ऐसे कष्टों के भय से नियत-कर्मों

को त्यागना 'राजसी-त्याग' है (18.8)। वहीं नियत-कर्मों को कर्तव्य मानकर करते हुए उसके प्रति आसक्ति या कर्म फल की आसक्ति त्याग देना 'सात्त्विक त्याग' है (18.9)—

नियतस्य तु सन्न्यासः कर्मणो नोपपद्यते।
मोहात्तस्य परित्यागस्तामसः परिकीर्तितः॥ 18.7॥
दुःखमित्येव यत्कर्म कायक्लेशभयात्त्यजेत्।
स कृत्वा राजसं त्यागं नैव त्यागफलं लभेत्॥ 18.8॥
कार्यमित्येव यत्कर्म नियतं क्रियतेऽर्जुन।
सङ्गं त्यक्त्वा फलं चैव स त्यागः सात्त्विको मतः॥ 18.9॥

पाठकगण ध्यान दें!

वास्तव में 18वाँ अध्याय, पूर्व के अध्यायों में कही जा चुकी बातों का ही संक्षिप्त स्पष्टीकरण है, 18वाँ अध्याय पूर्व के अध्यायों के अलग-अलग विषयों का निष्कर्ष मात्र है। अतः इस अध्याय के विषयों का अध्ययन करते हुए पूर्व के अध्यायों का जरूर ध्यान रखें। अगले श्लोक में श्रीकृष्ण ने अर्जुन को बताया कि कर्म की स्पष्टता जिसे होती है, वह न तो अशुभ कर्मों से घृणा करता है और न ही शुभ-कर्मों में आसक्ति रखता है (18.10)—

न द्वेष्ट्यकुशलं कर्म कुशले नानुषज्जते।
त्यागी सत्त्वसमाविष्टो मेधावी छिन्नसंशयः॥ 18.10॥

पूर्व में तीसरे अध्याय के 5वें श्लोक में श्रीकृष्ण ने बता रखा है कि कोई भी प्राणी एक क्षण भी कार्य किए बिना नहीं रह सकता है। इस अध्याय में श्रीकृष्ण पुनः उसी बात पर बल देते हुए कहते हैं कि कर्मों के परित्याग पर विचार करना सही नहीं है, क्योंकि शरीरधारी की बनावट ही ऐसी है कि वह कर्मों को त्याग ही नहीं सकता, वास्तव में त्याग तो आसक्ति और कर्मफल का करना होता है (18.11)—

न हि देहभृता शक्यं त्यक्तुं कर्माण्यशेषतः।
यस्तु कर्मफलत्यागी स त्यागीत्यभिधीयते॥ 18.11॥

इस प्रकार 'त्याग' का संबंध आसक्ति और कर्मफलों के त्याग से है, कर्मों का त्याग तो संभव ही नहीं है। श्रीकृष्ण कहते हैं कि जो लोग आसक्ति और कर्मफल को बिना त्यागे कर्म करते हैं, उनको उनकी इच्छानुसार, इच्छा के विपरीत या मिश्रित फल मिलते हैं, जो वास्तव में बंधनकारी होते हैं, जबकि त्याग के भाव में कार्य करने वाले को बंधन में नहीं पड़ना पड़ता है (18.12)—

अनिष्टमिष्टं मिश्रं च त्रिविधं कर्मणः फलम्।
भवत्यत्यागिनां प्रेत्य न तु सन्न्यासिनां क्वचित्॥ 18.12॥

त्याग के भाव में कार्य करने वाला व्यक्ति योगयुक्त होता है। दूसरे अध्याय के 50वें श्लोक में भी श्रीकृष्ण ने बताया है कि बुद्धियोग की अवस्था में कार्य करने वाला बंधन में नहीं पड़ता तथा अच्छे-बुरे कार्यों से मुक्त रहता है (उभे सुकृतदुष्कृते, 2.50)। रामचरितमानस में कर्मों के संबंध में श्रीराम के विचार भी ऐसे ही हैं—

त्यागहिं कर्म सुभासुभ दायक।

—रामचरितमानस, 7.40.4

श्लोक संख्या 18.1 से 18.12 में त्याग के विभिन्न पहलुओं पर विशद चर्चा के बाद श्रीकृष्ण 'कारणता-सिद्धांत' (Causation Theory) की ओर बढ़ते हैं। श्रीकृष्ण बताते हैं कि किसी भी कार्य की पूर्ति के लिए पाँच कारण अनिवार्य होते हैं (18.13)। ये पाँचों कारण इस प्रकार हैं—

- कर्म-स्थान (शरीर),
- कर्ता (आत्मा),
- इंद्रियाँ,
- इच्छाएँ,
- परमात्मा (18.14)।

श्रीकृष्ण ने कहा कि कोई भी व्यक्ति शरीर, मन और वचन से उचित या अनुचित जो भी कार्य करता है, वह इन पाँचों कारणों का संयुक्त परिणाम होता है (18.15)। अतः किसी भी कर्म के पीछे इन पाँच कारणों को देखना चाहिए, न कि अकेले स्वयं को कर्ता मानना चाहिए (18.16)—

पञ्चैतानि महाबाहो कारणानि निबोध मे।
सांख्ये कृतान्ते प्रोक्तानि सिद्धये सर्वकर्मणाम्॥ 18.13॥
अधिष्ठानं तथा कर्ता करणं च पृथग्विधम्।
विविधाश्च पृथक्चेष्टा दैवं चैवात्र पञ्चमम्॥ 18.14॥
शरीरवाङ्मनोभिर्यत्कर्म प्रारभते नरः।
न्याय्यं वा विपरीतं वा पञ्चैते तस्य हेतवः॥ 18.15॥
तत्रैवं सति कर्तारमात्मानं केवलं तु यः।
पश्यत्यकृतबुद्धित्वान्न स पश्यति दुर्मतिः॥ 18.16॥

श्रीकृष्ण ने कारणता-सिद्धांत को बताते हुए अर्जुन को एक तरह से समझाया कि युद्ध के लिए उसके दुःखी होने का कोई अर्थ नहीं है। इस युद्ध में घटित होने वाली अच्छी या बुरी, किसी भी प्रकार की घटना के लिए पाँच कारण जिम्मेदार हैं, न कि वह स्वयं, जैसा कि उसे लग रहा था। युद्ध की स्थिति लाना न तो उसके वश में था और न तो युद्ध को रोकना ही उसके वश में है। यही कारण है कि श्लोक संख्या 2.47 में श्रीकृष्ण ने कहा है, बस कर्म करो।

श्रीकृष्ण ने अर्जुन के दिल का बोझ और कम करते हुए बताया कि जो कोई भी हर

कार्य के पीछे कारणों की उपरोक्त श्रृंखला को समझता है, जानता है कि किसी भी कार्य में वह निमित्त-मात्र है, उसे किसी के वध का भी पाप नहीं लगता (18.17)—

यस्य नाहंकृतो भावो बुद्धिर्यस्य न लिप्यते।
हत्वापि स इमाँल्लोकान्न हन्ति न निबध्यते॥ 18.17॥

इस अध्याय का आरंभ 'त्याग' से संबधित प्रश्न से होता है। त्याग की व्याख्या में कर्म आता है, अतः अब कर्म को तकनीकी रूप से समझाते हुए श्रीकृष्ण कहते हैं कि किसी भी कर्म की प्रेरणा के पीछे...ज्ञान, ज्ञेय एवं ज्ञाता कारण हैं, जबकि कर्म तीन चीजों से मिलकर बनता है, करण (इंद्रियाँ), कर्म तथा कर्ता (18.18)—

ज्ञानं ज्ञेयं परिज्ञाता त्रिविधा कर्मचोदना।
करणं कर्म कर्तेति त्रिविधः कर्मसङ्ग्रहः॥ 18.18॥

इस प्रकार त्याग पर चर्चा करते हुए तीन मुख्य पक्ष उभरते हैं ज्ञान, कर्म तथा कर्ता। श्रीकृष्ण ने आगे प्रकृति के तीन गुणों के आधार पर इनका स्वरूप-विश्लेषण करना आरंभ किया (18.19)—

ज्ञानं कर्म च कर्ता च त्रिधैव गुणभेदतः।
प्रोच्यते गुणसंख्याने यथावच्छृणु तान्यपि॥ 18.19॥

पाठकगण ध्यान दें!

अठारहवें अध्याय के प्रथम श्लोक से 39वें श्लोक तक के विषयों को हम निम्न रेखाचित्र के रूप में देख सकते हैं—

रेखाचित्र-79

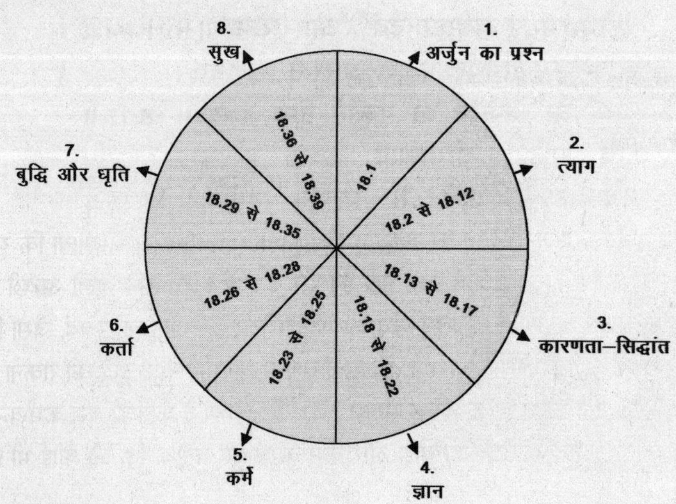

अर्जुन के प्रश्न, त्याग, कारणता-सिद्धांत तथा ज्ञान की चर्चा करते हुए हम श्लोक संख्या 18.19 तक का अध्ययन कर चुके हैं। अब शेष विषयों का अध्ययन हम निम्नलिखित बिंदुओं के अंतर्गत करेंगे—

• ज्ञान (18.20, 18.21, 18.22)

आगे प्रकृति के तीन गुणों के अंतर्गत विभिन्न विषयों के तीन प्रकारों का हम अध्ययन करेंगे। इसमें सर्वप्रथम हम ज्ञान के तीन प्रकारों को एक रेखाचित्र द्वारा निम्नवत् देखेंगे—

रेखाचित्र-80

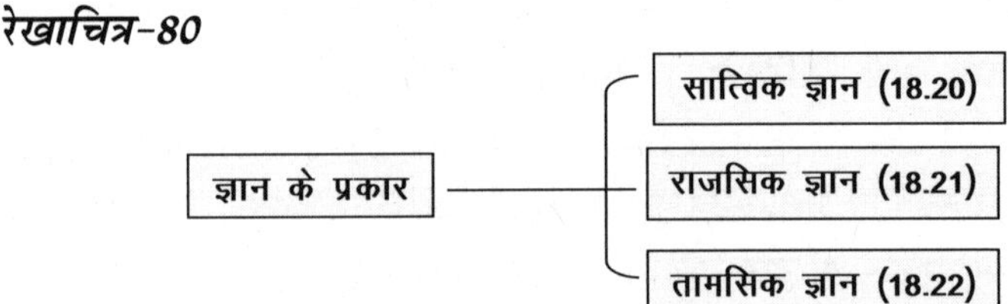

छठवें अध्याय के 29वें, 30वें और 31वें श्लोक में 'विविधता में एकता' के ही दर्शन पर बल है, जो ज्ञान का सात्त्विक रूप है। सात्त्विक ज्ञान में विभिन्न रूपों में दिखने वाले विभिन्न जीवों के भीतर एक ही अध्यात्मिक सत्ता का दर्शन किया जाता है (18.20)—

सर्वभूतेषु येनैकं भावमव्ययमीक्षते।
अविभक्तं विभक्तेषु तज्ज्ञानं विद्धि सात्त्विकम्॥ 18.20॥

श्लोक संख्या 18.20 तथा दीनदयाल उपाध्यायजी का एकात्म मानववाद

सर्वप्रथम निम्न रेखाचित्र पर ध्यान देंगे—

रेखाचित्र-81

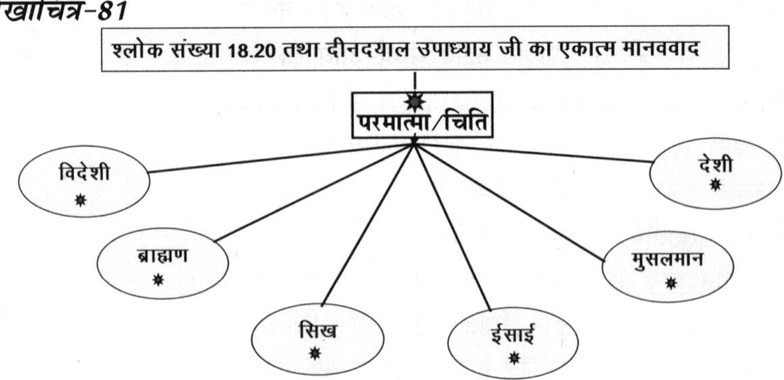

ऊपर के चित्र में हम बहुत सी पहचानों को देख रहे हैं, कोई विदेशी है, कोई ब्राह्मण, कोई सिख, कोई ईसाई, कोई मुसलमान है तो कोई हिंदू या देशी है, किंतु अगर हम समझें तो सबके भीतर एक समान तत्त्व 'परमात्मा की चेतना' का है। यह दृष्टि हमें बताती है कि बाह्य रूप से भिन्नता वास्तव में उपयुक्त दृष्टि नहीं है, सभी भिन्नताओं में व्याप्त एक समान तत्त्व का दर्शन ही वास्तविक दृष्टि है। हम यहाँ एक और रेखाचित्र को देखेंगे—

रेखाचित्र-82

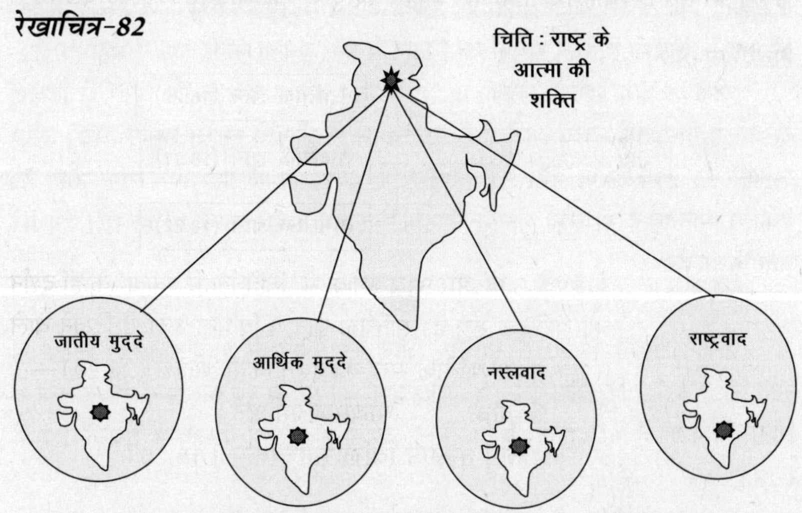

विभिन्न मुद्दों से प्रभावित अलग-अलग क्षेत्रों में भी 'चिति' का एक होना

सबके भीतर उपस्थित समान तत्त्व को ही वास्तविक मानना श्लोक संख्या 18.20 के अनुसार सात्त्विक ज्ञान है। दीनदयाल उपाध्यायजी के एकात्म-मानववाद का दर्शन गीता के इस श्लोक से अत्यंत समीपता रखता है। दीनदयाल उपाध्यायजी के अनुसार साम्यवाद, समाजवाद, पूँजीवाद आदि संघर्ष-आधारित वाद हैं, इन वादों का आधार विभिन्न मनुष्यों को अलग-अलग पहचानों में बाँधना है। किसी को अलग जाति, पृथक् धर्म, भिन्न नस्ल या दूसरे राष्ट्र का मानने से संघर्ष होता है, बाह्य भिन्नता इसका आधार है, जबकि एकात्म-मानववाद सबकी मूल पहचान 'मानव होना' मानता है और संघर्ष की जगह 'सहयोग' की बात करता है।

दीनदयाल उपाध्यायजी के अनुसार हर राष्ट्र की अपनी एक आत्मा होती है, इस आत्मा की शक्ति को उन्होंने 'चिति' नाम दिया। 'चिति' की व्याख्या के लिए उन्होंने एक उदाहरण दिया है, एक नाई ने अपने ग्राहक को बताया कि उसका उस्तरा 60 वर्ष

पुराना है, यही उस्तरा उसके पिताजी प्रयोग में लाते थे। बातचीत में नाई ने पुनः बताया कि उस्तरे की मूठ और ब्लेड इतने वर्षों में कई बार बदले जा चुके हैं, इतने पर भी नाई की नजर में उस्तरा 60 वर्ष पुराना था और यह उसके लिए गर्व की बात थी। ऊपरी बदलाव से उस्तरे की 'चिति' नहीं बदली थी। दीनदयाल उपाध्यायजी के अनुसार यही बात एक राष्ट्र पर भी लागू होती है। प्रत्येक देश की एक 'चिति' होती है, जो उस देश के विभिन्न पहचान के लोगों में समान रूप से उपस्थित होती है। भारत की 'सांस्कृतिक विविधता में एकता' का कारण यही 'चिति' है, सबके अंतस में उपस्थित सामान्य तत्त्व। 'चिति' की यह अवधारणा विभिन्न संघर्षों को मिटाने में और एकता के निर्माण में सहायक है।

श्रीकृष्ण द्वारा श्लोक संख्या 18.20 में यही बताया गया है कि बाहर से दिखाई देने वाली भिन्नताएँ महत्त्वपूर्ण नहीं हैं, महत्त्वपूर्ण है अंदर में व्याप्त समान तत्त्व। छठवें अध्याय के 29वें, 30वें और 31वें श्लोक के अध्ययन से यह और स्पष्ट होता है। एकात्म-मानववाद भी सभी मानवों में उपस्थित उस समान-तत्त्व पर ही बल देने की बात करता है।

□

श्लोक संख्या 18.20 में सात्त्विक ज्ञान को बताने के पश्चात् अगले श्लोक में श्रीकृष्ण ने बताया कि बाह्य-भिन्नताओं/पहचानों को महत्त्व देते हुए भिन्न-भिन्न रूपों में भिन्न-भिन्न लोगों को देखकर भिन्न-भिन्न रूप में ही जानना वास्तव में राजसी-ज्ञान है (18.21)—

पृथक्त्वेन तु यज्ज्ञानं नानाभावान्पृथग्विधान्।
वेत्ति सर्वेषु भूतेषु तज्ज्ञानं विद्धि राजसम्॥ 18.21॥

श्लोक संख्या 18.20 और एकात्म-मानववाद में आंतरिक समानता को स्वीकार करने पर बल दिया जाता है। गीता में यह समान-तत्त्व सबके भीतर व्याप्त 'परमात्मा' है, जबकि एकात्म-मानववाद में यह 'चिति' है।

एकात्म-मानववाद के अनुसार राष्ट्र की एक 'चिति' होती है, जैसे दही, पनीर, खोया, घी आदि मूल रूप से दूध से संबंधित होते हैं, वैसे ही एक राष्ट्र के विभिन्न अवयव उस राष्ट्र के 'चिति' से गहरे से जुड़े होते हैं। अज्ञानवश दही, पनीर, खोया, घी आदि को आपस में बिल्कुल भिन्न मानना और दूध से एकदम अलग सिद्ध करना, गीता के श्लोक संख्या 18.21 के अनुसार राजसी-ज्ञान है।

पूँजीवाद, मार्क्सवाद, साम्राज्यवाद, नस्लवाद आदि के प्रभाव में 'वृहद्-भारत' से समय-समय पर कई भू-भाग अलग हो गए। कभी अफगानिस्तान अलग हुआ, कभी नेपाल, कभी तिब्बत, कभी पाकिस्तान, तो कभी बांग्लादेश आदि। यह षड्यंत्र के अंतर्गत

बाह्य-भिन्नता को मुख्य-पहचान के रूप में स्वीकारने से हुआ, जबकि बाह्य-पहचान को वास्तविक मानना गीता के श्लोक संख्या 18.21 के अनुसार राजसी-ज्ञान है।

फिर भी जो देश पूर्व में वृहद् भारत का अंग रहे हैं, वे वर्तमान में भी राष्ट्र की आत्म-शक्ति 'चिति' को साझा करते हैं। इंडोनेशिया आदि देशों में हिंदू-धर्म की कई महत्त्वपूर्ण चीजें आज भी अस्तित्व में हैं। कंबोडिया का विष्णु-मंदिर उस 'अखंड-चिति' का प्रमाण है, जिसे देशों की भौगोलिक सीमाएँ खंडित नहीं कर पाई हैं।

पश्चिम के कई देश समय-समय पर अलग-अलग कारणों से अलग हो गए थे। जर्मनी में पूर्वी और पश्चिमी जर्मनी को अलग करने के लिए 'बर्लिन की दीवार' खड़ी कर दी गई थी। किंतु बर्लिन की दीवार ने जर्मनी के शरीर को तो दो भागों में बाँट दिया, किंतु वह उसकी आत्मशक्ति 'चिति' को नहीं बाँट सकी। 'चिति' ने जब 9 नवंबर, 1989 को करवट ली, तो बर्लिन की दीवार ढहा दी गई और 3 अक्तूबर, 1990 को पुनः जर्मनी ने एक पहचान प्राप्त कर ली, इस प्रकार 1945 में 'पोट्सडैम कॉन्फ्रेंस' से जर्मनी के बीचोबीच उठी दीवार जर्मनी देश की व्यापक 'चिति' की शक्ति में तिरोहित हो गई।

दीनदयाल उपाध्यायजी की ही भाँति जर्मन दार्शनिक हीगल का भी मानना था कि राष्ट्र सिर्फ भौगोलिक अभिव्यक्ति नहीं होता, अपितु हर राष्ट्र की एक आत्मा होती है। भौगोलिक विभाजन वास्तव में राष्ट्र की आत्मा का विभाजन नहीं कर सकते। इतिहास में ऐसे विभाजन हुए हैं, किंतु 'चिति-शक्ति' अखंड होने से बाद में वे देश फिर से एक हुए हैं। दीनदयाल उपाध्यायजी ने जैसे नाई के 60 वर्ष पुराने उस्तरे का उदाहरण दिया है कि वर्षों के दौरान इसके ब्लेड और मूठ बदले गए, फिर भी बदलाव की जगह उसको इसके 60 वर्ष की प्राचीनता में ही गर्व है, क्योंकि इतने वर्षों में उस्तरे की 'चिति' नहीं बदली थी। वैसे ही इतिहास के झंझावात से अनेक परिवर्तनों के बावजूद राष्ट्रों की 'चिति' अक्षुण्ण रहती है।

अतः अपने मूल देश में वापस से जुड़ जाना किसी भी तरीके से 'राष्ट्र-गौरव' को क्षति नहीं पहुँचाता है, ऐसे में विखंडित राष्ट्रों का पुनः संयुक्त होकर 'अखंड-भारत' के रूप में अस्तित्व में आना कोई कल्पना या आश्चर्य की बात नहीं होगी। यह पूरी तरह से प्राकृतिक है और समय की प्रतीक्षा में है, क्योंकि 'चिति' अखंड, अमर और अविनाशी है, गीता के अनुसार आत्मा का नाश नहीं होता है।

□

श्लोक संख्या 18.20 तथा 18.21 में सात्त्विक और राजसिक ज्ञान की व्याख्या के पश्चात् श्लोक संख्या 18.22 में श्रीकृष्ण ने तामसिक ज्ञान की व्याख्या करते हुए बताया है कि अति तुच्छ प्रकार की चीज को सबकुछ मानकर उसमें लिप्त होना ही तामसी ज्ञान है (18.22)—

यत्तु कृत्स्नवदेकस्मिन्कार्ये सक्तमहैतुकम्।
अतत्त्वार्थवदल्पं च तत्तामसमुदाहृतम्॥ 18.22॥

हम ध्यान से देखें तो राजसिक (18.21) और तामसिक (18.22) ज्ञानों से ऐसे वाद उत्पन्न होते हैं, जिनके मूल में 'संघर्ष' छिपा होता है, क्योंकि ये भिन्नता को मूल मानते हैं, जबकि श्लोक संख्या 18.20 के सात्त्विक ज्ञान में समानता ही मूल है। एकात्म-मानववाद का दर्शन वास्तव में गीता के सात्त्विक ज्ञान के करीब पड़ता है। एकात्म-मानववाद का दर्शन राजसिक और तामसिक ज्ञान से उत्पन्न होने वाले संघर्षों को दूर कर सहयोग और एकता की ओर उन्मुख होता है।

श्लोक संख्या 18.20 के सात्त्विक ज्ञान के बलवती होने पर 'जब' चिति पुनः प्रकट होती है तो 'बर्लिन की दीवार' बेमानी हो जाती है। अखंड भारत से बिछड़े हुए भू-भाग जिस समय विभिन्न प्राकृतिक कारणों से राजसिक और तामसिक ज्ञान के अंधकार से बाहर आएँगे, उस समय चिति की चोट से 'रैडक्लिफ लाइन', 'डूरंड रेखा', 'मैकमोहन लाइन'... स्मृति के विषय-मात्र बनकर रह जाएँगे, आने वाले इतिहास के लिए दृष्टांत-मात्र।

इसे हम निम्न रेखाचित्र से समझते हैं—

रेखाचित्र-83

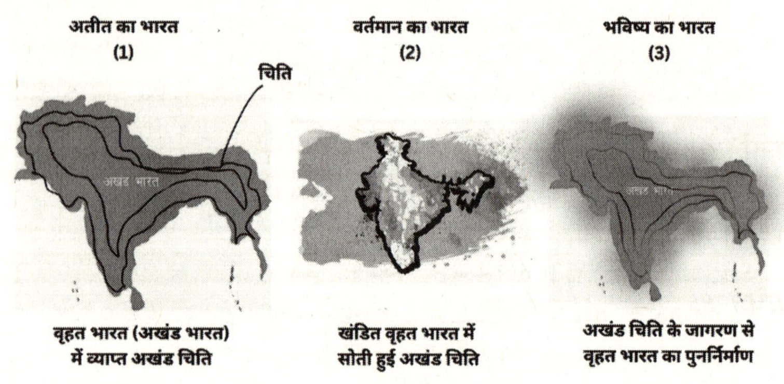

(सांकेतिक मानचित्र) वृहद् भारत का निर्माण

□

• कर्म (18.23, 18.24, 18.25)

ज्ञान की व्याख्या करने के बाद अगले श्लोकों में श्रीकृष्ण ने कर्म को प्रकृति के गुणों के अनुसार तीन प्रकार का बताया है। इसे हम निम्न रेखाचित्र के अंतर्गत देख सकते हैं—

रेखाचित्र-84

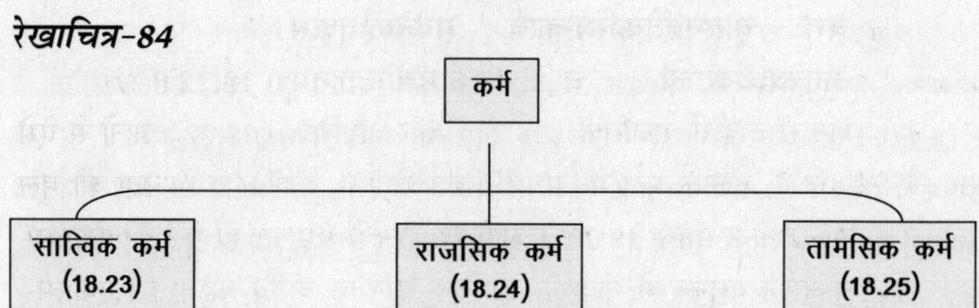

आसक्ति-रहित होकर कर्मफल की चाह के बिना किया जाने वाला कर्म सात्त्विक है (18.23)। अपनी इच्छा की पूर्ति के लिए आसक्तिपूर्वक किया जाने वाला कर्म राजसिक है (18.24)। जबकि शास्त्रीय आदेशों की परवाह किए बिना तथा भावी परिणामों की चिंता के बिना अथवा अन्यों को दुःख पहुँचाने के लिए किया जाने वाला कर्म तामसिक कर्म होता है (18.25)—

नियतं सङ्गरहितमरागद्वेषतः कृतम्।
अफलप्रेप्सुना कर्म यत्तत्सात्त्विकमुच्यते॥ 18.23॥
यत्तु कामेप्सुना कर्म साहङ्कारेण वा पुनः।
क्रियते बहुलायासं तद्राजसमुदाहृतम्॥ 18.24॥
अनुबन्धं क्षयं हिंसामनपेक्ष्य च पौरुषम्।
मोहादारभ्यते कर्म यत्तत्तामसमुच्यते॥ 18.25॥

• कर्ता (18.26, 18.27, 18.28)

प्रकृति के गुणों की दृष्टि से कर्ता के भी तीन प्रकार श्रीकृष्ण ने बताए हैं। इसे हम निम्न रेखाचित्र में देखते हैं—

रेखाचित्र-85

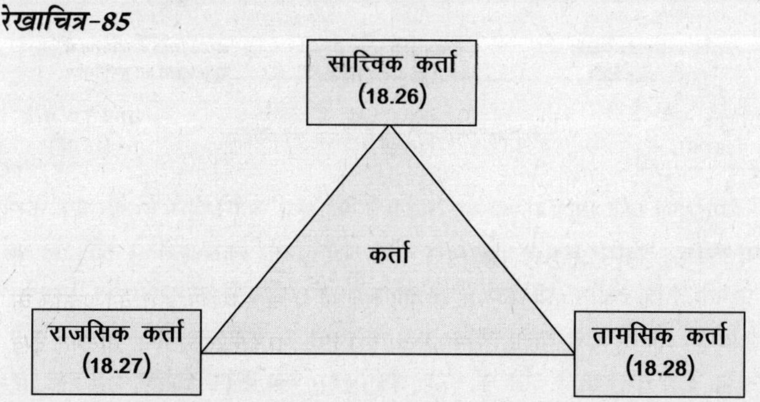

श्रीकृष्ण ने बताया कि निरासक्त-भाव से, संकल्पयुक्त होकर, पूर्ण उत्साह से, सफलता-असफलता में समभाव रखकर जो कर्म करता है, वह सात्त्विककर्ता है (18.26)। कर्मफल की चाह रखते हुए, आसक्त-भाव से तथा सुख और दुःख को ध्यान में रखकर जो कर्म करता है, वह राजसी कर्ता है (18.27) और जो कर्ता शास्त्रीय आदेशों के विरुद्ध कार्य करता है, भौतिकवादी है, कपटयुक्त है, हठवादी है, दीर्घसूत्री है, वह तामसी कर्ता कहा जाता है (18.28)—

मुक्तसङ्गोऽनहंवादी धृत्युत्साहसमन्वितः।
सिद्ध्यसिद्ध्योर्निर्विकारः कर्ता सात्त्विक उच्यते॥ 18.26॥
रागी कर्मफलप्रेप्सुर्लुब्धो हिन्सात्मकोऽशुचिः।
हर्षशोकान्वितः कर्ता राजसः परिकीर्तितः॥ 18.27॥
अयुक्तः प्राकृतः स्तब्धः शठो नैष्कृतिकोऽलसः।
विषादी दीर्घसूत्री च कर्ता तामस उच्यते॥ 18.28॥

अगले श्लोक में श्रीकृष्ण ने बताया कि ज्ञान, कर्म और कर्ता की भाँति ही बुद्धि और धृति भी प्रकृति के तीन गुणों पर ही आधारित होती है (18.29)—

बुद्धेर्भेदं धृतेश्चैव गुणतस्त्रिविधं शृणु।
प्रोच्यमानमशेषेण पृथक्त्वेन धनञ्जय॥ 18.29॥

• बुद्धि (18.30, 18.31, 18.32)

श्रीकृष्ण कहते हैं कि बुद्धि, प्रकृति के गुणों के अनुसार तीन प्रकार की होती है। इसे हम निम्न रेखाचित्र में देखते हैं—

रेखाचित्र-86

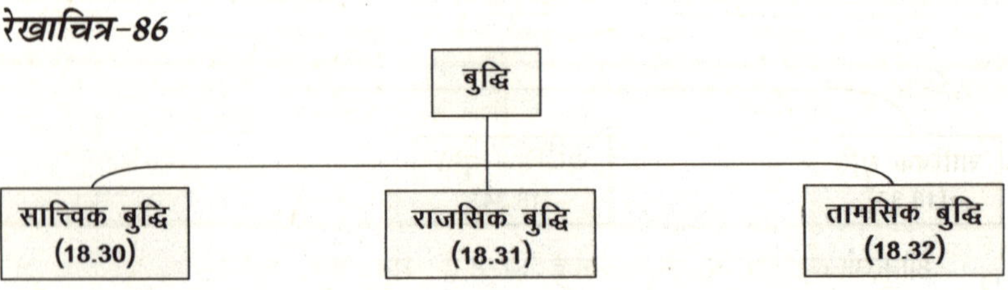

सतोगुणी बुद्धि वाला मनुष्य यह जानता है कि 'क्या' करने योग्य है और क्या करने योग्य नहीं है। 'किस' कर्म को करने से डरना चाहिए और किस कर्म से नहीं। वह यह भी जानता है कि 'कौन' सा कर्म बाँधने वाला है और कौन से कर्म से मुक्ति मिलती है (18.30)। राजसी बुद्धि वाला व्यक्ति कर्म के विषय में गुणात्मक भेद नहीं कर पाता, कौन सा कर्म धर्मयुक्त है और कौन सा अधर्मयुक्त, क्या करना चाहिए और क्या नहीं

करना चाहिए, राजसी–बुद्धि वाला व्यक्ति स्पष्ट रूप से इसका निर्णय नहीं कर पाता है (18.31)। तामसी बुद्धि की समझ सात्त्विक बुद्धि के एकदम विपरीत होती है, वह 'धर्म को अधर्म एवं अधर्म को धर्म' के रूप में मानती है (18.32)—

प्रवृत्तिं च निवृत्तिं च कार्याकार्ये भयाभये।
बन्धं मोक्षं च या वेत्ति बुद्धिः सा पार्थ सात्त्विकी॥ 18.30॥
यया धर्ममधर्मं च कार्यं चाकार्यमेव च।
अयथावत्प्रजानाति बुद्धिः सा पार्थ राजसी॥ 18.31॥
अधर्मं धर्ममिति या मन्यते तमसावृता।
सर्वार्थान्विपरीतांश्च बुद्धिः सा पार्थ तामसी॥ 18.32॥

श्लोक संख्या 18.30 से 18.32 में श्रीकृष्ण ने बुद्धि के 'डिजाइन' संबंधी चर्चा की है। ये तीन श्लोक पैरेंट्स और टीचर्स के लिए अत्यंत उपयोगी हैं। बच्चों को विभिन्न प्रकार से सिखाने से पूर्व उन्हें दबाव में डाले बिना, उनकी बुद्धि का डिजाइन (Design) क्या है? यह जरूर समझना चाहिए। एक बॉलीवुड मूवी 'तारे जमीं पर' इस संबंध में याद आती है, जिसमें बच्चे के बुद्धि के डिजाइन को समझने पर बल है। एक बार बच्चे के बुद्धि का डिजाइन समझ में आ जाने पर बच्चे का सही विकास संभव है।

• धृति (18.33, 18.34, 18.35)

अगले श्लोक में श्रीकृष्ण प्रकृति के तीन गुणों पर आधारित तीन प्रकार की धृति (संकल्प/धैर्य) के विषय में बताते हैं। यह निम्न रेखाचित्र में प्रदर्शित है—

रेखाचित्र-87

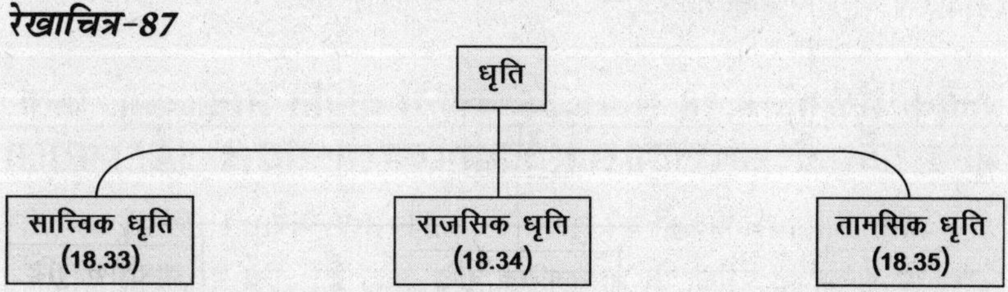

श्रीकृष्ण कहते हैं कि जो अचल है, अटूट है...मन, प्राण, इंद्रियों में समा गई है, वही सात्त्विक धृति (संकल्प/धैर्य) है (18.33)—

धृत्या यया धारयते मनःप्राणेन्द्रियक्रियाः।
योगेनाव्यभिचारिण्या धृतिः सा पार्थ सात्त्विकी॥ 18.33॥

सात्त्विक धृति का उदाहरण अगर हम रामचरितमानस से लें, तो भगवान् शिव से

विवाह के लिए जब पार्वती जी कठोर तप कर रही थीं, तो सप्तर्षि उनके संकल्प के सत्यता की परीक्षा लेने आए और उन्होंने पार्वती जी को विष्णु भगवान् से विवाह का प्रस्ताव दिया। किंतु पार्वती ने जो उत्तर दिया, वह उनके सात्त्विक धृति का ही प्रमाण है, उन्होंने कहा कि कुँवारी रहूँगी या फिर शिव से ही विवाह करूँगी...विकल्प का प्रश्न ही नहीं उठता—

जन्म कोटि लगि रगर हमारी। बरउँ संभु न त रहउँ कुआरी॥

—रामचरितमानस, 1.80.3

श्रीकृष्ण ने राजसी धृति को स्पष्ट करते हुए कहा कि जिस संकल्प से मनुष्य धर्म, अर्थ और काम के फलों में लिप्त बना रहता है...वह राजसी धृति है (18.34)—

यया तु धर्मकामार्थान्धृत्या धारयतेऽर्जुन।
प्रसङ्गेन फलाकाङ्क्षी धृतिः सा पार्थ राजसी॥ 18.34॥

स्वप्न, भय, शोक, विषाद, मोह से युक्त धृति...तामसी-धृति है, अर्थात् काल्पनिक संकल्प, जो वास्तविकता से संबंधित नहीं होते (18.35)—

यया स्वप्नं भयं शोकं विषादं मदमेव च।
न विमुञ्चति दुर्मेधा धृतिः सा पार्थ तामसी॥ 18.35॥

श्लोक संख्या 18.35 में जिस संकल्प की चर्चा है, उसका एक उदाहरण आजकल बहुत लोकप्रिय है। सोशल मीडिया प्लेटफॉर्म्स पर बहुत से मोटीवेशनल वीडियो देखने में आते हैं, जो बहुत से मामलो में सिर्फ मानसिक उद्दीपन का कार्य करते हैं, वो भी थोड़ी देर के लिए। शायद ही उसका कभी वास्तविक संकल्प के निर्माण में योगदान होता है।

श्लोक संख्या 18.18 से 18.35 तक में वर्णित ज्ञान, कर्म, कर्ता, बुद्धि, धृति और संघ लोक सेवा आयोग की सी-सैट (C-SAT) परीक्षा

भारत में सिविल सेवकों का चुनाव संघ लोक सेवा आयोग (UPSC) द्वारा तीन चरणों में आयोजित परीक्षा के माध्यम से किया जाता है। अन्य परीक्षाओं की भाँति मेधाविता की जाँच इसमें भी की जाती है, किंतु साथ ही इस परीक्षा द्वारा देश की कार्यपालिका के लिए उपयुक्त कर्ता का भी चुनाव किया जाता है। यह ऐसा कर्ता होता है, जिसे विधायिका द्वारा निर्मित कानूनों का क्रियान्वयन करना होता है, इसके लिए उस कर्ता को विभिन्न विवेकाधीन-शक्तियाँ (Discretionary Powers) प्राप्त होती हैं। ऐसे में कर्ता के लिए कर्म की बारीकियों का ज्ञान आवश्यक है। कर्ता में ज्ञान के

साथ-साथ ऐसी बुद्धि होनी चाहिए, जो विभिन्न कर्मों में सही भेद कर के श्रेष्ठ कर्म का चुनाव कर पाए।

परीक्षा का उद्देश्य संकल्पवान कर्ता का चुनाव भी है, ताकि भविष्य में नीतियों के क्रियान्वयन में विभिन्न दबावों में भी वह अडिग बना रहे। प्राथमिक, मुख्य और साक्षात्कार, तीन चरणों की परीक्षा में वास्तव में यू.पी.एस.सी. गीता के श्लोक 18.18 से 18.35 तक में वर्णित तत्त्वों को ही तलाशती है। विभिन्न चरणों में प्रश्नों का प्रारूप देखने पर पता चलता है कि यू.पी.एस.सी. वास्तव में इन्ही तत्त्वों का संतुलन ढूँढ़ रही है। नीतिशास्त्र (Ethics), निबंध (Essay) और साक्षात्कार (Interview) में यू.पी.एस.सी. का मनोभाव और स्पष्ट रूप से उभरकर सामने आ जाता है।

'ऐप्टीट्यूड टेस्ट' वास्तव में तीन गुणों के अंतर्गत ज्ञान, कर्म, बुद्धि और धृति की जाँच करना है। चयन के लिए उपयुक्त वही माना जाता है, जो विभिन्न पक्षों में प्रकृति के तीन गुणों (सत्, रज, तम) में संतुलन बनाना जानता है और समन्वय कर सकता है।

□

• सुख (18.36, 18.37, 18.38, 18.39)

श्रीकृष्ण ने सुख को भी प्रकृति के गुणों के अनुसार तीन प्रकार का ही बताया है (18.36)—

सुखं त्विदानीं त्रिविधं शृणु मे भरतर्षभ।
अभ्यासाद्रमते यत्र दुःखान्तं च निगच्छति॥ 18.36॥

इसे हम निम्न रेखाचित्र में देखते है—

रेखाचित्र-88

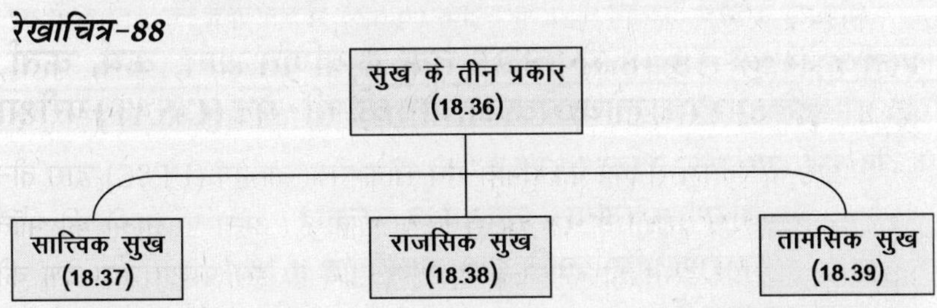

जो सुख आरंभ में 'विष' के समान प्रतीत होता है, लेकिन जिसका अंत 'अमृत' की भाँति है और जो मनुष्य की आत्म-चेतना को जगाने वाला होता है, सात्त्विक सुख कहलाता है (18.37)। भौतिक विषयों का सुख जो इंद्रियजनित होता है, जो प्रारंभ में

अमृत की भाँति लगता है, किंतु अंत में विष की भाँति होता है, राजसी-सुख कहलाता है (18.38)। जबकि जिस सुख में आत्म-साक्षात्कार को महत्त्व नहीं दिया जाता तथा जो आरंभ से अंत तक मोह, निद्रा, आलस्य से युक्त है, वह तामसी-सुख कहलाता है (18.39)—

यत्तदग्रे विषमिव परिणामेऽमृतोपमम्।
तत्सुखं सात्त्विकं प्रोक्तमात्मबुद्धिप्रसादजम्॥ 18.37॥
विषयेन्द्रियसंयोगाद्यत्तदग्रेऽमृतोपमम्।
परिणामे विषमिव तत्सुखं राजसं स्मृतम्॥ 18.38॥
यदग्रे चानुबन्धे च सुखं मोहनमात्मनः।
निद्रालस्यप्रमादोत्थं तत्तामसमुदाहृतम्॥ 18.39॥

इस प्रकार त्याग, ज्ञान, कर्म, कर्ता, बुद्धि, धृति, सुख को प्रकृति के तीन गुणों के आधार पर श्रीकृष्ण ने तीन-तीन प्रकार का बताने के बाद, अगले श्लोक में घोषित किया कि इस संसार में, स्वर्ग में या फिर अन्य सृजित लोकों में (चींटी से लेकर ब्रह्माजी तक) कोई भी जीव ऐसा नहीं है, जो प्रकृति के तीन गुणों से मुक्त हो (18.40)—

न तदस्ति पृथिव्यां वा दिवि देवेषु वा पुनः।
सत्त्वं प्रकृतिजैर्मुक्तं यदेभिः स्यात्त्रिभिर्गुणैः॥ 18.40॥

रामचरितमानस में भी काकभुशुंडिजी ने गरुड़जी को बताया है कि शिवजी और ब्रह्माजी भी प्रकृति से पूर्ण मुक्त नहीं है—

सिव बिरंचि कहुँ मोहइ को है बपुरा आन॥

—रामचरितमानस, उत्तरकांड दोहा 62 (ख)

श्रीकृष्ण ने चौथे अध्याय के 13वें श्लोक (4.13) में बताया है कि चारों वर्णों का निर्माण उन्होंने पूर्व से उपलब्ध गुण और कर्मों के आधार पर किया है। श्लोक संख्या 18.41 में इसी बात को वे और स्पष्ट करते हुए कहते हैं कि चारों वर्णों का आधार प्रकृति के तीन गुणों द्वारा जनित उनका स्वभाव है (18.41)—

ब्राह्मणक्षत्रियविशां शूद्राणां च परन्तप।
कर्माणि प्रविभक्तानि स्वभावप्रभवैर्गुणैः॥ 18.41॥

पाठकगण ध्यान दें!

वर्ण की उत्पत्ति जटिल है, किंतु प्रकृति के तीन गुणों पर आधारित होने से वैज्ञानिक भी है। एक रेखाचित्र से हम समझने की कोशिश करते हैं कि चारों वर्ण ब्राह्मण, क्षत्रिय, वैश्य, शूद्र प्रकृति के गुणों द्वारा कैसे निर्धारित होते हैं।

रेखाचित्र-89

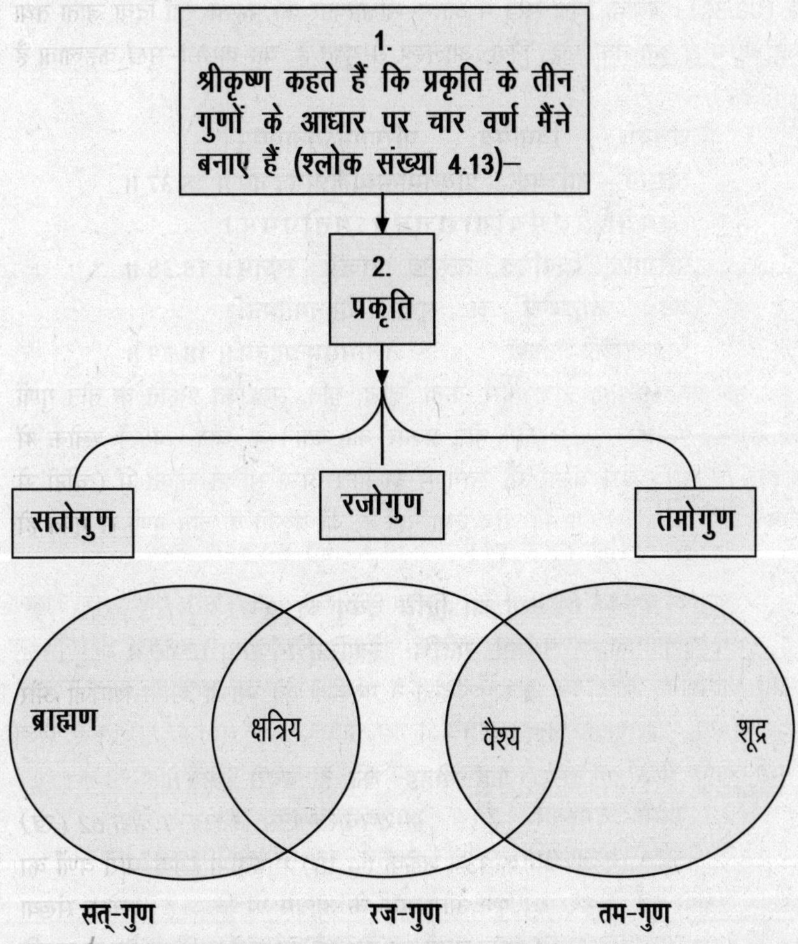

ऊपर का रेखाचित्र तीन गुणों और उनके मिश्रण से चारों वर्णों की उत्पत्ति को प्रदर्शित कर रहा है, किंतु व्यवहार में यह वर्गीकरण इतना सरल नहीं दिखता। ब्राह्मण में भी तामसी या राजसी प्रवृत्ति देखी जाती है, जैसे रावण में तामसी और परशुराम में राजसी। क्षत्रिय में ब्राह्मण की प्रवृत्ति देखने में आती है, जैसे विश्वामित्र और महात्मा बुद्ध। अन्य वर्णों में भी अन्य वर्णों की प्रवृत्तियाँ दिखाई देती हैं। इसे हम एक और रेखाचित्र से समझते हैं—

रेखाचित्र-90

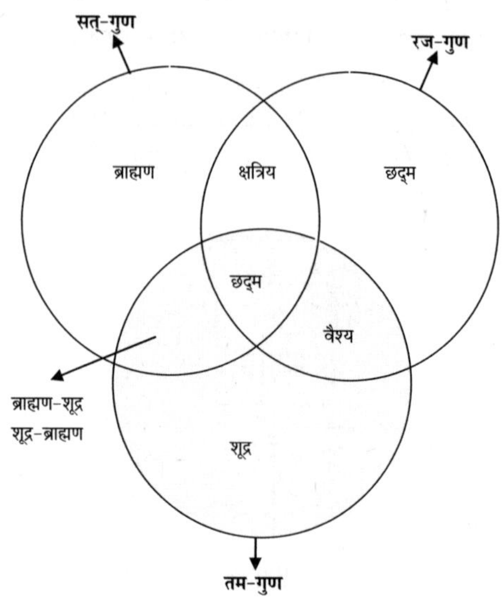

वर्ण और एक ही वर्ण में अन्य वर्ण के लक्षण का प्राकृतिक कारण

श्रीकृष्ण कहते हैं कि वर्णों के निर्धारण का आधार प्रकृति-प्रदत्त गुण हैं। जो ब्राह्मण है, उसमें शांतिप्रियता, आत्मसंयम, तपस्या, पवित्रता, सहिष्णुता, सत्यनिष्ठा, ज्ञान, विज्ञान और धार्मिकता स्वाभाविक रूप में होते हैं (18.42)। वीरता, शक्ति, संकल्प, दक्षता, युद्ध में धैर्य, उदारता और नेतृत्व क्षत्रियों के स्वाभाविक गुण हैं (18.43)। जबकि गोरक्षा तथा व्यापार वैश्यों का और सेवा करना शूद्रों का स्वाभाविक गुण है (18.44)—

शमो दमस्तपः शौचं क्षान्तिरार्जवमेव च।
ज्ञानं विज्ञानमास्तिक्यं ब्रह्मकर्म स्वभावजम्॥ 18.42॥
शौर्यं तेजो धृतिर्दाक्ष्यं युद्धे चाप्यपलायनम्।
दानमीश्वरभावश्च क्षात्रं कर्म स्वभावजम्॥ 18.43॥
कृषिगोरक्ष्यवाणिज्यं वैश्यकर्म स्वभावजम्।
परिचर्यात्मकं कर्म शूद्रस्यापि स्वभावजम्॥ 18.44॥

श्रीकृष्ण अगले श्लोकों में बताते हैं कि व्यक्ति प्रकृति से प्राप्त गुणों के अनुरूप कर्म करते हुए और भगवान् की उपासना में रत रहकर मोक्ष की प्राप्ति कर सकता है (18.45, 18.46)—

स्वे स्वे कर्मण्यभिरतः संसिद्धिं लभते नरः।
स्वकर्मनिरतः सिद्धिं यथा विन्दति तच्छृणु॥ 18.45॥

यतः प्रवृत्तिर्भूतानां येन सर्वमिदं ततम्।
स्वकर्मणा तमभ्यर्च्य सिद्धिं विन्दति मानवः॥ 18.46॥

इसे समझने के लिए पहले हम बिजली के सर्किट्स का उदाहरण लेंगे। विद्युत् के अध्ययन में हम दो सर्किट्स का अध्ययन करते हैं, इस संदर्भ में दोनों का रेखाचित्र निम्न है—

रेखाचित्र-91

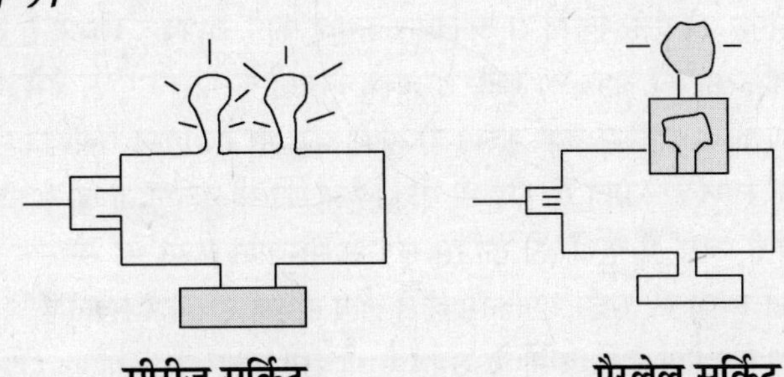

वास्तव में व्यक्ति के अंदर तीनों गुणों का कार्य एक निश्चित सीरीज में ही चलता है, यह निश्चित सीरीज ही 'वर्ण' कहलाता है। जैसे ऊपर के चित्रों में विद्युत् के प्रवाह और बल्बों के जलने का निश्चित किए गए सर्किट में निश्चित नियम है, इसका उल्लंघन दुर्घटना या असफलता ही लाएगा, वैसे ही प्रकृति के तीन गुण जिस वर्ण का निर्धारण कर रहे हैं, उसके अनुरूप कर्म ही मुक्ति दिलाएगा। यह समझने के लिए एक और रेखाचित्र पर दृष्टिपात करते हैं—

रेखाचित्र-92

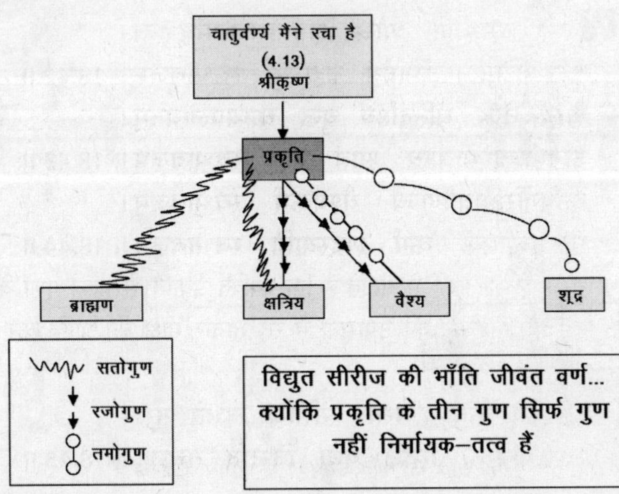

फिर हम रक्त–समूह (Blood Group) का उदाहरण ले सकते हैं। जैसे प्रकृति में तीन गुण हैं—सत्, रज, तम, वैसे ही रक्त के भी विभिन्न गुण हैं, जो प्रकृति के तीन गुणों की भाँति ही सिर्फ गुण नहीं, अपितु उसके निर्मायक तत्त्व हैं। रक्त के विभिन्न गुण ही रक्त–समूह के रूप में जाने जाते हैं, जैसे A+, O+, B+, AB+, A-, O- आदि। अगर रक्त के इस वर्गीकरण का पालन किया जाए तो जीवन सुचारु रूप से चलेगा, किंतु किसी एक रक्त समूह को दूसरे किसी से उल्लंघन कराया जाए, अपवाद छोड़कर, तो समस्या आएगी। चिकित्सा की सफलता रक्त–समूह के नियमों के पालन में है, वैसे ही प्रकृति–प्रदत्त तीन गुणों के अनुसार कर्म पालन ही मुक्ति का द्वार है। निम्न रेखाचित्र में हम देख सकते हैं कि लाल होने मात्र से कोई भी रक्त किसी को भी नहीं दिया जा सकता अन्यथा दुर्घटना तय है, वैसे ही कर्मों को कृत्रिम रूप से परिवर्तन करने पर समस्या उत्पन्न हो जाएगी। रक्त समूह की सूक्ष्म जानकारी वाले लोग ही यह तय कर सकते हैं कि कौन सा रक्त किसके लिए उचित है, कर्मों के संबंध में भी इसी प्रकार के वैज्ञानिक दृष्टिकोण को अपनाने की आवश्यकता है, क्योंकि कर्म गुण आधारित हैं—

रेखाचित्र–93

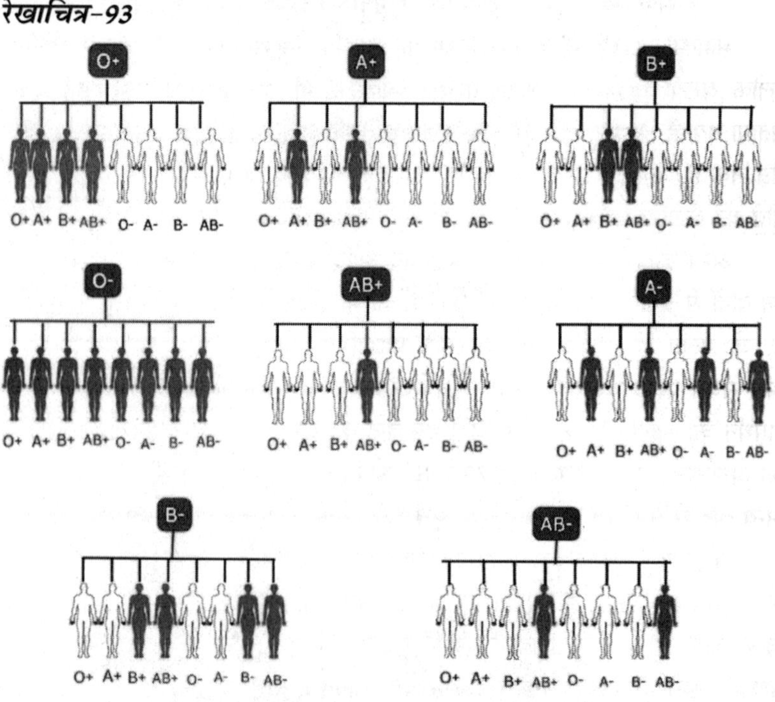

रक्त समूह की भाँति कर्मों का भी आधार वैज्ञानिक है

इसलिए श्रीकृष्ण स्वधर्म पालन पर बल देते हैं। उपरोक्त उदाहरणों से समझने के बाद वर्ण-धर्म की वैज्ञानिकता का आभास होता है। इसलिए श्रीकृष्ण अगले श्लोक में कहते हैं कि व्यक्ति को अपने वर्ण-कर्म का संपादन करना चाहिए। वर्ण के अनुसार निर्धारित-कर्म यदि सही विधि से संपन्न न हो पाए, तब भी किसी अन्य वर्ण के कार्य को भली-भाँति करने से अच्छा होता है, क्योंकि वर्ण के अनुसार किए गए कर्म से पाप नहीं लगता है (18.47)। श्रीकृष्ण ने कहा कि दुनिया का कोई कर्म ऐसा नहीं है, जो पूरी तरह दोषमुक्त हो...अग्नि इतनी शुद्ध होने के बाद भी धुएँ से लिपटी रहती है। अतः मनुष्य को स्वभाव-समर्थित कर्म ही करना चाहिए, भले ही वह दोषपूर्ण क्यों न हो, उसे कभी न त्यागे (18.48)—

श्रेयान्स्वधर्मो विगुणः परधर्मात्स्वनुष्ठितात्।
स्वभावनियतं कर्म कुर्वन्नाप्नोति किल्बिषम्॥ 18.47॥
सहजं कर्म कौन्तेय सदोषमपि न त्यजेत्।
सर्वारम्भा हि दोषेण धूमेनाग्निरिवावृताः॥ 18.48॥

महात्मा गांधीजी ने वर्ण-व्यवस्था का समर्थन कई कारणों से किया है। गीता के श्लोक संख्या 18.41 से 18.48 में वर्ण-व्यवस्था की गहन विवेचना की गई है और बताया गया है कि इसके निर्धारण के पीछे प्रकृति की शक्तियाँ हैं। वर्ण-व्यवस्था की दृष्टि वैज्ञानिक है, अतः गांधीजी द्वारा किया गया वर्ण-व्यवस्था के समर्थन का कारण इसके पीछे की वैज्ञानिकता भी है।

अन्य वाद, यथा समाजवाद, पूँजीवाद आदि के मूल में द्वंद्व है, संघर्ष है। अतः इन वादों से प्रभावित विद्वान् वर्ण-व्यवस्था को भी संघर्ष और द्वंद्व के दृष्टि से ही देखते हैं, जो गलत है, क्योंकि वर्ण-व्यवस्था सहभागिता, सह-अस्तित्व, सहयोग, समर्थन और संयम पर आधारित है, न कि संघर्ष और द्वंद्व पर। गांधीजी द्वारा वर्ण-व्यवस्था के समर्थन की आलोचना करने से पहले इस बात का ध्यान रखना चाहिए। वर्ण-व्यवस्था का अध्ययन करने के लिए 'ओखम रेजर' की विधि को अपनाना चाहिए, अर्थात् किसी अन्य वाद से प्रभावित हुए बिना स्वतंत्र रूप से इसका अध्ययन होना चाहिए।

श्रीकृष्ण ने बताया कि अनासक्त भाव से फल की इच्छा के बिना प्रकृति के गुणों के अनुसार कर्म करते हुए मुक्ति की प्राप्ति संभव है (18.49)। ऐसा कर्म किस प्रकार किया जाए, श्रीकृष्ण ने संक्षेप में यह भी बताया (18.50)। जो शुद्ध-बुद्धि से मन को वश में रखते हुए, इंद्रियसुखों की आसक्ति त्यागकर, राग-द्वेष से परे होकर, एकांत में वास करते हुए, अल्पाहार करते हुए तथा शरीर, मन एवं वाणी को वश में रखकर, समाधि में रहते हुए तथा मिथ्या अहंकार, गर्व, काम, क्रोध से मुक्त होकर, भौतिक

वस्तुओं के अपरिग्रह का भाव रखते हुए शांत चित्त रहता है, वह मुक्ति को प्राप्त होता है (18.51, 18.52, 18.53)। वास्तव में यह इसी जीवन में मुक्ति की अवस्था है, समभाव की प्राप्ति है (18.54)—

असक्तबुद्धिः सर्वत्र जितात्मा विगतस्पृहः।
नैष्कर्म्यसिद्धिं परमां सन्न्यासेनाधिगच्छति॥ 18.49॥
सिद्धिं प्राप्तो यथा ब्रह्म तथाप्नोति निबोध मे।
समासेनैव कौन्तेय निष्ठा ज्ञानस्य या परा॥ 18.50॥
बुद्ध्या विशुद्धया युक्तो धृत्यात्मानं नियम्य च।
शब्दादीन्विषयांस्त्यक्त्वा रागद्वेषौ व्युदस्य च॥ 18.51॥
विविक्तसेवी लघ्वाशी यतवाक्कायमानसः।
ध्यानयोगपरो नित्यं वैराग्यं समुपाश्रितः॥ 18.52॥
अहङ्कारं बलं दर्पं कामं क्रोधं परिग्रहम्।
विमुच्य निर्ममः शान्तो ब्रह्मभूयाय कल्पते॥ 18.53॥
ब्रह्मभूतः प्रसन्नात्मा न शोचति न काङ्क्षति।
समः सर्वेषु भूतेषु मद्भक्तिं लभते पराम्॥ 18.54॥

श्रीकृष्ण आगे बताते हैं कि केवल भक्ति से ही उनको यथारूप में जाना जा सकता है (18.55)—

भक्त्या मामभिजानाति यावान्यश्चास्मि तत्त्वतः।
ततो मां तत्त्वतो ज्ञात्वा विशते तदनन्तरम्॥ 18.55॥

भक्त लोग इस तथ्य को जान-समझकर, समस्त कार्यों को करते हुए अंततः मुक्ति को प्राप्त होते हैं (18.56)—

सर्वकर्माण्यपि सदा कुर्वाणो मद्व्यपाश्रयः।
मत्प्रसादादवाप्नोति शाश्वतं पदमव्ययम्॥ 18.56॥

अतः श्रीकृष्ण कहते हैं कि सदैव मुझे केंद्र में रखकर तथा मेरे संरक्षण में ही कर्म करना चाहिए (18.57)—

चेतसा सर्वकर्माणि मयि सन्न्यस्य मत्परः।
बुद्धियोगमुपाश्रित्य मच्चित्तः सततं भव॥ 18.57॥

पाठकगण ध्यान दें!

ध्यान से देखने पर आपको ज्ञात होगा कि 18वें अध्याय में श्रीकृष्ण जो बातें कहते हैं, वे वास्तव में पहले ही कही जा चुकी हैं। तथ्यात्मक दृष्टि से गीता वास्तव में 17वें अध्याय तक ही पूरी हो जाती है, 18वाँ अध्याय उपसंहार (Conclusion) की भाँति

है। इसी कारण से पाठकों से अनुरोध है कि 18वें अध्याय को पढ़ते समय, तत्संबंधी पूर्व के अध्यायों में कही गई बातों को ध्यान में रखें। 18वें अध्याय का अध्ययन करते हुए पूर्व की बातों का ध्यान रखने पर गीता के ज्ञान-संबंधी आपकी स्पष्टता बढ़ती जाएगी।

श्रीकृष्ण अब गीता ज्ञान के समापन की ओर अग्रसर होते हैं, अत: अर्जुन से वे ज्ञान के साथ-साथ 'मन की बात' (Man Ki Baat) करना भी शुरू कर देते हैं। उन्होंने अर्जुन को बताया कि योगयुक्त व्यक्ति निश्चय ही मुक्त होता है, किंतु यदि तुम स्वयं को कर्ता मानकर मिथ्या अहंकार के वशीभूत होकर कर्म करोगे तो बंधन में पड़कर विनष्ट हो जाओगे (18.58)। मेरे निर्देश पर युद्ध करो, यह योगयुक्त कर्म है, क्योंकि इसमें तुम मेरे लिए कर्म करोगे, किंतु स्वयं को कर्ता/भोक्ता मानकर यदि तुम युद्ध नहीं करने में प्रवृत्त होओगे तो वह रास्ता गलत होगा। पुन: यह जान लो कि युद्ध में भाग नहीं लेने का निर्णय लेने की सामर्थ्य तुममें है ही नहीं, प्रकृति-प्रदत्त स्वभाव के वश तुम्हें युद्ध में लगना ही होगा (18.59)। तुम अभी मोहवश युद्ध नहीं करना चाहते, किंतु प्रकृति के वश में होकर तुम वही युद्ध करोगे, बस अंतर यह होगा कि ऐसी स्थिति में प्रकृति के वश में होने के कारण वही युद्ध तुम्हें बंधन में डालेगा (18.60)—

मच्चित्तः सर्वदुर्गाणि मत्प्रसादात्तरिष्यसि।
अथ चेत्त्वमहङ्कारान्न श्रोष्यसि विनङ्क्ष्यसि॥ 18.58॥
यदहङ्कारमाश्रित्य न योत्स्य इति मन्यसे।
मिथ्यैष व्यवसायस्ते प्रकृतिस्त्वां नियोक्ष्यति॥ 18.59॥
स्वभावजेन कौन्तेय निबद्धः स्वेन कर्मणा।
कर्तुं नेच्छसि यन्मोहात्करिष्यस्यवशोऽपि तत्॥ 18.60॥

श्रीराम ने भी राज्याभिषेक के पश्चात् एक बार नगरवासियों, पदाधिकारियों आदि को बुलाकर 'मन की बात' की थी। श्रीकृष्ण ने ऊपर श्लोक संख्या 18.58 से 18.60 में जैसे अर्जुन को स्वयं द्वारा बताए आदेश का पालन करने में ही कल्याण बताया है, वैसे ही श्रीराम ने भी कहा है कि जो मेरी आज्ञा मानता है, वही मेरा प्रिय है—

सोइ सेवक प्रियतम मम सोई। मम अनुसासन मानै जोई॥

—रामचरितमानस, 7.42.3

श्रीकृष्ण की ही भाँति श्रीराम ने भी 'मन की बात' में लोगों को बताया कि जो ये बातें नहीं मानता, वह बाद में पछताता है और काल, कर्म तथा ईश्वर पर मिथ्या दोष लगाता है—

सो परत्र दुख पावइ सिर धुनि धुनि पछिताइ।
कालहि कर्महि ईस्वरहि मिथ्या दोष लगाइ॥

—रामचरितमानस, 7.43

श्रीकृष्ण कहते हैं कि परमेश्वर हर प्राणी के हृदय में बैठे रहते हैं और प्रकृति या माया-शक्ति से जीव को नचाते रहते हैं (18.61)। अत: प्रकृति/माया के जाल से बचने के लिए तुम्हें उसी परमेश्वर की शरण में जाना चाहिए, जो मायापति है (18.62)—

ईश्वरः सर्वभूतानां हृद्देशेऽर्जुन तिष्ठति।
भ्रामयन्सर्वभूतानि यन्त्रारूढानि मायया॥ 18.61॥
तमेव शरणं गच्छ सर्वभावेन भारत।
तत्प्रसादात्परां शान्तिं स्थानं प्राप्स्यसि शाश्वतम्॥ 18.62॥

समस्त जीवों के हृदय में ईश्वर का वास है, इसे समझने के लिए हम निम्न रेखाचित्र को देखेंगे—

रेखाचित्र-94

रामचरितमानस में भी भगवान् शिव माता पार्वती को बताते हैं कि श्रीराम सबको कठपुतली की भाँति नचाते रहते हैं—

उमा दारु जोषित की नाईं। सबहि नचावत रामु गोसाईं॥

—रामचरितमानस, 4.10.4

अगले श्लोक में श्रीकृष्ण ने अर्जुन से कहा कि इस प्रकार मैंने तुम्हें विस्तारपूर्वक 'गुह्यतर ज्ञान' बता दिया। इस पर पूरी तरह से मनन करो और फिर तुम स्वतंत्र रूप से जो सही समझो, वही करो (18.63)—

इति ते ज्ञानमाख्यातं गुह्याद्गुह्यतरं मया।
विमृश्यैतदशेषेण यथेच्छसि तथा कुरु॥ 18.63॥

एक तरह से पूरी गीता ही श्रीकृष्ण के 'मन की बात' है, रामचरितमानस में भी राज्याभिषेक के बाद श्रीराम ने नगरवासियों, पदाधिकारियों आदि के सम्मुख 'मन की बात' में...श्रीकृष्ण की भाँति ही चुनने की स्वतंत्रता (Freedom of Choice) दे रखी है। उन्होंने भी कहा है कि मेरी बात ध्यान से सुनो, फिर जैसी इच्छा हो, वही करो—

सुनहु करहु जो तुम्हहि सोहाई॥

—रामचरितमानस, 7.42.2

'यथेच्छसि तथा कुरु' (18.63) के माध्यम से गीता में विचार की स्वतंत्रता (Freedom of Will) तथा चयन की स्वतंत्रता (Freedom of Choice) को पूर्ण स्थान प्रदान किया गया है, अर्जुन स्वतंत्र है कि वह श्रीकृष्ण की बातों को माने या न माने, बाध्यता नहीं है।

685 श्लोकों के बाद 686वें श्लोक (श्लोक संख्या 18.64) में श्रीकृष्ण ने अर्जुन से कहा कि अब मैं तुम्हें पूरी गीता का उद्देश्य बताता हूँ और यह सभी ज्ञानों में सबसे गोपनीय ज्ञान है (18.64)—

सर्वगुह्यतमं भूयः शृणु मे परमं वचः।
इष्टोऽसि मे दृढमिति ततो वक्ष्यामि ते हितम्॥ 18.64॥

श्रीकृष्ण ने कहा कि गीता का इतना विशद् ज्ञान मैंने केवल दो रहस्यों को उजागर करने के लिए दिया है। पूरी गीता से निम्नलिखित दो ही बातें निकलकर आती हैं—

- सदैव मुझसे युक्त रहो, मेरे विषय में सोचो, मेरी भक्ति करो, मुझे पूजो और मुझे नमस्कार करो (18.65),
- सारी मान्यताओं, चिंताओं, भ्रांतियों, वादों को छोड़कर बस मेरी शरण में आ जाओ (18.66)।

श्रीकृष्ण ने बताया कि इतनी बड़ी गीता में मैंने विभिन्न तरीकों से उपरोक्त दो बातें ही बताई हैं, बस इन्हीं दो बातों में संपूर्ण कल्याण निहित है, मुक्ति निश्चित है—

मन्मना भव मद्भक्तो मद्याजी मां नमस्कुरु।
मामेवैष्यसि सत्यं ते प्रतिजाने प्रियोऽसि मे॥ 18.65॥
सर्वधर्मान्परित्यज्य मामेकं शरणं व्रज।
अहं त्वां सर्वपापेभ्यो मोक्षयिष्यामि मा शुचः॥ 18.66॥

अगले श्लोक में श्रीकृष्ण कहते हैं 'गीता का ज्ञान' बहुत गोपनीय है, अभक्त इसके पात्र नहीं हैं (18.67)—

इदं ते नातपस्काय नाभक्ताय कदाचन।
न चाशुश्रूषवे वाच्यं न च मां योऽभ्यसूयति॥ 18.67॥

रामचरितमानस में भी अभक्तों को 'श्रीराम संबंधी गोपनीय ज्ञान' से दूर रखने की बात लोमश ऋषि ने काकभुशुंडिजी से की है—

रामचरित सर गुप्त सुहावा।

—रामचरितमानस, 7.112.6

राम भगति जिन्ह कें उर नाहीं। कबहुँ न तात कहिअ तिन्ह पाहीं॥

—रामचरितमानस, 7.112.7

भगवान् शिव ने भी माता पार्वती से बताया है कि धूर्त, हठी, अभक्त, लोभी, क्रोधी, कामी, ब्राह्मण-द्रोही को रामकथा नहीं बतानी चाहिए—

यह न कहिअ सठही हठसीलहि। जो मन लाइ न सुन हरि लीलहि॥
कहिअ न लोभिहि क्रोधिहि कामिहि। जो न भजइ सचराचर स्वामिहि॥
द्विज द्रोहिहि न सुनाइअ कबहूँ। सुरपति सरिस होइ नृप जबहूँ॥

—रामचरितमानस, 7.127.2-3

श्रीमद्भागवतमहापुराण के माहात्म्य के विषय में पद्मपुराण में वर्णन है कि जब राजा परीक्षित को शाप मिल गया था कि सात दिन के अंदर सर्पदंश से उनकी मृत्यु हो जाएगी। ऐसे में उनकी मुक्ति के लिए शुकदेवजी ने उन्हें श्रीमद्भागवतमहापुराण की कथा सुनाई। इस कथा के आरंभ से पूर्व देवतागण अमृत का घड़ा लेकर आए और शुकदेवजी से बोले कि राजा परीक्षित को यह अमृत पिला दीजिए, जिससे उनकी मृत्यु न हो और हमें श्रीमद्भागवतमहापुराण की कथा सुना दीजिए। लेकिन शुकदेवजी ने उन्हें कथा नहीं सुनाई—

शुकं नत्वावदन् सर्वे स्वकार्यकुशलाः सुराः।
कथासुधां प्रयच्छस्व गृहीत्वैव सुधामिमाम्॥
एवं विनिमये जाते सुधा राज्ञा प्रपीयताम्।
प्रपास्यामो वयं सर्वे श्रीमद्भागवतामृतम्॥
क्व सुधा क्व कथा लोके क्व काचः क्व मणिर्महान्।
ब्रह्मरातो विचार्यैवं तदा देवाञ्जहास ह॥
अभक्तांस्तांश्च विज्ञाय न ददौ स कथामृतम्।
श्रीमद्भागवती वार्त्ता सुराणामपि दुर्लभा॥

—पद्मपुराण, उत्तरखंड

क्योंकि शुकदेवजी की दृष्टि में वे देवता भक्तिशून्य थे। यही बात श्रीकृष्ण ने

अर्जुन को श्लोक संख्या 18.67 में समझाई है कि गीता का गोपनीय ज्ञान अभक्तों के लिए नहीं है।

श्रीकृष्ण अगले श्लोकों में 'गीता के माहात्म्य' के विषय में समझाते हुए कहते हैं कि गीता के ज्ञान को जो मेरे भक्तों के बीच प्रचारित करता है, उसे मेरी 'शुद्धभक्ति' प्राप्त होती है और वह निश्चय ही मुझे प्राप्त होता है (18.68)। ऐसा भक्त मुझे सर्वाधिक प्रिय होता है (18.69)—

य इदं परमं गुह्यं मद्भक्तेष्वभिधास्यति।
भक्तिं मयि परां कृत्वा मामेवैष्यत्यसंशयः॥ 18.68॥
न च तस्मान्मनुष्येषु कश्चिन्मे प्रियकृत्तमः।
भविता न च मे तस्मादन्यः प्रियतरो भुवि॥ 18.69॥

श्रीकृष्ण कहते हैं कि गीता का अध्ययन करना बुद्धि के द्वारा मेरी पूजा करना है (18.70)—

अध्येष्यते च य इमं धर्म्यं संवादमावयोः।
ज्ञानयज्ञेन तेनाहमिष्टः स्यामिति मे मतिः॥ 18.70॥

फिर श्रद्धापूर्वक गीता का पाठ सुनने से मनुष्य का उत्थान होता है, वह उच्चतर लोकों में जाता है (18.71)—

श्रद्धावाननसूयश्च शृणुयादपि यो नरः।
सोऽपि मुक्तः शुभाँल्लोकान्प्राप्नुयात्पुण्यकर्मणाम्॥ 18.71॥

श्रीमद्भागवतमहापुराण के पाठ और श्रवण के लाभों के विषय में पद्मपुराण का भी ऐसा ही मत है—

एतां यो नियततया शृणोति भक्त्या यश्चैनां कथयति शुद्धवैष्णवाग्रे।
तौ सम्यग्विधिकरणात्फलं लभेते याथार्थ्यान्न हि भुवने किमप्यसाध्यम्॥

—पद्मपुराण, उत्तरखंड

रामचरितमानस में भी कथा-श्रवण के इसी प्रकार के लाभ बताए गए हैं—

मन कामना सिद्धि नर पावा। जे यह कथा कपट तजि गावा॥
कहहिं सुनहिं अनुमोदन करहीं। ते गोपद इव भवनिधि तरहीं॥

—रामचरितमानस, 7.128.3

श्लोक संख्या 18.72, गीता में श्रीकृष्ण के मुख से निकला अंतिम श्लोक हैं, जिसमें उन्होंने अर्जुन से पूछा कि क्या जितना सब मैंने कहा, वह सब तुमने ध्यान से सुन लिया है? क्या अब तुम मोहमुक्त हुए? (18.72)—

कच्चिदेतच्छ्रुतं पार्थ त्वयैकाग्रेण चेतसा।
कच्चिदज्ञानसम्मोहः प्रणष्टस्ते धनञ्जय॥ 18.72 ॥

और अगले श्लोक में अर्जुन ने श्रीकृष्ण को बताया कि हाँ, मैं अब सब समझ लेने के कारण मोहमुक्त हो गया हूँ, मेरी स्मरण-शक्ति वापस आ गई है और मैं दृढ़तापूर्वक आपके आदेश के पालन को तैयार हूँ (18.73)—

अर्जुन उवाच

नष्टो मोहः स्मृतिर्लब्धा त्वत्प्रसादान्मयाच्युत।
स्थितोऽस्मि गतसन्देहः करिष्ये वचनं तव॥ 18.73 ॥

रामचरितमानस के समापन भाग में भी भगवान् शिव ने माता पार्वती से इसी प्रकार की बात की है। उन्होंने कहा कि मैंने सब कथा/ज्ञान समझा दिया है, अभी भी कुछ समझ न आया हो तो बताओ—

कछुक राम गुन कहेउँ बखानी। अब का कहौं सो कहहु भवानी॥

—रामचरितमानस, 7.51.4 मानस

माता पार्वती का उत्तर भी अर्जुन की तरह ही है, उन्होंने कहा कि आप की कृपा से मैं मोहमुक्त हो गई हूँ—

तुम्हरी कृपाँ कृपायतन अब कृतकृत्य न मोह।

—रामचरितमानस, 7.52

श्लोक संख्या 18.72 तथा 18.73 और शिक्षा एवं प्रशिक्षण क्षेत्र से इसका संबंध

ॐ सह नाववतु। सह नौ भुनक्तु। सह वीर्यं करवावहै।
तेजस्विनावधीतमस्तु मा विद्विषावहै॥
ॐ शांतिः शांतिः शांतिः॥

अर्थात्—

हे परमात्मन! आप हम दोनों (गुरु-शिष्य) की साथ-साथ रक्षा करें। हम दोनों का साथ-साथ पालन करें। हम दोनों साथ-साथ शक्ति अर्जित करें। हम दोनों की पढ़ी हुई विद्या तेजस्वी (प्रखर) हो। हम दोनों एक-दूसरे के प्रति कभी ईर्ष्या-द्वेष न करें। हे शक्ति-संपन्न! (हमारे) त्रिविध (आधिभौतिक, आधिदैविक, आध्यात्मिक) तापों का शमन हो, अक्षय शांति की प्राप्ति हो।

उपरोक्त श्लोक उपनिषदों में शांति-पाठ के रूप में आता है, जो गुरु-शिष्य के साझा हितों को रेखांकित करता है। छात्र और गुरु के हित परस्पर-पूरक होते हैं, एक की

मजबूती ही दूसरे की शक्ति है। श्लोक संख्या 18.72 में श्रीकृष्ण ने अर्जुन के मन:स्थिति की टोह ली कि क्या वह वास्तव में सबकुछ समझ गया है या किसी संकोच में समझने का बहाना तो नहीं कर रहा। अर्जुन ने श्रीकृष्ण को आश्वस्त किया कि वह किसी संकोच में नहीं है, वह सब समझ चुका है।

आज की शिक्षा-पद्धति में यह भाव मौजूद सा दिखता तो है, किंतु वास्तव में मूल भाव से वह बहुत दूर है। शिक्षा वास्तव में गुरु-शिष्य के बीच का आपसी विषय है। शिक्षक गृह-कार्य (Homework), औचक परीक्षण (Surprise Test), मध्यावधि-परीक्षण आदि के माध्यम से श्लोक संख्या 18.72 में आए श्रीकृष्ण के भावों के पालन का प्रयास तो करता है, किंतु यह स्वाभाविक प्रक्रिया न होकर अधिकांश समय में दबाव उत्पन्न करने वाली बन जाती है। अर्जुन श्लोक संख्या 18.73 में श्रीकृष्ण को यह बताकर कि वह सब समझ गया है, श्रीकृष्ण के टेस्ट में उत्तीर्ण हो गया, किंतु अगर छात्र के अच्छे अंक न आएँ तो गुरु-शिष्य के बीच का विषय शिक्षा पैरेंट्स तक पहुँच जाता है और पैरेंट्स को भी बच्चे के अच्छे प्रदर्शन न करने का जिम्मेदार बना दिया जाता है।

यहाँ श्लोक संख्या 18.72 और 18.73 के भावों को अपनाने की जरूरत है। प्रशिक्षण (Training) में भी यह भाव अपनाने की जरूरत है, कई प्रशिक्षण कार्यक्रमों में अंत में फीडबैक-फार्म भरवाकर 'प्रशिक्षित हूँ' मानने का कागज दे दिया जाता है।

वास्तव में यह साझा हितों की बात है, छात्र को जितना समझ आया, टीचर को मानना चाहिए कि उसने उतना ही पढ़ाया। सिलेबस पूरा करने से शिक्षा या प्रशिक्षण पूरा हुआ, इस मानसिकता से छात्र और शिक्षक, दोनों को बाहर आना चाहिए। पेरेंट्स की भूमिका है, किंतु उन्हें पक्ष बनाना सही नहीं है।

□

इस प्रकार हम गीता के समापन-अंश में प्रवेश कर चुके हैं। गीता का आरंभ धृतराष्ट्र द्वारा संजय से प्रश्न के द्वारा होता है, जबकि समापन संजय के कथनों से होता है। श्रीकृष्ण-अर्जुन की वार्त्ता को सुनकर अपने निजी अनुभव को व्यक्त करते हुए संजय ने धृतराष्ट्र से कहा कि श्रीकृष्ण-अर्जुन की वार्त्ता को सुनकर मुझे रोमांच हो रहा है और यह अद्भुत है (18.74)—

सञ्जय उवाच

इत्यहं वासुदेवस्य पार्थस्य च महात्मनः।
संवादमिममश्रौषमद्भुतं रोमहर्षणम्॥ 18.74॥

संजय ने इसके बाद व्यासदेव को धन्यवाद ज्ञापन किया है, जिनके द्वारा दिव्य-दृष्टि दिए जाने के कारण संजय, श्रीकृष्ण-अर्जुन की इस परम गोपनीय वार्त्ता को सुन सका था (18.75)—

व्यासप्रसादाच्छ्रुतवानेतद्गुह्यमहं परम्।
योगं योगेश्वरात्कृष्णात्साक्षात्कथयतः स्वयम्॥ 18.75॥

संजय ने धृतराष्ट्र से कहा कि उसने वह गोपनीय वार्त्ता सुनी, जिसे श्रीकृष्ण ने अर्जुन के प्रति बोला है। रामचरितमानस में भी इसी शैली में समापन अंश में भगवान् शिव माता पार्वती को बताते हैं कि उन्होंने जो रामकथा सुनाई है, वह काकभुशुंडिजी ने गरुड़ जी के प्रति गाई थी—

उमा कहिउँ सब कथा सुहाई। जो भुसुंडि खगपतिहि सुनाई॥

—रामचरितमानस, 7.51.3

माता पार्वती भी इसी शैली में भगवान् शिव से कहती हैं कि आपने जो कथा मुझे बताई है, यह काकभुशुंडिजी ने गरुड़जी के प्रति कही थी—

तुम्ह जो कही यह कथा सुहाई। कागभसुंडि गरुड़ प्रति गाई॥

—रामचरितमानस, 7.52.4

संजय ने आगे धृतराष्ट्र को बताया कि जितनी बार भी श्रीकृष्ण-अर्जुन के मध्य की इस आश्चर्यचकित करने वाले इस पवित्र-संवाद का मैं स्मरण करता हूँ, उतनी बार मैं गद्गद हो उठता हूँ (18.76)। जब भी भगवान् कृष्ण के अद्भुत रूप का मुझे स्मरण होता है, मैं पुलकित हो उठता हूँ (18.77)—

राजन्संस्मृत्य संस्मृत्य संवादमिममद्भुतम्।
केशवार्जुनयोः पुण्यं हृष्यामि च मुहुर्मुहुः॥ 18.76॥
तच्च संस्मृत्य संस्मृत्य रूपमत्यद्भुतं हरेः।
विस्मयो मे महान् राजन् हृष्यामि च पुनः पुनः॥ 18.77॥

उपरोक्त श्लोकों से स्पष्ट है कि संजय इस वार्त्ता को सुनकर अपने को धन्य मान रहा है। ऐसे ही भाव रामचरितमानस को सुनकर पार्वतीजी के भी देखने को मिलते हैं, जब वे भगवान् शिव से कहती हैं कि रामकथा सुनकर मैं धन्य हुई, धन्य हुई, धन्य हुई—

धन्य धन्य मैं धन्य पुरारी। सुनेउँ राम गुन भव भय हारी॥

—रामचरितमानस, 7.51.5

पाठकगण ध्यान दें!

'गीता' के एकदम आरंभिक श्लोक अर्थात् श्लोक संख्या 1.1 में धृतराष्ट्र ने संजय से पूछा था कि कुरुक्षेत्र में मेरे पुत्रों और पांडवों ने क्या किया? वास्तव में इस प्रश्न में

अन्य भाव भी छिपे थे, युद्ध के परिणाम की अनिश्चितता को देखते हुए धृतराष्ट्र वास्तव में जानना चाहता था कि युद्ध का परिणाम क्या होगा?

गीता के समापन श्लोक अर्थात् 700वें श्लोक (18.78) में संजय ने धृतराष्ट्र के इस प्रश्न का उत्तर देते हुए कहा कि जहाँ योगेश्वर श्रीकृष्ण और महान् धनुर्धर अर्जुन हैं; श्री, विजय, ऐश्वर्य और नीति भी निश्चित रूप से वही होंगे (18.78)—

यत्र योगेश्वरः कृष्णो यत्र पार्थो धनुर्धरः।
तत्र श्रीर्विजयो भूतिर्ध्रुवा नीतिर्मतिर्मम॥ 18.78॥

अतः इस प्रकार प्रकारांतर से संजय ने बता दिया कि विजय पांडवों की ही होगी।

॥ गीतारथी अष्टादश विश्राम ॐ तत् सत्॥

□□□